北の詩人

小熊秀雄と今野大力

金倉義慧　著

高文研

1916 年の樺太・泊居での家族写真：左より二人目・小熊秀雄、右端・父（三木清次郎）、左端・母（三木ナカ）

小熊秀雄の異父姉・ハツ：小熊はこの姉を頼って旭川にやってきた。

旭川新聞社の編集室で、1925、6 年頃：後列左から、小熊秀雄、小林幸太郎
前列左端：昇 季雄・編集長

◘写真はすべて旭川市中央図書館提供

小熊　秀雄（1935 年刊・詩集『飛ぶ橇』巻頭の写真）

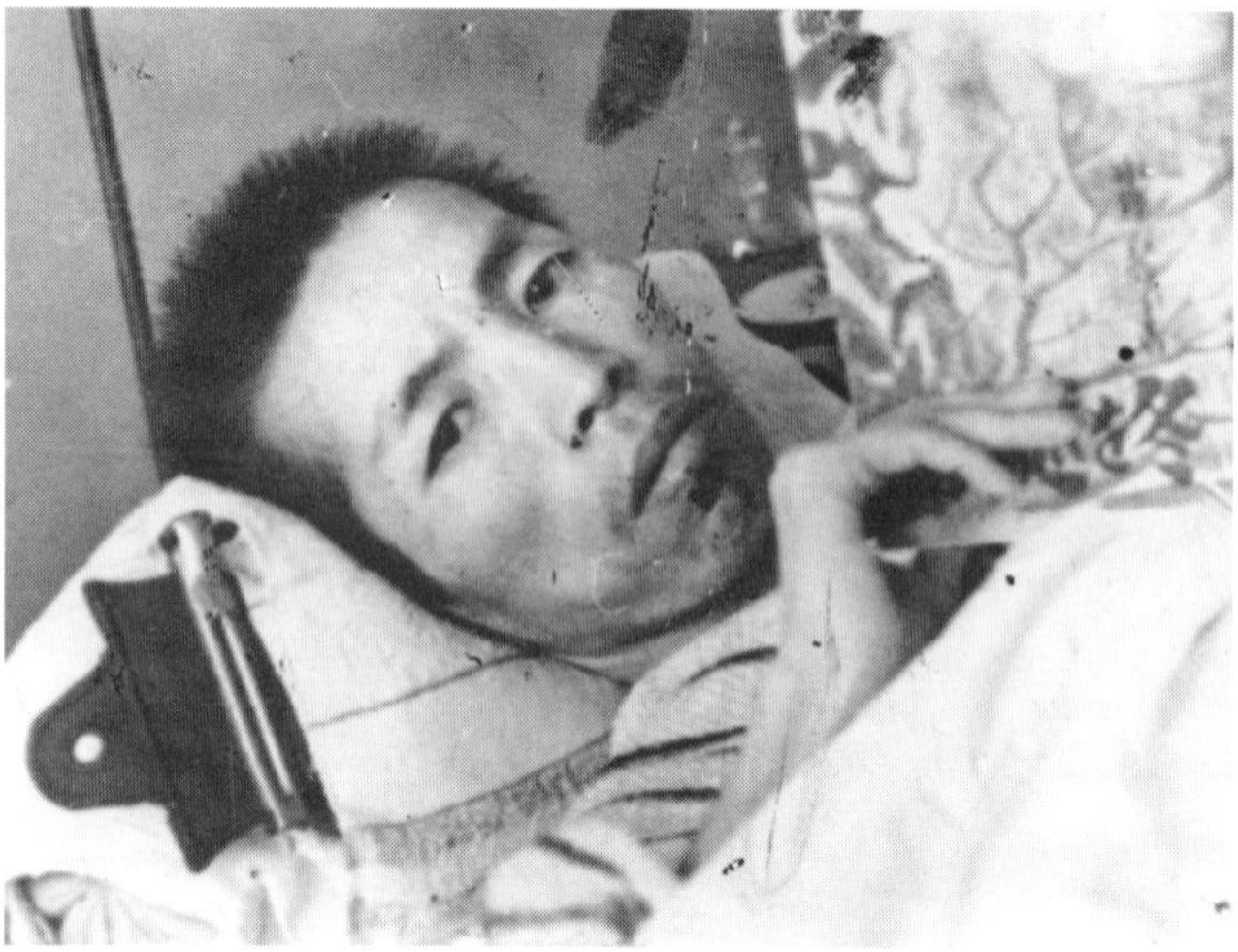

病床の今野 大力（殆んど残されていない今野の写真のうちの１枚）

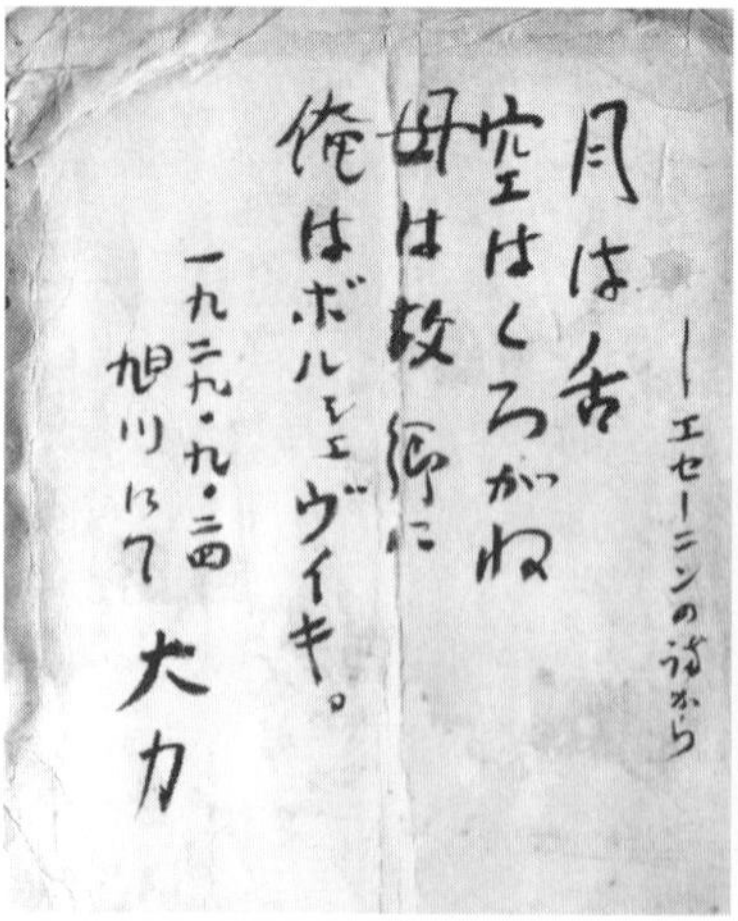

1929 年、今野大力が再上京するに当たって中村計一夫妻に書き贈ったエセーニンの詩の一節（本書 134 頁参照）

1910 年、上川第三尋常小学校に入学時の今野大力（右は姉キクエ・6 年生）

◆――もくじ

第Ⅳ章　小熊秀雄、新ロシア文学との出会い

第Ⅴ章　小熊・今野、労農・革新運動高揚の中で

第Ⅵ章 今野、小熊それぞれの上京

第Ⅶ章 今野大力の旭川帰省・療養

装丁　畑　泰彦

第Ⅰ章　旭川、小熊秀雄の登場

病床の今野大力へ、小熊秀雄の献辞より

小熊秀雄、今野大力二人の終生のきずなのありようをつぶさに示しているのが、次に紹介する小熊秀雄最初の詩集『小熊秀雄詩集』（耕進社／一九三五）の見返しに書かれた直筆の、今野大力への小熊秀雄の献辞だった。

この献辞は、恐らく今野大力の枕元でとっさに書かれたのだろう、死に直面している今野大力に向き合う小熊秀雄の痛切な思いが、この短いことばからは伝わってくる。

僕は君の意志の一部分

を　この詩の仕事で果
し分擔《ぶんたん》した、将来も
君の意志を継續《けいぞく》することを誓ふ
一九三五・五・二七　著者
今野大力様
江古田の東京療養所にて

と書かれている〝一九三五・五・二七〟とは、『小熊秀雄詩集』発刊翌々日の日付だった。少しでも早く、誰よりもまず病床の今野大力に届けたいという思いに、小熊秀雄は駆られていたのだろう。

小熊秀雄は出版されたばかりの真新しい本を手に江古田《えこだ》療養所に急ぐ。ながい廊下を病室に真っすぐに向かう。ベッドに臥しているのは間違いなく今野大力であったが、その彼にかつての面影はなかった。今野大力は静かに眠っていた。

小熊秀雄は声をかけて起こすことはしなかった。そしてふっと思い立ち、今野大力の病床の枕元におかれてある色鉛筆を手にとる。戎居仁平治《えびすいにへいじ》によると、今野大力の枕元にはいつも色鉛筆があったという。小熊秀雄が手にしたのは、その今野大力の二色の色鉛筆であったろう。それは病床の今野大力が、思いついた詩や短歌などの一節を臥したまま、書き止めたり添削したりするための、芯のやわらかい青、赤二色の色鉛筆だった。

その書体からは、小熊秀雄はまず〝今野大力様〟と大きめの字体で左上に、次に右下に〝著者〟と書き入れていたことがわかる。献本のサインとしてはそれだけでもよかった。

しかし小熊秀雄は、自分の思い、感情の高ぶりを抑えきれないまま、小熊独特の字体で一気に書き加えたのが〝僕は君の意志の一部分／をこの詩の仕事で果／し分擔した、将来も／君の意志を継續することを誓ふ〟だった。そして〝一九三五・五・二七　江古田の東京療養所にて〟と閉じていた。

鉛筆の色が青（紫？）から赤に、字体も大きく変わっていることからすると、初めは献本の際の型通りに〝今野大力様〟、次に〝著者〟と書き入れたものの、今野大力にどうしても伝えたい思いを、小熊秀雄の決意を、一気に献辞として書き加えていたのだった。

書き終えたあと小熊秀雄は、今野大力を起こすことはなく江古田療養所を後にしていたように思う。翌六月の十九日、今野大力は亡くなった。

戎居仁平治は書いている（「今野大力の生き方と詩」『詩人会議』／一九七六・六）。

「ねむの花咲く家」の近く、上落合の火葬場で大力の遺体が茶毘《だび》に附された折、少し遅れて駆けつけた小熊秀雄の傷心の姿を、私は鮮かに覚えている。（中略）
小熊秀雄は暑い初夏の陽ざかりを厚ぼったい冬服を着、ステッキをついて、汗ばむ長髪がベットリ額にまつわりつくのを、ハンケチでしきりに拭いていた。

小熊秀雄が今野大力の死を知ったのは、久子夫人からの電報であったろうか。

小熊秀雄の登場

小熊秀雄が、もし北海道の旭川に来ていなかったとしたら、それも一九二二(大正十一)年あるいは翌一九二三年の旭川新聞入社がなかったとしたら、どうしていただろう。はたして後の小熊秀雄、今野大力はいただろうかと、つい思いを巡らしてみたくなってしまう。

それほどにタイミングよく小熊秀雄は旭川にやって来た。二人の親友・小池栄寿《よしひさ》(注1)によると、そのころの小熊秀雄は、

痩せ細い体に、着物で、はかまをはいて街をゆく姿は、弱々しそうでいて颯爽としていた。後には黒の洋服を着、大股で足早に、長髪をなびかせて歩いていた。

という。

小熊秀雄は、そのように「一般人と変わった風采容貌の」、旭川ではひときわ目立つ存在であったが、一方、童話のことになると、語りの上手さから「小熊のおじさん」と、旭川の子どもたちから親しまれていた。

同じころ庁立旭川高等女学校に入学した「原爆の図」の画家・丸木俊《まるきとし》(旧姓赤松俊子・注2)は、次のように回想している(『小熊秀雄全集　第5巻　月報5』〝旭川時代のこと、その他〟丸木俊」)。

若い先生方の雰囲気が気がかりで耳をそばだてました。

「黒さんご」

「黒い瞳」

「長い足」

というようなことばの端々が、熱いあこがれの息吹で伝わって来ました。

黒さんごとは黒く輝く自然のカールの髪。ほりの深い瞳は黒いまつげに覆われて光っている。

足の長いスタイルのよさ。

わたしはそんな素敵な新聞記者がどの人なのかもわからず過ぎてしまいました。


女学生ばかりではなく若い女教師たちの間でも、小熊秀雄の「素敵な新聞記者」ぶりが噂になっていた。そのことは「小ブル詩人の彼」で今野大力も書いている。そこでの黒珊瑚「つゞき三面」とは、次章で紹介する『旭川新聞』大正十二年六月三十日付から三日連載の特集記事「北都高女生山田愛子が投身自殺するまで」のことだった。

小熊秀雄が初めて〝黒珊瑚〟名で『旭川新聞』社会面に登場したのは、一九二三（大正十二）年二月、二十四回連載の「学校巡り」だった。

黒珊瑚の特集記事はその後何度も書かれるが、それも初回の「学校巡り」、そして五月に入っての「北都高女生山田愛子が投身自殺するまで」の評判がよかったからであり、黒珊瑚特集記事は、ありふれたテーマでありながら眼をつけるところもその見方もユニーク、とりわけ若い読者の関心を引きつける魅力にあふれていた。しかも個性豊かな才気あふれる書きぶり、それに風貌がユニークであったこともあって黒珊瑚は、時をおかず何かと街中の話題になっていた。

「学校巡り」では、「庁立旭川高女の巻」の生きいきとした描写が目立つが、出色の出来ばえは小学校の巻、その中でも「北鎮《ほくちん》小学校の巻」は圧巻だった。北鎮小学校の児童たちにはよほど小熊秀雄は好感を持ったらしく、〝参観のお礼にアンデルセンの童話「六弦琴を弾くお猿」「喧嘩の国」の二席を生徒に講演《ママ》〟したほどだった。

北鎮小学校とは、第七師団の職業軍人の子弟が通う小学校であった（注3）。だが、その子どもたちは「嬉々として遊んでゐる今流行の断髪の児、可愛らしい洋服姿」であり、「（第七師団とは無縁の）ブルジョア的色彩を帯びた空気の漂つてゐる」小学校、と小熊秀雄は書いている。

そのような北鎮小学校の都会風の自発的な子供たちの姿を活写する一方で、小熊秀雄はこんな話を聞いたことがあると、次のように「師団側の検閲ぶり」（中見出し）について告発している（「北鎮小学校の巻」下）。

北鎮校では年に幾回か師団長外二三の幕僚が職員室を訪ふその際は校長を始め職員一同自分の机の傍に直立不動の姿勢で迎えいちいち机の抽き斗《だし》の中を検閲されるといふ、

何の為めの検閲か黒珊瑚は、いささか不審の眉を顰《しか》めざるを得ない、凡《およ》そ教育家の責任は絶対だ、何等其処に他の追従や干渉を受る要がない、教育家はその恵まれたる児童教育に対する『天

職』を何処までも全ふすべきである、大人の世界の汚濁せる階級は小供の眼には何等無価値なものだ。（下略）（黒珊瑚）

まだリベラルな雰囲気の漂う大正期であったにしても、軍都旭川でのことであり、ずいぶん思いきった主張であったろう。しかし、それを許容する雰囲気が『旭川新聞』にはあったような気がする。黒珊瑚「学校巡り」の、特に小学校の児童を語る小熊秀雄の語り口は、きらきらしていて、一人ひとりの子どもの表情が実に巧みに表現されている。類型化されることなく、生きている。おそらく小熊秀雄は、童話を語ったり書いたりしているときは、その子どもたちの表情をごく自然に思い浮かべていたのだろう。小熊秀雄はいつか〝小熊のおじさん〟になっていた。


〈注1〉小池栄寿『詩神を追って』。小池栄寿の回想はこの先しばしば引用することになる。

〈注2〉赤松俊子、後に日本画家丸木位里と結婚して丸木俊。旭川高女卒。筆者の故郷、北海道秩父別《ちっぷべつ》村出身。

〈注3〉実は、北鎮小学校は特別の小学校だった。そのころ旭川駅から続く〝師団通り（現・平和通り買物公園）〟は、すでに旭川目抜きの活気あふれる通りになっていたが、今とは違ってその師団通りから八条の小橋を渡り、次に牛朱別《うしゅべつ》川の常盤《ときわ》橋、石狩川の旭橋（初めは鷹栖《たかす》橋）、さらにもう一つ小さな近文《ちかぶみ》橋と、いくつもの木橋を渡ってその先に広大な敷地の、北の精鋭を誇った第七師団があった。その師団用地に、一九〇一（明治三四）年、師団設置と同時に開設されたのが北鎮小学校、その校舎は「煉瓦の土台に白堊の壁」「道内唯一を誇る堂々たる」建物だった。

小熊秀雄が取材に出向いたころの北鎮尋常高等小学校は〝公立〟の小学校になっていたが、もともとは〝師団偕行社（陸軍将校の親睦団体）〟による〝私立〟〝教育所〟だった。しかもその校名は、〝第七師団〟にふさわしくか、「北の守りを固める」という意味から〝北鎮〟と名付けられ、今もそのまま続いている（『北鎮小学校100年の歩み』参照）。

やってきたのが、なぜ旭川だったか

小熊秀雄は、特異な生い立ちから、すでに並みの子どもとは違っていた。

小熊秀雄が生まれたのは一九〇一（明治三十四）年九月九日。旭川の岡田雅勝さんの緻密な調査によると（注）、戸籍は北海道小樽市稲穂町一〇番地、父は洋服仕立業の三木清次郎、母は小熊マツ、「両親の姓が違っているのは、二人は結婚しても入籍しなかったから」であった。「マツは再婚で、前夫との間に秀雄よりも七歳上の女の子（ハツ、一八九四年生れ）がいた」、三木清次郎は秀雄の姉ハツを連れた小熊マツと同居、やがて生まれた秀雄は母マツの私生子として出生届が出され、小熊家の戸主として入籍されていた。

マツ（一八七〇〔明治三〕年四月十日生れ）は一九〇四年、秀雄三歳のときに亡くなり、その年に父清次郎はナカ（一八七〇年生れ、三四歳）と再婚。亡くなった母マツは入籍されていなかったが、ナカは直後に入籍された。その「届の日付は明治三七（一九〇四）年一二月二六日」。幼い小熊秀雄は戸籍のことを知らないままに三木秀雄として幼時を過ごすことになる。

秀雄は徴兵検査のある二十歳になって、戸籍簿には〝三木〟ではなく、亡くなった母の姓〝小熊〟になっていることを偶然知り、愕然とする。三木家の嫡子ではなく「小熊家の戸主として入籍」されていたことをはじめて知ったのだった。

そのような複雑な生い立ちの小熊秀雄であったから、樺太《からふと》・泊居《とまりおろ》の父と継母の家から脱出することを早くから考えていたのだろう。一九二一（大正十）年、二十歳になった小熊秀雄は、旭川に一人やって来た。それは、唯一慕う姉ハツが旭川にいることを、〝偶然〟知ったからだった。

姉ハツは、小熊秀雄にとってそれまでの長い間、夢まぼろしのような特別の存在であり、探し求めていたただ一人の肉親であった。一九二一（大正十）年の徴兵検査の直後に、樺太・泊居から小熊秀雄は一人、旭川にやって来た。

姉ハツについて、後に小林葉子宛の小熊秀雄書簡（昭和十三年十一月十七日付）に、「姉にあつて私を思ひだしたとのことですが、ほんとうに姉は私とよく似てゐるのです、それに性格もそつくりです」と書いている。

小熊秀雄のそれまでをもう少し書いておこう。

姉ハツ十歳、秀雄三歳、幼い二人を残して実母マツは亡くなっていた。直後に父三木清次郎はナカと再婚。そして姉ハツは継母ナカによって養女に出され、しかも養家先からは五百円で身売りさせられ、鰊漁で沸く増毛《ましけ》、炭鉱の街夕張の料亭などを転々とすることになる。

まだ小樽にいた三木清次郎と継母ナカ、そして秀雄は、「一九〇四年、二五〇〇戸余りが焼かれた」

大火に遭遇、「ナカの本籍地稚内《わっかない》」に移住。その稚内に「樺太の豊原《とよはら》に移住する一九一二年まで」住み、秀雄は稚内の小学校に入学、程なく両親は稚内から樺太の豊原に転居。一時、小学校五年生の小熊秀雄は父方の叔母のもとに預けられて秋田県大館の小学校に通うが、どのような事情があったのか、三木清次郎・ナカ夫妻は六歳になるチエ（注・この先「第XI章　小熊秀雄・小林葉子宛書簡から」で書くことになる津村栄子の実母）を、養女として入籍していた（秀雄十一歳）。

一家は豊原からさらに奥地、泊居に転居する。一九一六（大正五）年、小熊秀雄は泊居の尋常高等小学校高等科二年を卒業（十五歳）、泊居で職に就いた。

それから旭川に来るまで、泊居の小熊秀雄は「鰊魚、イカ釣り漁師の下働き、昆布採り、養鶏場、炭焼き、農業などの手伝い、材木人夫、パルプ工場の職工」と転々とする。高等小学校卒業から徴兵検査（二十歳）までの五年間を、小熊秀雄はこうして過ごしたのだった。

そのころの樺太は、南半分が日露戦争の勝利により日本の領土に編入されて十年たらず、泊居にしても〝内地〟からの移住者はまだそれほど多くはなかったろう。高等小学校出の少年小熊秀雄の働き先は転々として、長くても一シーズン限りであった。

わずかに長続きしたのはパルプ工場の職工くらいだったが、その工場にしても危険で過酷な労働であり、小熊秀雄は「二本の指を製紙の中にしきこんで」「右手の中指と薬指が一節づつ失って」（今野大力「小ブル詩人の彼」）いたのだった。

こうした生い立ちの小熊秀雄が、泊居から脱出する直接のきっかけとなったのが、旭川の識者の間で伝説的に語られてきたことであるが、別れ別れになっていた七歳違いの姉ハツの写真と居所を、小熊秀雄が新聞で偶然に見つけたことだった。

遠地輝武による『小熊秀雄全集』所載の年譜「大正十（一九二二）年　二十歳」欄には、次のような小熊秀雄の妻つね子からの聞き書きがある。

この年徴兵検査あり（兵役関係なし）。この徴兵検査の令状により「秀雄は初めて戸籍謄本を見、自分が小熊マツの私生子となっていることを知り（それまでは小学校時代ずっと三木秀雄で過ごしてきました）驚愕と恥らいに怒りました。」「三木清次郎の一人子であり、実の子である自分が私生子となり、養女の妹が三木チヱとして清次郎夫妻の一人娘となっていることは、ひとえに継母ナカの仕業ときめて継母を憎み、それから幼時別れた姉ハツの居所をさがして、やっと北海道旭川に居ることが分りましたので、この姉を慕って北海道へ来たわけです。」「この時、姉ハツはすでに結婚していて、旭川の自分の家で踊りや三味線の師匠をしていました。」十八年ぶりに相見た姉弟はほんとうにうれしかったようです。

小熊秀雄は一九二二（大正十）年、二十歳のときにこのような経緯があって旭川にいた姉ハツのもとにやって来た。

姉ハツとの出会いについて、佐藤喜一「小熊秀雄論考」『評伝小熊秀雄』には、晩年のハツ（一九六一・四・五没）からの聞き書きが掲載されているが、小熊つね子の回想とはやや違っているものの、抜粋・整理すると、次のようになる。

①姉ハツは、父三木清次郎の再婚後、義母ナカによって小樽の安田留吉の養女として出されたが、その養家先からは増毛の料亭に五百円で身売りさせられ、その後夕張の「つたや」に移り、その「つたや」から出ていたハツの島田姿をみて、「姉ちゃんだ」と（小熊秀雄は）、すぐに（姉ハツに）手紙をよこした。「その手紙が着いた時、（ハツは）御飯を食べかけていたがのどに通らなかった」。

②夕張「つたや」にいたハツは、同じ夕張で福本亭を経営していた津村広一と知り合い、二人は夕張から旭川に移った。旭川ではタマエの源氏名で芸妓となり美妓で評判になった。

③二人には子供がなく、小樽から養子をとっていた。その養子・津村英一と、不幸な妊娠のため樺太から逃れてきた義妹チエを、ハツは結婚させる。（注・その、父清次郎・チエとの間の子が〝第XI章〟での津村栄子。）

④小熊秀雄は一九二一（大正十）年旭川に来たが、旭川に職は見つからず、小樽のヤマカ川上呉服店の店員となった。

確かに「昭和6・7年　旭川中心市街戸別図」にも「津村周旋（女）三味線教授」とあって、小熊秀雄が姉を頼って旭川にやって来たころには、姉ハツ夫婦は今の三・六街といわれる繁華街の一角に住まいしていた。

小熊秀雄が姉ハツと、一九二一（大正十）年に旭川で再会したことはどの資料でも一致している。佐藤喜一のハツからの聞き書きでも、ハツが夕張「つたや」にいたころに新聞に出ていた姉の写真を小熊秀雄が偶然見つけ、ハツに手紙を出し、二人の間で手紙のやり取りがあって小熊秀雄二十歳（一九二一年）の時、夕張から旭川に移っていたハツのもとにやって来たことが書かれている。

そして全集の年譜・大正十年（一九二一）欄には、「暫く姉の家に寄寓するが、職がなく、小樽のカネカ川上呉服店の店員となる（半年か一年の間か）」とある。

「呉服店での店主の信頼厚く、行商用の反物を背負ったまま、その家から借りた本を読み耽った」ともあって、小樽での小熊秀雄は、姉ハツの期待したような日々とはならず、その後の小熊秀雄を暗示するかのような日々が続いていた。

本だけではなく『小樽日報』など毎日の新聞を精読したり、店主からも薦められたりした単行本、雑誌を読み耽っていたのだろう。小樽ではそのような小熊秀雄であったから、それほど経たず、姉ハツに、旭川での新聞記者の仕事を依頼、再び旭川に戻ることになった。

ハツは小熊秀雄の希望を受け入れて、懇意の旭川新聞社社長の田中秋声に依頼、はじめは見習いであったようだが、大正十二年の元旦号の年頭の社員一覧には小熊秀雄の名があることからすると、前年にはすでに旭川新聞社に正式に入社していたのだった。

ともあれ旭川にハツがいることで小熊秀雄は姉を頼りに樺太・泊居から旭川にやって来て、いったんは小樽に行き就職したものの、再び旭川に戻り旭川新聞社に入社する。そこから新聞記者小熊秀雄の新しい人生が始まることになった。

付け加えるが、姉ハツの面倒見のよさは小熊秀雄に対してだけではなかった。小熊秀雄が旭川に来た翌々年になるが、前述のように父清次郎との子を身ごもった義妹のチエ（一九〇六〔明治三十九〕年生れ）をハツは引き受け、面倒をみることになる。

しかも義母のナカにしても、姉ハツにとっては自分を追い出した継母であったにもかかわらず、清次郎没後の晩年には、旭川でハツの世話になっていた。


〈注〉小熊秀雄の履歴に関しては、主に岡田雅勝著『小熊秀雄』（清水書院／一九九一）および『小熊秀雄全詩集』（思潮社／一九六五）を参照。

一九二三（大正十二）年、「近代演劇」公演

こうしたいくつもの事情を包み込んで、旭川が小熊秀雄の第二の故郷となった。

それにしても小熊秀雄は、ほんとうに人に恵まれていた。彼の人柄があったにしても、思う存分したいことを臆することなくできる場が、旭川新聞社はもちろん、旭川という新開地にはあった。それが小熊秀雄に幸いした。

とりわけまだ二十代の若い社長、田中秋声《しゅうせい》、三十代そこそこの編集長、昇季雄《のぼりすえお》。それに旭川の文化人とつながりが広い小林幸太郎、そのようなすぐれた先輩たちが旭川新聞にいたことが幸いした。

小熊秀雄の才能は、旭川にやって来た翌々年、旭川新聞に入社して二年目には、一気に全開する。小熊自身、やりたいことにはすべて手を染めていた。そのような生きいきとした小熊秀雄を大正十二年の『旭川新聞』からは読みとることができる。

派手に目につくのが小熊秀雄の「黒珊瑚」署名の特集記事。そして彼らの旭川初の「近代演劇」の上演。

小熊秀雄が、旭川新聞社に入社後間もない一九二三（大正十二）年の春、道北の拠点として街並みを急速に整えはじめ、〝市〟となったばかりの旭川では、地元の「紳士令夫人階級を以て組織」された「本道に始めての紳士・（淑女?）劇団」によって、「近代演劇」が初めて「錦座《にしきざ》」で上演されるのである。

それは画期的な出来事であったから、『旭川新聞』の見出しには「旭川文化協会　第一回演劇　試演公開」とある。〝試演〟という言い方に留意してほしい。〝演劇試演〟のために創設された旭川文化協会のメンバーの主力が所属する旭川新聞社の気負い、期待・不安感がつい出てしまったかのようだ（以下引用は『旭川新聞』）。

実は、この「近代演劇」公演は、その後北海道の農民運動で際立った活躍をすることになる岡山からやって来た重井鹿治《しげいしかじ》・しげ子夫妻にとっても、何かを暗示するスタートになっていた。

重井鹿治・しげ子夫妻については、ご息女・竹田英子さんに「追想　重井鹿治・しげ子」と副題のついた著書『秋色清香』（私家版）があって、重井鹿治来道にまつわる事実、その後北海道の農民運動に全力を傾注する重井鹿治・しげ子夫妻の、見落とすわけにはいかない数々が随所に書き込まれている。

重井鹿治にしても、父そして母との切ない離別があって第一次大戦後の大正八年、十七歳でひたすら一攫千金の夢を胸に、単身、岡山から北海道に渡って来ていた。おそらくまず札幌市であったろう。菓子屋の店員や運送会社の事務員など転々とし、「成人の日の頃は新聞社の見習い記者になっていた」と『秋色清香』にはあって、その新聞社が旭川新聞社だった。

重井鹿治がはじめて渡って来たその先が北海道のどこであったか『秋色清香』には、はっきりとは書かれておらず、直ぐに旭川へとされないこともないが、重井鹿治はとりあえず札幌に落ち着き、札幌で梅原松成《まつなり》と知り合っていた。

その梅原松成は、札幌市で新聞社である北海タイムスに入社。ほどなく旭川に転勤、旭川支局に勤務することになる。そして翌年、梅原松成もまた主要なメンバーとして参画する旭川初の演劇公演に、札幌にいた重井鹿治は梅原松成に誘われ、旭川へやって来ることになった。『秋色清香』にはそうした文脈で書かれている。北海道の農民運動の草分けとなる新婚の重井夫妻の直接の動機にしても、そのような伝手《つて》で、〝演劇公演〟で旭川にやって来たことにあった。

〈注〉大正十二年十一月刊行の板東幸太郎編『旭川回顧録』は、市政施行を記念するはじめての旭川市史・要覧であるが、「第十七章　第一節　新聞紙」に次のように書かれている。旭川新聞はこのころ急速に伸びた、これまた若々しい地元紙であった。

――旭川新聞は、大正四年十月二十日創刊し、東雲《しののめ》新聞と称したる旬刊なりしが社長田中秋声君は若年に似ず経営の材幹あり、北海旭新聞主筆たりし西川絹松君を聘して師事し大発展の秘策を講じ、大正八年十一月之れを日刊に変更し大正十年九月一日遂に輪転機を購入して活躍し西川氏の外小林幸太郎、昇季雄、河原木靖水、高橋市之助、小熊秀吉、秋山迪夫、国井正重、山木力、西部建而、千葉専治等の記者筆を揃へて、大獅子吼、大飛躍を試みつゝあり。

〈付記〉「旭川回顧録」の〝秀吉〟は、小熊秀雄のペン・ネーム〝愁吉〟の誤記。重井鹿治の名がないのは正社員ではなかったからか。

また、演劇公演に直接関係してはいなかったが、『旭川新聞』に一九二二（大正十一）年、編集長として招聘《しょうへい》されていたのが昇季雄。当時、新進の著名なロシア文学者であった昇曙夢《のぼりしょむ》の弟であり、この二人の存在は、その後の小熊秀雄にとっては特別な意味を持つことになる（第Ⅲ章旭川新聞、小熊秀雄の童話）。

もう一人、小熊秀雄が、晩年と言ってもまだ三十代後半だが、これほどまでに心のこもった手紙があるだろうかと、つい思ってしまう手紙を交わす小林葉子は、旭川新聞の前身東雲《しののめ》新聞時代にすでに入社し〝演劇公演〟では中心的に活躍する小林幸太郎（昂《こう》）記者の長女だった（第Ⅺ章小熊秀雄と小林葉子宛書簡から）。

小熊秀雄にしてもこの演劇公演がマルチ文化人としてのスタートになるが、新聞記者、医師、弁護士、商店主、教員、そして主婦といった街の若者たちが、はじめて舞台に立っていたのだった。大道具小道具すべてを彼らは自分たちで用意した。新聞広告の見出しには〝試演公開〟とあって、その言い方には何となく恐る恐るという気づかいがあるように思う。「出し物」は、

〝世界の婦人参政権運動の導火線となつた〟イプセン作・問題劇「人形の家」三幕。

シェークスピア作・古典劇「ベニスの商人」一幕。

山本有三《ゆうぞう》作・社会劇「女土工」一幕（以上、いずれも『旭川新聞』見出しより）

であった。主役ではなかったが、小熊秀雄は三作すべてに出演。ほかに三作共に出演していたのは、北海タイムスの梅原松成、重井鹿治の妻しげ子だった。重井鹿治は二作に出演していた。

山本有三作・社会劇「女土工」一幕について、『旭川新聞』は報じている。

最愛の吾児を殺すといふ社会劇で当局に許可を願つた処その内容に就いては了解を得たが、題の『嬰児殺し』では時節柄余りだといふので許可されず『女土工』と改題して了解を得、上演する事になった。

後年、今野大力が亡くなった折の追悼文「北海道時代の今野大力」で小熊秀雄は、十代半ばで一時北海日日新聞社に勤めていたこともある今野大力のことを「旭川といふ土地がもつ特殊な情熱的な青年的な雰囲気の中で」育った、と書いている。小熊秀雄自身がそうだった。二人だけではなく彼ら青年たちにとって旭川は、市制がやっと施行されたばかりの初々しい時代だった。

特筆されていいことは、この「近代演劇」を演じようとしている旭川文化協会の主力が旭川在住の若い新聞記者たちをはじめとする、北海道二世世代となる若者たちであったことだ。

岩淵良雲、小林昂（幸太郎）（注・以下カッコ内は本名）、小熊愁吉（秀雄）、山木力、西部健而、重井鹿治は旭川新聞社、新谷信は小樽新聞、梅原松葉（松成）は北海タイムス旭川支局、とこのように旭川市内の若い新聞記者が中心となって、気鋭の旭川の「進歩的青年男女」「二十数名」が結集していたのだった。

「旭川文化協会公演（錦座　大正十二年六月十五日）」記念写真
（梅原松成さんのご子息、成昭《なりあき》さん所蔵）

演劇上演のための旭川文化協会の設立総会は五月五日に開催。七月十四、十五日の両日には公演。その間ほぼ二カ月の準備期間だったが、「進歩的青年男女」二十数名がひとつの目的のために結集して猛練習、そしてすべて手作りの舞台。公演当日には二日間とも「大入り満員に近き成績」（「旭川回顧録」）となっていた。

『秋色清香』の別の章には、「鹿治は札幌で「奉公」しながら知人を得て、北海タイムスの梅原さんという人を頼って旭川へ移った」（「しげ子のメモ」）とあって、そのことからは、重井鹿治と北海タイムス（昭和十八年からは北海道新聞）の記者梅原松成との交友が、まず札幌ですでにあったことがわかる。

その後、北海タイムス入社直後に旭川支局勤務になった梅原松成（演劇でのペンネーム〝松葉〟）記者に誘われて重井鹿治は旭川に向かったのだった。

当事者の確かな証言は見つからなかったが、二人が札幌時代にたまたま知り合い、いつか親しい間柄になっていたことが『秋色清香』からは見えてくる。

北海道生れの北海タイムスの新進記者梅原松成の熱心な勧誘があって、翌大正十二年には、重井鹿治夫妻にしても思いがけない「演劇公演」での大活躍と、その後のお膳立てが梅原松成によって整えられていた。そのことは、特筆されていいことのように思う。

実は、「演劇公演」の二年後、一九二五（大正十四）年、旭川市では北海道初の農民組織、日本農民組合関東同盟北海道連合会（日農北連）が結成されている。重井夫妻には初の、ある意味では彼ら本来の活躍の場が、今度は地元旭川の農民組合運動の活動家五十嵐久弥《きゅうや》らの尽力によって、用意されることになった。

日農北連は、その後北海道の農民組合運動、とりわけ小作争議の原動力になっていくが、演劇公演で主役を演じた重井鹿治（敏郎）、妻しげ子（繁子）の二人の存在は極めて大きく、翌年の旭川第一回メーデーでのしげ子の演説にしても、『旭川新聞』の報道には、巷の話題になるほどの写真入りで大きく紹介されている。

重井夫妻にとって北海道での新たな出発点となった演劇公演について、重井鹿治は次のように回想している。

大正十二年は東京大震災の春だった。北海道旭川市での文化運動として、その街の若い新聞記者、医師、弁護士、教員その他進歩的青年男女が、新しい演劇運動を展開したことがある。（中略）

今から見れば浪花節的かもしれないが、その当時としては驚くべき出来事で、北海道の文化運動をしんかんさせた。

〝しんかんさせた〟は、当時の報道からしても決して誇大な表現ではなかった。ただ『旭川新聞』によると、続けて第二回目の旭川文化協会公演が予定されていたものの、九月一日の関東大震災の余波から公演は実現しなかった。

〈付記〉五十嵐久弥著『農民とともに43年』（労働旬報社／一九七二）には、旭川市が北海道の農民運動の発祥の地となっていく経緯について、次のように書かれている。

「北海道の農民運動が、全国的農民組織の一翼として、荒岡庄太郎、重井敏郎（鹿治）などの活動によって誕生したのは一九二五（大正十四）年十月旭川市においてであった」、神楽争議の翌（大正）十四年には、播いた種が実を結んだ。同年四月末には岡山の大農場藤田農場で争議の経験をもった重井敏郎が来旭した。」

〈注〉重井敏郎（鹿治）が来旭した年については、五十嵐久弥に記憶違いがあるようだ。そのころ五十嵐久弥も旭川在住であったが、大正十二年の「演劇公演」についてはあまり関心を持っていなかったようであり、五十嵐久弥『農民とともに43年』には「演劇公演」に関連する記述はない。

第Ⅱ章　小熊秀雄・今野大力、二人の出会い

重井鹿治と梅原松成、そして平岡敏男

ここでもう一人、北海タイムスの梅原松成と同じく、北海道に生れ育った新聞人、後に毎日新聞社の社長となる平岡敏男を紹介しておかなくてはならない。平岡敏男がまだ庁立旭川中学校の下学年だった大正十一年のことになる。

平岡敏男によると、平岡は重井鹿治と共に演劇公演の前年、旭川での第一回上川文芸雑談会に出席していた。そのことを平岡敏男は、前掲の竹田英子編著『秋色清香』所載「旭川文芸時代の重井鹿治氏」（一九七〇・平岡敏男）で書いている。

旭川でのこの文芸雑談会に、平岡敏男が中学二年生で、重井鹿治ら街の大人に混じって出席してい

たことに驚くが、平岡敏男はそのエッセイで、「大正十一年の『旭川新聞』にこういう記事がのっている」という書き出しで、上川文芸雑談会では、小熊秀雄の短歌が「デスカッション」の素材になっていたこと、そしてまた翌年の演劇公演では際立つほどに目立った活躍をする重井鹿治もまた演劇公演の前年の秋にはすでに旭川にやって来ていて、上川文芸雑談会に出席していたこと、重井鹿治はそのころ「運送会社のようなところにつとめていた」こと、中学生の平岡敏男は「新婚早々の重井氏宅によばれ」ていたことなどを書き残している。

このエッセイは平岡敏男が直接送付したのか、竹田英子が何かから引用したものなのか判然としないところもあるが、旭川での「近代演劇」公演の前年、大正十一（一九二二）年のこととして平岡敏男は書いていて、それは確かなことのようである。

小熊秀雄に戻ろう。その一九二三（大正十二）年の年明けには、小熊秀雄はまだ中学生の平岡敏男らを誘い「悪魔詩社」を名乗って、小熊 愁吉《しゅうきち》名で『旭川新聞』に連続して詩を掲載、またヒデオ名で〝童話〟を次々に発表していく。秋になると「旭川の芸術史上に一つのエポックメーキングを画した」（『旭川新聞』記事より）赤耀社《せきようしゃ》の洋画展が開かれ、驚いたことに小熊秀雄はこの美術展にも、油彩画を出品していた。油彩を描いただけではなかった。講演の夕べでも「女を巡る眩惑と香気並に華やかなる行列其他の創作について」と、自作の絵について美術評論家のように論じていた。

冬に入り、今度はチルチル童話会の公演、文芸雑談会。

小熊秀雄はその出発の年から、旭川の目につく新しい文化活動すべてに直接かかわっていたのだった。まだ人口は数万の〝市〟になったばかりの街であったから、そのような小熊秀雄が目立ったのは当然だった。さらに前年にも小熊秀雄は、短歌の旭川潮音会の例会に出席していた。二年前までは樺太・泊居で職を転々としていた小熊秀雄の、一九二三（大正十二）年から翌年（大正十三年）にかけての、まだ二十二歳のことだった。

本書はこの先、大正から昭和にかけての、ほぼ十年近くの旭川時代の小熊秀雄、今野大力をまず書いていくことになるが、中でもとりわけ当時の十代から二十代にかけての生きいきとした青年群像が、演劇公演という旭川の表舞台に登場する。この演劇全てに主役を演じていた重井夫妻の長女である竹田英子さんは、編著書『秋色清香』で、「父には二つの故郷がある。一つは岡山であり、もう一つは北海道である」という非常に印象的な言葉を書き残している。

考えてみると〝二つの故郷〟という言葉の意味するものは、重井鹿治だけではなく、北海道の住民一、二世すべてに共通する言葉であった。

小熊秀雄だけではなく、「新劇」の公演を成功させ、次々に湧き起こるこうした文化運動に参加した「進歩的青年男女」にしても、街並みを整え活気が出だしたとはいえ、未だ開墾の痕跡をあちこちに残している旭川の二世世代に属する若者たちである。

小熊秀雄の父三木清次郎、そしてこの先引用する今野大力の父今野（旧姓加藤）喜平の一家にしても、明治の半ばから末にかけて〝内地〟から持てる限りの物を背負い、手に提げ、はるばる海を越えて移住してきた北海道一世であった。彼ら一世は、ひたすら一家の生計を支えることに精一杯だった。

その上に、二世たちの、若々しく物怖じしない生きいきとした活躍が生まれたのであった。

今野大力の生い立ち——彼ら北海道二世世代

もう刊行してから二十数年経ってしまったが、私の旧著『遥かなる屯田兵』（高文研／一九九二）でもそうした一、二世たちについて心を込めて書いたつもりであるが、当時〝内地〟から津軽海峡を越えてはるばる北海道に渡って来るということは、決して大袈裟ではなく、水盃《さかずき》を交わしての今生《こんじょう》の別れの時代であった。本書のもう一人の主人公今野大力は、小熊秀雄ともまた違っていて、北海道には近い東北から移住の経歴になる。

今野大力については、旭川で一貫して今野大力研究を続けてこられた佐藤比左良《ひさら》さんに、今野大力の生地でのていねいな聞き書き取り、綿密な調査があり、佐藤さんの著書から、長くなるが語りのまま引用させていただこうと思う（佐藤比左良「今野大力あれこれ」二〇〇七年九月／旭川市井上靖記念館・講演速記録）。小熊秀雄や重井鹿治とはまた違った、福島に住む今野大力の親たちがそこにはいる。

大力の父喜平が今野家に「いり婿入籍」するのは、旭川に来る直前ですから、ずっと加藤喜平でした。

その加藤家では、明治になるまでは、伊達家から扶持ももらいながら、田圃もつくっていました。

ここで大力が生れるには、お母さんの今野いねよが居なければなりません。

しかし大力の父、喜平は加藤家の次男ですから、土地を持たず、荷駄を運ぶ馬方《うまかた》をしていました。すぐ近くに阿武隈《あぶくま》川が流れており、船着き場があったといい、仙台方面との荷物の流通に利用されていたようです。ここは又、現在の丸森の町を貫く国道一一三号線に近く、いい位置です。

そして一九〇一（明治三十四）年になると、今度は、仙台方面の槻木から角田までだった角田馬車軌道が館矢間（現在の丸森駅の近く）まで開業、全線開通します。

この角田から館矢間の工事は二、三年前から進められ、喜平はその資材運搬などをしていたのだと思います。

この今はどちらも丸森町の館矢間と金山（原町ですね）に引かれた線上、現在の丸森駅から金山方面に少し行ったところに丸森橋という、旭川でいうと、旭橋のような町のシンボルとなっている橋があり、それを渡りきると、田町という所になります。

その田町に、大力の母となる「いねよ」が住んでいました。

角田、館矢間の工事が始まったのは、一八九九（明治三二）年、明治十三年生まれの「いねよ」が十九歳の時でした。

「いねよ」は、両親に早く死なれ十四歳の時に家督を相続し、今野家の戸主となり、祖母のゐんと暮らしていました。いねよの住んでいた家は、大力の言うとおりだと間口も、奥行きも九尺といいますから、畳四畳半ですね。それで居間、寝室兼用、それに一寸した土間に餅や駄菓子、草鞋なども置き、表に床几《しょうぎ》（長椅子）の一つもある、雑貨を商う店と言われていますが、小さな茶店だったようです。

仕事の行き帰り、喜平は一服つけに立ち寄り、一服つけるというよりも、いねよの顔を見るために寄ったという方がいいでしょう。看板娘の、色白で小柄なおとなしいいねよに惹かれていました。

店番はいねよ一人です。祖母のゑんは、二人で坐っていては暮らしがたたないので、餡餅などの行商をしていました。喜平はシメタと思ったでしょう。当然のように二人の間に、女の子が産まれました。大力の姉のキクエです。

キクエは一八九九（明治三二）年生まれ、工事の始まりとぴったりです。その後はもう事実上の今野喜平として、加藤家を出て、いねよの傍で暮らしていたのかもしれません。今野家の戸主であり、祖母のいるいねよは、やすやすと加藤家に入るわけにはいきません。ですから、その五年後に大力が生まれるわけですが、大力の出生地は「丸森町田町北三八番地」（中略）と考えるほうが自然です。喜平が今野家の婿として届ける前は、キクエも大力もいねよの私生児として戸籍届がされています。

大力一家が旭川に来るにあたって、その一年ほど前に、祖父喜四郎と伯父慶三郎一家九人の大家族が旭川に移住しています。

それはここ数年の東北地方を襲った冷害による大凶作に暮らしがたちゆかず、夜逃げ同様の移住だったようです。この時、喜平の籍も一緒に、旭川に移されました。（中略）喜平は、籍は旭川に移されたものの、今野を継ぐ約束、そしていねよの祖母ゑんの大反対と、キクエと大力の二人の子もあってみれば、そう簡単には北の果てには移住できませんでした。

ところが、そこに旭川の伯父慶三郎から、耳寄りな情報が届きました。旭川での馬鉄開通です。喜平は、前にお話した角田馬車軌道の繁盛ぶりを見ていますので、御者《ぎょしゃ》の口でもあろうかと、説得しても聞いてくれない、いねよの祖母ゑんを一人残してでも、急いで旭川にやって来たのではないでしょうか。

佐藤比左良さんの講演から、今野大力親子の宮城県から旭川への移住の経緯に限って引用させていただいた。今野大力に関連する佐藤比左良さんの著述はとりわけしっかりしていて貴重だ。北海道では〝内地〟、それは北海道から見ての彼らの出身地、本州、四国、九州を指す特有の表現であるが、三世にあたる私たちのような子どももよく使っていて、今も懐かしい言葉がその〝内地〟だった。

〝外地〟にあたる北海道には、〝内地〟のようなその土地に束縛されるしがらみがあるわけではなし、引っ越しに手間のかかるほどの大袈裟な家屋敷や家財があるわけでもなし、少しでもよい稼ぎがあると身軽に転居できた。たまたま転居先が、小熊秀雄の一家のように新たな〝外地〟樺太《からふと》になったかもしれないし、今野大力の場合のように〝拓殖〟北海道でもまた奥地、当時は上川郡上名寄村有利里《うりり》開発所（現名寄市瑞穂）のような土地であったかもしれなかった。そこに何かよさそうな手づるや物件が見つかると、すぐに移り住んでいたのだった。

おまけに十年おきに日清、日露の戦争があった。徴兵された一世の多くが戦死した。苦労したのは残された妻であり、まだ幼児であった二世世代であった。その十年後には今度は第一次世界大戦となる。屯田兵をはじめ北海道の開拓者たちは戦争に翻弄され続けた。

大正期に入り二世世代の時代になって、やっと貧しいながらも彼らの生活にゆとりが見えはじめる。文化が芽生えてくる。夢も拡がってくる。それが北海道の、旭川の、彼ら二世世代の大正という時代であった。

そうした意味で小熊秀雄、今野大力は典型的な北海道二世世代であった。二人に北海道育ちの原像をありありと見ることができるのは、私一人ではないだろうと思う。

また、こうも言える。〝内地〟から海を隔て、未だ殖民地然としていた北海道で育っていただけに、小熊秀雄、今野大力にしても、〝内地〟とりわけ東京への憧れは痛切だった。

にもかかわらず上京を果たしてからも北海道育ちの特徴を色濃く持ち続け、北海道から離陸できずにいたのも、そうした若い北海道二世たちであった。

ただ、小熊秀雄については次のようなことが言える。

今野大力は、小林多喜二にしてもそうであったように、北海道から東京に出てからも、老いた父母や家族の面倒をみなければならないほど貧乏であった。それもまた北海道二世のありのままの姿だった。ただ小林多喜二、今野大力には、貧しいながらもしっとりと成り立っている温かい家庭があった。そのような家庭を支える母親がいた。

ところが、小熊秀雄にはそれがなかった。物心がついた時に家庭は崩壊していた。小熊秀雄に「母親は息子の手を」（一九三三）という詩があって、本当の母親の愛を知らないで育った小熊秀雄の痛切な思いが、この詩からはストレートに伝わってくる。一節を引用しよう（注・引用は第六連）。

豊多摩刑務所で
同志佐野博の母親が
接見所で息子と話が終つたとき、
同志佐野の手をギューツと握つた。
その息子の手は氷のやうに冷めたかつた
「お前、なんてまあ冷めたいんだね。」
斯ういつて母親は
両手でしきりに息子の手をさすつた。
看守は烈火のやうに怒つた。
「よせ、飛んでもないことをしやがる。」
鬼奴は床をドンと
金棒で突いてイキリ立つたそうだ。
俺はこの話を聞いたとき
母親とは、息子の手が冷めたい時は
手をさすつて温めてくれるものと始めて知つた。

俺にはそんな経験はないんだ。
なんといふ母とは優しいものだらう。

今では死語に近くなったかもしれないが、プロレタリアートということばがある。当時、無産階級と訳された。今野大力、小林多喜二にしても小熊秀雄にしても、背負えるだけの家財道具を大人も子どもも背負って、〝内地〟から新地北海道にやっとたどり着き、寝場所つくりから始めなければならなかった。北海道のそうした移住者には、プロレタリアートということばはぴったりであった。時と場合によっては〝革命〟ということばがストレートに入り、理屈ぬきで肌身に受け止めることができる世代でもあった。

一九二〇年代、今野大力と平岡敏男

二十歳になった小熊秀雄が、たった一人の姉津村ハツを頼って樺太泊居《とまりおろ》から旭川にやって来たのが一九二一（大正十）年。一方、その三歳年下で十六歳の今野大力が、両親家族ともども名寄そして深川・ウッカを経て、再び旭川に戻って来たのがその前年の一九二〇（大正九）年、ほぼ同じ時期である。

旭川に両親共々やって来た今野大力は、一九二一（大正十）年になるとペン・ネーム今埜紫藻《こんのしそう》で、小熊秀雄より先に詩を発表していた。生田春月が主宰する東京の詩誌『文芸通報』への投稿だった。

その年の十二月号には「夕べの曲」が、翌一九二二（大正十一）年一月号に「今日もまた」、四月号には「こころ」、そして「楽しい会合」（九月号）、「秋吹く風」（十一月号）と続けて今埜紫藻の詩が『文芸通報』に掲載されている。

地元旭川の詩誌ではどうだったか。

今埜紫藻の「友と二人の夜」が、一九二二（大正十一）年、まだ旭川中学校二年生だった平岡敏男による個人詩誌『青い果』（九月刊）に掲載されている。平岡敏男は今野大力より六歳年下、小熊秀雄からすると八歳も年下だった。（注1）

そして翌一九二三（大正十二）年、平岡敏男がその一員である、旭川中学生らが刊行する詩誌『白楡』に、今埜紫藻の「北海の夜」が掲載される。

小熊秀雄が小樽から旭川に戻った一九二二（大正十一）年には、今埜紫藻にとってはすでに六歳年下の平岡敏男が、地元旭川でのはじめての詩友になっていて、詩人としての活動を始めていた。

友と二人の夜

今埜　紫藻

遠い野中の家より／私を慕うて呉れる友は／今夜も十時がなって帰った／夜霧を分けて来て呉れても／あたたかいもてなしさえ／貧しい私達にはゆるされず／ひとへの着物のはじを／幾度か合せながら／語りても聞いてもほほえみながら／何程のへだてた思いもなく／ありのままの事を

語らいて／お互に解け合うよろこび／本箱からは／勝手なものをとり出して／入れ様ともせず／
一ぱいに机の上につまされる／傍にも又誰ひとり／じゃまになる人もなければ／ただ二人自由に
／束縛の棚をのがれて／友も私もにごりのない／友情にひたってゐる

―平岡君と語りし夜に

今野大力の溢れんばかりの友情がこの「友と二人の夜」には描かれている。
この詩の平岡敏男も、後になって当時の今野大力を回想して次のように書いている（『焔の時灰の時』毎日新聞社／一九七〇）。

年譜によると、かれは十六歳のころから「旭川の二条通十九丁目に住む。父は街頭の易者になったり、母は綿工場で働いたりした」とある。

記憶はおぼろげであるが、そのころ私が訪ねたのは、この家ではなかったかと思う。戸をあけるとすぐに座敷があり、そこに祈祷所のように神式の祭壇が設けられてあった。今野の父君にも、お目にかかったが、いかつくひげをはやしていたが柔和な眼が印象的であった。その座敷のとなりに小さい二、三畳ほどの室がありそこで、かれは生田春月らの詩集などを出してきてたのしく語りあった。かれの「友と二人の夜」という詩にその雰囲気が出ている。

「青い果」の表紙には若い日のゲーテの肖像が出ている。その写真は今野から借りたもので私はわざわざ札幌の製版所へ送って銅版にしてもらった。紫藻時代の今野は実に清純、そして心のやさしいひとであった。かれとのつきあいで、不愉快であったという記憶は全然ない。そして私は本名が大力であることさえ知らなかった。純粋でヒューマンなかれが社会の矛盾に目を開かれ、その本名にふさわしい力強さを見せはじめる三年ほど前の大正十四年（一九二五）私は弘前高等学校に入って旭川を去りかれとの交際がとぎれてしまった。

このように詩友として平岡敏男の近くに今野大力がいた。そして一九二三（大正十二）年一月十五日付『旭川新聞』によると、小熊秀雄と樹島逸平《きしまいっぺい》（平岡敏男）、鈴木優輝《まさてる》の詩作品が初めて『旭川新聞』日曜文芸欄に掲載される。

この時は小熊秀雄だけに〝悪魔詩社〟の肩書きがあり、次週からは鈴木優輝、樹島逸平にも悪魔詩社がついた。一月から始まった「日曜文芸」欄担当記者が小熊秀雄であったから、その主導によるものだったろう。

ところが当時の『旭川新聞』は、旭川市中央図書館にマイクロ・フイルムで所蔵されているのだが、どうしたことか先に書いたように肝心の、彼らの前史に相当する大正十一年版だけが、一年分そっくり欠けたままになっている。ために小熊秀雄についても、旭川新聞に入社した一九二二（大正十一）年から翌年にかけてを知ることはかなり難しい。

ただ、後に平岡敏男が著書『焔の時灰の時』でかなり補ってくれていて、中学二年生の平岡敏男がまず今野大力の、続いて小熊秀雄の詩友になっていたことがわかった。

平岡敏男は、「大正十一年の旭川新聞にこういう記事がのっている」と、次のように書いている。

小熊と私は、二人きりで、悪魔詩社という名称だけの会をつくり、旭川新聞に、悪魔詩社の肩書をいれて詩を発表した。それがどれくらい続いたか、私がどんな詩を書いたかはおぼえていない。

かれが、私より年長であろうとは考えていたが、私より八つ上の一九〇一年生れであったとは、今度年譜をみるまでは知らなかった。ふたりで悪魔詩社と名のついている間はよかったが、当時、カフェーへコーヒーをのみに入っただけでも学校当局から処罰される中学生が、詩以外の私生活の面で小熊についていけるはずはなかった。沼田郁郎にきくと「平岡君は人道主義者ですからダメですよ」と小熊はいっていたらしい。

また平岡敏男は、次のようにも書いている（既出の竹田英子編著『秋色清香』所載）。

大正十一年の『旭川新聞』にこういう記事がのっている。「去る十一月一日午後六時より旭川商工会議所にて第一回上川文芸雑談会を開催しました。参会者九名でたけなわになるにつれて議論百出し、小熊さんと大須さんの間に生活派短歌の形式論が取りかわされ、そこへ日野さんが乗り出して氏一流の議論を吐きなどしました。雑談終って各自持ち寄り短歌の互評をし、平岡さんの歌が批評の中心となって一時間にわたりました。」

この会は文芸雑談会とはいいながらも、かっこうは短歌会であった。短歌会でありながら実質的には文芸論のディスカッションの場であった。参会者は坂野多佳春、重井鹿声、日野劫作、菊地耕一、藤巻胡雨吉、大須英一、沼田郁郎それと小熊愁吉と私であった。小熊の歌二首が、その記事とともに新聞に出ている。

なみ底のもぐりの男悲しけれ　妻のポンプをたよるなりけり
寒天をたたえしごとき重々し　海のうねりにもぐりあらはる

これより数年後旭川歌話会時代は、もっといい歌をつくっている。かれの情熱が沸騰し結晶したのは、もちろんかれの詩であるが、こういう歌にもやはりかれの気持ちがよくにじみ出ているような気がする。

〈注〉坂野多佳春、重井鹿声、日野劫作は翌十二年の旭川文化協会の演劇公演のメンバー。藤巻胡雨吉は旭川啄木会。沼田郁郎、平岡敏男は旭川中学校生、菊地、大須についてはわからない。

平岡敏男が書いている小熊秀雄の短歌は、未刊の歌集「幻影の壺」にある〝潜水夫《もぐり》〟四首のうちの二首、また〝築港の真昼の砂にさかしまに潜水夫の服のほされたるかも〟の一首もあって、それらは旭川新聞に入社する前年、一九二一（大正十）年に小樽の川上呉服店の店員になっていたころのことをうたった短歌であった。

「生活派短歌の形式論」とはどのようなことなのか、また「雑談」の内容についてもそれ以上の説明はないが、この記事からすると議論を可能にするような「文芸観」が、小樽から旭川に戻った小熊秀雄にはすでにあったことがわかる。

当時はまだ旭川中学校二年生だった平岡敏男は、文芸雑談会に「短歌の友人沼田峯太郎（ペンネーム郁郎）に連れられて」（『焰の時灰の時』）とあって、はじめての出席であった。そうでありながら「平岡さんの歌が批評の中心となって」とあって、参加者たちが並みではないセンスを平岡敏男に見ていたことがわかる。

小熊秀雄ともこの時が初対面であったかもしれず、小熊秀雄が八歳年下の中学生平岡敏男（樹島逸平）と翌年には詩の〝結社〟悪魔詩社をつくる構想はこのころからであったか。いずれにしても小熊秀雄の関心が短歌にあったのは確かだが、小熊秀雄が詩作に向かう直接的な動機は、平岡敏男にあったと考えてもいいような気がする。ただ、悪魔詩社は、小熊秀雄自身が名乗っていながら早々に解消してしまっていた。

詩人としては小熊秀雄よりも早いスタートだった今野大力と平岡敏男だが、特に悪魔詩社に誘われてはいなかった今野大力のことを、もう少し続けよう。

今野大力は、前年の一九二〇（大正九）年には十六歳で北海日日新聞社に給仕として採用され、すでに旭川市で働いていたが、翌年の一九二一年には北海日日新聞社を辞め、旭川郵便局に勤務することになる。小包係であった。

このころ今野家は、前年に現北海道深川市ウッカでの澱粉工場の経営に失敗、旭川に移ったが一家の生活は極貧に近く、長男の大力は郵便局の勤務明けには母の働く縄工場で働くなど、家計を助けるための労働は人一倍厳しかった。ただ今野大力には貧しいながらも家に帰ると和やかな家族、親や姉妹、弟がおり、小さかったが彼の一部屋もあって、詩作に読書に耽ることができた。

その今野大力は翌一九二二（大正十一）年、先に書いたように平岡敏男の編集する雑誌「青い果」の同人となっていて、平岡とのつきあいにしてもわずかだが、小熊秀雄よりも先だった。

しかも今埜紫藻は、詩「古典の幻影」が、一九二三（大正十二）年には、『大阪朝日新聞』一万五千号記念懸賞文芸作品自由詩部門（選者・富田砕花）で銀牌を受賞している。

発表は『大阪朝日新聞』（大正12・8・22）。金牌三編、銀牌十編、選外佳作十八編が入選作。今野紫藻の銀牌は、応募総数二二〇六編中一桁に入る高位であった。

「古典の幻影」の末尾には〃一九二二年十月〃とあるから、書かれたのは受賞の前年、平岡敏男の「青い果」の同人であったころのことになるだろう。

ただ、どうしたことか、これほど高位の文学賞の受賞は新開地旭川では初の快挙であり、『大阪朝日新聞』（10・6付）では、今埜紫藻「古典の幻影」が四段抜きで紹介されているにもかかわらず、当時の『旭川新聞』には関連する記事が見当たらない。彼の友人たちの語る記録もない。七十年後の一九九五（平成七）年になって、今埜紫藻「古典の幻影」は〃新発掘作品〃として、それも全国誌「民主文学」六月号で、地元旭川にやっと知らされていたのだった（注2）。

「古典の幻影」は、六十五行十連からなる長編叙事詩、ごく一部になるが紹介する。

日暮れて薄闇なり／かすかに呻きのきこゆ／巍然たる山脈の畔り／海波岩にくだけるあたり／苦痛に呻ける騎士の一人／倒れたる馬と共に／横たへてあり

薄暮なれば、僅かにほの見ゆるは／盾なるか、／自由のための剣なるか、／ああ自由のために／かくは一人の勇士と馬は倒れたるを

（略）

家には妹あり／母あり　父あり／睦ましげに見えて／庭には鶏の三羽／彼がえさを与へしあり／畑には父と母の土を耕すあり

その家を立ち出でてより六月／遠き処に於て／今苦痛に悩む人を／省みる心もなし／（門出には勇ましく送りしなれば）

（略）

祖国のために／自由のために／選ばれて戦には出でたれど／郷を恋ふる心は失せじ／情ある心は失せじ／ああ白砂と岩石のかたへ／目覚難き創《きず》／流れる血　絨《じゅう》衣《い》を染む

日暮れて薄暮なり／騎士は眠る／馬は再び立たず／風はかばねを吹いてゆく

この「古典の幻影」を紹介した津田孝さんは次のように書いている。

「古典の幻影」に歌われているのは、読めばわかるように、古代ペルシャかどこか（ギリシャあるいはローマかもしれない）の若い英雄が、祖国と自由のためにたたかって死んでいく哀切な最期である。大力が詩作をはじめたころの作品であるが、そのうたいぶりの、格調の高さに驚かされる。同時に、彼が不屈にたたかった短い生涯を知っている私たちは、みずからの生涯を先取り的にうたった、挽歌を読むような錯覚におそわれる。

〈注1〉平岡敏男は、資格検定試験に合格、飛級で旭川中学校に十二歳小学校五年生終了で入学。後に『東京日日新聞』が毎日新聞社となった時の初代社長、その後会長に就任。旭川育ちでは特段の経歴を持つ著名人。《第Ⅶ章　今野大力「小ブル詩人の彼」をめぐって》で再度登場する。

〈注2〉津田孝著『宮本百合子と今野大力』（新日本出版社／一九九六）所載。津田孝さんは、「発見したのは今野大力没後六十周年記念行事実行委員の一人である（旭川市の）杉森経弘氏」だった、と書いている。

小熊秀雄・今野大力の出会い

一九二三（大正十二）年という年は、先に書いたように小熊秀雄が前年に知り合った平岡敏男と鈴木優輝と三人で悪魔詩社を立ち上げた年であった。また、旭川文化協会の「（地元の）紳士令夫人」による「近代演劇」が錦座で上演された年だった。ただ今野大力はこの「演劇公演」には関係していなかったようだ。

この年、平岡敏男の詩誌『青い果』は三号で終えるが、一月十五日付『旭川新聞』文芸欄には、二人の第一作〝悪魔詩社小熊愁吉〟「奪われた魂」、そして平岡敏男は樹島逸平のペンネームで「涙」が並んで掲載されている。トップは鈴木優輝の「詩劇　夕暮」だった。ただこの日は小熊秀雄にだけ「悪魔詩社」が付いている。

次の週の「日曜文芸」欄になって、樹島逸平、鈴木優輝にも悪魔詩社の肩書が付いて、小熊愁吉が二人を誘い、三人での詩社になっていたことになるが、今野大力の詩作品が『旭川新聞』に掲載されるのは、だいぶ間を置いて六月十六日付の「土の上で―私が私自身にいう言葉―」であった。

小熊秀雄、平岡敏男とそれぞれに接触のあった波多野勝は「今野紫藻さんの思い出」（『文化評論』一九七三・十二）に次のように書いている。

今埜紫藻（大力）さんに初めて逢ったのは確か、大正十一年の冬、まだ雪の降らない十一月末頃だったろうか？　旭川市の一条通八丁目左五号、洋服縫製の沼田峯太郎さんの家だったことを、はっきりと覚えている。（中略）

この（旭川）潮音会の歌会には、今埜紫藻さんも、時々顔を見せていた。顔触れは大須栄一、藤巻幸吉、加藤林四郎、沼田峯太郎、今埜紫藻、平岡敏男の面々で、その頃、私は平岡さんと、急激に仲よくなって、いつも一緒だった。（中略）

〝はっきり記憶している〟第二は、加藤林四郎さんと、今埜紫藻さんとが詩と短歌と、どちらがいいか、について口角泡をとばして激論をたたかわしたことである。二人とも絣の和服、今野

さんは、筒袖、いがぐり。加藤さんは、角袖、長髪。そして二人とも小倉の袴をはいていた。加藤さんは、

「紫藻さんは詩人だが、この歌は、とてもうまい。歌に専念すべきだ。」

と言う。今野さんは、

「いやいや、短歌より詩がいい。第一この歌では、到底、私の気持全部を表すことができない。詩であれば、いくらでも、長くしてあまさず言い表わせる。」

と主張してゆずらず、この時は、おとなしい二人が、どうしてこんな激論をとばすのか不思議で、私は、かわるがわるその顔を見くらべていた。

波多野勝は卒業して今野大力と同じ旭川郵便局を辞め、一九二八（昭和三）年には上京、大森郵便局に勤める。今野大力について「今野紫藻さんの方が詩作活動が（注・小熊秀雄よりも）ずっと早かったし、小熊秀雄さんは（注・今野大力の）情熱に刺戟されて詩作活動に入ったとの印象が私には強い」とも書いている。

波多野勝はその後も二人の親友であり、平岡敏男とは終生付き合いがあって、波多野の語っていることの信憑性は高い。

いずれにしても今野大力、小熊秀雄それぞれの一九二二（大正十一）年があって、翌年の一月には小熊秀雄から〝社員見習〟がとれ、社会部、文化（学芸）欄担当の記者となり、自ら悪魔詩社小熊愁吉（醜吉）名で詩を、〝ヒデオ、ひでを〟名でオトギバナシ（童話）を、自社の『旭川新聞』に発表す

る。

片や三面記事と言われる社会面には、黒珊瑚署名の「学校巡り」が二月二十六日から二十五回にわたって連載される。そして五月には旭川文化協会の結成、七月には演劇公演、と小熊秀雄の存在は際立つことになる。

一方、今野大力の詩「土の上で」「幸福を」が、『旭川新聞』の小熊秀雄記者が担当する文芸欄に初めて掲載されたのも一九二三（大正十二）年のことだった。

小熊秀雄は、秋になると第一回赤耀社の絵画展、美術講演会。暮れには文芸批評会、文芸愛好者の集い、年が明けると第一回チルチル童話会、第二回童話童謡大会と、『旭川新聞』文芸欄担当記者の守備範囲をはるかに越えて活動する。

その一九二三（大正十二）年から翌二四年にかけては、小熊秀雄のどこにそのような才能、エネルギーが隠されていたのかと驚くほど、旭川というまだ数万の〝市〟に昇格したばかりの小さな街ではあったが、文化の薫りがするものすべてに手を出すという目まぐるしい一年となっていた。

ただ樹島逸平（平岡敏男）の詩から悪魔詩社の肩書が消えるのも早かった。小熊秀雄にしても積極的に慰留したようではなく、今野大力が悪魔詩社に加わった形跡もない。

その頃詩人としてのあゆみを着実に続けていたのは、小熊秀雄ではなく、むしろ今埜紫藻（今野大力）だったかもしれない。

〈付記〉今野大力のペン・ネームだが、旭川時代には本名の今野大力は見当たらず、ほとんどが今埜紫藻。『大阪朝日新聞』での「古典の幻影」は今野紫藻、北村順次郎との論争も初回は今野紫藻、次からは今埜紫藻であった。上京してからも昭和三年の「待つてゐた一つの風景」では今野紫藻、昭和七年の「名寄新芸術協会の記憶」は今埜大力、亡くなる前年、昭和九年の「文学、作家、自由」でも今埜大力であり、本名の今野大力ではなかった。

北海の夜

今埜紫藻は、詩人としては小熊秀雄よりも早くすでに一九二一（大正十）年、前に述べたように当時人気の高かった生田春月主宰の全国詩誌『文芸通報』十二月号に「夕べの曲」が選ばれていた。また地元旭川中学生らの文芸誌『白楡』八月号には「北海の夜」が掲載されていた。執筆は一九二一（大正十）年、紫藻十七歳。この「北海の夜」は今野大力の現存する詩の第一作であり、今埜紫藻らしさがすでにいっぱいに溢れていていて印象的だ。

1

旗がしきりにゆれてゐる／ハタハタと、又ハタハタと／時には風が吹いて来て／ゴトンと音を立ててゆく／外はほんとに暗いのだ／

自分よ、或る夜の事を思い出せ／そしてぞうっと身ぶるえせ／今夜の雪は青白い／すごい黒さが沁みている

2

海の妖婆が踊るよな／暗い恐ろしい夜となる／日本海と太平洋の沖の方に／何か変りはないだろうか。
海辺の街の病める友は／こんな夜なら寂しかろう／母がはなれているのさい／悲しくなって来るだろう／窓の近くに横たわり／眠りもせずにうつうつと／ものを思えるその時は／そうっと窓の近くにて／海の妖婆が笑うだろう
私も自分がさびしくて／忘れようにも忘られず／ぞうっと身ぶるえするのだよ。

一〇・三・四稿

詩人の土井大助さんは、この「北海の夜」について、次のように語っている（今野大力没後六十五周年記念講演）。

冬の暗い一夜、青白い雪が続く暗い夜、海辺を思いやっている一七歳の時の詩であります。海辺の街の病める友はこんな夜なら寂しかろう、といって、他者にたいするやさしい思い、そういったものがモチーフになっている。そういう繊細で多感な青春の叙情の静かなほとばしり、そういったものから、詩が出発したように思います。

当時大力は郵便局で働きながら、しかしそれだけでは本を買う小遣いが足りない。そこで、本を買うために夜は縄工場で働くというような、きつい労働生活をしながら、詩を書きはじめるのです。

土井大助さんが語るように、十七歳の今野大力は、一家を支えるために両親に自分の給与を手渡し、勤務があけた後には母も働く縄工場で働いた。「トンカトントンカッタカッタ」（『文芸戦線1』一九二六）は、製縄工場の女工たちを描いた小説風の佳品だが、母が働き、大力も勤務あけには働いていた工場の製縄機械の音がそのまま小説の題名になっている。

この先『旭川新聞』紙上で今野大力と、〝論争〟（注・「プロレタリア文学論争」）を展開することになる北村順次郎は書いている（『士別文芸　2号』一九七四）。

父親は餅をかついで盛り場や工場をたづねて売り歩く商売をしていたように思う。母親は製縄工場の女工として働いている一家あげてのプロレタリアートだと（注・今野大力は）語った。

『文芸通報』に掲載された「夕べの曲」についても、今野大力と同じように投稿者の一人であった同じ旭川の加藤愛夫《まなお》は、はじめて今野紫藻の詩に接して「今野紫藻は何んという叙情詩人であろう、と感心した」と書いている。

また、「当時春月は小曲という短詩型を多く書いていたから、投書してくる作品も大概短いものが多かった」（『旭川市民文芸　13号』一九七一）と回想する。今野紫藻の「今日もまた」「こころ」など掲載された四作品いずれも加藤愛夫の言う通り、『文芸通報』に合わせた短詩型の体裁であり、「友と二人の夜」にしても感傷的な色合いの強い作品だった。

今野大力の文学的出発はなぜこうした傾向を持っていたのだろう。『文芸通報』の影響は無視できないにしても、やはり貧しかったにしてもやさしい母や姉に育まれてきた今野大力の生い立ちのなかにその要因を求めることができそうな気がする。

『旭川新聞』一九二四（大正十三）年十月一、二日付には、散文「小さく動く心」（一）（二）が掲載されていて、そこに「私は此頃詩より散文へ、散文より小説へとどうやら現実味臭い人間になりそうになった」と今野大力は書いたりもしている。

事実、小熊秀雄ともども一九二四年ころには小説に関心が向かっていくが、ここで小説へ向かっていくことを〝現実味臭い人間になりそう〟と今野大力は言っている。今埜紫藻の意識としては、〝詩〟は〝現実〟から離れたところにあったのだろうか。そして「大学はおろか、中学へも（注・小学校高等科へも入れなかった自分が、未来に大望を抱いてゐる、さうだ、奮闘だ！　熱愛―己を愛する心父母姉弟を愛する心となつて、私は散歩から帰つて来る」と書いている。また「小さく動く心」の（二）では「都会へ　―都会―と憧れてきた心持が愚かしくなつた」と言ったりもする。

都会へと憧れ、未来に大望を抱き、詩人今埜紫藻は「真の生命を望んで、世紀より世紀へ、全き運命の荷を負って歩んで来た」（「苦悶の幸福　―詩人の勝利」一九二四年五月七日付『旭川新聞』）と、すでに彼がどのような詩人であろうとしているか、ぼんやりとだが、浮かび上がってくる。

今野大力に詩人の心を育んだのは、彼の幼い頃からの読書好きだった。姉のキクエは「大力は本が好きな子で、寝床で本に夢中になり、抱いてねる始末、遊ぶことは殆どしなかった、講義録も早稲田のをとっていたらしい」（佐藤喜一著『詩人・今野大力』創映出版／一九七二）と語っている。

旭川からスタートして有利里《うりり》、内淵《ないぶち》→深川・ヤムワッカ（ウッカヤオマナイ）、そして再び旭川に戻ってくるのが彼の少年時代であった。今野大力は書いている。

私は今読みたくて読みたくて耐えられぬ。自分の趣味に向いたものならば、どんな工面をしても買つて読みたい。

だが、書物の値の高くて買へないのには困る。一月何とかして五円の購読費がひねり出されたらどんなに嬉しいことだろう。然し貧しい日雇の子が、郵便局あたりで貰つた安い給料は一家の食ふ米と家賃にも満たぬ位だ。（中略）

去年の暮れだった、私はロマンロランの「ジャンクリストフ」が欲しくて、一月ばかり藁工場へ通つた。前日は宿直で、三時間位しか寝てゐないので眠くて眠くて縄巻機にすがつたまゝ、立往生してゐたことが幾度あつたろう。それに夜の八時頃までもかゝつてゐると冷いので手先がもげる痛みを感じた、それでも隔日に一四五日通つて漸く五円の金が勘定日になつてから渡されたとき、その夜二十丁目から八丁目の本屋へ吹雪の中を走つて全巻の半分だけ買つて読んだ。（後略）

（「購書難　読書家達へ」『旭川新聞』一九二五・六・五）

これが二十歳になったばかりの今野大力の自画像だった。ひたすら本を読み、詩作に耽っていた。「林檎箱積み重ねた書棚」（鈴木政輝）の、「薄暗い、本で坐る場所もない部屋」（北村順次郎）、それが彼の世界だった。「現実味臭い」世界ではなく、ロマンの世界だった。

名寄の有利里の開拓農家であったときも、深川のウッカヤオマナイで小さな澱粉工場を父が経営していたときも、温かみのある彼の家族や周りの人たちに囲まれて、今野大力は素直で、伸びやかに育っていた。少し大人になる旭川時代には、たえず父や母や、姉、弟のことを気にかけるような、そのような育ち方をしていた。小熊秀雄のことを思い浮かべると、本好きであることでは似ていても、成育歴からは決定的と思える違いが二人にはあった。

『旭川新聞』初出の今埜紫藻の詩は、「土の上で ―私が私自身にいう言葉―」（大正12・6・16付）であった。この作品を採用したのは小熊秀雄記者であったろう。小熊秀雄は文芸欄担当の記者として、今野大力をこのような〝土の上で〟の詩人として、その後も一貫して意識していたように思えてならない。

土の上で ―私が私自身にいう言葉―

おまへはまだ立つてゐるか／力強く立つてゐようとするか／風は吹いても地はゆらいでも／おま

へはまだ立つてゐようと／願ひ《ママ》るか

×

久し振りで地に親しむ事の出来た／土へのおまへの愛は／まことに美しいものだ／けれども今おまへの執着は／おそろしいものだ

×

あくまで地に立つてゐる事は／あくまで反逆の意味がふくまれてゐる、／真実に地を愛し慕ふならば／おまへは立つ事を／やめねばならない／おとなしく大地のふところに／横たはらなければならない

×

立つ事は不自然だ／捨て様として捨て得ない／みれんなみにくい執着だ／おゝおまへは安らかに／このすべての母になる／土の上で静かに／休む事を願はないか

土に〝立つ〟ことと〝横たはる、休む〟こと。そのような〝土〟への愛、執着を今野大力はこの初出の詩に込めている。

大地、そして農民であることのこだわりは、自我に目覚め詩を書きはじめたころから、今野大力には深く根ざしていたテーマであった。小熊秀雄にとって終生の今野大力像は、この「土の上で」のイメージで一貫している。

翌一九二四（大正十三）年になると、『旭川新聞』には今野大力の詩の掲載が急激に増える。小熊

秀雄がいて、そうなった。今野大力上京直前の詩誌『円筒帽　二号』（一九二七・三）掲載の「杭打つ男」を、小熊秀雄は高く評価して『旭川新聞』に次のように書いている。

円筒帽詩人の仲間褒めでもあるまいから、私の愛誦した詩を述べれば今埜紫藻君の詩「丘陵風景」「馬を愛す」詩誌円筒帽の「杭打つ男」の短唱

　ひさしくして
土を見ざる男あり
男
地に杭を打ち
よろこべり

はこの上もなく私を喜ばした。

〈引用者付記〉津田孝編『今野大力作品集』では、題名は「楔を打つ男」。本文は、

　久しくして／土を見ざる男なり
　男、地に／楔を打ち
　よろこべり／歌うたう

　とあって、二行目の「男あり」が「男なり」になり、最終行には「歌うたう」が加わっている。編者による「解題」では、「後の清書原稿における手直しにもとづいて、『今野大力・今村恒夫詩集改訂版』刊行の際、原文、表題ともに変更した」とある。表題が杭《くい》ではなく楔《くさび》になぜなったかなど、

疑問が残りそうだ。

『旭川新聞』の小熊秀雄「旭川諸詩人の収穫」(『小熊秀雄全集』第二巻所載)の文末には、「この上もなく私を喜ばした」とあって、小熊秀雄が、すでに今野大力のどのような詩に着目していたかが表れていた(『旭川新聞』1927・12・29付)。

小熊秀雄にとって今野大力は、北海道の自然に溶け込んで生きる詩人だった(参照・小熊秀雄「北海道時代の今野大力」『文学評論』昭和十年八月号)。

今野大力と名寄・内淵のアイヌ住民

今野大力をもう少し続けよう。

先に述べたように、一九二四(大正十三)年になると、小熊秀雄が編集に当たっている『旭川新聞』文芸(学芸)欄には今野大力の詩が目立って急増する。「郷土」は、『旭川新聞』ではなく新潮社の雑誌『日本詩人』六月号であったが、今野大力は気負いのない言葉で、生活者の眼差しからアイヌ民族を見つめていることに私は惹かれる。

郷土

1

草深い放牧地よ　北海の高原に群がれる人々を養える郷土よ　北海道よ　未開地よ／ここには名もなき小花も咲くであろう／未だ人手に触れない谷間の姫百合も咲くであろう／春ともなれば黄金の福寿草も咲くであろう／かくてアイヌ古典の物語も想い出されるであろう

2

おお郷土の人々よ／昔は　卿等が渡道の頃は　何処にも熊は住んでいた／時として卿等よ　憶い起してはならない／あの殺伐な熊狩りのあたりのことを／又若き人々よ／あまりに華やかを粧うてはならない／卿等の親達は　あの幾千年以前から住みなれた故郷を捨てて　一意に　荒野の生活に憧憬れて来たのだから

おお郷土の人々よ／卿等は自然の人である／卿等は自然の法による／敢て博士を要しない／自然は最も自由な　さて正確な立法者である／土に生れて　土に還る　それは真に意義ある生命の時である　卿等のかばねは　卿等のけものは　卿等の小花は

ああ　自然の不滅にあらぬものは　すべて朽ち果てて／豊沃なる土となる／かくて永遠に還りゆく……

3

日本否世界の　神秘派の　古典派の人々よ／此処には珍らしいものがある／木の皮の織物　余韻の歌謡　雑木の彫刻　それら皆露わなままに　虐げられた　アイヌ人種の生み成せる　まことに尊い芸術である／我等はシャモは　これ等見なれて尚飽くなきものの為めには　あらゆる讃美の言葉を惜しまない。

4

ああ　オオツク海よ　太平洋よ　／氷山流れて港をうずむる　融雪のころ／白熊のうそぶく千島の彼方は　アラスカの洲　北極の圏　永遠の冬／我等の郷土はここにある。

今野大力は〝卿等〟と呼びかける。卿等とは故郷を離れ、北海道にやってきた今野大力と同じ北海道一、二世たち。そしてていねいに読みとってほしいのは、第一節で「アイヌ古典の物語」と言い、第三節にはアイヌ民族の伝統文化を読み込んでいることである。そのような歴史観を持つ詩人が当時、この北海道に他にいただろうか。

「郷土」が典型的だが、旭川時代の今野大力の作品には、しばしばアイヌ民族が身近な存在として登場している。「立待岬にいたりて」では、

（十一、二行目）かつてここら立待岬のアイヌ達は／魚群の来るを銛を携えて立ち待てりと伝う

「イシカリの川」では、

村郷のなかを／岩に激し砂辺に寄せて流れている石狩の川の流れは／昔のアイヌ人種が毒木矢もて意気づく／古風な姿を写しつつ／そは永遠に幻を描く平和な

そして「山の爺」（『旭川新聞』1927・2・23～25付）の一節の終わりでは、

こんな毎日がつづいたらおそらく四月の央ば頃までには雪もなくなりそうなものだが、北海道の今年の春は、水仙やアイヌ伝説の福寿草や細民たちの心に待ちぼけをくわせた。

と書いている。北海道の先住民としてのアイヌ民族を、今野大力はきわめて素直に、敬意をもって受けとめているのが印象的だ。

当時、新聞などでアイヌ民族が登場する場合の、枕詞のような常套句が〝滅びゆく〟であった。〝滅びゆくアイヌ〟となる。しかし今野大力にそのような差別意識は微塵もなかった。それどころか尊敬の念を込めて書き込んでいた。

今野大力の名寄・有利里《うりり》での小学校時代、天塩《てしお》川沿いに近接する内淵《ないぶち》は、古くからアイヌ民族の居

住地であった。近代に入って明治政府はその地を臆面もなく〝アイヌ給与地〟という言い方で統括する。

『新・名寄市史』によると、今野大力が有利里にいたころ、一九一六（大正五）年の欄には「戸数四九戸・人口一五一人」とあった。今野大力が直接内淵のアイヌ住民のことを書いたものは見当たらないが、一九二四（大正十三）年には先の「郷土」があり、次の長詩「ヌタクカムシュペ山脈の畔《ほと》り」がある。

色づく木々の丘の上の林へ／今日一日私は出かけた／めずらしい晴天である／葡萄の葉と楡と、楢と栓《せんのき》とそれらみんな色づいて来た／最早すべて葉を落としたものもある／つたをたぐって丘に登る時／私は愉快である／登って見下せば又愉快である／みごもった稲田を広い平野の端から端へ／見てゆくのも愉快である／いろんな野菜の収穫の終った畑も／今は黍《きび》と芋蔓がしょんぼりと残っているのみで、／麓の清い澄んだ流れは紅い木の葉を浮べて流れていく／木の葉を蹴って狭い山路をゆけば／どんぐりがころころといくつも転んで行く／ある処は焚火の跡もあり／弁当を食べた空箱もある／私は見晴しのいい処を探ねて行った／そして帰りは／タバコの空箱を拾って／どん栗を入れて／弟と妹のお土産とした。

「ヌタクカムシュペ山脈の畔り」は、一九二四（大正十三）年の『詩と人生』二月号に掲載されるが、『詩と人生』は今野大力十七歳のとき、初めて詩「夕べの曲」が掲載された東京の詩誌『文芸通報』（生田春月主宰）の後継詩誌であった。今野大力の、語りかけるようなこうした詩作品は『詩と人生』の持味でもあったろう。

〝ヌタクカムシュペ〟とは大雪山系を指すアイヌ語の地名、今埜紫藻のもっとも好きな原風景であったから、素直な感情でアイヌ語の読みをそのまま用いていただろう。

同じ年に『旭川新聞』に掲載された「やるせなさ」には中ほどに次の一節があり、旭川市常磐公園の今野大力詩碑には、詩人壺井繁治の書によって刻み込まれている。

詩人が時代の先駆をした／詩人が郷土を真実に生かした／そんな言葉が私の耳に流れては来ないかしら／そんな言葉が地球のどこかで語られる時／私のからだは墓場の火玉となって消えるだろう。

この一節は、今野大力が一途に詩に懸けている思いがそのまま素直に表出されている。〝時代の先駆〟であること、〝郷土を真実に〟生かすこと、その言葉はたった三十年の短かかった今野大力の、生涯を通して彼の心に生き続けていた彼の詩精神そのものであった。

黒珊瑚署名記事「北都高女生山田愛子が投身自殺するまで」

もう一度、『旭川新聞』に入社した翌年の小熊秀雄のことを書き止めておこう。

小熊秀雄が旭川にやって来て上京するまで、それは一九二一（大正十）年から一九二八（昭和三）年までの七年間であったが、小熊秀雄の文学作品だけを考えても、詩、短歌、童話、小説、エッセイ、そして黒珊瑚《くろさんご》記事と多岐にわたり、しかもその数は厖大なものになる。

そのような旭川時代の小熊秀雄であったから、悪魔詩社からスタートする詩人としてだけ括ってしまうと、小熊秀雄を見誤ってしまう。『旭川新聞』の黒珊瑚記事、童話、エッセイを詩と同等かそれ以上に読み込んでいくことがどうしても必要になる。

では旭川時代のマルチ新聞記者小熊秀雄の特徴的な作品を選び出すとなると、どうなるか。いささか異端かもしれないが、私には〝詩〟というよりむしろ、次のような散文の作品が重要のように思われる。

■一九二三年　黒珊瑚署名のルポルタージュ「北都高女生山田愛子が投身自殺するまで」
■一九二四年　童話「焼かれた魚」
■一九二七年『旭川新聞』所載のエッセイ「露西亜《ろしあ》農民詩人ヱシヱーニンの自殺」

なかでも『小熊秀雄全集』には未掲載のため、ほとんど知られてはいない『旭川新聞』黒珊瑚署名の特集記事「北都高女生山田愛子が自殺するまで」に、私は魅かれる。

この黒珊瑚署名の囲み記事「北都高女生山田愛子が自殺するまで」は、旭川市中央図書館で『旭川新聞』のマイクロフイルムを探索していて、はじめて出会った。読むほどに『小熊秀雄全集』になぜ集録されなかったのか不思議でならなかった。この黒珊瑚記事を小熊秀雄必読の文献として扱ってほしいと思うまでになった。

小熊秀雄の『旭川新聞』最初の黒珊瑚署名記事は、一九二三（大正十二）年二月二十六日付「旭川女学校の巻」ではじまる二十五回連載の「学校巡り」であった。この特集囲み記事「学校巡り」は翌年九月にも「学校自慢競べ」に引き継がれるが、初回の「学校巡り」評判がまことによかったから繰り返されていた。

そしてその間に、七月一日からの「北都高女生山田愛子が自殺するまで」があることになる。この黒珊瑚特集記事は「学校巡り」とは違って、前もって用意されたものではなく、山田愛子の死から一日おいただけで掲載された特集記事であったことが調べるにつれてわかってきた。

読むほどに七月一日から三回連載の「北都高女生山田愛子が投身自殺するまで」は、山田愛子に向き合う小熊秀雄の思いは際立っていて、丸木俊が〝黒珊瑚とは誰だろう〟と書いているように、女学生をはじめ若い女性をひきつけたのはもっともなことのように思えた。聞き取りを積み上げ、真実に迫る黒珊瑚の記事は、今の時代の私が読んでも迫真のルポルタージュだった。

しかも山田愛子の死から一日置いただけの限られた時間で、父親，校長、担任、級友と、実にていねいに取材し、いくつもの事実から事の本質に迫ろうとしていた。読むほどにその感性の鋭さ，気迫に驚いた。筋立てもしっかりしていて、山田愛子が女学生であることにきっちりと向き合い説得力のある特集記事になっていた。長文であり、新聞記事としては必ずしも出色とは言えないにしても、後の小熊秀雄を彷彿させる文章だった。入社間もない小熊秀雄を知る格好の資料として、全文を引用しようと思う。

（注・原文では会話の部分は『』、「」の双方が使われている。原文のまま転写した。また当時の新聞の慣例として漢字にはすべてフリガナがつけられているが、これは省略した。）

恨みは長し
牛朱別川のながれ
北都高女生山田愛子が
投身自殺するまで（上）

疑問な教科書の行方

ギラギラと狂はしく白日の光が牛朱別河畔の青い繁みを照らしてゐて其処には海老茶袴に銀色のバンドの金具を輝かした、うら若い女学生の屍体が浮いて居た、それは二十九日の昼頃の出来事であつた、記者は其日屍体の主北都女学校実科二年生山田愛子（十六）の親元である六条十五丁目の菓子商山田栄次郎宅を訪ふたが仏壇に蝋燭が明るくともされ

両親を始め一同湿やかに打ち沈んだ悲嘆の涙にうるんだ瞳を見ては之以上死因を追及する心も出来ず『どういふ原因で死んだのですか』わかりませんといふ父親の言葉をのみ聞いて其処を立ち出でその足で北都女学校を訪ふたが小川校長は記者に『どうぞ何事も聞いて下さらぬように』

と死人に鞭打つ事を欲せない様な面持ちで何事も語らなかつたが『まあ山田さんが身投げをしたんですつて』『そう言へば今朝ピンポン台の処でシクシク何だか泣いてゐたワ』などと方々に一団宛集まつて円らかな眼をしてゐる、女学生達の

噂や近所の人々から記者が探知した事実はこうだ女学生の投身自殺、唯これだけの問題であるとすればそれ迄であるが分ても社会がその死因に対し忌まわしい性癖を叱責された結果精神に異状を呈して無分別な行為に出たものと一瞥のうちに看過されるとすればあまりに酷な同情のない見方といはなければなるまい、愛子が小さな心臓に包みきれぬ懊悩を懐いて冷たい牛朱別川の河底に沈みゆくまでの

経路にはその底に何物かの秘密を包んでゐなければならぬ、学校の罪？家庭の罪？記者はこの内容の幾分を掲げるのを世の教育者や、子を持つ親達に対しては沈静な観照を促す上にあながち無意味なことでもないと思はれる、それは本年の四月の或日のことであつた進級の喜びに小さな胸を

高鳴らせて運動場に走つて行つた其処には表紙の新しい教科書を堆高く積みあげて旭屋と博進堂の番頭さん達が大汗になつて生徒達に忙しく書籍を売つてゐた『まあ国語は難しいわネ』と悲観するもの『まあ易しくて嬉しいわ』と喜ぶもの、運動場は燕のようにはしやぐ是等の生徒達で小さなどよめきをつくつて居たがその時本科四年生の××子の買つた一組の教科書が八円何程かが一寸の間に

紛失したといふ騒ぎが起つた然し流石は上級生であるだけに表沙汰にもせず先生に其事を告げ

たところ、無くなつたのが四年の教科書なだけ犯人は四年生と目星をつけそれとなく生徒に調べさせてゐたが遂近頃まで疑問の教科書の行方は少しもわからなかつたがフトした事からそれが判明した（つゞく）（大正十二年七月一日）

黒衣の悪魔か
死の烙印を！
北都高女生山田愛子が
投身自殺するまで（中）

涙を湛て限べての事実を

「二年生の山田さんが四年生の教科書を持つてゐるはずが無いわ」こうした呟きが生徒間に交されてゐたがその時誰もの頭にはサツと或感が素早く走つて行つた「まあ……」こうした小さな驚きの声がそつとクラスの何処かで吐かれてゐたのであつたがそれは実科二年生の愛子が本科四年の〇〇子に

「妾これ入用ないの買つて下さらない」と、四年の教科書を示してから起つたのであつた、この事が聞くともなしに担任教師の耳に入つたのであつたが教師は以前の事と関連されて責任上若しやといふ心からソツと人気のない教員室に愛子を呼んで女教師静に聞いたのであつた、やがて

愛子はじつとうつ向いて眼には涙が湛えてゐたがその
昼からやがて意外な事を自白された、それは丁度四月のこと新学期の教科書販売の日愛子は四年の△△子が買つた教科書をそつと運動場で盗みとつたその時運命の悪魔はそつと愛子の背後に忍びよつて黒衣の蔭から死の烙印を押して去つたのであつた愛子はその書籍を「間違ひましたから」といふ様な理で巧に本屋に返しその場で返金を受て
色々のものに費消したのであつたが「それだけですか」といふ柔さしい先生の問に対して其ほかに四年生某の絹地に刺繍したのをといふ答へであつた担任教師は之以上に多くを訪ねることを欲しなかつた「ネ泣くんじやないんです、心配はないんですから、これからそんな心を起すんじや無いんですよ」とただこれだけ言つて帰したのであつたが
放課後先生達は職員会議を開いてこの問題に就いて色々熟議をしたこれ以上事を荒げるよりは一応親を呼んでくはしく話し本人の為めにも諭旨退学をさした方が最善の策でよかろうといふ事に決定した、その日（自殺の前日）愛子は学校から帰宅すると「顔へお腫が出来てゐるので学校へ来ない方がよいと先生が仰言いましたから明日から行かない」と親に言ふので「そんなら学校に行かれぬ程大したお腫ではないではないか」と家庭では理由を知らないので不審に思つてゐた、自殺の当日愛子は朝学用品も何も持たずにふらりと登校して来たが一時間目は作文の時間で愛子はその時間は授業を受けて居た、一方学校側では小使ひに手紙を持たして愛子にはその事を知らせず
父親に学校まで出頭するように言つてやつたが父親の栄次郎は学校の招きに何事の起つたかと

兎に角校長を訪ふたがその時愛子は父親の校長室に入つた姿をチラと見たらしくクラスの者には「お父さんが学校へ来たのよ、私どうしよう」と沈んだ顔で友達に語つて居たといふ話であつた（つづく）（大正十二年七月二日）

暗影を刻まれた

小さな魂

北都高女生山田愛子が

投身自殺するまで（下）

心の糧を死の静寂に求めて

何事か起つたかと学校を訪ふた愛子の父親はやがて卓を挟んだ小川校長からわが子の行為に対して意外な言葉を聞いたのであつたが、流石は理性に勝つた父親だけに校長の愛のこもつた処置を理解し涙を流さん許りに『では……学校を退かせませう』と言つて帰宅したが

校長は一応よく愛子に訓戒を与へる必要があると思ひ教室に愛子を呼びにやつたが級友達が『山田さんは今家に帰つたようです』といふので学校側では帰宅したものと思ひ込んで居たのであつた。然し其頃は愛子はそつと学校を脱けて牛朱別川へ死を急いでゐた頃であつたが、やがて愛子の死体が六十間橋近くに発見されたといふ報に接して校長を始め先生達は容易に之を信ずる

事の出来なかつた程意外の感に打たれたのであつた。と言ふのは色々の事柄を訊ねても可憐な程素直に打ちあけたそして頬に伝ふ涙は水晶のように透明な悔悟の涙であつた。最初の作文の一時間も授業を受け教員室の受持ち教師に『では先生学校を退きますから』と寂しい『さよなら』を言つて出て行つたと云ふ事であつた『人間は石として創り出されなかつた事を神に感謝する』とか『人生を嫌離してはならぬ大悲観から一歩を踏み出せ』の『死線を越えて』などといふあのなま温かい

聖者さま達の仰しやること位死に直面した人間にとつて無価値な馬鹿々々しいものはあるまい分けてもうら若いあこがれの心に満ちみちた少女時代にその大悲観を切り開く青く冷やかな理智の剣をもつてゐる筈はない、愛子は本年の四五月頃から口癖のように『妾死にたいのよ』と友達に言つて居たといふ。また或日は家では妹に許り着物をこしらえて妾には何も……とひがんで居たといふ事から察して

家庭にある異様な空気の漂つてゐることは誰もが察せられるが記者は死の罪を学校よりも家庭よりも寧ろ彼女の虐げられた境遇に同情せざるを得ない、それは愛子が生後四十日の頃七師団官舎の某方へ養女としてやつたが何かの理由でまた親へ引取つたがその某が東京へ転居し愛子の復縁を是非にと望まれて東京へやつたがその某の妻女が死亡して

後妻を迎へてから思はしくない事があつて可成り大きくなつてから又親元へ引取つて現在に至つたものであるといふがこうして転々とした境遇の変化が彼女の小さな魂にさまざまの暗影を色彩けて了つたことであらう。よく世の中には自分の子を軽々と里親にあづけて平気でゐる親達を

見かけるが危険な事と言はなければならぬ。愛の二等分がどうした結果をもたらすか愛子の両親可成り盛大に菓子商を営んで居り愛子があの忌まはしい性癖になつたと言ふことが信ぜられない愛子が実の両親に温かい抱擁を得ることの出来る幸福な立場にあつてゐながら尚「東京に帰りたい」と友達に言つて居た事や愛子が心の糧を到底世の騒乱のうちに見出すことが出来ず寂しい死の静けさを憧れた心などをもつ一般の親達に切に批判を希望する処である（黒珊瑚）（大正十二年七月三日）

これが黒珊瑚特集記事「北都高女生山田愛子が投身自殺するまで」の全文になる。

書き写しながらふっと、山田愛子の自殺は六月二十九日昼ころのことであり、黒珊瑚特集記事までには中一日あることに気がついた。このような事件記事の場合、翌三十日には新聞報道されているはずだった。

再度マイクロに当たってみた。やはりあった。黒珊瑚特集記事の前日、6・30付『旭川新聞』社会面には、〝盗癖を暴露され／北都高女生投身自殺／死骸に縋つて母親の慟哭〟の見出しで、すでに次のように報道されていた。

午後一時頃郊外牛朱別川は六十間橋の上流三百間のケ所に魚釣りに出懸けた所女学生風の少女の溺死体あるを発見直ちに其筋に訴へ出た。旭川署より菊池巡査部長塚藤医師等臨検の結果右は六条通十五丁目右一号菓子商栄次郎三女山田あい子（一六）と判明死後五時間経過と検証した、あい子は北都高女実科二年生で平常成績不良昨日も最初の授業時間に受持ち教師に叱られたので二時間目に学校をぬけ出した、原因はそれらしいとの噂あり一方学校側では右の事実を否認し同女の盗癖の暴露が原因だらうと評して居るらしい、母親は娘の死体に取縋つて慟哭して居た

旭川新聞に入社した見習い記者時代、小熊秀雄は警察署詰めの事件記者でもあったから、山田あい子の投身自殺＝溺死を旭川警察署で取材、大正十二年六月三十日付朝刊社会面には記事にしてこのように書いていた。

6・30付の記事からはそのように読める。もし翌日からの黒珊瑚署名記事がなければこの記事で終っていたに違いなかった。警察署詰め事件記者としてはそれで十分だった。ところが小熊秀雄は前日の事件記事に終らせなかった。翌7・1付『旭川新聞』から三日続きの、しかも黒珊瑚署名で、長文の特集記事として再登場していた。

いつ、どのような経緯で、黒珊瑚特集記事として連載することが決まったのだろう。

三十日付の社会面記事には、翌日からの黒珊瑚特集記事を予測させる文言はなかった。それが急に「彼は黒珊瑚と署名してつゞき三面を書けば女学生達は、クロサンゴの記事が何のかのとおしやべり初めた」というほどの三日続きの囲みの特集記事になった。

特集記事にするには、当然編集長・昇季雄《のぼりすえお》の判断が加わっていたはずだ。昇編集長は並みの編集長ではなかったが、編集長の指示というより小熊秀雄からの申し出があって黒珊瑚記事になっていたように思えてならなかった。この黒珊瑚記事は他人に言われてしぶしぶ書いたというような、気持の

入っていない文章ではない。

確かに三十日付の記事では、文末に二つの〝原因〟が並列され、母親の慟哭で閉じていた。社会面の記事としてはそれでよかった。しかし小熊秀雄はありきたりの記事で終らせてしまった自分に、納得できなかったのではなかったか。

私が注目したのは、七月三日付の（下）であった。

一日付の（上）で、「愛子が小さな心臓に包みきれぬ懊悩を懐いて冷たい牛朱別川の河底に沈みゆくまでの　経路にはその底に何物かの秘密を包んでゐなければならぬ」を受けて、（下）で「死の罪」は学校、家庭よりも「彼女の虐げられた境遇」にあると、小熊秀雄記者は書いていた。

まだ旭川新聞の記者になって一年になるかならないかの二十二歳の小熊秀雄は、一人の少女の死にきっちりと向き合い、その少女の生きてきたその日までのことを、ていねいにたどっていた。その切実感、一体感が黒珊瑚の文章に溢れていたから、女学生だけではなく、若い教師たちにも黒珊瑚とはだれだろうと思わせていた。小熊秀雄の、感性の鋭さ、執念、気迫。何よりも生命の尊厳にひたむきに向き合おうとする誠実さ。

6・30付『旭川新聞』での「成績不良、授業時間に受持ち教師に叱られた」からとか「盗癖の暴露が原因」とか、通り一遍の恐らくは警察発表の「原因」で、山田愛子の死を終らせてしまおうとしていた自分に、小熊秀雄（黒珊瑚）は、はっと気付いていたのではなかったか。

山田愛子に真正面からきっちりと向き合い、その死について読者に何を発信しなければならないのか、ひょっとして読者を超えて、死者に誠実に真っ当に向き合おうとしていた小熊秀雄。その執念。

小熊秀雄は自分や姉ハツと相似する境遇を山田愛子に見たのではなかったか。姉ハツは他家の養女に、そして身売りに出され、弟秀雄は入籍しないまま秋田へ送られ、十代の後半まで職を転々とし孤独に過ごした、そんな二人の日々。

幼少期から旭川の姉のもとにたどり着くまでの、つい昨日までの自分と、山田愛子が重なっていたのではなかったか。それは小熊秀雄晩年の〝小林葉子〟に向きあう誠実さにも通ずるように思えてきた。そのことについては改めて「第XI章　小熊秀雄、小林葉子宛書簡から」で書いていこうと思う。

第Ⅲ章　旭川新聞、小熊秀雄の童話

ヒデオ「オトギバナシ　自画像」

一九二三（大正十二）年一月十五日付『旭川新聞』文芸欄に悪魔詩社小熊愁吉《しゅうきち》の第一作、詩「奪はれた魂」が登場する。そして二作目の「天井裏の男」が一月二十三日。一方、紙面を別にして、一月二十五日には童話オトギバナシ「自画像」が掲載される。――これが『旭川新聞』でみる小熊秀雄の〝文学的登場〟であるが、あるいはその前年、大正十一年にはすでに登場していたかもしれない。しかし残念ながら『旭川新聞』の大正十一年の分は残っていない。平岡敏男が自著で「大正十一年の『旭川新聞』にこういう記事がのっている」と書いているが（『焔の時灰の時』毎日新聞社一九七〇）、どうしたものか旭川市中央図書館には『旭川新聞』の大正十一年の分だけが原紙もマイクロフィルムも欠けており、確かめることができない。

樺太から姉ハツのいる旭川にやって来たのがその大正十一年、就職したのは旭川ではなく小樽だった。が、程なく旭川に戻って旭川新聞社に勤める小熊秀雄の大正十一年から十二年にかけて、十二年の一月には悪魔詩社小熊愁吉という特異な署名で詩「奪はれた魂」、そして「天井裏の男」が、涼木(鈴木)優輝によると「直情の噴水！　真正直な光線！」という強烈なイメージで登場することになる。そのころの『旭川新聞』の原紙があれば、あるいは別の小熊秀雄が見えてくることになるのかもしれない。

ただ、「奪はれた魂」などの詩が広く評判になっていたかとなると、必ずしもそうではなかったようだ。二作目の「天井裏の男」と同じ二十三日から紙面を別にして、署名は詩の場合の〝悪魔詩社小熊愁吉〟ではなく〝ヒデオ〟、その片仮名書きの「ヒデオ　自画像」が連載される。その「自画像」までの経緯を探っていくと、小熊秀雄のその後に連なる原像が浮かび上がってくる。

「自画像」が掲載されたのは『旭川新聞』の四面、前日までは「子供の友」欄があった紙面だった。その「子供の友」欄も「旭川文芸」欄と同じく一月七日にスタートしていたが、掲載第一作は篠原嶺葉「かるた会」、続いて高山旭光の「殿様乞食」、ところが二十三日になって突然、〝ヒデオ〟署名の「自画像」が登場する。ヒデオは小熊秀雄だった。

『旭川新聞』のマイクロフイルムでその日の原紙に当たると、「ヒデオ　自画像」になったその日から、四面での見出しは「子供の友」ではなく「オトギバナシ」に変わった。そして〝ヒデオ〟「自画像」の六回の連載が終わると「オトギバナシ」はまた「子供の友」に戻った。

以後、初田新吉「不老の薬」（一月三十日〜二月三日）、日野赤花「怜悧な妹」（二月五日〜八日）となり、「子供の友」でも「オトギバナシ」でもない、新しい言い方の「童話」となるのは日野赤花の連載が終わった翌日、二月九日からだった。

「童話」欄になって最初の連載は「熊狩り」だった。奇妙なことに出だしの九日だけ作者が〝初田新吉〟。翌十、十一日は〝日野赤花〟、三日間で「童話」欄の「熊狩り」は終わり、一日置いて二月十三日からは同じ日野赤花の「武者修行」となった。見出しは「子供の友」でも「オトギバナシ」でもなく、「童話」であった。そのことについて佐藤喜一はその著書『小熊秀雄論考』で、「子供の友」欄は、「小熊が主として編集したらしく、いずれもペンネームなので、それが社内の誰か、或いは投稿なのか判然としない」と書き、

「和尚と小僧」（初井秋吉）「森の中」（秋吉）というのも、当然「悪魔詩社、小熊愁吉」の名を用いているところから、「秋吉」も或いは小熊かも知れず検討の余地があろう。「初」というのは小熊がやっかいになっていた姉の名前であるし、何か関係がありそうだ。

と、初井秋吉が小熊愁吉である可能性に言及している。

ただ、佐藤喜一が指摘している「和尚と小僧」（初井秋吉）、「森の中」（秋吉）とあるその作者名は、いずれも当時の『旭川新聞』の原紙では違っていて、「和尚と小僧」は初田新吉、「森の中」は日野赤花、それは「童話」欄になった時の「熊狩り」と同じであった。「子供の友」→「オトギバナシ」→「子供の友」→「童話」というタイトルの変更、初田新吉、日野赤花という作者名の入れ替えなど、

佐藤喜一がそのように書いたことには何かがありそうだが、よくわからない。

どうももう一つすっきりしない前置きになったが、翌年には全国誌である『愛国婦人』に掲載される童話が小熊秀雄「焼かれた魚」。その小熊秀雄の童話第一作は、前年の『旭川新聞』〝ヒデオ〟「自画像」であったことは確かなことだ。

佐藤喜一は「彼の独創か翻案かという問題も若干あろうと思う」、「(木内進は)この童話には原型があるのではないかと疑問を投げている」(『小熊秀雄論考』)と書いている。

小熊秀雄の童話第一作「ヒデオ　自画像」は、札幌の八子政信さんが指摘したように原型は新潟の「絵姿女房」説話であった。また〝ヒデオ〟という作者名も小熊秀雄に違いはなかった。

小熊秀雄が一九二二(大正十一)年後半に旭川新聞社に入社していたことは、大正十二年元旦の『旭川新聞』「謹而年頭之賀詞申上候」欄に社長田中秋声を筆頭に社員一同の名が列記されていて、そこに小熊秀雄の名があり、一九二三(大正十二)年元旦には、小熊秀雄が旭川新聞社の社員として新年を迎えていたことは確かだった。

一月十五日付「日曜文芸」欄には、鈴木優輝(注・政輝)「詩劇　夕暮」、樹島逸平(注・平岡敏男)「涙」と並んで、悪魔詩社小熊愁吉の詩「奪はれた魂」が登場する。

その一週間後の一月二十三日、四面の「旭川文芸」欄には悪魔詩社小熊愁吉・二作目の詩「天井裏の男」が掲載されている。

ところがその同じ日の三面では「オトギバナシ　自画像(一)ヒデオ」とある連載が、予告なしに始まった。掲載された三面は、前日までは囲み記事で挿絵もある「子供の友」欄のあった紙面だった。

まったく新しく、突然登場した「オトギバナシ　自画像（一）ヒデオ」。

翌日からも「オトギバナシ　自画像」は、（二）（三）と続いていくが、最初の（一）の三面での扱いは、前日までの囲みのある「子供の友」欄とは違っていて、紙面の一段目には「オトギバナシ」とは関係のない「米国の学生の射的」という見出しだけで記事のない写真が掲載され、その二、三段目に「オトギバナシ　自画像（一）」が組まれていた。

新聞を少し丁寧に読む読者なら、その脈絡のない掲載の仕方に首を傾げたに違いない。「子供の友」欄の愛読者なら尚更のことだった。

翌二十四日の（二）になると、さすがに「オトギバナシ　自画像」は「子供の友」と同じ三段組みになったが、「子供の友」欄のような挿絵も見出しのカットもなかった。そして二十五、六日の（三）（四）になると四段組みとなり、二十七日の（五）では、五段組みにと、回を追うごとに目立ってきて、二十八日の最終回（六）は驚いたことに五段組み、各段十七行が二十七行にと、紙面のほぼ半分近くを占めて終わることになる。

全てに変則的であり、律儀なまでにきっちりと三段構成のスペースを一貫して守っていた前日までの「子供の友」欄とは大違いだった。

まったく変則的な紙面構成の、六回連載の〝ヒデオ〟「自画像」が終ると、「オトギバナシ」欄は再び「子供の友」に戻った。そして二月九日からは欄名が新しい言い方の「童話」となるのだが、直前の〝ヒデオ〟「自画像」の連載だけが、囲みも挿絵もまったくない別仕立の紙面構成だった。

なぜ不意に、しかも変則的な紙面構成の〝オトギバナシ「自画像」ヒデオ〟が登場することになったのだろう。

実は文体から表現の仕方まで、それまでの「子供の友」欄の律儀で几帳面な、だがまったく面白味のない連載とはまるで違っていた。「自画像」の語り口は、躍動感にあふれ、生きいきしていた。ところが「自画像」だけが突然そうなって、〝ヒデオ〟の六回の連載が終ると、また元の平凡な「子供の友」欄に戻る。その後の小熊秀雄のことを思うと、看過できないことのように思えた。

小熊秀雄のオトギバナシ・ヒデオ「自画像」は、このように突然、型破りに『旭川新聞』に登場した連載だったが、(一)からすでに組み方を含めて個性的だった。

「自画像」(一)は次のように始まる(傍線は引用者)。

◎此所にトムさんと言ふ至ってお人善しの農夫がをりましたこの村の人達は余りお人善しの事をトムさんの様だとよく言ひますが全くトムさんはお人好しでした随分よく働きますそれに無口で大力で正直で何ひとつも欠点がありませんでしたが唯そのお人善しがあんまり過ぎるので困りました。
◎トムさんは三人ものお嫁さんを貰ひましたが不思議に二三日絶(た)つと三人ともみな逃げ帰ってしまったのですそれには色々のわけがあるのです最初のお嫁さんを貰つた時でしたトムさんは大変お嫁さんを可愛がつて一粒の豆でも仲善く半分宛分あつて食べる程でしたからお嫁さんも大変満足して居たのでした。
◎処が丁度、お嫁さんをもらって三日目の真夜中頃ミシリミシリと屋根で音がしたと思ふと天井の空窓から太い縄を下ろして三人の泥棒がトムさんの家へ忍び込んだのです三人の泥棒はグウグウ高鼾で寝込んでゐるトムの枕元に立つて不意に枕を蹴飛ばしましたのでトムさん吃驚して眼を覚しましたトムさんは自分の眼の前に背のヒヨロ高い顔の真つ黒い髭だらけの泥棒がによつきり立つてゐるのでトムさん驚くまい事か一時は腰を抜かさむばかりに吃驚しました然しお人善しのトムさんやがて泥棒に向つて「お前さん方は商売とはいひながらこの真夜中に御苦労さまの事ですまあ御一服唯今お茶を差し上げます然し皆様私は昨夜戸締をあんなにしつかりして置いたのに何処から入つて来ました」こう尋ねました。

このように、行頭は◎ではじまり、句読点のない一続きの息の長い句切り、行をかえるとまた◎ではじまり、同じように息の長い句読点なしの文章と、(一)は四〇〇字詰め原稿用紙に置き換えると二枚近くの文章が行替えなしに三段落で終る。

三人の凶悪な泥棒に、初めは驚いたトムさんだったが、すぐに気を取り直し泥棒に向かってこのように問いかける。目を白黒させたのは泥棒たちの方だった。

一人がこの空窓から入ったと答えると、「それはあぶない所から這入って来ましたね一寸表戸をトントンたたいてくだされば直開けるのでしたのに」と、相手を気遣うように語りかけたので、「泥棒達はまごまご」してしまい、つい先ほどまでの凶悪さはどこかにいってしまった。

そして(二)から(三)にかけて今度は、「お寺の椽の下の暗闇に」「芋虫の様に寒そうに寝て」いる乞食たちが登場する。

トムさん「お前さん達はこの寒空にこんなお寺の椽の下に寝むらずに何所かの宿へでも泊つたら良いではありませんか」。乞食「あなたも面白い事をいふ人だ、あたたかい布団へ寝たり宿へ泊つたりするお銭があれば乞食などはしませんよ」。

トムさんは「成程な」と同情してその十二三人を自宅に連れてくる。お嫁さんはびっくりしてその晩のうちに実家へ逃げ帰ってしまう。

◎トムさんは之は失敗したと思ひ乞食達に向つてお嫁さんの逃げ帰つたわけを色々話して又元のお寺の椽の下へ帰つて下さいとお願ひしました、これを聞いて乞食達は之は気の毒だと素直に出ていつて呉れました。

このように（二）も三段落で、（三）になって◎から◎までの句切りはやや自在になって四段落になる。ただ一つのフレーズの息の長さは相変らずで、比べてみると、そのスタイルは報道記者の記事と同じ書法だった。文章冒頭の◎印にしても特集記事にはよくあるものだった。つまり「オトギバナシ・自画像」は〝童話〟だったが、新しい創作童話ではもちろんなく、『旭川新聞』特集記事と同じ文体の、〝ヒデオ〟独特の作品だった。そしてこれには新潟の〝オトギバナシ〟の下敷があった。

むかし、あるところに働きものだが少しのろまの権兵衛さんという男がいた。もう四十になるというのに誰もお嫁さんには来てくれなかった。

ある晩のこと、見たこともないきれいな女の人が戸口にあらわれ、一晩泊めてくれと言う。喜んで泊めてあげると、翌朝、それはおいしいご飯をつくってくれ、その上に権兵衛さんのお嫁さんにしてくれと言った。

さて、それから権兵衛さんはお嫁さんがすっかり気に入ってしまい、畑へ行ってもお嫁さんのことが気になっては家に帰り、顔を見てはまた畑へいくことの繰り返しでとても仕事にはならなくなった。

そこでお嫁さんは絵描きに自分の姿を描いてもらい、それを権兵衛さんに持たせた。

ところがある日、大風が吹いて絵姿は天に舞い上がり、いくら追いかけても追いつかず、いつのまにか絵姿は遠く、殿様の庭に落ちてしまった。

すると殿様が絵姿を見つけ、あんまりきれいなので欲しくなり、どうしても捜し出すよう家来にいいつけた。

お嫁さんは見つけられ、権兵衛さんは「かんべんしてしてくれ」と家来に懇願するが聞き入れられない。お嫁さんは「大晦日になったらお城に門松を売りに来てください、きっと会えるから」と言い残し、連れていかれてしまった。

大晦日になり、権兵衛さんは門松をお城に売りにいったら、お嫁さんは権兵衛さんの声を聞いてにこにこ笑った。お嫁さんはお城に連れて来られてから一度も笑ったことがなかったので、殿様はよろこび、その門松屋の権兵衛さんを呼び入れた。お嫁さんはうれしくていっそうにこにこ笑った。

「そんなに門松屋がすきなら、わたしも門松屋になろう」と殿様は権兵衛さんと着物を交換し、「門松やあ」と叫ぶと、お嫁さんが今まで以上にうれしそうにしたので、今度はお城の外へ出ていって、殿様は「門松やあ」と叫んで歩いた。

するとお嫁さんは家来たちに言いつけてお城の鉄の門を閉じさせてしまった。殿様はびっくりして門を叩いたが、もうだれも開けてはくれなかった。

そののち、お城ではお嫁さんと権兵衛さんはたくさんの家来をつかって仲良く暮らしました。

小熊秀雄には、童話を書いてみたいという意欲は前々からあったが、新しい〝童話〟は気に入らず、伝統的な民話〝絵姿女房〟を選んでチャレンジしていたのだった。

〈注〉『小熊秀雄全集』(創樹社)所載の「自画像」は、『旭川新聞』掲載のヒデオ「自画像」とは随所に違いがあり、特に(四)の末尾四段落、二十一行がどうしたものか『全集』ではすっぽり欠落している。その理由はわからないが、編者の恣意のように思えた。『旭川新聞』「自画像」の全文は、金倉義慧編「『小熊秀雄全集』未収録資料集　旭川市中央図書館／二〇〇三」に、原文のまま掲載した。

「自画像」をめぐって――小熊秀雄と昇季雄

実はこのように「自画像」のトムさん像は冒頭から民話「絵姿女房」とも違っていた。「絵姿女房」説話の「働きものだが少しのろまの」「権兵衛さん」が、「自画像」では「無口で大力で正直で」「至ってお人善しの、お人善しの過ぎるとことんお人好しの」「お人善しがあんまり過ぎる」ので困る〝トムさん〞になった。

「自画像（一）」ではトムさん宅に三人の泥棒が忍び込んだのだったが、（二）（三）になるとお寺の縁の下に寒そうに寝ている乞食たちに何のてらいもなく語りかけ、家に連れてきてしまった。どちらのトムさんも、ごく自然に気負いなく強盗や乞食に語りかけているのが特徴的だった。

何度か「自画像」を読み返しているうちに、私はふっと『旭川新聞』の文芸欄ではない紙面に、ある日突然ヒデオの「自画像」がなぜ登場したのか、そのことが気になりだした。まだ二十代前半の小熊秀雄が語っている、まことにおおらかなトムさん像に誰かが、ひょっとして直属の上司・昇季雄編集長が、すっかりほれ込んでしまったのではないか、そう思いはじめると急に謎が解けてきた。

（三）の後半からは白鳥の恩返し説話風の展開になる。が、単なる恩返しではなかった。白鳥のお姫さんの心優しさ、知恵が随所にトムさんを盛り立てていくという筋立てになっていた。

考えてみると、このトムさんにしてもおおらかな人物像だった。無垢なトムさんを見事に、そしてちょっとおかしく描いているのが（三）の後半、トムさんが空想することを覚え、青空を飛ぶ「一群の白鳥」にひとりごとを言うシーンになる。

「やあ綺麗な白鳥達だな…あの太つたのが白鳥の王様だな、すらつと一際首の長いのが王妃さまだな、そのあとの一番色の白いのがお姫さまだな、ああ…もう私の処へお嫁さんが来ないかしら、もしくるならあの白鳥のお姫さまでも我慢するがな、然し私の家は年中焚火ばかりしてゐるからあの雪のやうに、白いお嫁さんのお衣装が汚く煤けて可愛さうだな」こんな事を思つて居りますと、一羽の鳥が「トムさんの馬鹿」と吐鳴つてトムさんのつい鼻先へ白い糞をおつことしたので吃驚してまた一鍬土をたがやしました

そして（四）になり、「近年にない大暴風」の日、白鳥がトムさんのところへやって来るのだが、そこから（五）にかけての描写は出色であり、実演しているかのような語り口のうまさ、情景表現の的確さ、これが二十二歳の青年の「文筆上の出発」になった作品とはとても思えないほど、若さにありがちな気負いにしてもまったくなかった。

この激しい暴風雨の中に、トムさんの家にはこの一二年この方猫の子一匹訪ねてきたことがないのに、トントンと表戸を叩くものがあるではありませんか、トムさんは大変不思議に思ひまして、兎に角表戸をそつと開きますと、ドツと吹き入る雨風と一緒に一人の若い女が室の中に転げこみました。

◎トムさんは吃驚してよくよく見ますと、それは羽鳥の羽で出来た長いマントを着た、それはそれは美しい女でした。トムさんは眼玉をくるくるやりました。トムさんはその女の濡れた着物を干してやつたり色々親切に介抱をいたしました

このようなごく自然な語り口のヒデオ「自画像」が、『旭川新聞』連載の童話としてはひどく変則

的でありながら、急に「子供の友」欄に掲載されることになったのはなぜなのだろう、読むほどにそのことが気にかかってきた。

「自画像」は前もって新聞掲載が予定されていたようではない。急に決まって書き続けていたように思えた。ひょっとすると（一）はあったにしても、（二）以降は掲載が決まって、あわてて書き続けたような印象がなくもない。ために連載でありながら紙面の割付け、体裁が毎日変わるという、それまできっちりと定型を守っていた「子供の友」欄とは違い、型破りの〝オトギバナシ〞連載になってしまったような気がしてならなかった。

旭川新聞社に入社して半年にもならない小熊秀雄。そのような新人に急に、仮に紙面が突発的に空白になりその穴埋めであったとしても、六日続きの紙面を委ねること自体、常識では考えられないことだった。

小熊秀雄は「自画像」の構想を、ある人物に、すでに語るか原稿を見せるかしていたのではないか。その人物とは旭川新聞編集長の昇季雄《のぼりすえお》ではなかったか、と思いはじめた。


一年後、名作「焼かれた魚」を、兄のロシア文学者昇曙夢《のぼりしょむ》を通して『愛国婦人』編集部の、ロシア文学者でもある湯浅芳子に紹介したのは、昇季雄編集長であった。小熊秀雄の童話のそもそもの発端が「自画像」であったとすると、「自画像」の読み方にしても違ったものになってくる。

「自画像」からすると、「焼かれた魚」の完成度は遥かに高い。小熊秀雄が恵まれた天性の持主であったにしても、その彼を「焼かれた魚」の高みにまで押し上げることのできた人物、つまり小熊秀雄の才能をすでに見抜いていて、その彼に試作の場を与えていたのが昇季雄という旭川新聞編集長だったとはならないだろうか。

ヒデオの「自画像」があり、『旭川新聞』掲載の顛末があって、つまりそのような眼識のある昇季雄が旭川新聞社にいて、次にその兄のロシア文学者昇曙夢、その昇曙夢の愛弟子が『愛国婦人』編集部の湯浅芳子、その湯浅芳子に翌年、小熊秀雄の「焼かれた魚」が届けられ、七月には『愛国婦人』に「焼かれた魚」が掲載されることになるという一連の経緯を思い浮かべていくと、小熊秀雄にとって『旭川新聞』編集長に昇季雄がいたことがいかに大きな意味を持つことになったか、『旭川新聞』連載の「自画像」の顛末からもいろんな想像がとめどなく拡がっていくことになる。

もちろん小熊秀雄自身は〝オトギバナシ〟と言っているが、この第一作「自画像」にしても並みの才能、構想力ではない。ましてや単なる民話の引き写しではなかった。小熊秀雄の才能を見出した昇季雄編集長という掛け替えのない人物の存在があって、後の小熊秀雄を生み出すべく全てが用意されたように思えてならなかった。

同じ一九二三（大正十二）年のことだが、小熊秀雄と昇季雄との親密ぶりを示す事例が見つかった。その年の八月のことになる。

当時旭川第五（豊栄）尋常小学校は、主として近文《ちかぶみ》在住のアイヌ民族の子弟の通う小学校であったが、そのころ校長であった佐々木長左衛門は、まだ博物館などのない旭川市にあって、唯一学校の一隅を一般の来訪者に公開し、アイヌ民族の文化や伝統について見聞きできる施設として提供していた。

その旭川第五（豊栄）尋常小学校の揮毫《きごう》帳（署名簿）大正十二年八月二十一日の欄に、小熊秀雄・昇隆一・芝山茂の名があった。

〈注〉〝芝山茂〟は、昇季雄の仮名。親族の方によると、昇季雄は東京から来道したとき、青函連絡船の乗船名簿にこの名前を書いており、その後も〝芝山茂〟を昇季雄の借金の証文などに使うことがあったという。あれこれその前歴を問うてみたくなる感情は否応もなく働くが、それより先を辿ることはもう無理だった。

この三人の氏名は同一書体であった。芝山茂（昇季雄）のものに思えた。昇隆一は、兄昇曙夢の子息、当時早稲田中学の生徒であり夏休みを利用して叔父季雄のいる旭川を訪れていた。その二人を小熊秀雄が案内していたのだった。

また別に小熊秀雄、昇季雄らが川上コヌサアイヌの宝物館を訪問した折の記念写真も残されていて、私的にも二人は付き合いが深かったことを知った。アイヌ民族についてもこのように強い関心を持った、並みの経歴の持主とは思えない昇季雄。だが彼の履歴についてもこれ以上遡ることは今となっては難しかった。

ヒデオ「自画像」に戻ろう。

実は（六）が「自画像」の最終章になるが、この（六）だけがそれまでの章の二倍ほどの長さになって終わっている。民話の「絵姿女房」を借りて読者に聞かせたかったことの全てを、どっさりと小熊秀雄はこの「自画像」終章（六）に注ぎ込んだという印象だった。

七日目の連載は予定されてはいなかったか、他の記事の都合で急に長文の（六）で終ることになったのか、いずれにしても小熊秀雄は書きたかったことを、無理してでも最終章に盛り込んでいたような気がする。とりわけ先に紹介した新潟の「絵姿女房」のあらすじを頭に入れ、「自画像」（六）から読み取ってほしいのは小熊秀雄の描く〝お嫁さん〟の女性像だ。

冒頭、「まだお妃がなかつた」王様が、「お嫁さん」の描いた自画像を「一眼御覧になつてあまりの美しさに、お驚きになり」、「城中の兵士が聡出でさがしたあげくこの絵の女がトムさんのお嫁さんだとわかり」、王様は「万一命令をきかなければトムさんの首を切りかねない権幕」で、「余の妃に差出すように」と命令する。それを聞いた「トムさんは三日三晩といふもの」泣きつづける。ところが「お嫁さんはこれを見て」とトムさんに言うことばが出色だ。


「さあ泣いてはいけません、私達に運が向いてきたのです、私は之から王様の妃になります、然し心配をしてはいけません、私はあなたの永久のお嫁さんです。私が王様の御殿へいつてから近いうちにお城の大門が開かれる日が御座います。その見物人にまじつて、一番目立つた汚ないぼろぼろの服をきて、一番先頭に立つて門の開かれるのを待つてゐてください」


そう云ってお嫁さんは兵士たちに連れ去られていった。

そして王様の御殿での出会いの日。トムさんが「涙を一杯ためてじつとお嫁さんをみつめて」いると、お嫁さんもトムさんの顔をみてにっこりと美しく笑ひました。それを見て「王様は吃驚する程喜びました。それはこの妃《きさき》が御殿に来てから一ぺんも笑つた事がないからでした「これ妃そなたは笑つたではないか。何を見て笑つた。さあ今一度わらつてみせて呉れ」と妃に向つていひました。するとおよめさんはトムさんを指さして「王様あれを御覧なさい、あすこには大変滑稽な姿をした乞食が居るではありませんか私はあの男を見て笑つたのです……もし王様があの男の着物をきてあの男の代りにあそこへお立ちになつたら、さぞお可笑い事で御座いましょう」と申し上げました。

◎王様は今一度妃の笑顔をみたいものですから、トムさんを御前に呼び出して王様のりつぱな着物をきせて、お嫁さんの傍へ座らせご自分はトムさんの着て居たボロ《原紙一行欠》外の見物の中にお立ちになりました。

◎然し何時までたつてもお嫁さんはニツコリとも笑ひませんでした王様は今か今かと笑ふのを待つてをりました、しかしお嫁さんは笑ひません。

その内に午後六時になりましたので城門はガラガラと閉じてしまひました。

◎此処で王様はまんまと城外に追出されてトムさんは王様と早変りをしてしまひました。城の兵士達も王様のわがままを憎んでをりましたから誰もみなかえつて喜びました。

そして「不思議なお嫁さんは実は白鳥のお姫さんでした」と解き明かされて「自画像」は終わる。私がとりわけ感心したのは、このように作者ヒデオが描いていくお嫁さん像だった。ただ自分が助けられたそのお礼として献身的な愛情を示す健気《けなげ》な、ある意味では悲劇的な女性ではなかった。自分の判断をしっかりと持って、自らの意思で行動し、幸せをつかんでいく近代の前向きな自立した女性として〝お嫁さん〟を小熊秀雄は描いていた。

このような自立した人格を持っている女性像は、もちろん民話にはなかっただろう。大正デモクラシーと言われる当時にあっても自らの意志をきっぱりと示して行動する女性は、まだごく稀な存在であっただろう。

同じ一九二三（大正十二）年の二月になると、今度はオトギバナシの〝ヒデオ〟と違って、〝黒珊瑚〟の、特集記事「学校巡り」（注・二月二十六日から三月二十四日までの二十一回連載）が始まる。そしてこの特集になると、記事はかなり派手な扱いになる。

先に本書第Ⅰ章で、当時庁立旭川高等女学校生だった画家の丸木俊（旧姓赤松俊子「原爆の図」）がエッセイに、「黒珊瑚とは誰だろうと街中の話題になっていた」と書いていることを紹介したが、その後も個性的な小熊秀雄の〝黒珊瑚特集記事〟は『旭川新聞』には何度も登場することになった。一方、『旭川新聞』の童話欄はこの後も続くが、小熊秀雄の童話は、何故かこの異色の〝オトギバナシ、ヒデオ「自画像」〟一作で終わった。

小熊秀雄の童話第二作目は、翌一九二四（大正十三）年、『旭川新聞』ではなく、全国誌である『愛国婦人』八月号の「焼かれた魚」となる。その間、『旭川新聞』に小熊秀雄の童話は見当たらず「焼かれた魚」が際立っているだけに、あるいは別名の童話があるのではと考え、念を入れて探してみたが、それらしい童話を『旭川新聞』に見つけることはできなかった。

小熊秀雄は、黒珊瑚署名の特集記事「学校めぐり」〝北鎮小学校の巻　下〟に、「黒珊瑚は参観のお礼に童話「六弦琴を弾くお猿」「喧嘩の国」の二席を講演して帰社の途に就いた」（大正12・3・10付）とある。

六弦琴とはギターのこと、この年から翌年にかけて旭川文化協会の主催でチルチル童話会が開催され、少なくとも二回は小熊秀雄がアンデルセンの「醜い家鴨の子」「大クラウスと小クラウス」などを語って聞かせている。下村保太郎は「小学校などで童話をやり『小熊のおぢさん！』といふ愛称は街でよく聞いた」と語っている（注・「小熊の小父さん」雑誌『不死鳥』40掲載）。

そのように小熊秀雄が童話をしばしば口演していたことの意味は、小熊秀雄のその後の作品群を考えると、きわめて大きいように思える。

また姉ハツによると「姉さんと二人で、子供だけの遊び場をつくりたいね」と口癖のように言っていたという（佐藤喜一著『小熊秀雄論考』）。

ともあれ〝ヒデオ〟「自画像」が小熊秀雄初出の童話であったことは確かであり、あえて〝童話〟ではなく〝オトギバナシ〟としたのはなぜなのだろう。欄名の変更、「子供の友」から「オトギバナシ」への変更についてまで、新入りの記者である小熊秀雄が勝手にできるはずはなく、外でもない編集長の昇季雄直接の指示、あるいは示唆があってのことのように思えてならなかった。

オトギバナシ「自画像」が翌年の名作童話「焼かれた魚」にどのように連続していくか、実はその間にもうひとつ、新興ロシア文学への小熊秀雄の急接近が翌年にかけてあった。それは小熊秀雄にとっては、その後の生き方にかかわってはるかに衝撃的な出会いになるが、それも「焼かれた魚」の場合と同じように、昇曙夢・季雄兄弟あってのことだった。

それについては改めて、「Ⅳ章　小熊秀雄、新ロシア文学との出会い」で書いていくが、発表順からすると「自画像」に続く童話第二作目は、翌年の「焼かれた魚」であった。

「焼かれた魚」のこと

「焼かれた魚」は、第一作の『旭川新聞』所載のヒデオ「自画像」に比べると三分の二程度の長さであった。それが『愛国婦人』の童話の規定枚数の上限であったからそうなったのだろう。

「焼かれた魚」は、小熊秀雄の童話のなかでも作品の完成度からしてもずばぬけて高い。小熊秀雄は自信を持って書いたような気がする。「自画像」がそうであったように「焼かれた魚」の場合も翻案あるいは何かの改作ではと、原作らしきものを探してみたが見つからなかった。

発表は、「自画像」の翌年一九二四（大正十三）年、『愛国婦人』八月号（注・Ⅸ章に掲載する宮本百合子の湯浅芳子宛の手紙、小熊秀雄追悼文参照）。私の調べた限りでは、「焼かれた魚」が小熊秀雄童話の二作目であることは間違いない。「焼かれた魚」は、第一作「自画像」とも全く違って物語の展開に無駄がなく、洗練されていてしなやか、ことばひとつにしても小熊秀雄の黒珊瑚記事にはまだ見かけられた未熟さがまったくなく、品格すら具わっている。

「焼かれた魚」の本文を追っていこう。

白い皿の上にのつた焼かれた秋刀魚は、たまらなく海が恋しくなりました

「焼かれた魚」は、冒頭から簡潔で平明、しかも印象的な語り口で始まる。一行目の、たったこれだけの言葉ですっと、見慣れている秋刀魚の想い＝童話の世界に引き込まれ、読者は秋刀魚と一つになる。

「自画像」のような説明口調はまったくない。多弁でもない。最初の一行からもう並みの作品ではなかった。文章の洗練度からして遥かに完成度は高い。

考えてみると、民話、童話の世界というものは、生と死、人間と動物、そして物、身の回りに存在するいっさいのもの、そのすべてに境界というものはない。その意味では現実を越えたところで現実を描くことのできるのが童話だった。そのような童話・民話独特の世界に、小熊秀雄は冒頭のたった一行で読者を引き込んでいった。

秋刀魚は、「あのひろびろと拡がつた水面に、たくさんの同類たちと、さまざまの愉快なあそびをしたことを思ひ出し」、「なつかしい海の生活を思ひ出し」、「皿の上でさめざめと泣いて居りました」。「ことに秋刀魚にとつて忘れることの出来ないのは、両親と仲の善かった兄妹たちのことでした」。

秋刀魚は「漁師に釣りあげられて」「都会の魚屋の店先にならばされました」。「そこには海の生活

と同じやうに、同じ仲間の秋刀魚や鯛や鰈や鰊や蛸や、其他海でついぞ見かけたこともないやうな、珍しい魚たちまで賑やかにならべられてゐましたので、この秋刀魚は少しも寂しいことはなかったのでしたが、魚達は泳ぎ廻ることも、話し合ふことも出来ず、みな白らちやけた瞳をして、人魚のやうに、病気のやうに、じつと身動きの出来ない退屈な悲しい境遇にゐなければなりませんでした」。

「それから幾日か経つて、この家の奥さまに秋刀魚は買はれました、そしていま焼かれました。やがて会社から旦那さまが帰って来るでせう、さうしたら食べられてしまわなければなりません」。

「ああ、海が恋しくなつた、青い水が見たくなつた、白い帆前船をながめたい」、秋刀魚は、「どうかしていま一度あの広々とした海に行つて、なつかしい親兄妹に逢ひたいといふ気もちでいっぱいでした」と、心やさしい人間の姿で次々にそのシーンは拡がっていく。読んでいる人はそれが〝秋刀魚〟であることも、焼かれた魚であることも、まったく気にはならなくなることだろう。

秋刀魚は思いあまって、「飼猫のミケちやん」に海まで連れていってくれないかと相談を持ちかけた。

だが「そのかはり何かお礼をいただかなければね」とちゃっかりと言われ、「一番美味しい頬の肉をやることを約束して」連れていってもらった。ところが「街端れの橋の上」までくると、「猫は魚の頬の肉を喰べて了ふと、どんどん後もみずに逃げてしまいました」。

「魚はたいへん橋の上で悲しみました」。

この先も、秋刀魚を海まで連れていってくれる小動物が次々に登場するが、それはお人好しのようでありながらも相手の弱みに付け込んでちゃっかりと報酬を求めることを忘れない、どこにでもいそうな市井人タイプの小動物たちだった。

翌朝「若い溝鼠《どぶねずみ》」が通りかかる。

「私もまだ朝食前だから」と言うので、「片側の肉を喰べさし」秋刀魚は運んでもらった。

「ひろい野原」までくると、溝鼠もまた「とても私の力では、あなたを海まで運べそうもありませんから」と「逃げて行つてしまひました」。

次に「意地悪さうに、じろりと魚を」ながめる野良犬。

「溝鼠に喰べられて残つた片側の肉」を野良犬にやったものの、野良犬は「駈けることが、なかなか上手」だったのに、「杉の森まできたときに、魚を放りだして」逃げてしまった。

夜になり雨が降ってきた。「骨ばかりになつた秋刀魚はしみじみとその冷たさが身にしみました」。

翌日、通りかかった「一羽の烏」。秋刀魚は「すこし許《ばか》り残つた肉をあげますから」とお願いする。

「そればかりの肉ぢや駄目だよ」と烏。では「わたしのだいじな眼玉をあげましよう、もうこれだけより残つてゐないのですもの」と悲しそうに言った。

烏はふたつの眼玉を嘴で取りだし、「体ぢゆうの肉と云ふ肉を探して、きれいに喰べてしまひ」、海に向って飛んだものの、「不意に魚を摑んでゐた手を離し」逃げていってしまった。

とうとう「盲目になつてしまつた」魚は、「なつかしい波の音を聴くばかりで、青い水も白い帆前船もながめ見ることが出来ませんでした、そして海風のかんばしい匂ひにまぢつた海草の香などを嗅ぐと、秋刀魚はたまらなくなつて、この青草の丘の上でさめざめと泣き悲しみました」。

「或る日のこと」「蟻の王様の行列」が通る。

「魚は行列の最後の方の一匹の蟻の兵隊さんに向つて、自分の身の上を話して海まで連れて行って欲しい」と頼む。「蟻の兵隊さん」は「このことを王様に申し上げ」「家来の蟻に海まで運ぶやうに下知《げじ》」「工兵やら、砲兵やら、輜重《しちょう》兵やら、何千となくやってきて」、その「幾日かののち」秋刀魚はやっと「崖の下はすぐまつ青な海」にたどり着くことができた。

　この崖の下はすぐまつ青な海になつてゐました。魚は海に帰れると思ふと嬉しさで涙がとめどなく流れました、親切な蟻の兵隊さんになんべんも厚くお礼を言つて、魚は崖の上から海に落ちました。

　魚はきちがいのように水のなかを泳ぎ廻りました。前はこんなことがなかつたのですが、ともすれば体が重たく水底に沈んでゆきそうになりますので、慌ててさかんに泳ぎ廻りました、それに水が冷たく痛いほどで動くたびに水の塩が、ぴりぴりと激しく体にしみて苦しみました。

　その上すこしも眼が見えませんので、どこといふあてもなくさまよひ歩るきました。それから幾日かたって、魚は岸にうちあげられました、そして白い砂がからだの上に、重たく沢山しだいにかさなり、やがて魚の骨は砂の中に埋もれてしまひました。

　さいしよは魚は頭上に波の響きを聴くことができましたが、砂はだんだんと重なり、やがてそのなつかしい波の音も、聴くことができなくなりました。（をわり）

このエピローグはどうだろう、しみじみとしていて、生から死への息遣いが聞え、その息遣いは静かにいつか絶えていく。これは穏やかで厳粛な葬送のシーンではないか。

読者を悲しみに包み、ひとつの生命が苦しみから静寂（死）へと向かっていく、そのひとときをていねいに、簡潔なことばで小熊秀雄は描き上げている。波の音が祈りの音楽となって静かに聞えてくる。思わず亡き人に手を合わせてしまうエピローグだった。

第一作「自画像」の、八方破れの、破天荒な作品からわずか一年後、まったく非の打ちどころのない完成された童話が生まれていた。

下手な紹介にしかならなかったが、「自画像」と「焼かれた魚」の、その両者の落差をどう見るといいのだろう。それにしても小熊秀雄はその後、どうして「焼かれた魚」を越える童話を書き続けることをしなかった、できなかったのだろうと、ふっと昇季雄のことを思い浮かべ、考え込んでしまった。

「焼かれた魚」はどう読まれてきたか

もう少し続けよう。

小熊秀雄は詩人であった。詩人の小熊に童話「焼かれた魚」があるということは、長い間、知られないままだった。旭川では最も早く小熊秀雄研究にとりかかった佐藤喜一にしても、一九二三（大正十二）年一月の、『旭川新聞』に詩「奪はれた魂」と同じ月に掲載されたオトギバナシ「自画像」のことは知っていても、翌年に「焼かれた魚」があったことは知らなかった。掲載が『旭川新聞』ではなく、東京の雑誌『愛国婦人』であったからだった。

〈注〉大正十三年九月八日の「月曜文芸消息」（引用者註・『旭川新聞』）に「小熊秀雄氏の童話」「焼かれた小魚」が九月号の『愛国婦人』に掲載された、「氏は近く個展と詩の展覧会を併せて開く計画だ」との記事がある、と佐藤喜一は伝えるが、「焼かれた小魚」はまだ見ていない、と書いている。一九六八（昭和四十三）年の『小熊秀雄論考』にも「焼かれた小魚」は未見とあって、一九六〇年代に入っても「焼かれた小魚」は〝小魚〟のまま、まぼろしの作品だった。

ところが、小熊秀雄の詩友であった今野大力は、旭川時代にすでに「焼かれた魚」を読んでいた。「焼かれた魚」のためのエッセイではないが、上京したばかりの今野大力は「秩序紊乱《びんらん》の作家」（『旭川新聞』昭和2・4・12付）に、

以前の『愛国婦人』に出した童話「焼かれたサンマ」なんか自由な、真の勝手気儘な飛躍だと思ふ。その飛躍こそは純粋な者達を瘋癲《ふうてん》院へ送つてしまふかも知れないものなのだ。

と書いている。表題の〝秩序紊乱の作家〟とは小熊秀雄を譬《たと》えたことばだったが、上京してほぼ一カ月後、それまで旭川時代には『旭川新聞』の常連だった今野大力が、『旭川新聞』への第一報が「秩序紊乱の作家」であった。これすべて〝小熊秀雄賛歌〟であったのは驚きと言ってよかった。

今野大力は「焼かれた魚」を読んで感想を残している、最初の一人であった。ただ、「秩序紊乱の

作家」での今野大力の「焼かれた魚」評価は、それをストレートに賞賛と受け止めるには今野大力の用語にやや難があった。「瘋癲院へ送つてしまふ」という比喩にしても、小熊秀雄のあふれるような想像力の豊かさに気が違ってしまうということであった。だがそれを地元の研究者・佐藤喜一は後に、小熊秀雄を批判した、と誤解してしまった（佐藤喜一著『評伝　小熊秀雄』りえす書房／1978）。

確かに「真の勝手気儘な飛躍」という今野大力の評価にしても「焼かれた魚」のどのようなことを指しているか、もう一つわかりづらいところがあった。

また、今野大力も〝魚〟ではなく〝サンマ〟と書いていた。「焼かれた魚」を読んだのは上京前の旭川、「秩序紊乱の作家」は上京後に東京から『旭川新聞』に送られていたために、今野大力の手元には雑誌『愛国婦人』はなく、〝焼かれた〟に続く言葉としては〝魚〟よりも〝サンマ〟のほうに馴染みがあったのだろう。宮本百合子にしても湯浅芳子への手紙に、小熊秀雄のことを〝秋魚（サンマ）さん〟と言っているところがあって、詩人佐藤春夫の、「あはれ／秋風よ／情あらば／伝えてよ／……男ありて夕餉に　ひとり／さんまを食らいて／思いにふける　と」という一節で始まる「秋刀魚の歌」が有名になっていたから、そうなっていたのかもしれなかった。

ともあれ、「秩序紊乱の作家」は上京間もない今野大力の、『旭川新聞』への第一稿であったが、原稿が小熊秀雄の手元にまず届くことを意識して旭川新聞社に「秩序紊乱の作家」を書き送っていた。旭川にあって現存するもっとも古い「焼かれた魚」評価というより、今野大力による小熊秀雄賛歌であった。

ずっと後になるが、『愛国婦人』編集者の湯浅芳子、その湯浅の友人で、翌年には共に生活することになる作家宮本百合子にも、「焼かれた魚」のことを書いたエッセイが戦前すでにあった。日付は小熊秀雄が亡くなった翌々月の宮本百合子の小熊秀雄追悼文（新日本出版社版『宮本百合子全集』）。

あるとき、その雑誌（注・『愛国婦人』）に一篇の童話が載った。そんな雑誌としては珍しい何かの味をもった小篇でその作者の小熊秀雄というひとの名が私の記憶にとどまった。北海道から送られて来る原稿ということも知った。

つづけて二三篇童話がのって、次ぎの春時分の或る日突然その小熊秀雄というひとが家へ訪ねて来た。その雑誌の編輯をしていた友達と私とは、小石川の老松町に暮らしていたのであった。

また『現代文学』小熊秀雄追悼号（1940・12）では宮本百合子の友人湯浅芳子がもっと詳しく、「小熊さん」を書いていた。〝C〟とは宮本百合子の旧姓、中條の頭文字。

北海道から出てきたばかりのあなたはそのときCと一緒に住んでゐた老松町の家に私を訪ねてきた。そのとき持って来たのか、それともその前すでに昇先生を経て私のところへ送ってきてあったのか、その辺のことは忘れたが、私はあなたの書いた童話を縁にあなたと知合ったのだった。はじめて見たのは何か魚のことを書いた原稿で、一種象徴的な、底に一味の哀愁を湛《たた》えた、どこか素朴な、可憐な、さういふ感じのする童話で、原稿はインクではなく墨汁で、尖先の折れたペンで書いたやうな特色のある字だった。（略）

初対面なのにすっかり親しくなり、Cと三人で食事などして話し込んだのを憶えてゐる。

原稿の段階で「焼かれた魚」を、「そんな雑誌としては珍しい何かの味をもった小篇」、「一種象徴的な、底に哀愁を湛えた、どこか素朴な、可憐な、さういふ感じのする童話」と評価していたのが湯浅芳子、宮本百合子であった。

二人と小熊秀雄との接点に原稿のままの童話「焼かれた魚」があったのだった。

〈注〉小熊秀雄は一九二四年、二五年と続けて上京、二度とも湯浅芳子を訪ねている。湯浅の記述にはこのことの混同があるようだ。宮本百合子が一緒であることからすると、この記述は一九二五年、小熊秀雄がつね子と結婚してからの、二年続けて上京した折のことになる（後述）。

戦後になって、小熊秀雄の詩や童話について正当に評価したのは、木島始だった。木島始の高い評価があって「焼かれた魚」は、この先紹介するような評価が次々に現れる。

小熊秀雄が書いた童話十八篇は、きわめて特異な訴える力をもっている。四〇年から五〇年も以前に書かれたものであるのに、読みだすとぐいぐい引っぱりこんで、ほとんど古さを感じさせない。（中略）ドキリとするくらい新鮮だ。

そして、「焼かれた魚」には「強い望郷の思いがしみとおっていて」「死という言葉はまるで使われていないけれども、最後まで読むと、ほんとうに悲しみの感情が、こみあげてくる」「この魚の遍歴にいつのまにか感情移入をしながら読んでしまうせいだろうか」と木島始は書いている。

その後とりわけ注目されていい「焼かれた魚」論は、土方定一だった。

小熊秀雄のデッサンの背後にあるのは、いつも、直接的で切実な生活的な現実からのモティーフであり、そこから触発された想像力であることである。ぼくは、そういうとき、小熊秀雄の童話のひとつ「焼かれた魚」を思い出す。小熊秀雄の童話のなかで、「焼かれた魚」など、ぼくはことに好きだし、日本童話史のなかで永遠の位置をもつ作品である、とぼくは確信している。

（『小熊秀雄全集』第五巻「解説」）

土方は、「焼かれた魚」は、小川未明「赤い鳥」、宮沢賢治「ぶとしぎ」、エロシェンコの日本に残した四冊の童話、ドイツのヘルミューニア・ツーア・ミュレーンなどの童話のもっている、「童話の古典的形式（構成）を身につけた」しかも「限りなく美しい童話となっている」と評価し、更に続けている。

ぼくが、どうして秋刀魚にこだわるかというと、小熊秀雄の「焼かれた魚」が、小川未明の「赤い鳥」、その他のモティーフとちがって、直接的で切実な生活的な現実からのモティーフであり、そこから触発された想像力を孕んでいるからである。小熊秀雄の絵、デッサンにしても、この直接的で切実な生活的な現実の底に、いつも想像力の錘《おもり》が定着していることである。

最近になって、特徴的で個性的な読み方が次々に現れている。私など入り込む余地はまったくない。なかでも小熊秀雄の訳詩集を出版したアーサー・ビナードさんの読みは個性的だった。二〇〇八年第41回小熊秀雄賞受賞式の記念講演で次のように語っている（旭川の小熊秀雄賞実行委員会の小峯久希さんによる起こし稿より）。

（「焼かれた魚」は）ぼくにとって、初めて読んだ日本の文学でした。一週間かけて読みました。短い話のスケールの大きさに面食らって、皿の上のサンマと見つめ合っていました。世界にこんな童話があったのか！　と思いました。

焼き魚の好き嫌いに関わりなく、身につまされる話です。サンマの悲しさは人工的なものではなく、すべての生き物に組み込まれているものを見抜いて、それを汲んで表現している童話です。

（中略）

今日まで一八年間「焼かれた魚」と向き合って、でも悩みっぱなしで、もう一回訳し直さなきゃいけないかなと思っています。（中略）

寺田農（引用者注・俳優寺田農の父は池袋モンパルナス時代小熊秀雄の親友、画家の寺田政明。『小熊秀雄詩集』『飛ぶ橇《そり》』の装丁を担当した）という俳優さんが「焼かれた魚」を朗読しました。寺田さんはサンマを女性と捉えていました。（中略）日本語は（注・男、女の別を）意識しなくて良いですね。読み手が選択できて自由です。それがわかりました。

「日本語ビギナー」のビナードさんは、「一語一語、辞書を引きながら読み解こうとすることに一生懸命」になり、「小熊の文体がよけいに身体に響いてきた」という。そのような一語一語を読みくだいていく読み方が、「焼かれた魚」には一番ふさわしいのかもしれない。

ひょっとすると、小熊秀雄が描いた「焼かれた魚」の生命観は、私たちが忘れかけている、もっとも日本的な、私たちが無意識のうちに包み込んでいる伝統的な生命観にあるのかもしれなかった。

最後にどうしても紹介しておきたいのは、同じ二〇〇八年、10・14付『北海道新聞』夕刊の「今日の話題」である。「焼かれた魚」をこれまでにはなかった鮮烈な読み方で取り上げていた。とりわけ〝ワーキングプア〟と言われた〝使い捨て雇用の非正規労働者〟に「焼かれた魚」を重ねて読んでいたのが私には驚きであった。

『北海道新聞』の木村仁論説委員は、小さなスペースいっぱいに書いている。

この秋ずいぶんと美味しい思いをしている。

サンマ塩焼き―。たっぷり脂がのっている。原油高の中、漁をする人には申し訳ないが、価格も安い。

焼けた鈍色の孤独感を漂わせる魚と向き合うたびに、小樽出身の詩人、小熊秀雄（一九〇一～

四〇）の童話「焼かれた魚」の書き出しが思い浮ぶ。

「白い皿の上にのった焼かれた秋刀魚は、たまらなく海が恋しくなりました」

遠い海で捕まり、はるばる運ばれて、都会の食卓に上がったサンマは、自由に泳ぎ回っていたふるさとの海に帰りたいと、切実に願う。

皿から逃げ出し、海岸まで運んでもらう見返りに、猫やカラスに自らの肉や目玉を与えるが…。物語は、静かで、悲しい結末が待っている。

作品が雑誌『愛国婦人』に発表されたのは一九二四年（大正十三年）。近代産業社会のひずみは日本をむしばんでいた。

海から引きはがされたサンマに、当時、職を求めて地方から都市へ出た人たちが重なる。身を削っても不当に低い報酬しか得られない。ずるがしこく中間搾取する猫やカラスにしても、いつも腹をすかせている。

今年、小熊と同時代の作家小林多喜二（一九〇三〜三三）の「蟹工船」が注目されたが、「焼かれた魚」も、格差社会の現代を生きる私たちの心に低く響く。そして、問いかける。

サンマは誰だ。猫やカラスは誰だ。こんな境遇に追い込むのは誰だろう、と。

二〇〇九年七月、旭川市での「小熊秀雄をしゃべり捲くれ」講座が小熊秀雄賞市民実行委員会主催で開催され、ひとつの講座を私が担当した。その際に友人の斉藤智さんが、「焼かれた魚」を長編叙事詩風に書きかえてみると、それがまたなかなかいいよ、と助言してくれた。早速やってみた。なるほど斉藤さんの指摘どおりだった。

またその講座で、「焼かれた魚」のエピローグ、サンマを助ける動物として蟻の兵隊が登場するが、兵隊たち＝軍隊であることに何となく抵抗を感じてしまうと、それが話題になった。

でも蟻の兵隊さんは出征した隣のお兄さんのようだ。蟻の「工兵やら、砲兵やら、輜重兵やら、何千となくやってきて」「親切で熱心に運んでくれ」とか、ひょっとするとそのように〝下知〟したのは〝王様〟であることにひとひねりあるのではとか、思い思いの感想が語られ楽しかった。それぞれに思い浮かべ、その思いを互いに語り合えるのがすぐれた童話あるいは民話の特徴であるのかもしれなかった。

小熊秀雄、画家高橋北修と初の上京

その「焼かれた魚」の一九二四（大正十三）年のことになる。

旭川の画家高橋北修《ほくしゅう》の次の語りはいささかゴシップめいてもいるが、高橋北修が再び上京することを伝え聞いた小熊秀雄が、「是非同行したいと申出てきた」。それが小熊秀雄の初めての上京だった（高橋北修「絵を描いた小熊秀雄と私」月刊『大雪』一九七二・十）。

高橋北修に吉田喜美蔵、江越初代が同行することはすでに決まっており、それに小熊秀雄が加わることになった。吉田喜美蔵は北修と同じく東京からの関東大震災避難者、江越初代はフランスで画家のモデルをしていた女性だった。

「開放的で、明るく、それで今でいう、ボインの利いた肉感的な」江越初代に、小熊秀雄は「さかんに交際していたようだが」、車中で江越初代に「ラブレターを渡したら、完全に振られてしまった」と高橋北修は面白おかしく書いている。

小熊秀雄は上京中、北修が美術印刷の画工として勤める会社近く「早稲田の鶴巻町《ママ》の下宿屋」に同居させてもらった。

北修が語っているのは、物見遊山風の小熊秀雄であるが、「当時の柳行李《やなぎごうり》という奴に、自作の原稿が、溢れて、蓋が持ち上る程、詰込んで」上京、その「原稿を抱えて、毎日出版屋や、有名作家のところを、せっせと売り込みに歩き廻った、売れない日が続いても、彼は実に根気よく歩いた」という。

高橋北修にはそうした小熊秀雄がよほど印象的だったのだろう。

ところがはじめての東京であり梅雨時から初夏になると、「彼の表情に、日、一日と消耗のかげが目立ってくる」。

「ひと月位たった」ある日、日本詩人を主宰している川路柳紅のところへとびこんで、「焼かれたさんま」の一篇が拾われたと、「人が変わったように、はしゃいで、初めて原稿が売れたと喜んだ」と書いている。

売れたのは、「焼かれたさんま」であった。それが「焼かれた魚」のことだとすると、「焼かれた魚」が、『愛国婦人』に掲載された年（一九二四〈大正十三〉）に、また別に〝売れた〟ことになり、話が少し込み入ってくる。

確かに小熊秀雄には「焼かれた魚」とはまた別に「海が恋しくなった」という詩があった。

『新版・小熊秀雄全集　第五巻』に掲載されているが、「解題」（『小熊秀雄研究』創樹社／一九八〇・十二）によると、全集発刊後に新たに発見された作品だった。掲載誌は『少女の友』大正十四年九月号。ただ小熊秀雄が「売れたと喜んだ」「焼かれた魚」の翌年に掲載されていたことになる。『少女の友』は、当時人気の少女雑誌であったが、散文詩「海が恋しくなつた」は、「焼かれた魚」とテーマが似ていて、「海がたまらなく恋しくなつた。／青い水をみたくなつた／白い帆船をながめたい」とある。

ただ、語られるのは魚であり、中ほどには「砂のなかに埋もれた魚の骨」も出てくるが、散文詩「海が恋しくなった」のそのシーンは、「白い魚骨のいのちに涙をながす」「わたしの感情がはげしくなみうつてきて」「ああ、わたしはたくさんの生命のうえに、私のさびしい命をのせてゐるようだ」、と同じような情景があり〝私〟を〝魚〟に重ねてはいるが、当時人気の『少女の友』には「海が恋しくなった」がふさわしかったにしても、「焼かれた魚」のような澄みきった情感はなかった。

小熊秀雄のはじめての上京が高橋北修に連れられてであったことは確かであるが、高橋北修の回想にはいくつかの混同があり、それらを含めて小熊秀雄の上京について書かれているものを整理していくと次のようになる。

〈その1〉次章であらためて引用するが大正13・11・20付『旭川新聞』の小熊秀雄のエッセイ「南国逃避者の魅力」の冒頭には「南国のもつ魅力に危険をかんじて逃げ出してきた私」という言い方があって、南国が東京だとすると、この初めての上京ですでに、そのまま東京に定住できたらという期待がもともとあった言い方になる。

〈その2〉ただ小熊秀雄が上京し、湯浅芳子を訪ねたのは一九二四（大正十三）年なのか、二五（大正十四）年のことなのかはっきりしないが、実は小熊秀雄は二年続けて上京し、いずれの年にも湯浅芳子を訪ねていた。二回目のときには湯浅芳子と宮本百合子は同居していた。

『小熊秀雄全集』第五巻の「年譜」、「大正十四年（一九二五）」の欄には、「上京中、湯浅芳子が関係した『愛国婦人』の八月号に『焼かれた魚』を発表し」とだけあって、小熊秀雄が湯浅芳子を訪ねたことは書かれていない。繰り返すが『愛国婦人』八月号の「焼かれた魚」は、全集の「年譜」の記述は違っていて、前年の一九二四（大正十三）年の「愛国婦人」八月号であった。

湯浅芳子は筑摩書房刊『小熊秀雄詩集』（一九五三年）挟込の「その頃の小熊クン」で、「昇（曙夢）先生の紹介状を持って私を訪ねてきた、当時私が編集していた或る団体の機関誌に、童話の原稿を買ってくれというのだった」と書いている。これは一九二四（大正十三）年、高橋北修に連れられて初めて上京した折のことになる。

湯浅芳子の記述には、小熊秀雄とはじめて会った一九二四（大正十三）年のことと、翌一九二五（大正十四）年、小熊秀雄がつね子と結婚、上京した年に再度、宮本百合子と湯浅芳子の二人が同居している自宅を訪問した折のことと、その両者の混同がある。

宮本百合子と湯浅芳子との老松町での同居が一九二四年ではなく、一九二五年三月からであったことは、黒澤亞里子編著『往復書簡　宮本百合子と湯浅芳子』（翰林書房／二〇〇八）所載の次の宮本百合子宛湯浅芳子書簡が、一九二四（大正十三）年の七月十六、十七日付であることからも明らかであり、小熊秀雄は二年続きで上京し、その二年目の上京で尋ねたのが、二人が同居していた老松町だった。

〈その３〉高橋北修は、前年の上京の時、小熊秀雄が自分の原稿をどっさり持参して、売り込みに夢中になっていたことを書いているが、それが不可能であることがわかり、旭川新聞社からあまりもの長期欠勤を咎められ、小熊秀雄としては旭川へ帰るために、湯浅芳子にその旅費を無心していた、というのが真相ではなかったろうか。

高橋北修が書いている川路柳紅のところへとびこんで「焼かれたさんま」の一篇が拾われたと、「人が変わったように、はしゃいで、初めて原稿が売れたと喜んだ」というエピソード（注・小熊秀雄最初の上京）は、『愛国婦人』掲載の「焼かれた魚」の稿料を当てに、帰郷のための旅費を湯浅芳子が都合してくれたというのが真相だったか。

高橋北修に向かってある日突然、「人が変わったように、はしゃいで」いたのは、高橋北修にその事実を隠す、小熊秀雄のてらいであったような気もする。

もし小熊秀雄が宮沢賢治のように、生涯童話を書き続けていたとしたらどのような作品群が生まれていただろう、逆に「焼かれた魚」のような作品を生み出しながら小熊秀雄はなぜ童話の世界から早々に離れてしまったのだろう、とつい空想を巡らしてしまう。あるいは宮本百合子が言うように童話では食えまいと、ひょっとすると詩も含めて、この初めての上京で東京に住むことの厳しさを実感していたのかもしれなかった。

しかし翌一九二五（大正十四）年四月、小熊秀雄は新婚のつね子を伴って再度上京する。だがその上京も半年で挫折、旭川に戻ることになってしまった。

第Ⅳ章　小熊秀雄、新ロシア文学との出会い

小熊秀雄と昇季雄、兄曙夢

もう一度、一九二四（大正十三）年、「焼かれた魚」のことになる。それは名寄新芸術協会の北村順次郎・松崎豊作らと今野大力・小熊秀雄との新芸術（プロレタリア文学）論争の前年のことになるが、小熊秀雄は旭川の洋画家高橋北修《ほくしゅう》に連れられて、初めて上京していた。

この上京には、その後の小熊秀雄のことを考えると、見落してはならない大切な出来事がもう一つあった。それも小熊秀雄の童話「焼かれた魚」に関連する。

同行してくれた高橋北修には何も語っていなかったのか、北修には関心のないことだったから記憶に残らなかったのか、三月から七月までの長期間の上京中に小熊秀雄はロシア文学者・昇曙夢《のぼりしょむ》を訪

ねていた。それも一度だけの儀礼的な訪問ではなかったように思う。

小熊秀雄は、旭川新聞編集長の昇季雄《のぼりすえお》から、ロシア文学者の兄昇曙夢のことをすでに聞かされていたことは、第Ⅲ章「ヒデオ『オトギバナシ　自画像』」で書いたが、実はその前年に、昇曙夢の子息、昇隆一が旭川市を訪れていて、市内の案内をはじめ小熊秀雄には何かと世話になっていた。

そして今度は小熊秀雄の童話「焼かれた魚」の原稿が、昇季雄から兄の曙夢に送付され、ロシア文学者であり全国誌『愛国婦人』の編集者である湯浅芳子に手渡されていたことはすでに書いた。

上京後、小熊秀雄が昇曙夢を訪問することについても、編集長昇季雄から兄の曙夢に伝えられ、当初から小熊秀雄の予定に入っていたようだ。そのことは、小熊秀雄「南国逃避者の魅力　昇曙夢氏訳〝トルストイとドストヱーフスキイ〟読後感」（『旭川新聞』大正13・11・20付）を読むとよくわかるが、昇曙夢宅で話題になり、小熊秀雄の心をすっかり捉えてしまったのは、童話のことではなかった。ロシア文学者昇曙夢が目に浮かぶように語る新ロシアの詩人たちのことだった。ロシアで社会主義革命が起こったのが一九一七（大正六）年、まだ七年しかたっていない。

昇曙夢が語る新ロシア、つまり革命期ロシアの詩人たちのことがどれほど小熊秀雄の心をとらえていたか、この短いエッセイから、はっきりと読みとることができる。

小熊秀雄が東京から旭川に戻ったのが七月、そして十一月、『旭川新聞』のこのエッセイには次のように書かれている（注・文中の傍線は引用者）。


在京中いろいろお世話になつた昇曙夢氏から近刊『トルストイとドストヱーフスキイ』を贈ら

れた、（中略）

いま一冊矢張昇曙夢氏の著『新ロシア文学の曙光期』も此の程発行されたがこれなどは殊に詩愛好者の必読書であらう、露の大地に育まれてゐる詩境、それは日本詩壇では殆ど絶縁のすがたにある自由の天地である、

中ほどには、初対面でありながら「親しく氏に接して」とあって、小熊秀雄はロシア文学者の昇曙夢に「いろいろお世話になった」だけではなく、親近感を抱くまでになっていたことがわかる。昇曙夢にしても小熊秀雄とのはじめての出逢いがありきたりではなかったから、新しい著書を小熊秀雄に贈呈していただろう。

このエッセイからは、高橋北修が書いているような原稿売り込みに上京の目的があったにしても、昇曙夢をはじめて訪ね、昇曙夢が熱く語る新ロシアの詩人たちのことを小熊秀雄がどれほど衝撃的に受け止めていたかが伝わってくる。

昇曙夢の語りが〝新ロシア〟への魅力をしっかりと小熊秀雄に植えつけていたのだった。小熊秀雄が、革命後のロシアを〝新ロシア〟と言い、その新ロシアを〝自由の天地〟と言っているのが印象的だ。

この昇曙夢との出会いが、実は小熊秀雄の決して一様ではないその後の、時流を超えた小熊秀雄独特のソビエト・ロシア観のスタートとなった。

短い文章だが『旭川新聞』掲載の、小熊秀雄「南国逃避者の魅力　昇曙夢氏の訳〝トルストイと

ドストエーフスキイ〃読後感」を私はこのように読んだが、広くロシア文学への関心ということでは、ひょっとすると、同じ旭川新聞社の先輩記者、短歌会などで親交の深い小林幸太郎（昂《こう》）から何かを感ずることがすでにあったかもしれない。小池榮壽《よしひさ》『随筆　雑草園』には、

大正十二年の秋、先輩につれられて、師団通り（今の平和通り）にあった食堂「寿」に行くと、別のテーブルに四、五人の紳士が飲みながら歓談していた。その中のにこやかな童顔の人を先輩はそっと指さして「あれが小林さんといって、米川正夫とドストエフスキーを翻訳した人だ。風貌も話していることも他の人より一段と立派だろう」といわれた。これが小林さんが深く私に印象された最初で、私はまだ十七歳の少年に過ぎなかった。

とあって、小熊秀雄が昇曙夢に出会う前にロシア文学について影響を受けていたかもしれない人物がもうひとり、同じ旭川新聞社にいたのかもしれなかった。小池榮壽の語りからは、ひょっとすると昇季雄にしても、昇曙夢―米川正夫―小林幸太郎の手づるで、はるばる北海道の新聞社にやって来たのでは、と考えてみたほどだった。

いずれにしても旭川歌話会の中心であった小林幸太郎（昂）、第Ⅺ章で書くことになる小林葉子の実父であるが、それと旭川新聞編集長の昇季雄と兄のロシア文学の草分け昇曙夢、それぞれがそれぞれに小熊秀雄にどこかで繋がっていて、後の小熊秀雄のことを思うと、その意味しているものは想像以上に大きいように思えた。

改めて見まわすと、小熊秀雄にとって旭川新聞社には、誰一人として欠かすことのできない先輩記者たちがいたのだった。田中秋声の主宰する『旭川新聞』は、ほんとうに小熊秀雄にとって、若々しく魅力的な人材の宝庫であった。

〈付記1〉『旭川新聞』には、数カ月前から文芸欄に、六月には共産主義をもじった「境三殊議」の筆名で「ブル芸術の崩壊―プロ文学の―汚名のために」という三回連続のエッセイが連載されている。中身は小熊秀雄を刺戟するほどのエッセイではなかったが、その匿名記事を小熊秀雄は当然読んでいたはずだ。

気にかかることをもう一つ。先に引用した小池榮壽のエッセイにもあるように第七師団のロシア語教師として、若き日のロシア文学者米川正夫が一九一二（大正元）年から一九一六（大正五）年にかけて五年間旭川に赴任していたことだ。

すでに米川正夫は「ロシア文学の翻訳者として文名を知られていた」。『旭川新聞』の前身『北海東雲新聞』からの小林幸太郎、そして彫刻家中原悌二郎、作家の岡田三郎。第七師団に入営してきた画家の万鉄五郎らとも米川正夫は交遊があった。

『旭川新聞』の編集長になる昇季雄、その兄昇曙夢はロシア文学紹介の先駆者であった。当然米川正夫もその薫陶を受けていただろう。だから小林幸太郎と共に昇季雄にしても交友があったのではと想像したが、米川正夫が旭川を離れたのは一九一六（大正五）年大晦日、「第七師団が向こう三年間、満州守備隊として出発することになったため、語学教師もその期間不要になったので、解雇を申し渡され」ていた（『鈍・根・才　米川正夫自伝』河出書房新社／一九六二）。そして昇季雄が旭川新聞に編集長として着任したのはその四年後、一九二〇（大正九）年になってからだった。
憶測の範囲を出ないが、第七師団の革命後ロシア対策は多岐にわたり、しかも長期であったから、第七師団からのロシア情報、また亡命ロシア人（いわゆる白系ロシア人）からの情報がしばしば『旭川新聞』の小林幸太郎、昇季雄、そして小熊秀雄の耳に入ることがあったとしても不思議ではなかった。日本のプロ野球界の後の大投手、まだ幼いビクトル・スタルヒンが両親に連れられて旭川に亡命してきたのも、一九二五（大正14）年のこと、少なくはないロシアからの亡命者が旭川にはいたようだ。

〈付記2〉もうひとつ、若き日のプロレタリア文学者蔵原惟人にかかわるが、千田是也・蔵原惟人共訳で「文芸の領域に於ける露国共産党の政策」が、『文芸戦線』一九二七（昭和二）年六月号に掲載されている（注・訳者の蔵原惟人によると、露国共産党中央委員会が評議会を開催、その際の「速記録の一部を訳出」したものという）。この論文は、小熊秀雄「露西亜農民詩人エシヱーニンの自殺」が書かれる一カ月前のものであるが、千田・蔵原共訳のこの論文には、エセーニンについて、次のような見逃せない一節がある。

「時には又文学的なデカダンの要素が歪められた、うたがいもなく危険な形に於て現はれた。この意味に於て最も徴候的なのは最近に於けるエセーニンの作品と態度である。吾々の眼の前でもつとも善き、もつとも天才ある詩人の一人が滅亡していつた。そしてこの事は決して偶然ではないのだ。最も悪い意味に於けるBohemeが作家のグループの中に、そして別しては共産主義青年同盟の間にきわだつてみとめられるようになつた。」

小熊秀雄とは違い「文学的なデカダンの要素が〜危険な形に於て現れた」とか「最も悪い意味

に於ける」というような、「文芸の領域に於ける露国共産党の政策」での指摘は、「エセーニンの作品と態度」を「デカダンの要素」「危険な形」として否定したもの、と考えていいだろう（注・Ｂｏｈｅｍｅは、仏和辞典によるとボヘミア、ここではボヘミアンのこと）。

これが「露国共産党の政策」を示すものとしてすでに日本語に訳出されていた。掲載誌の『文芸戦線』には、今野大力「トンカトントンカッタカッタ」が前年の一九二六（大正一五）年一月号に掲載されている。『文芸戦線』は今野大力が上京後、一時期依拠していた労農芸術家連盟の機関誌であり、これがエセーニンついての「文芸戦線」の評価であったとみていいだろう。

〈注〉セルゲイ・エセーニンの表記の仕方であるが「新ロシアの宗教否定に就いて」では、セルゲイ・ヱシヱニン、「露西亜農民詩人ヱシヱーニンの自殺」では、表題はヱシヱーニン本文ではエセーニンと三通りがある。この先表題は原紙のままヱシヱニン、ヱシヱーニン、本文は比較的頻度の高いエセーニンを使用する。

小熊秀雄にとっての新ロシアの詩人

さて第Ⅰ章で書いたように、小熊秀雄が十代から青春前期を過ごしたのは樺太《からふと》・泊居《とまりおろ》であった。樺太は南半分が日本に帰属したばかりであり、少し前の時代の北海道と同じか、それ以上に生活実感としては〝外地〟であった。そこにはアイヌ、ウイルタ、ギリヤークなどの北方先住民族、ロシア人、日本人、朝鮮人が混在して住んでいた。そのような生活環境に育っていたから、小熊秀雄にとってはロシアという国もロシア語も、さほど違和感はなかったのだろう。

もっとも『旭川新聞』の小熊秀雄のエッセイ「馬糞紙の恋人」（大正15・8・19付）には、「アレキサンドル・ブロオグに愛着を感じたのは数年以前のことであつた」「私は虚無を感じ、歓喜をあげた」とあって、その〝数年〟を三、四年とすると、旭川新聞入社のころには、ロシアの象徴派詩人に興味を持つ何か、例えば小林幸太郎からの何かがあったかもしれなかった。

いつごろのエッセイか明記されていないが、一九二四、五年ころと推定されているエッセイに、ペンネーム〝無名青年〟の「新ロシアの宗教否定に就いて」（『小熊秀雄全集　第二巻』）がある。そのエッセイに小熊秀雄は革命後のロシアについて次のように書いている。

実に巨大で不可解な隣邦露西亜の新衣装は我々異国人の視覚にさんぜん万華鏡の光輝を放ちてゐる。

ソビヱートの出現は驚異すべき偉大なる試練であつて世界各国の等しく興味ある注視の焦点となりつゝある。

そしてバリモントの詩「私は刹那々々に――燃える。私は移り変る度毎に――生きる」を引用、「彼等は純情で底力ある独創的な人種であるのだ」と書いて〝セルゲイ・ヱシヱニン〟の鮮烈な詩を引用している。

ロシア人よ
全世界を漁する者よ
曙の網にて天を掬《すく》ひし者よ
喇叭《らつぱ》を吹け！

この引用に続いて、「彼等は堂々と世界観に立脚して鉦鼓《しようこ》を鳴らし旗を先頭に進軍してゐる」と、力を込めて小熊秀雄は書いている。そして、ロシア革命の詩人エセーニンが、「私は凡ての者で同時に誰にも属しない」と宣言していることを引用して、「凡ての者とは全人類を意味してゐる」と小熊秀雄は言い、エセーニンこそは真の意味での「未来派詩人」であると絶賛していた。それほどに小熊秀雄の新ロシアの詩人たち、特にエセーニンへの関心の高まりは急な出来事であった。

また小熊秀雄は「異常なる青馬　ロシア憧憬《どうけい》者の煽動詩」（『旭川新聞』一九二五［大正14］年1・26付）でも、自分のことを「ロシア憧憬者」と言いきっている。ひたすら新ロシアを讃歌し、ロシア革命に向き合う小熊秀雄の姿勢は鮮明であり、積極的であった。

〝青馬〟とは「新ロシア」を指しており、いかにも小熊秀雄らしく、新ロシアの革命詩人たちを生きのいい若い馬に譬《たと》えていた。

我々北国人は、もつとも彼等と接近し、彼等と握手をしてゐなければならない筈であるのに、
永久の隣人として永久に離別してゐるのは何故であるか、

手を見よ／ひろげた大きな掌を見よ／血だらけな／群集の掌を見よ／血だらけの大きなロシアの掌と握手せよ。

「我々が日夜幸福にふくらんだ日本の寝具に眠つてゐるときに」「赤色の野に充満してゐる我等の友人」ルナチャルスキー、アレクサンドル・ブロック、キリーロフ、そしてエレンブルグは、「革命の砲火と飢餓《きが》から脱してモスクワ「印刷の家」（ドーム・ペチャーチ）の部屋に飛びこみ、はげしい寒気に大きな赤旗の中にくるまって寝てゐる」と、小熊秀雄はロシア革命期を闘う詩人たちのことを感動的に書いている。

翌々年の一九二七（昭和二）年の「農民と詩の銃」（六月）になると、小熊秀雄の新ロシアへの共感はいっそう深まり、新ロシアの詩人たちの生き方から日本の詩人のありようを問うまでになっていた。先昇曙夢との出会いがあってからというもの、〝新ロシア憧憬者〟としての小熊秀雄がそこにいた。先に引用したエセーニンの詩は、二七（昭和二）年の小熊秀雄のエッセイ「露西亜農民詩人エシェーニンの自殺」で再度引用されている。が、その際の引用のニュアンスはまったく逆のものになってしまう。

露西亜《ろしあ》農民詩人エシアーニンの自殺

前章までの小熊秀雄、それは大正末から昭和初頭にかけての小熊秀雄であるが、その後の変貌には目まぐるしいものがある。

まず上京の前年、一九二七（昭和二）年の年末から翌年の春にかけてのほぼ半年、小熊秀雄が担当する『旭川新聞』文芸欄では、それまでには例を見ないような激越な言葉の応酬が連続する。それもプロレタリア芸術論争と言っていい内容の紙上論争が突然繰り広げられることになった。北海道でこのような紙上論争が展開されること自体、はじめてのことであった。発端は名寄《なよろ》新芸術協会の北村順次郎が今埜紫藻《こんのしそう》（大力）を直接名指しての『旭川新聞』への投稿だった（注・第Ⅴ章「小熊・今野、労農・革新運動高揚の中で」参照）。

今埜紫藻（大力）を痛烈に批判したその投稿に記者の小熊秀雄が即座に応じ、今野紫藻（大力）に北村順次郎への反論を要請する。小熊秀雄は、ロシア革命が文学の世界でも新しい潮流を生み出しており、北海道の片田舎の名寄でさえも、そのような新しい芽生えのあることを察知しての企画だった。

その名寄新芸術協会の北村順次郎、松崎豊作らから名指しされた、その論争の途中で今野大力は上京しているが、以後もっぱら論争に加わったのは小熊秀雄だった。ただ北村らの使用する用語の烈しさの割には、論争自体は未消化なままに終わってしまった。

一九二七（昭和二）年5・31～6・1、2、3『旭川新聞』連載の「農民と詩の銃」に小熊秀雄は次のように書いている。


最近、殊に共産主義詩人は「戦へ」「前進せよ」といつた詩句をしきりに無産階級の人々に浴びせかけてゐるが、詩人や小説家が戦へ、前進せよ、と今更らしい慣用手段を彼等に与へるまでもなく、現在の無産階級は、すでにはつきりとした反資本主義の闘志を長い間の、恵まれない生活に養はれてきてゐるのであつて、それよりも「何をもつて戦ふべきか」といふことを考へなければなるまい、素手では到底戦争は出来ないのであるまづ銃を与へよである、自らの本能性を呼び醒ます日本の鋼鉄労働者にせよ、農民にせよ、現在のような患らひの立場にありながら、ブルジョア階級に対し、満足に、上手に毒吐いたり、不平をいつたり、吠えかゝつたりする手段に拙劣なものはなかろう。プロレタリア階級は、他人にラッパを吹奏して貰つて胸を躍らしてゐるうちは到底駄目だ、その点ドイツやロシアの無産階級の闘士は華々しい。（中略）

（「芸術家は芸術といふ城」を持っている）ロシアの無産階級は巧みにこの城郭を利用し、武器としてゐるものが多いのは羨ましい。

そして「精鋭な自らを呵責する詩の銃の所持をこそ私は期待する（傍線・引用者）」と小熊秀雄は閉じていた。ごく一般の地方紙にこのように書いて、それが奇異ではないほどに、日本でもマルクス主義・社会主義運動への関心が急速に高まっていたということかもしれない。小熊秀雄にしても、「詩の銃」つまり革命のための詩を、彼独特の言い方で強調していた。このように「農民と詩の銃」の頃には〝詩〟は革命のための〝銃〟という認識が小熊秀雄にはあった。

もうひとつ、その少し前、小熊秀雄には一九二五（大正十四）年末に書かれたと思われるエッセイ「無名青年」署名の「新ロシアの宗教否定に就いて」があって、そこで「堂々と世界観に立脚して鉦鼓を鳴らし旗を先頭に進軍してゐる」未来派詩人として、前掲のような詩を引用して〝セルゲイ・エシエニン〃を紹介していた。

ところがそのような小熊秀雄の「農民と詩の銃」からわずか一カ月後、同じ小熊秀雄の「露西亜農民詩人ヱシヱーニンの自殺」が突然、『旭川新聞』文芸欄に掲載される。一九二七（昭和二）年七月の9、10、12日付だった。

際立っていた新ロシア賛歌が、どうしたことかここにきて一転してしまった。小熊秀雄は、少し前とは違って、弱々しく悲劇的にエセーニンを語るようになった。彼の革命後の新ロシア観が、突然瓦解しはじめるのである。それが小熊秀雄の「露西亜農民詩人ヱシヱーニンの自殺」であった。

小熊秀雄は「（詩人）グミリョフは反革命の嫌疑を受けて、革命裁判で銃殺にされたのであった」、そのことと農民詩人エセーニンの自殺は、「私を非常に厳粛なものにさせる」と書いて、次のように続ける。

> やがて彼の死が理解されるであらう。また一枚一枚薄紙をはぐやうに、新ロシアの濃霧の飛散しかけてゐる昨今のロシアの現実をみれば、革命前の圧制者から「革命後の圧制者」へ手渡したにすぎない無駄な反乱に気付いて、彼エセーニンに憤怒し、憎悪し、悲しまなければならないであらう。

革命ロシアをたたえる「農民と詩の銃」を小熊が書いたのは一九二七年の五月三十一日、六月二、ろう。

三日のことであった。敬愛する詩人エセーニンの自殺は、確かに衝撃的であったに違いないが、それにしてもわずか二カ月ほどで小熊秀雄はその姿勢を一八〇度転換させていたのである。何故なのだろう、何があって小熊秀雄は革命後のロシアについてこれほどまでに急に怒り、感情を爆発させたのだろう。

エセーニンの自殺は、一九二五（大正十四）年十二月二十七日であった。「露西亜農民詩人ヱシヱーニンの自殺」を小熊秀雄が『旭川新聞』に書いたのは、そのほぼ一年半後、一九二七（昭和二）年七月である。

実は一九二六年のはじめには、すでに日本の新聞でもエセーニンの自殺が記事になり、話題にもなっていた。ロシアの若い詩人エセーニンが、当時世界的に有名だったアメリカの舞踏家イサドラ・ダンカンの恋愛・結婚の相手であり、それが破綻しての自殺であったから、日本でも大きな話題になっていたのである。

一年半前のエセーニンの自殺から「露西亜農民詩人ヱシヱーニンの自殺」までの間に、小熊秀雄がエセーニンの自殺について書いた何かがありそうに思えてきて、探してみたが見当たらなかった。その一年半の空白は何なのだろう。

小熊秀雄「露西亜農民詩人ヱシヱーニンの自殺」は、一九二七（昭和二）年七月九日、十日、十二日と、上、中、下の三回に分けて書かれ、『旭川新聞』掲載のこのエッセイは、小熊秀雄にしてはめずらしく長文であり、しかも切迫した感情をそのまま露わにしたボルテージの高い、新ロシア＝ソビエート・ロシア批判になっていた。

エセーニンの死の直後ではなく一年半もたってからの執筆。何故なのだろう、何があってそうなったのだろう。あれこれと思い浮かべながら小熊秀雄「露西亜農民詩人ヱシヱーニンの自殺」を繰り返し読んでいて、(上) の後半に次のような一節のあることに、ふと気が付いた。

彼 (エセーニン) の自殺について、人々はすこぶる同情のない、また誤つた考へ方をしてゐる。共産主義の段階にまで到つてゐるロシアに彼はその時代的進展と共に歩調を合せることができずに絶望の中に自殺したものである。――とは彼の自殺についての人の考へである。殊に彼が、農民の後援者や、よき理解者の程度の思索ではなく、農夫の子と生れシベリアの大自然の中に生れた、真実な農民自身としての詩人であるだけに、彼の死をけつして単純なものに考へられない。

エセーニンの自殺について「人々はすこぶる同情のない、また誤つた考へ方をしている」と小熊秀雄は書いている。

「人々」あるいは「考へ方」という、とりわけその際の〝人〟とは、誰を指しているのだろう。外国の誰かではなく、文脈からはどうみてもそれは日本の誰かのように思えてならなかった。

まだ漠然とだったが、それを不思議に思いはじめたころ、偶然、蔵原惟人にエセーニンの死に迫った「詩人セルゲイ・エセーニンの死　われは田園最後の詩人―エセーニン」があることを知った。調べると、それは一九二六年一月、つまりエセーニンの自殺直後、東京の『都《みやこ》新聞』に掲載されたものだった。

読むほどにエッセイというよりは論文と言ったほうが適切な、論理の構築が実にしっかりした、隙のない明晰な文章だった。筆者の蔵原惟人は、その何年か後には日本のプロレタリア芸術運動の理論的指導者として際立つ存在となる。『都新聞』掲載の「詩人セルゲイ・エセーニンの死　われは田園最後の詩人―エセーニン」は、〝プロレタリア・レアリズムへの道〟をひた走ることになる蔵原惟人の、まだモスクワ滞在中の評論であった。蔵原惟人は言う。


エセーニンの自殺について、「或る者は恋を失ったためと言い、家庭の悲劇と言い、或る者はまた単に生活に倦きたためだと言っている」、しかしそのような指摘は「事実の真相にふれていない」。

エセーニンの自殺の真相は、「革命の華やかな英雄時代が過ぎ」「ロシアの社会主義的建設の道」に入るにつれて、目まぐるしく変貌していくロシアの農村の様相がエセーニンを驚かし、エセーニンはその変貌する「社会主義的農村を理解せんとし」たものの、とうとう「理解し得なかった」、エセーニンの自殺はそこに起因する――。


蔵原惟人は、一貫してエセーニンを批判する立場で書いていた。それが蔵原惟人の「詩人セルゲイ・エセーニンの死　われは田園最後の詩人―エセーニン」であった。

蔵原惟人は「社会主義的建設」という新しい世界史的観点で、エセーニンの死を解明していた。初めはこの蔵原惟人と同じように〝新ロシア〟＝ソビエト・ロシアについて、ロシアを熱烈に讃え、ロシア革命を肯定する立場に立っていた小熊秀雄であったが、エセーニンの自殺に直面してからというもの、蔵原惟人とははっきりと対極的な視座に立ってエセーニンの死を見ていたのだった。

蔵原惟人「詩人セルゲイ・エセーニンの死」より

実は、末尾に一九二六・一・一一という日付記載のある蔵原惟人の「詩人セルゲイ・エセーニンの死　われは田園最後の詩人―エセーニン」は、くり返すが小熊秀雄の「露西亜農民詩人エシヱーニンの自殺」よりも一年半ほど前、すでに一九二六（大正一五）2・9〜13付の、『都新聞』に連載されていた。

『日本プロレタリア文学評論集・4　蔵原惟人集』（新日本出版社／一九九〇）解説によると、蔵原惟人は、「レーニンの死後一周年目の一九二五年五月、都新聞特派員の名目で入国、ソビエト同盟に二年近くいて二十四歳のときに帰国」とあって、「詩人セルゲイ・エセーニンの死　われは田園最後の詩人―エセーニン」が書かれたのは、蔵原惟人モスクワ滞在二年目、エセーニン自殺直後の一九二六（大正十五）年一月のことであった。その冒頭には、

「十二月二十八日レニングラードの旅館において有名な詩人セルゲイ・エセーニンは自殺を遂げた」という記事を私が当地（モスクワ）において読んだのは、同二十九日の夕刊新聞において

であった。

とあり、エセーニンの自殺があって、その後わずか十日あまりで蔵原惟人は、このエッセイを書き上げていた。蔵原惟人の分析の冷静さからすると、小熊秀雄とは違って客観的な分析を可能にする視座を蔵原惟人はすでに持っていたことになる。

一九四〇（昭和十五）年になって、蔵原惟人の従兄、蔵原伸二郎（本名惟賢）にも「エセーニンについて」があり、冒頭次のように書いている。

セルゲイ・エセーニンがイサドラ・ダンカンとの恋に破れて自殺したと云ふ報知を新聞で見て僕は吃驚した。その頃僕は従弟惟人君と共にエセーニンが好きだつたからである。然し日本での彼の自殺の報知はあまりにジヤナリスチックな好奇心に満されてゐた。これについて、恐ろしき真実を伝へたのは、当時モスクワに在留してゐた蔵原惟人君のみであつた（「風物記」『蔵原伸二郎小説全集』[中央公論事業出版／昭和五一年]）。

蔵原伸二郎は、エセーニンの自殺について、日本での「報知」は「あまりにジヤナリスチックな好奇心に満たされ」たものであり、真実を伝えていたのは蔵原惟人の「詩人セルゲイ・エセーニンの死われは田園最後の詩人―エセーニン」だけであったと書いている。

ただ、エセーニンが好きだったのは何も蔵原伸二郎だけではなかった。「日本浪漫派」の保田与重《やすだよじゅう》郎《ろう》にしても、一九四〇（昭和十五）年になるが、長文の「セルゲイ・エセーニンの死」を書いていたほどだった。

ロシアの詩人エセーニンについて小熊秀雄がはじめて書いたエッセイは、「新ロシアの宗教否定に就いて」であった。一九二四（大正十三）年頃のことである。エセーニンの死は一九二五（大正十四）年の暮れであるから、小熊秀雄がこのエッセイを書いたころには、まだエセーニンは生きていた。

小熊秀雄がエセーニンの死を知ったのは、蔵原伸二郎がそうであったように、「イサドラ・ダンカンとの恋に破れて自殺」という、その直後の新聞のニュース報道であったろう。

旭川の小熊秀雄が、蔵原惟人の『都新聞』掲載の「詩人セルゲイ・エセーニンの死　われは田園最後の詩人―エセーニン」を読んだのは、その発表の二年後、一九二七（昭和二）年、それも小熊秀雄「農民と詩の銃」が『旭川新聞』に掲載された後だった。

その、『旭川新聞』一九二七（昭和二）年5・31〜6・3付の小熊秀雄「農民と詩の銃」では、七月に書かれた「露西亜農民詩人ヱシヱーニンの自殺」で見せるような高ぶった気配は、まだまったくなかったのである。

ところがその二カ月後、小熊秀雄は「露西亜農民詩人エシヱーニンの自殺」（昭和2・7・9〜12）で、

「彼の自殺について、人々はすこぶる同情のない、また誤つた考へ方をしてゐる」

「共産主義の段階にまで到つてゐるロシアに彼はその時代的進展と共に歩調を合せることができずに絶望の中に自殺したものである、とは彼の自殺についての人の考へである」

と書いていた。もしかすると、小熊秀雄は、蔵原惟人の「詩人セルゲイ・エセーニンの死　われは田園最後の詩人―エセーニン」を、そのころになって初めて読んで、強く反発し、『旭川新聞』紙上で「露西亜農民詩人ヱシヱーニンの自殺」を書いて、直接（名指しこそないものの）蔵原惟人に反論しようとしたのではなかったか、と思いはじめた。

蔵原惟人「過去の芸術を何う観る」より

まだ半信半疑ながらもそのように思いはじめていた頃、当時の『旭川新聞』を繰っていて、他でもない『旭川新聞』に、蔵原惟人のエッセイが掲載されているのを見つけた。1927・4・21付文芸欄、小熊秀雄の「農民と詩の銃」のひと月ほど前のことである。

プロレタリア文学運動の理論的指導者として蔵原惟人が一躍評価されるようになったのは、その一年後の一九二八（昭和三）年五月、雑誌『戦旗』創刊号での「プロレタリア・レアリズムへの道」である。

ところがその「プロレタリア・レアリズムへの道」以前に蔵原惟人のエッセイが、一地方紙の『旭川新聞』にすでに掲載されていたのである。

それだけでも驚きだったが、「過去の芸術を何う観る」はその内容からも、また文芸欄トップに掲載されていることからも、旭川新聞社からの依頼原稿であったように思えた。だとすると、編集長である昇季雄が関係していたはずだ。

そのころの『旭川新聞』文芸欄には、中央の著名人がしばしば登場していて、その点でもユニークな地方紙だった。前後にも佐藤春夫とか武者小路実篤、高村光雲、小山内薫、堀口大學などジャンルは広く、そうしたなかに知名度はまだ高くはない蔵原惟人がいた。

小熊秀雄は、すでに『都新聞』に掲載されていた蔵原惟人の論文「詩人セルゲイ・エセーニンの死われは田園最後の詩人―エセーニン」を、一九二七（昭和二）年になってからであるが、恐らく『旭川新聞』の編集長昇季雄からであろう、はじめて知らされ、そしてあらためて『旭川新聞』に掲載された蔵原惟人「過去の芸術を何う観る」に向きあい、その反論を書く気になったのではなかったろうか。特に、「過去の芸術を何う観る」終節の、蔵原惟人の次の一節は、当時の小熊秀雄を激昂させるには十分な表現だった。

ブルジョア社会の末期に生まれた、また生まれつゝある諸芸術――象徴派、未来派、表現派、ダダイズム、新感覚派、並に他のあらゆる反プロレタリア芸術は、部分的には或は何物かを将来の芸術にのこすかもしれない。しかし全体として我々（引用者注・プロレタリア文学者）は今一先づこれを否定すべきではなからうか。それによつて何等の損失を蒙らないばかりでなく、かへつてこれを正当に否定することによつて、我々は過去において人類が築き上げた真実の伝統を継承することが出来ると信ずるものである。

「これを正当に否定することによつて…」という言い方、「反プロレタリア芸術」という表現に注意してほしい。

新感覚派は別にして、象徴派、未来派などのロシア詩人たちの多くは、小熊秀雄がもっとも心酔していた詩人たちであった。その詩人たちを〝正当に否定することによって〟プロレタリア芸術は「真実の伝統を継承する」と蔵原惟人は説いていた。

しかも小熊秀雄が心酔していたエセーニンを、「反プロレタリア芸術」の範疇に属するものとして、蔵原惟人は〝否定的に〟『旭川新聞』に書いていた。

一九二六（大正一五）年一月の蔵原惟人の「詩人セルゲイ・エセーニンの死　われは田園最後の詩人―エセーニン」、翌一九二七（昭和二）年四月の、『旭川新聞』での蔵原惟人「過去の芸術を何う観る」、また同じ年の『文芸戦線』六月号に掲載の、千田是也・蔵原惟人共訳「文芸の領域に於ける露国共産党の政策」を一連のものとして捉え、小熊秀雄は蔵原惟人の『旭川新聞』での論文に強く反発したのではなかったろうか。

一九二七年七月になってからの小熊秀雄「露西亜農民詩人エシヱーニンの自殺」のボルテージの高さは、そのように理解しないと納得しにくい。

そこで次に、先ほど終節だけを引用した『旭川新聞』掲載の蔵原惟人「過去の芸術を何う観る」を、多少長くなるが全文引用しよう。

〈注〉この「過去の芸術を何う観る」は『蔵原惟人評論集　全五巻』（新日本出版社／一九六六）には未収録。昭和二年四月二一日付『旭川新聞』より引用。

過去の芸術を何う観る

我々は過去の芸術をいかに見るか？　また見なければならないか？

プロレタリヤ文学者といへば恰も過去の一切の芸術を否定し去るものであるかの如く考へてゐるものがある。大きな誤りであり「博物館を焼き払へ」と主張したのは未来派の詩人であつてプロレタリヤ文学者ではなかつた。否、我々は反対に過去の文化の遺産なくしてあたらしい文化は有り得ないと信じてゐる。

×　×

あたかもマルクス主義の哲学がヘーゲルによつて完成されたドイツ古典哲学のある意味における継続であると同様に、プロレタリヤ芸術は過去のよりよき芸術的伝統の継承者でなければならない。しかしいかなる方法によつてか？　我々は過去のすべての芸術を唯無批判に受継いでよいであらうか？　否

×　×

一概に過去の芸術といつてもそこには実に無限の流れがある。たとへばブルジョア文学といふ限定された範囲内においていつても、我々はゲーテから今東光に至る限りない作家の列を見る。しかもこの両者の差異は唯単にその才能の大小にのみあるのではないのだ。従つて我々の過去の芸術に対する態度も複雑を極めて来る。

× ×

しかしもしも我々が過去の芸術の歴史を少しく注意して見るならば我々にはそこに二つの種類の芸術を区別して考へることが出来るのである。即ち一つは台頭しつゝある階級芸術であり、他は滅亡しつゝある階級のそれである。

× ×

台頭しつゝある階級のイデオロギーを代表する芸術は常に進歩的である。従つてこれ等の芸術を批判的に――受入れることによつてプロレタリヤ文学は多くのものを獲得するであらう。

× ×

これに反して亡びゆく階級のイデオロギーを反映する芸術は、常に退嬰的、主観的である。ギリシヤ末期、ローマ末期、江戸末期並に近代欧州及日本の芸術はその例である。あたらしく台頭する階級の芸術は、これ等亡びゆく階級の芸術の対立物として、そのアンチテーゼとして完成されてゆく場合が多い。プロレタリヤ芸術のブルジョア末期芸術に対する関係もそれ以外ではあり得ないと思はれる。

× ×

ブルジョア社会の末期に生れたまた生れつゝある諸芸術――象徴派、未来派、表現派、ダダイズム、新感覚派、並に他のあらゆる反プロレタリヤ芸術は、部分的には或は何物かを将来の芸術にのこすかもしれない。しかし全体として我々（引用者注・プロレタリヤ文学者）は今一先づこれを否定すべきではなからうか。それによつて何等の損失を蒙らないばかりでなく、かへつてこれを正当に否定することによつて我々は過去において人類が築き上げた真実の伝統を継承することが出来ると信ずるものである。

小熊秀雄はソビエト・ロシアに何を見たか

蔵原惟人はかつて、エセーニンはロシア革命に際して、「ブローグとともにロシアの地に踏みとどまって革命を迎え」、ロシア革命を「狂喜して」歌っていた、と書いている。

小熊秀雄が「新ロシアの宗教否定に就いて」で引用し、ここでもそのエセーニンの詩〝ロシア人よ／全世界を漁する者よ…〟を引用したのは、蔵原惟人と同じ意味合いからだった。蔵原惟人は、エセーニンは十月の革命に狂喜して歌ったと、その詩を紹介していた。

空は鐘のよう
月は――鐘舌《かねした》
わが母は――故郷

俺はボリシェヴィークだ

蔵原惟人は言う。エセーニンは「革命がロシアの田園を解放しそこに真実のロシアが生れることを信じていた」と。

偶然のこととは思えないが、このエセーニンの詩は、今野大力が一九二九（昭和四）年、黒島伝治の要請に応じてプロレタリア文学運動に加わることを決意し再度上京する際に、旭川でお世話になった中村計一夫妻に、決意を込めて書き贈った色紙の詩と同一だった（口絵写真参照）。ただ、今野大力のこのエセーニンの詩は、蔵原惟人訳とはやや違っていて、こう書かれている（注）。

月は舌
空はくろがね
母は故郷に
俺はボルシェヴイキ

ところで蔵原惟人は、「詩人セルゲイ・エセーニンの死　われは田園最後の詩人――エセーニン」では、このエセーニンの詩について次のように書いている。

彼は革命がロシアの田園を解放しそこに真実のロシアが生れることを信じていた。しかし彼はそれよりもこの革命の英雄性を愛した。（中略）革命を嵐として音楽として迎えた。

そして蔵原惟人は、「革命は単なる嵐でもなく音楽でもない。それは絶え間ない現実の闘争である」と言い、次のように指摘する。

革命を嵐としてのみ迎えたエセーニンが、その革命の華やかな英雄時代が過ぎ去って現実的な地味な建設的持久戦に移るとともに、それに幻滅を感ずるにいたった、

それがエセーニンだった、と。

エセーニンは、「革命がロシアの田園を解放しそこに真実のロシアが生れることを信じていた」にしても、「彼はそれよりもこの革命の英雄性を愛した」「革命を嵐として音楽として迎えた」、という。それが蔵原惟人のエセーニン観だった。

蔵原惟人は、エセーニンは「現実の生ける農村よりも、その叙情詩的気分を愛し、それに浸っていた」と言う。そしてエセーニンは、「新しい社会主義的農村を理解せんとして理解し得なかった」、その意味においてエセーニンは「田園最後の詩人である」と評した。

（注）この四行だけでは、もうひとつこの詩の意味がはっきりしないが、詩人の土井大助さんが補ってくれている（土井大助『花の詩人・今野大力の詩と生涯』二〇〇〇／今野大力没後六五周年大力

祭実行委員会)。
蔵原惟人訳『ロシア叙情詩抄』(東峰書房/一九七七)に収録されているこの詩の題名は「空は鐘のよう」であった。

空は―鐘のよう/月は―鐘舌《かねした》/わが母は―故郷/おれはボリシェビキだ//全世界の人間の/友愛のために/おれはお前の死の/歌をよろこぶ//しっかりと力強く/お前の滅亡のために/おれは月で/青空の鐘を鳴らす//世の兄弟よ/君たちにおれの歌をおくる/暗い霧のなかにおれは/明るい知らせを聞いているのだ//(一九一八年七月/コンスタンチーノウオ)

土井大助さんは、この蔵原惟人訳「空は鐘のよう」について、次のように述べている。

つまり空を大きな釣鐘《つりがね》に見立てて、月を鐘舌《かねした》にして、俺は月の鐘舌でもって、空の釣鐘を鳴らすんだ。その鳴らす歌というのは、俺はおまえの死の歌を喜ぶ。つまり古い社会はこれで終わりだ。古い社会よ、滅んでいけ。それを釣鐘に託して、精一杯歌ってやろう。青空の鐘を打ち鳴らす。世の兄弟よ。君たちに俺の歌をおくる。暗い霧のなかには俺は明るい知らせを聞いている。こういう詩の最初の一連だったわけです。セルゲイ・エセーニンの農民らしい詩風が今野大力の気持ちにぴったり合ったのでしょう。

それぞれのエセーニン観

それに対し、小熊秀雄はエセーニンをあくまで農民詩人と考えていた。したがってエセーニンの自殺は農民詩人であるが故の死であった。だから小熊秀雄は、「詩人としてのヱセーニンとして観察するよりも一農村青年ヱセーニンとして彼をみるときにより正確に彼の死にうなずくことが出来る」と書いていた。

また、「農民の現実生活の重厚さと、都市プロレタリアの生活とは、本質的に相反するものがある」、ロシア革命は「決して農民的なものではなく、労働者的のものであった」と言い、「共産主義はすでに現在では強権主義の存在として農民を再び奴隷の穴にひきずり込もうとしてゐる」とまで言う。そして「露西亜農民詩人ヱセーニンの自殺」の終章では、

　自由意志でつくられた集団であるところの農民生活に、靴履のまゝで横柄な顔で入り込んできたのは、資本主義であり、いまゝた羊の皮を着た狼であるところの共産主義であるのだ。
　政治上の勢力を過信してゐるマルクス派の人々は当然強権主義に陥る。現在彼等の詐欺手段は高潮しつゝある、やがて独裁の狂暴を振り廻す機がくるであらう。

と言い切っていた。

小熊秀雄は蔵原惟人のように、ソビエト・ロシアの農村が、革命後「新しい機械力によって組織化され」「古い田園に代って」「現実的な地味な建設的持久戦に移り」「社会主義的建設の道」を歩みはじめていると、肯定的に理解することはできなかった。その意味でエセーニンの自殺に小熊秀雄はこだわった。小熊秀雄は言う。

農民の現実生活の重厚さと、都市プロレタリアの生活とは、本質的に相反するものがある。（中略）銃剣と鎚との結束は至難ではなからうが、三人の仲間の一人としての農民は、あまりにも健全な土地に住み、その抱く思想も、余りにかけ離れて色変りなものである。（中略）農民にとつて国家存在はすこぶる希薄でなければならない。（中略）

詩人エセーニンの、都会文化に対する態度は憂鬱であつた。彼は共産党が、尖つた靴で畠の種物の上を、平気で踏みにじるのをながめながら、彼らの農土侵害を見るに堪へず悲しみを抱いて、各地方を漂流し、遂に自殺を遂げた。

更に小熊秀雄は、終章で、「都市社会主義の拡大延長に過ぎない、したがつて労働者独裁の政治的手段は、益々深刻に農民の上に恐怖政治の鞭となつて高鳴るであらう」「政治上の努力を過信してゐるマルクス主義の人々は当然強権主義に陥り」「独裁の狂暴を振り廻す機がくるであらう」と書くのである。

蔵原惟人はどうであったか。「詩人セルゲイ・エセーニンの死　われは田園最後の詩人―エセーニン」の文末で次のように書いている。小熊秀雄にとっては思いもかけないことばであったにちがいない。

まことに彼はロシア田園の詩人であった。しかし彼は新しい社会主義的農村を理解せんとして理解し得なかった。そして古きものの亡ぶるのを嘆きつつ、それとともに死んで行ったのである。この意味において彼は田園最後の詩人である。そして同時にまた旧インテリゲンチア最後の詩人であると言うことも出来よう。

現代は急速の歩みをもって変化しつつある。ただ真実に唯物史観の原理を体得し、それをもって武装し得たもののみが、眩惑を感ぜずして、その目まぐるしい変化を見詰めることが出来るのである。ロシア現代第一の詩人としてのセルゲイ・エセーニンの死は惜しんでも余りある。しかし歴史の大いなる流れの上から見れば、それはただ偉大なる革命のもたらした悲劇の一つに過ぎない。彼の運命は彼の属していた階級――ロシア・インテリゲンチアの運命にほかならない。

蔵原惟人にとってエセーニンは、農民ではなく、あくまで「旧インテリゲンチア最後の詩人」であった。

ロシア革命は世界史上初の社会主義革命であった。蔵原惟人はそこに立脚した。革命後のソビエト・ロシアをどう評価するか、小熊秀雄と蔵原惟人との間には、決定的な違いができていた。

その四年後、小熊秀雄もまたプロレタリア詩人会に加入しているが、エセーニンに対する小熊秀雄のような理解は彼だけであったかもしれない。

画家永田一脩の描いた『プラウダを持つ蔵原惟人』（一九二八）は当時のプロレタリア美術の傑作であるが、描かれている蔵原惟人は、ルパシカを着、ソ同盟機関紙プラウダを手に持って遠くを見詰めていた。絵の中の蔵原惟人は当時ちょっときざな若い世代に流行っていたマルクスボーイ姿であった。

北海道育ちのプロレタリア画家、小林多喜二の友人であった大月源二が描いた東京美校卒業制作の「自画像」（一九二七）にしても、やはりそうであった。そのような姿が当時の日本の、若いインテリゲンチアのこころをとらえていた。それが日本での新しいプロレタリア芸術運動の潮流であった。小熊秀雄が異端だった。

セルゲイ・エセーニンとその後の小熊秀雄

小熊秀雄がここまで感情を高ぶらせて書いたにしては意外であるが、「露西亜農民詩人ヱセーニンの自殺」に関連するエッセイは他になく、この一編だけで終った。

ただ、小熊秀雄がその後も自説を一貫して持ち続けていたことは、後述の「マヤコオフスキイの舌にかはつて」（自筆原稿、一九三四、五年ころか）、「空の脱走者」（『詩精神』一九三五・一月、長篇叙事詩集『飛ぶ橇《そり》』一九三五所載）を読むとよくわかる。しかもこの二つの詩は、「露西亜農民詩人ヱセーニンの自殺」から、四、五年も経って書かれていた。

小熊秀雄が旭川から東京に向かい北海道を離れるのは「露西亜農民詩人ヱセーニンの自殺」執筆の翌年であり、さらにその三年後、今度は小熊秀雄もプロレタリア詩人会に加入する。そして二、三年の間に、おびただしい民衆詩、それも小熊秀雄にしか書けなかった積極的で前向きな詩の数々を残すことになる。それが一九三五年のアンソロジー『小熊秀雄詩集』であり、長篇叙事詩集『飛ぶ橇《そり》』であった。

小熊秀雄「年譜」によると、小熊秀雄がプロレタリア詩人会に入会したのが一九三一（昭和六）年五月、翌三二（昭和七）年にはプロレタリア作家同盟（ナルプ）に参加する。そのナルプも構成団体の一つである日本プロレタリア文化連盟（コップ）に対する弾圧があり、蔵原惟人は一九三二年四月に検挙されている。その後一九三五年五月から一九四〇（昭和十五）年十月十一日まで、蔵原惟人は北海道・札幌刑務所に収容され、釈放されたものの即入院となった。一方の小熊秀雄が亡くなったのはその翌月、十一月二十日であった。

「露西亜農民詩人セルゲイ・ヱシヱーニンの自殺」の後、小熊秀雄はしばらくの間〝新ロシア〟について、何も書いていない。前掲の「マヤコオフスキイの舌にかはつて」（未発表・自筆原稿）、そして一九三五（昭和十）年の詩集『飛ぶ橇』（前奏社／一九三五）の「空の脱走者」までには、ほぼ六年の歳月がある。

その間、今野大力の「プチブル詩人の彼」があり、小熊秀雄のプロレタリア詩人会、日本プロレタリア作家同盟への加入があって、厳しい言論統制下に、おびただしい数の民衆詩を、小熊秀雄は次々に発表していく。
が、小熊秀雄が大好きだった詩人マヤコフスキイにしても、一九三〇（昭和五）年に自殺した。小熊秀雄は、詩「マヤコオフスキイの舌にかはつて」に書いている。

（前略）君はソビヱットを讃えた／決して盾つきはしなかつた／だが君は自分の生を否定した、／君は君の肉体の中のソビヱットを／否定してしまつたことはどうしたわけだ、／注釈なしの辞書なんてこの世に／あるとは私はかんがへられないんだ、／無条件な愛するソビヱットなどというものはない（中略）
世界のプロレタリアにとつて／君やヱセーニンはルビだ注釈だ、／そして我々の辞書は豊富になつた／自殺といふ頁を繰るとすぐ君等がでゝくる。／その意味でも君の死は、／プロレタリア的死は／無数のタワリシチの死と共に意義深い、（中略）
私は君のやうな自殺はできない／死よりも、生きる責任の強さのために、／よし、たとひその生が／死よりも惨めなものであつても——。

「マヤコオフスキイの舌にかはつて」の延長線上に、小熊秀雄の長篇叙事詩集『飛ぶ橇』所収の「空の脱走者」がある。「空の脱走者」は〝ソビヱット〟から脱走しようとする操縦士と、それを止めようとする機関士との緊迫した対話で成り立つ長編詩であった。小熊秀雄は〝ソビヱット〟での未曾有の粛清《しゅくせい》の凄まじさを書いている。

（操縦士のセリフ）心はいつも泣いてゐたさ／心は眼には反映しなかつた、／ソビヱットの現実に追従してきたのだ。／ゲ・ベ・ウ（注）に対する恐怖は一日ごとに大きくなつた。／（中略）あらゆるものが、ゲ・ベ・ウに見えた、／私の心臓までもゲ・ペ・ウになりやがつた／（雲の中の）人間の形は私にかう呼びかけた／――吾が子ワフラメヱフよ、／父はお前のソビヱットに反抗した、／そして殺された／吾が子よ、／吾が子よ／お前は善人に仕へてゐるのか。／悪人に仕へてゐるのか。／私の頭は混乱し（中略）

（機関士のセリフ）君の父の死は、／曾《かつ》て歴史に現はれたことがない／新しい死のタイプだ。／ソビヱットに反逆する人々を／我々はギロチンの上へおくる。／そして貴重な生命を断つ／人間を死に導く権利を／いまほど正しく行使することが出来る時代が、／人類の歴史が始まつて以来あつたか？／そこでは物盗りを死刑するやうにではない、／新しい階級的犯罪に／新しい死のタイプを我々が与へるのだ。／友よ、君は父の死を解決せよ、／雲の中の、追想の糸を断ちきれ、／理解しろ、ソビヱットのあらゆる事件を（後略）

〈注〉一般にはゲー・ペー・ウーという。ソ連邦の政治警察機関である国家政治保安部。1920年代末には共産党内反対派や専門家・知識人、農民粛清の手足となり、処刑、流刑にあたった悪名高い抑圧機関。一九三〇年代後半、日本のすぐれた共産主義者・党員であった山本懸蔵、国崎定洞、杉本良吉らがソ連国内で逮捕され、ソ連の「国家反逆罪」によって銃殺刑になった。

この、「空の脱走者」で、小熊秀雄は、機関士と操縦士を革命、反革命というように機械的に対立させてはいない。互いが理解しあいながらも超えられないでいる二人の苦しみを描いている。

その後、小熊秀雄は日本プロレタリア詩人会に加わってから、少なくとも二回は逮捕されている。一度は小林多喜二虐殺の知らせに駆けつけ、逮捕・拘留される。小熊秀雄は生涯、一貫して民衆詩を高らかに楽天的に歌いあげ続けた。

そして一方、詩人グミリヨフの銃殺刑やエセーニンの自殺という「新ロシア」、カッコ付きの「ソビエト・ロシア」の現実と、その後も正面から向き合っていたのが小熊秀雄だった。

第Ⅴ章
小熊・今野、労農・革新運動高揚の中で

一九二五(大正十四)年ころの今野大力

一九二四（大正十三）年、「焼かれた魚」が雑誌『愛国婦人』に掲載されることになり、小熊秀雄は初めて上京、その折に東京の昇曙夢《のぼりしょむ》宅を訪ねて〝新ロシア〟の文学にはじめて目を輝かすことになったそのころ、もう一人の旭川の青年詩人、今野大力はどうしていただろうか。

前年の『旭川新聞』の小熊秀雄が担当する文芸欄には、ようやく二十歳になったばかりの今野大力の寄稿が、詩だけではなくエッセイも含め、目立って急増する。

その一九二四年の10・1、2付『旭川新聞』には、今野大力「小さく動く心」があって、「私は此頃詩より散文へ、散文より小説へとどうやら現実味臭い人間になりそう」と書いている。ここ

で「現実味臭い人間になりそう」と言っていることに注意したい。今野大力も小熊秀雄に似た志向を持っていた。

「大学はおろか、中学へも（小学校）高等科へも入れなかった自分、それが未来に大望を抱いてゐる、さうだ、奮闘だ！　熱愛——　己を愛する心、父母姉弟を愛する心となつて、私は散歩から帰つて来る」と書き、その「小さく動く心」の（二）では「都会へ—都会—と憧れてきた心持が愚かしくなつた」と言ったりもする。

都会へと憧れ、未来に大望を抱き、「真の生命を望んで、世紀より世紀へ、全き運命の荷を負って歩んで来た」（「苦悶の幸福—詩人の勝利」『旭川新聞』大正13・5・7付）とも言う。揺れる心をそのようなことばで今野大力は表わしていた。

翌一九二五（大正十四）年の8・14、15付『旭川新聞』には、詩「やるせなさ」が掲載されていて、その中ほどの一節が旭川市常磐公園に立つ今野大力の詩碑には刻まれている（壺井繁治の書・第Ⅱ章「今野大力と名寄・内淵のアイヌ住民」）。

小熊秀雄の「北海道時代の今野大力—弱い子よ、書けずにゐた子よ」は、一九三五（昭和十）年に三十一歳で亡くなった今野大力を悼み、翌々月の『文学評論』八月号に小熊秀雄が書いた追悼文だが、小熊秀雄自身の体験と重なっているところがあり、次の一節も二人を育てた旭川という風土、そしてとりわけそのころからの二人の付き合いを知る貴重な資料となっている。

十七歳の時、新聞社の給仕に出た。当時の北海道の新聞記者といふものの風格は、デカダンではあるが、何れも自由主義者達の集まりであった。二日酔で眼を真赤にしながら原稿を書くもの、文学老青年の集合所のやうでもあり、自称石川啄木の知己やアナキストや、余命いくばくもない老漢詩人や、さまざまな何れも親密な愛すべき人間の寄り合ひ場所であったから、今野はそこの新聞記者の給仕生活から、人間の真実や、自由や愛や、そして文学を知る契機を得た。（注1）

今野のロマンチック時代である十八歳から二十三歳位まであけくれ詩のこと許り想つてゐた。そして生田春月から、アンドレ・ジイド、トルストイ、フィリップ、ボオドレイル、と模索してゐた。殊にフィリップには心服して、フィリップを指して平素「私の兄貴」と呼んでゐた。旭川時代は、旭川といふ土地がもつ特殊な情熱的な青年的な雰囲気の中で育ち、僕等の仲間でのいちばんの蔵書家として、貧困のどん底にあつても、四畳半の彼の部屋だけは天井にとどく程書物を積みあげてあった。然もその書籍代といふのは、彼が昼の間郵便局に勤務してゐて、その金を全部両親に提供し、夜は縄工場に労働に行つて得た金を本に投じたものであった。

『文学評論』編集部からは、旭川時代の今野大力をという依頼が小熊秀雄にあったのだろう。今野大力を追悼する小熊秀雄の文章には、文学青年の二人が育った大正期の旭川、また「旭川といふ土地がもつ特殊な情熱的な青年的な雰囲気」が、今野大力のイメージそのものとして語られている。

今野大力は小熊秀雄にとって、いつかそのように親しみをこめて回想することができる詩友になっていた。

今野大力は小熊秀雄が回想しているように、確かに「あけくれ詩のこと許り想つて」いる純朴でロマンチックな文学青年だった。家計を助けるだけではなくロマン・ロラン『ジャン・クリフトフ』などの書籍を購入するためにも、郵便局の勤務明けには母の働く藁《わら》（製縄）工場に出向いて働いていたのもそのころだった。

一方、小熊秀雄は二年続きの急な上京、しかも二度目は東京での新婚生活になったが、つね子が持参した生活資金はすぐに尽きてしまい、再び旭川に戻ったもののすぐには旭川新聞社に復職することにはならなかった。

そしてやっと復職できてからの二年間、つね子にとってはその後の修羅のような、極貧の生涯を振り返ってみるにつけ、再度上京するまでの旭川の生活が、夫秀雄、そして息子焔と親子三人水入らずの、穏やかな生活であったように思えてくる。

実は小熊・今野二人の交友が急に深まるのはその頃のことであった。妻つね子と今野大力とが幼いころ、同じ上川第三尋常小学校で同学年であったことを知ったのも、その大正末期から昭和にかけての、旭川最後となる年のことだった。

今野大力の年譜によると、大力が旭川の上川第三尋常小学校に在校していたのは、入学した年とその翌年の二年間だった。その後、今野大力の一家はさらに北へ向かい、現在の名寄市瑞穂に入植、大力は瑞穂の有利里《うりり》簡易教育所に編入していた。上川第三尋常小学校時代、二人は同じ年の入学であったが、低学年であったころの転校であったから、お互いに面識の記憶は残っていなかったようだ。

小熊つね子に、今野大力への親しみを込めた貴重な記述が残されている。

『小熊秀雄全集』には各巻に『月報』が付けられていて、とりわけ小熊つね子の各巻の追想はそのどれもが非常に印象的であり、つね子の並みではない文才を偲ばせる随想になっている。

特に『月報　5』には、「小熊がプロレタリア文学運動に入り、魚が水を得たように元気に活動的に」なったそのころのこと、記述から推測すると一九三一（昭和六）年から三三（昭和八）年にかけてのことになるが、

〝今野大力さんは私達と兄弟のような親しい間柄でしたが、今野さんが共産党の非合法の潜行をしたと聞き、どこにどうしているかと思って私は心配しておりましたが〟

とあって、記録としてはほとんど残されてはいない今野大力の晩年について、更に続けて次のように書き綴られている。

潜行中に二度程私の目の前に現れ、病身になった私を心配してくれました。一本の牛乳を潜行している今野さんに飲ませたいと思ってすすめましたが、今野さんは、奥さんが飲んで丈夫になって下さいと言い、二人はいつまでも一本の牛乳を押し合いしておりましたが、結局最後に今野さんに飲んでもらって、私はほんとうに今でもうれしく思います。今野さんは其後警察につかまり警察テロでぶたれて中耳炎になり、結核になり、施療病院で死亡されました。小熊の生きていたのは、日本のこういう時代でした。

そのころの今野大力の資料はごく限られているだけにこれは貴重な資料になるが、このつね子と今野大力の、互いに思いやるそのやさしさ、心根、それが私にはとりわけ印象的だった。

たったこれだけの小熊つね子の述懐だが、そのようなある日の小熊宅の、つね子と大力の、互いに思いやる一場面が目に浮かぶように語られていて、今野大力と小熊つね子のその頃の数少ない貴重な証言であった。今野大力の素朴で朴訥、優しい人柄が、つね子によって限られたスペースではあるが紙面いっぱいに溢れるほどに描かれている。

つね子への、やさしい心遣いが印象的であり、それが非合法下にあって特別の任務を背負い、極めて緊張した「潜行」を続けている今野大力の、再度体調をくずしていく晩年のことであるだけに、胸に迫ってくるものがある。

さて、もう一度その数年前一九二六（大正十五）年、まだ旭川にいる頃の小熊秀雄・今野大力二人の文学活動がかたちとなって現れるそのころに戻ろう。
小熊秀雄は再度上京してからも、とりわけ池袋モンパルナス時代と言われるそのころには、しばしば聴衆を前に自作の詩を朗読している。それも旭川での「円筒帽」時代の今野大力の詩の朗読があってのことだったように思える。（注2）
この年の八月にはもう一つ、小熊宅で千家元麿派の叙情詩人広瀬操吉を迎えて、小熊、今野、鈴木政輝の四人が車座になって「聯詩《れんし》の会」が開かれている。小熊秀雄によると、この奇怪な作業に、すっかり魅せられた。もっと当地方でもこの聯詩を流行らしてもいいと思ふ。殊に私など自我的で、自分の仕事に閉じこもつたきりである、かうして一つの主題の下に、ちがった三人の個性が結び合ふといふことは無言のうちに傑《すぐ》れた感情を発酵させ、また大きな勉強になることだと思ふ。言語構成上の収穫も多かった。（「聯詩の会　広瀬氏歓迎席上」）

というほどの入れ込みようだった。〝聯詩〟とは、連歌のかたちにならったものであるが、彼らの場合は次のような具合になる。

風　船

空はこばると（今野）
昆虫学者は網を持ちて野原を馳ける（鈴木）
ああ秋の風船の快よき（広瀬）
学者はしばし昆虫をとる
ことを忘れて空を見上げた（小熊）
空には何もなくなった（今野）
エアシップの哀れなるかな（広瀬）

ちぎれ雲ひとつ（小熊）
へうへう吾魂を流しゆきぬ（鈴木）
出題　　小熊秀雄

聯詩の会は続かなかったが、特段に意識することはまだなかった今野大力の初々しさを、小熊秀雄にきっちりと印象づけることになった。「ちがつた三人の個性が結び合ふ」この新しい試みが、三人をいっそう近づけることになった。そして小熊秀雄は今野大力、鈴木政輝らとともに詩誌『円筒帽』を発刊するようになる。二十歳を過ぎたばかりの今野大力がいつか見違えるほどに成長していることを、小熊秀雄はあらためて実感していたのだった。それが二人の『円筒帽』の時代であった。

だが、このような穏やかな詩の世界から、更に飛躍しようとする新しい小熊秀雄が現れる。それが先の〝新ロシア〟つまり革命後ロシアとの出会いであり、もう一つが小熊秀雄記者による『旭川新聞』学芸欄を中心に展開される名寄《なよろ》新芸術協会員との、いわゆる〝盲蛙の論争〟だった。しかもこの論争が小熊秀雄よりも先に、今野大力をプロレタリア文学に近づけていくことになる。

〈注1〉数え年十七歳、満年齢では十六歳のとき、今野大力は旭川の北海日日新聞社に給仕として入社。それほど経たずに旭川郵便局に移っていた。

〈注2〉小池榮壽は「小熊秀雄との交友日記」（『情緒』27号）に、「象徴派の詩を中心とした詩の朗読会」と名づけたのは小熊秀雄であったこと、ビラは小熊つね子が書いたこと、参加者十四名、会費五十銭であったことが書かれている。旭川の小熊秀雄・今野大力について小池榮壽の書いたものをこれからもしばしば引用するが、小池榮壽の日記、エッセイは、友人のなかでもとりわけ冷静・沈着に事実をしっかりと見定めて書かれ、二人についての貴重な原資料となっている。

北村順次郎「観念的追想論の基調如何　今埜紫藻《こんのしそう》氏におくる」

さて、今読んでみても際立っているのが小熊秀雄にとっての〝新ロシア〟、とりわけ『旭川新聞』所載の「露西亜農民詩人ヱシヱーニンの自殺」であるが、その少し前の『旭川新聞』で、学芸欄を主舞台にほぼ半年間続くのが、旭川初の、若者たちによる紙上公開論争だった。

それが小熊秀雄の〝新ロシア〟への急速な接近に連続することになるが、一方、小熊秀雄というよりもその後の今野大力にはとてつもない意味を持つことになるのが、名寄新芸術協会員との『旭川新聞』を主舞台にした公開論争だった。

今野大力、そのころはペンネーム今埜紫藻《こんのしそう》であるが、彼の詩やエッセイが『旭川新聞』文芸欄にはしばしば掲載されていて、旭川の若い抒情派詩人として名寄にまでその名は知られるようになっていた。この論争の一方の主役、名寄新芸術協会の北村順次郎は、当時のことを次のように回想している。

六月に「旭川新聞」に今野が発表した「僕の兄貴シャルル・ルイ・フイリップ」や十月の「マキシム・ゴリキーと文学青年」の二つの感想文に対し、暇を得た私は「観念的追想主義では文学は発展しない」と長い表題の文学論を旭新に投稿、フイリップの庶民性はルンペンプロレタリアのものだ、ゴリキーは「母」などの作品で革命文学に到達したが以前のものは回想主義の所産だ！と反論を書き「文学は社会を解説するだけではなく変革に役立たねばならない」とまことにお恥しい幼稚さであったが、エンゲルスの「反デューリング論」のテキストを軸にして、ブレハーノフやブハーリン、はてはレーニンの文学論の借物で肉づけした、福本イズムそのもののスタイルの文学論で今野に挑戦した。（北村順次郎「今野大力と小熊秀雄」『士別文芸』二号／一九七四）

北村順次郎の挑発的な投稿が『旭川新聞』に掲載されて、『旭川新聞』紙上では大正末から昭和初頭にかけて、旭川・名寄の十代から二十代の青年たちによる熱気にあふれた論争が展開されることになった。しかも激しい言葉の応酬は、着地点を見出せないままに半年近くも続いたのだった。そのような激しい論争自体、旭川初の出来事であった。この論争について北村順次郎の友人桜井勝美は次のように回想している（『詩人会議』１９９１・４）。

北村が旭川に来たころのこと。小熊秀雄担当の旭川新聞の文芸欄では、今埜紫藻（大力）が一流覇を制していた。北村はその今野のもつ思想の脆弱な叙情性が気にいらず、それを痛烈に批判した随想を書き小熊に見せると、小熊は大歓迎、早速それを文芸欄に掲載した。これを見た今野は悔しくて夜も眠れなかったとのことだが、精魂こめてこれに逆襲を重ね、文芸欄は二人の論争によって未曾有の盛観を示した。（後略）

私は、この論争の企画は文芸欄担当の小熊秀雄記者ではなかったかとはじめは考えたが、そうではなく彼らの友人、桜井勝美が書いていることからすると、やはり口火を切ったのは名寄新芸術協会の北村順次郎だったようだ。ただ北村順次郎に名指しされた今埜紫藻は、論争の途中で東京の郵便局への就職が決まり、論争がまだ続いている三月には上京してしまうが、今野大力上京後、論争の一方の主役は小熊秀雄になった。

ところが、この論争がその後広く記憶されることになるのは、後に今野大力が書いているように(「名寄新芸術協会の記憶」『旭川新聞』1932・12・13付)、論争そのものというよりは、半年後の一九二七(昭和二)年十一月、一方の主役であった北村順次郎をはじめ石井長治、松崎豊作など名寄新芸術協会の主要なメンバーが、まったく突然に一斉に逮捕・拘束されてしまったことにあった。それが北海道初の、治安維持法適用による〝名寄集産党事件〟という、大弾圧事件だった。

あまりにも衝撃的なこの事件は、それが全国的にも京都学連事件に次ぐ二例目の、いずれも十代から二十代の青年をターゲットにした、出来たばかりの治安維持法を適用した大弾圧事件だったことが、後になってわかることになる。(付記1)

名寄新芸術協会が正式に発足したのは、この弾圧事件の二年前、一九二五(大正十四)年四月のことだった。協会員の主力は、当時の北海道の若者たちにはあこがれの職業であった鉄道員であり、北村順次郎にしても中士別尋常小学校高等科を卒業後、父と農業に従事、その後音威子府《おといねっぷ》駅の駅手となったことがきっかけとなって名寄新芸術協会に加わっていた。

小熊秀雄にしても、昇曙夢から〝新ロシア〟のことを知り「ソビヱートの出現は驚異すべき偉大なる試練」(「新ロシアの宗教否定に就いて」)と書いていた丁度そのころのことであるだけに、この論争の成り行きには大きな関心を寄せていた。

あらためて原紙に当たっていくと、『旭川新聞』の小熊秀雄は、名寄新芸術協会発足の当初から石井長治らによるその名寄新芸術協会の機関誌『閃尖』の革新的な理論展開に強い関心を持っていたことが見えてくる。

名寄新芸術協会の文学青年である北村順次郎からの今埜紫藻(今野大力)名指しの投稿が『旭川新聞』社にあり、小熊秀雄は、担当する文芸欄のトップに、その北村順次郎による今埜紫藻批判を掲載する。それが論争の始まりだった。元号が昭和と変わる直前の、一九二六(大正一五)年十一月十三日付の『旭川新聞』学芸欄だった。

小熊秀雄記者の紙上公開芸術論争の企画は当たった。翌年の一九二七(昭和二)年五月までのほぼ半年間、学芸欄を主舞台に、旭川の他紙をも巻き込んで華々しく公開論争が展開されることになった。

北村順次郎によると、小熊秀雄は「君の出現で旭新(注・『旭川新聞』)文芸は忽ち賑やかになった。私共の仲間も追々執筆してくれるというから、君も仲間を誘ってどしどし書いてくれ、文芸欄はいくらでも拡張して提供するから、と約束してくれた」という。

年明けから論争は、同じ旭川の『北海毎日新聞』などにも広がり、『旭川新聞』だけでも北村順次郎、今埜紫藻をはじめ匿名を含めると十人を超える、十代から二十代にかけての〝論客〟が旭川市内の各紙に次々に登場することになった。

この公開論争を早くから調査研究した菅原政雄さんは〝仮に〟と断り書きをした上で、〝盲唖（注・盲蛙）の論争〟と呼んでいる（付記2）。

今埜・北村二人の論争中の用語を引用した命名だが、その口火を切ったのが北村順次郎「観念的追想論の基調如何（一）今埜紫藻氏におくる」だった。ただ、大正15・11・13付『旭川新聞』学芸欄トップのこの投稿には、（一）とあるが、（二）は現存していない。その（一）の文末には「一九二六、一一、七。士別にて」と付記されており、士別とは名寄の隣り、北村順次郎の実家がある町だった。

北村順次郎は使い慣れない硬い社会科学用語や漢語、しかも彼の造語らしい漢語も含め、切れ目なく並べたてていた。語調も用語も刺激的で挑発的であったから、紙面トップの記事であったこともあり、若い読者の目を引くには十分だった。ただ多くの一般の読者には激しいことばのやり取りに驚きはしても、内容はよくのみ込めなかったろう。名指しされた今埜紫藻にしても、それに近かった。

―吾々は如何にして行動の文学をその戦闘的意識に行動するや―

―芸術的個人争闘をして、小児的喧嘩をして、吾々の階級に墜ち入れよ―

吾々は今切実なる当面の要求により、その最も戦闘的革命的解放運動（人間性の奪還、経済組織の変革）の過程の前線を過程するに当り、あらゆるの復讐手段を完全に履行し、実戦的闘争の合理化を期する為、吾々は全く熱情と努力を以て、すべての大衆（社会的、文壇的）を包容し指導しなければならぬ。故に吾々は階級闘争として行動の文学を実践する。

北村順次郎はひたすらこうした語調で終始した。もっぱら今埜紫藻を〝既成観念的追想主義者〟と決めつけた。そして、

その小児病的な好奇病的な不感症認識をして、妄想的自己内省批判の誤謬を、単なる堕落感傷の亡言にすぎざることをわれわれはその熱情ある（指導的宣伝的）考察を以て笑殺するであらう。

と、閉じていた。これが尋常高等小学校を卒業したばかりの、まだ十代の青年とはとても思えない、今埜紫藻への挑戦状だった。生硬な用語の羅列だったが、無産階級、戦闘的革命的、階級闘争といった北村順次郎が次々に繰り出す用語の響きは、今埜紫藻（今野大力）を圧倒し続けた。

〈付記1〉日本の近現代史の視点から、名寄集産党事件は、なぜ北海道のしかも朔北の名寄での〝事件〟であったかを含めもっと解明されていい。この論争の全貌については、宮田汎著『朔北の青春にかけた人びと―北海道初の治安維持法弾圧集産党事件をめぐって―』二〇〇七・私家版）がもっとも詳しく必読の書であり、名寄集産党事件は、「京都学連事件を指揮した池田克、平田勲、黒川渉の3検事が東京から旭川へ来て直接取調べをした」ことなど、日本の近現代政治史の暗黒の部分に連なった事件であったことを、宮田汎さんの著書から知ることができる。

〈付記2〉ほかに北村順次郎自身の「今野大力と小熊秀雄」『士別文芸　第2号』／一九七四）、また菅原政雄『集産党事件覚え書き　上・中・下。補遺及び目録　補遺1・2』（一九八七、八・私家版）がある。

今埜紫藻「哀れなる盲蛙に与へる—北村順次郎君に答へて—」

繰り返すがこの論争は、今野大力にはまったく不意に、北村順次郎が名指しで突然襲いかかったことに始まる。

今野大力に準備はなかった。そもそも今野大力は論争のような争いごとは不得手な文学青年だった。しかも大力の最初の反論から推測すると、小熊秀雄とは違って名寄新芸術協会のことも北村順次郎についても予備知識はなかったようだ。当時まだ二十二歳の今野大力について、旭川郵便局の同僚であった波多野勝は「とても人なつっこい、舌足らずの甘えたような口調で、いつもニコニコして話していた」「やさしい、そして茶目っ気のある人」と語っている。

鈴木政輝も、「静かな物腰の今野は、物を言うときは、はにかみ勝ちであり、また微笑をいつも持っていた」「温厚で、女のやうに淑やかでおとなしい」と言い、小池栄寿も「小柄で柔和な微笑を常にたたえた、話し方まで優しい人、見るからに謙虚で、温和で、弱々しい感じを与える人」と書いている。それが今野大力の風貌であり、人柄だった。

今野大力は、北村順次郎のように負けん気の強い、丁々発止と渡り合う強気の才覚からはほど遠い人柄だった。その意味では小熊秀雄とも違っていた。

ところが北村順次郎は、その今埜紫藻を『旭新』を舞台に輝ける作家の第一人者」「ずばぬけた優秀な詩人」と位置づけ、「負けてはおれず」とばかりに意気込んで今野大力に挑んだ。それだけに繰り出す北村順次郎のことばは激越だった。
これに対し、今埜紫藻（今野大力）は三日置いて16、17日付『旭川新聞』に、「哀れなる盲蛙に与へる――北村順次郎君に答へて――〈一〉〈二〉」を書いた（付記1）。

こゝに一疋の盲蛙がある。軽率なる言辞を並べて、僕の筆名を掲げ、迷惑極まる評論を試みんとしたるものがある。

彼は嘗て書いた僕の文から数行を摘録して恰も敵の首級を獲つたる如く『観念的追想主義者』なんぞと出鱈目な新造語を使用し『彼等』といふ連帯的敵を仮設し、『批判力』の『創造力』の『覆滅』と勝手な文字を連ね、而して吾々は――なんかと口はゞつたくも『人間性の奪還』だとか『経済組織の変革』だとか、自分達こそ唯一の『指導的教化宣伝的位置』にある如く自認してゐるが、しかし彼は甚だ奇怪にして嗤ふべき愚痴を自ら暴露し、しやあしやあたる人間である。

故に彼は今僕のいふ哀れなる盲蛙一疋である。

今埜紫藻は、北村順次郎に対して冒頭〝哀れなる盲蛙一疋〟と、精一杯に切り返した。しかし小熊秀雄が今埜紫藻に期待したのは、北村順次郎の主張を〝階級闘争としての行動の文学〟と受け止め、純文学の側から今野大力が北村順次郎に真っ向から挑むことだった。だがそうはならなかった。今野大力は不快感を表明しただけだった。

今埜紫藻は〝観念的追想論〟という北村順次郎のきめつけに動揺し、個人批判として感情的に反応してしまった。〝哀れなる盲蛙〟だけでは反論のキーワードにもならない。北村順次郎の「観念的追想論の基調如何」は、挑発はしても回答を求める展開ではなかったから、一層激越な文言で返ってくることになった。

途中、紅浪児の今埜紫藻批判があり、海野元吉（小熊秀雄）の北村順次郎への反論など、ほぼ十日後の11・25、26付『旭川新聞』には、再び北村順次郎の今埜紫藻への再反論「観念的追想主義の正体―所謂盲蛙の弁―〈上〉、〈下〉」が二日続きで掲載される。論争としては今埜紫藻よりも北村順次郎の方が一段も二段も格上だった。

北村順次郎は書いている。

此こに一匹の哀れなる盲蛙が居た、軽率なる言辞を並べて僕（3字不明）を掲げ、迷惑なる答論を試みんとしたものがある。

無根拠に不定見に建てられた砂上の楼閣は一陣の台風の中に、その全感情を揚て、正鵠なる鑑賞力批判力を狂失し、恐怖と狼狽を以て泣叫した。その常識的な内省力をすら喪失し、如何に卑劣なる挑戦をして戦慄しつゝあるか。今将に腐敗せんとする観念形態の泥溝に、彼自身をして小ブルジュア観念と無見解と反動的狂暴性を暴露せんとしてゐる。

北村順次郎は論争そのものが目的であったから、後に名寄新芸術協会の藤田瞠《ひとみ》などは、北村順次郎は今野大力を「完膚なき迄うちのめした」と称えることになる。

今埜紫藻「『観念的』なものに（一）（二）（三）」（一九二六［大正15］年12月14、15、16日付）になって、ようやく今野大力は本来の姿に戻るが、まったく別の理由から今野大力も突然上京、その後は論争に加わることはなかった。（付記2・3）

一方、北村順次郎もまた、十一月の「観念的追想主義の正体」から翌年の昭和2年2月10、11付『旭川新聞』の「いずれが芸術的か　海野元吉君に答へて　上、下」までの間、『旭川新聞』への投稿は中断したままだった。北村順次郎の場合は、中断の理由ははっきりしていて、新潟高等農民学校専修科に入学するために士別の実家を離れ、遠く新潟に向かっていたからであった。

北村順次郎の論争の姿勢、筆法は二回目も一方的かつ攻撃的で、もっぱら〝思想闘争〟〝糾弾〟であった。一方、今埜紫藻は反論「『観念的』なものに」の段階になってようやく、「僕は人間意識に出発する。そして常に流動する」と、内に向けて思索する本来の今野大力に戻っていた。

今埜紫藻は言う。

僕は現実社会に於て熱烈なる民衆の要望が、無産階級の生きる時代を実現するべきであり、されるべきであることを夢寐《むび》の間にも忘れたことはない。

僕は既成されたブルジョアイデオロギーに対しては無産階級の共同戦線にあるプロレタリア文芸家として（中略）死刑を宣告すべきであると思ふ。（中略）

僕たちは共同戦線にある同僚としてもつと親しく語りたい。（中略）

僕の文学青年としての立場は、無産階級の芸術的訓練にある。

と自分を語る。注意してほしいのは「僕の文学青年としての立場は、無産階級の芸術的訓練にある」と今野大力は書いていることだ。北村順次郎らと激しく論争しながらも、今野大力は北村の理念や思想には共感していた。その思想を否定し、反発していたのではなかった。

今野大力はその直後に上京することになったが、昭和5・8・10付『旭川新聞』に、詩「蘇えらない赤旗」を寄稿、東京ではじめて出会ったデモの隊伍に強い共感を示しており、特に松崎豊作とは同じ旭川在住であったから、その後も二人に親密なつきあいのあったことは、「第Ⅶ章　松崎豊作と〝山宣〟演説会」でも改めてふれる。

ところで北村順次郎の父良太郎であるが、賀川豊彦を信奉するクリスチャンであり、同時に農民運動にも強い関心をよせていた。北村順次郎はこの父良太郎のすすめで、新潟高等農民学校専修科に入校することになった。（付記4）

なぜ、未だ二十歳にもならない息子順次郎を、父良太郎は海の向こうの新潟高等農民学校に送っていたか、翌年新潟から戻るとすぐに富良野に向かった順次郎のことを思うと、父良太郎には、富良野の磯野小作争議をはじめとした頻発する一連の小作争議のことを視野に入れての、息子順次郎への期待があっての進学であったように思えてくる。

いずれにしても専修科の修業期間は四カ月、十二月一日開講に合わせて北村順次郎は新潟県に向かった。従って大正15・12・14〜16付『旭川新聞』に掲載された今野大力の「『観念的』なものに」にしても、北村順次郎は読んでいなかった。

翌年早々に富良野・磯野農場の小作争議が繰り広げられると、北村順次郎はすぐさま農民組合側の一員として活躍することになった。

〈付記1〉今野大力の使った〝盲蛙〟だが、小熊秀雄は「汝等の背後より」では、「最近の彼等の議論を拝見するに、実にその盲蛇におぢざる態度に呆れざるを得ない」と「盲蛙」ではなく「盲蛇」と書いて、北村順次郎らを批判している。

〈付記2〉今野大力のことになるが、一九二七年三月、上京して四ツ谷郵便局に勤務、翌一九二八（昭和三）年三月、今野大力は弟の死に際して一時帰郷している。小池榮壽によると、その際の上京の旅費として小熊秀雄は十五円を出していた。また小熊秀雄が昭和四年六月上京する折、小池榮壽は餞別として小熊に三十円を贈っていた。教員の給与が月額五、六十円のころ、決して少ない金額ではなかった。

〈付記3〉北村順次郎自身も「小熊秀雄と今野大力」（『士別文芸　第二号』／一九七四）、『朝日新聞』地方版特集「〝北〟の語りべ」《集産党事件　北村順次郎さん》（昭和57・2・16〜25まで5回連載）など、上京当時の今野大力のことを幾度か書いている。

〈付記4〉北村順次郎が進学した新潟高等農民学校は、小作争議として有名な新潟県木崎村の「木崎小作争議」の際につくられた農民学校（校長・賀川豊彦）。特に専修科は、農民組合の活動家を養成する目的で設置された短期の課程であった。翌年、北村順次郎は早々に戻るが、そのころ富良野では磯野農場の小作争議があって、若い北村順次郎が重要な役割を担っていくことになる。磯野農場の小作争議に合わせて、北村順次郎は旭川に戻っていたのだった。

なお、紹介できなかったが、大串隆吉「新潟高等農民学校から青年団自主運動へ――資料と解説――」（首都大学東京『教育科学研究』第十号　19・6）は、当時の北海道の農民運動を知ることのできる貴重な研究資料である。

「〝名寄新芸術協会〟の記憶」より

論争から六年後、一九三二（昭和七）年のことになる。今野大力は当時のことを回想して「〝名寄新芸術協会〟の記憶」（昭和7・12・13付『旭川新聞』）を書いている。一九三二（昭和七）年とは、今野大力が前年のコップ加盟団体への大弾圧で検挙されて駒込署に留置され、その留置場での拷問・殴打のために一時は重態となっていたその年のことになる（傍線は引用者）。

旭川新聞に書いた随筆風のものに対して北村順次郎君がその頃全日本にもてはやされてゐた福本イズムばりの評論を書いて来た。北村君は新潟県に日本最初に出来た農民学校へ入学して帰って来ただけに相当に理論家だった。私は今でこそ告白するが今まで信念のとぼしかった自己をこの時あきらかに突きつけられた感じで、その口惜しさったらなかった。三日位寝もやらず北村君の評論を読み返した、そして軽率なしかし精一杯の反駁を書いた、すると北村君も又書いた（後略）。

このように回想する「〝名寄新芸術協会〟の記憶」からは、当時今野大力がはじめて真っ向から名指しで批判され、感情的な反発が先に立っていたことがわかる。北村順次郎の糾弾に即応できるほどの社会科学的な語彙を持ち合わせてはいない〝信念のとぼしかった自己〟と回想するような今野大力がそこにはいる。

今野大力による「〝名寄新芸術協会〟の記憶」をもう少し続けよう(部分引用)。

今野大力は、その中で「文学青年達の作つた団体が大きな歴史性をもつてゐた」と、名寄新芸術協会を再認識したこと、協会員であった松崎豊作、北村順次郎と、もう一人藤田みはると知り合って、その「指導的理論家」であったのが「当時鉄道員をしていた」石井荒村(長治)という青年であることをその後になって知ったこと、論争の途中「藤田みはる君などは私を訪ねて」来て「社会主義的口調で盛んに私を批判した」が、そこでも今野大力には応対できるほどの用意はまだなかったことなどを書いている。

特に松崎豊作については、「獄中で身体を悪くして以来、遂に全快することなく、数年前に死んだ秀才型の青年」とわざわざ注釈している。論争の二年後、今野大力は肋膜炎療養のため帰省するが、旭川での松崎豊作と今野大力には見落としてはならないつきあいがあった。それほどに松崎豊作とは近い存在になっていた(「第Ⅶ章「今野大力の旭川帰省・療養」参照)。

ただこの「〝名寄新芸術協会〟の記憶」を書いたころの今野大力は、拷問による聴覚障害が残りながらも自宅から離れ、「隠れ家」にいて〝地下活動〟に専念していた。そして年若くして亡くなった論争相手の松崎豊作のことを痛切に思い出し、その「隠れ家」で「〝名寄新芸術協会〟の記憶」を書いたのだった。

今野大力は「北海道のしかも名寄といふ小さな町の一つの革命的文学団体を結成したといふことは」「永く記憶されるべき運動であったと私は信じてゐる」と力説する。後ほど引用するが、詩「待っていた一つの風景」は、名寄新芸術協会の彼らへの思いが込められ、今野大力の詩のなかでもとりわけすぐれた作品になっている（「第Ⅶ章「今野大力の旭川帰省・療養」）。

海野元吉（小熊秀雄）の登場

北村順次郎・今埜紫藻論争での小熊秀雄のことになるが、大力上京後に一方の主役となったのは小熊秀雄だった。小熊秀雄は、今埜・北村論争開始わずか一カ月後、すでに大正15・11・23付『旭川新聞』文芸欄に「夢見る力の無い者は―北村君並に虹浪児君に―」を海野元吉名で書いており、冒頭から、

北村順次郎君並び虹浪児なる二人に対して僕が次の一章を捧げやう。「夢見る力の無い者は生きる力がない」。

と、得意の口調で警句を突きつけ、北村順次郎を突き放す。

社会主義、「もつとも現実的なもの」を尊ぶ理由から、北村君や虹浪児君の如くときには人間の情緒をさえ排除しようとする、実に危険至極な話である。（中略）

経済的観察にしても、他人をさうかんたんにプロだ、ブルだと片附てしまふことは危険なこと

だ、殊に北村流の唯物観からの文芸作品の批評態度は「奥底にあるもの」「情緒に掩ひ隠されたもの」に少しも探り当ててゐない不親切さがある。

とあり、以後小熊秀雄の反論には最初から切れ味の鋭い才気が溢れていて、論争中、三度、海野元吉のペンネームで登場する。(以下部分引用)

松崎、北村、藤田、金子等々の所謂プロレタリア自称者の議論には、何等の個性や主張を認めることができない、あるものはマルクスからの借用物であり、切抜帳以外に発見することができない。

最近のプロレタリア文芸家の進出とは、これは単に特権階級に属してゐるインテリゲンツイヤと比較的に下層階級のインテリゲンツイアとの階級闘争を一歩も出てゐないもので、かんじんの真のプロレタリア階級は、卿等に遠くとりのこされてゐるのである。

少し眼を大きく開き見る者があつたなら、すでに大勢は写実主義と象徴主義との綜合に指さしてゐることを気附くであらう、(中略)現にロシアやドイツの新興芸術はこの堅実な地位にまで進みつゝあるのに反して、日本のプロレタリア文芸家は、今頃これらの初歩の実験期にまごまごしてゐる。(昭和2・2・29、30付「汝等の背後より――無産派の分裂を讃ふ――」)

我々は旭川新聞紙上に独自な跳躍をなしてゐる自称プロレタリアの闘士の如く、所謂狭量なる階級を悲しむものである。

無産階級精神といふものを、もつと高処に置きたい君等の戦闘精神には同情される、然しながら社会変革はさう手軽な単純な赤児の手をねじるような容易なものでないといふことを意識して置いていただきたい（3・10付「永久に狭量か」）

海野元吉名の小熊秀雄は、謙虚で自省的な今野大力とは違い、高飛車であり、しかも早口でしゃべりまくる。小熊秀雄「汝等の背後より―無産派の分裂を讃ふ―」で見落としてならないのは、一九二六（大正15）年には、二十代半ばですでに、彼独特のプロレタリア文芸観を持っていたことだ。

小熊秀雄によると、最近の日本のプロレタリア文芸家は「特権階級に属してゐるインテリゲンツイヤと、比較的に下層階級のインテリゲンツイア」の両者に過ぎず、したがって「かんじんの真のプロレタリア階級」は、日本のプロレタリア文芸家から遠くとりのこされ、置き去られている、という。しかも「日本のプロレタリア文芸家は、今頃これらの初歩の実験期にまごまごしてゐる」と、日本のプロレタリア芸術運動の未熟さを小熊秀雄は指摘する。次章で再び触れることになるが、小熊秀雄が新しい時代の到来への強い関心と、彼なりの独特の見識をすでに持っていたのは確かだった。

もう一度両者の論争に戻ろう。昭和2・1・7付『旭川新聞』に、

　文芸係りより　プロレタリア文学に関する今野紫藻氏対北村順次郎氏其他数氏との論争は其後「真の農民解放の文学」金子沖文「卿等の理論は単なる常識である」今野紫藻他続々寄稿がありますがあまり長くなりますので一先ず打切ることにします

という社告のような記事があって、それで終わるかに見えたが、三月十日には海野元吉「永久に狭量か」が掲載され、その後もまだ続いていた。今埜紫藻の寄稿がもう一つあったようだが、それは現存していない。

〝円筒帽主催　詩人祭〟が論争終結の手打式みたいなものだったろうか。四月二十七日、旭川の円筒帽社に旭川在住の名寄新芸術協会員藤田みはる、松崎豊作など双方のメンバーが参加、「時節柄プロブル論争にちらりと火花を見せたが（中略）参集の詩人歌人が詩歌の朗詠をもつてこれらの論争を情緒あらしめ」と4・28付『旭川新聞』にある。

次節に関連するが、新潟から帰って来てからの北村順次郎は、富良野の磯野農場小作争議など日農北連の農民運動の活動家として多忙であったからか、この円筒帽主催の詩人祭に参加していない。いずれにしても論争を通して注目すべきは、北村順次郎と今埜紫藻ではなく、海野元吉名の小熊秀雄であった。

そしてその延長線上に、世界の新しい潮流であるソビエト・ロシアに真正面から向き合い、激しく

挑む小熊秀雄が登場することになる。次章はそのことが主題になるが、意外にも小熊秀雄・今野大力らと北村順次郎、松崎豊作など名寄新芸術協会を主宰する石井荒村らとは、論争の激しさとは打って変わって互いにごく近しい存在になっていたことが、この年の六月五日の小池榮壽日記に、

旭中オーロラ画会展覧会を見物していると松崎豊作氏に逢う、共に師団通に出ると洋服姿の小熊氏に逢う。三人で中島公園へ。小島のベンチに腰かけて休む。爽やかな気持になる。駅に行き、三時の汽車で来る石井荒村君を迎う。

とあることからわかる。菅原政雄さんはこれを紹介し、次のように書いている（菅原政雄『集産党覚え書き上・中・下』私家版／一九八七）。

小池は小熊にきわめて近い友人であり詩人である、論争の立場からすれば小池は今野・小熊側である。そして石井は名寄新芸術協会の事実上のリーダーであり、プロレタリア文芸論の急先鋒でもあった。その石井を松崎は駅に迎えるのだが、それに小熊と小池は仲良く同行するのである。実に「爽やかな」親しみ深く懐かしい交遊の姿であって、小熊がマルクス青年（松崎、藤田、石井ら）を嫌悪し、嘲罵を浴びせた（注・佐藤喜一の指摘）など、私には到底認めることが出来ないのである。

今野大力にしても、二年後に肋膜炎のために旭川に帰省・療養するが、東京から帰るとすぐに、名寄新芸術協会員だった松崎豊作を訪ねている。二人の交友は、激しい論争の後も、と言うより論争が契機になって、その後も続いていたのだった。

第Ⅵ章 今野、小熊それぞれの上京

旭川第一回メーデーと小熊秀雄

一九二七（昭和二）年という年は、エセーニンをめぐって小熊秀雄にはかなり重い内的な葛藤があり、今野大力にしても北村順次郎との突然の論争、加えて急な上京が重なった年だった。そして旭川市では、第一回メーデーが開催された年であった。

この旭川のメーデーは北海道でも他の都市のメーデーとは違っていて、労働組合というより農民組合、日本農民組合関東同盟北海道連合会（日農北連）が中心となり、これまた昭和初期北海道の〝植民〟時代をそのまま映し出すかのような、大地主対小作人という構図に始まるドラマチックなメーデーになった。

偶然とは思えないが、そのメーデー前日に、地主である市内在住の雑穀商が、東旭川の小作人に対し「本道としてははじめての土地立入禁止を執行」「憤慨した小作人側二十五名が同家に押かけ」「日本農民組合理事松岡二十世他二十四名」が当局に検束されるという事態になった（昭2・5・1付『旭川新聞』）。その様子をかなり詳しく伝えているのが、当時旭川師範学校の生徒であった桜井勝美の回想記「小熊秀雄と旭川の初メーデー」（『志賀直哉随聞記』宝文館／一九八九）である。そこに小熊秀雄が〝記者〟として登場している。

早くから北連（日本農民組合北海道連合会）が推進役となり、黒色連盟やアナ系の一般労組、穏健な国鉄、電通など、それぞれ信条綱領は異なるが、とにかくメーデー実行という目標で意思統一ができたので、警察との交渉を度重ね、ついに「喧嘩を生じない責任を負うならば」ということで一札を入れ、漸く許可を得た（『志賀直哉随聞記』）。

その一札に署名捺印していたのが、半年前には今野大力の論争相手であった北村順次郎――日農北連事務局の書記になったばかりの、まだ十九歳（一九〇九年生）のメーデー実行委員長だった。やはり北村順次郎の新潟行きは旭川での農民運動に関連していた。

ところが、いよいよ明日がメーデーという四月三十日、その北村順次郎もまた検束・留置されてしまう。雑穀商である地主からの土地あけ渡しの処分により、東旭川の「農民組合の同志たち」が四条十八丁目の地主宅に押しかけたのに対し、駆けつけてきた警官隊が二十四人を検束拘置、その中に北村順次郎もいたのだった。
急を聞いて小熊秀雄は警察署に向かい事情を聞くが検束は解かれそうになく、重い気持ちで新聞社にもどり、翌五月一日のために検束事件記事を書いた。5・1付『旭川新聞』社会面にはそのかなり目立つ三段抜きの記事があり、それは小作人、農民組合の側から書かれていた（以下傍線は引用者）。

旭川市五条十八丁目雑穀商村上吾平は自己所有の東旭川の水田一町五段を小作人秋田由助及秋田ヒナに対し五年間の契約で貸与し昨年十二月二十日でこの契約期間が切れた処から両名に対して土地明渡しの訴訟を旭川裁判所に提起し係争中の処地主村上の勝訴となり（中略）何程も残つてゐない小作米不納を楯にあけ渡しを要求し子供八人に両親と家族を耕作地を失はして路頭にまよはせるのは乱暴であると頑として立退かうとはせず果ては日本農民組合の応援を得て両者は頗る険悪な空気が漲つてゐたが村上は小作人側が結束の上同家に連日の如くに押かけ和解を要求してゐるのにあくまで頑強な態度を示し遂に一昨日東旭川の土地に執達吏と共に出向いて本道としてははじめての土地立入禁止を執行し一週間以内に立のけと小作人にいひ渡したため小作人が
（以下原紙数行判読不能）

とあって「不穏な行動に出たので急報により旭川署から警官十数名が駆けつけ日本農民組合理事松岡二十世他二十四名を検束」という事態になっていた。
翌五月二日付『旭川新聞』社会面トップは、続けて〝きのふ旭川のメーデー〟だった。

当日午前九時常盤公園広場に約二十数本の組合旗及、「弱小民族の解放」「悪法案に反対せよ」「立毛（タチゲ＝生育中の稲）差押、立入禁止を撤廃せよ」等々の旗旒を翻し（中略）日本農民組合婦人部重井繁子が男勝りの真紅の気焔を吐き、挨拶の程度を越した煽動的言辞であると取締の警官が数回注意を発する等、既に異様な空気が漲り行列は気勢を揚げ（中略）検束に若干の闘士を失つて若干気勢を殺がれた形であり参加約二百五十名であつたが、検束者の妻君連十数名が行列に参加応援してゐた（後略）

このように熱気を帯びた一連の記事を小熊秀雄は書いていた。桜井勝美はその日の小熊秀雄のことを、次のように書いている

メーデーの日、近文《ちかぶみ》の寄宿舎を出て、友人と二人で会場の常盤公園へ向った。（中略）会はすでに始まっているが、それを取りかこむアゴ紐の警官たちの数には驚かされた。ふと気がつくと、蓬髪痩身、芥川龍之介に似た小熊秀雄が、和服に袴、素足で下駄履きというのいつもの姿で、大きな松を背にして立ち、時々メモをとっていた。（中略）中でも農民組合婦人部の女史（註・重井繁子のこと）が立って「われわれの同志が、昨日、不当な土地あけ渡しに抗議して……」とはじめると、壇のすぐ下に構えていた取締りの警官が「弁士注意ッ！」とサーベルを鳴らす。が女史は屈せず「悪玉地主の追放、小作農民の解放、万歳！」とやってのけ、一同の声をしぼっての万歳と万雷の拍手をうけた。（中略）行進がはじまると、小熊は垂れ下がる長髪を時々かきあげながら、

歩調を速めたり、しばらく立ち止まったりして、行進の全容をつぶさに見きわめようとしていた。（中略）小熊はこの日、全行程を共にし、散会になると大急ぎで社にもどり、メモを整理しながら、今日一日のメーデー記事を書いた。

桜井勝美の眼に映った小熊秀雄やメーデー参加者、そして『旭川新聞』の小熊秀雄の記事は、第一回メーデーを伝える資料として貴重であり、桜井勝美の文章にしても小熊の記事とぴったり重なりあっている。

翌5・3付の『旭川新聞』。メーデーの大判の報道写真で際立っていたのはマイクを手に演説する重井繁子だった。重井繁子は四年前の一九二三（大正十二）年七月、旭川文化協会主催、初の演劇公演で小熊秀雄と同じ舞台に立って大活躍した女性だった。そして今は夫の重井鹿治ともども日本農民組合関東同盟北海道連合会（日農北連）の立役者だった。

日農北連の重井鹿治・繁子については、松岡将著『松岡二十世とその時代』（日本経済評論社／2013・8・15）がとりわけ詳しいが、私は生まれも育ちも北海道でありながら、日本農民組合の、北海道の三大小作争議と言われる磯野富良野農場小作争議、月形小作争議，蜂須賀農場小作争議について、これまで何も知らないできた。

その重井鹿治・繁子は、小熊秀雄が旭川新聞に入社した翌年の旭川文化協会の旭川初の演劇公演で大活躍したことは先に書いたとおりだが、二人が日農北連の中心的な活動家として迎えられたのがいつからなのか、松岡将の先の著書ではもっと早くのことからとして書かれていた。ただ、第一回メーデーの小熊秀雄記者の記事は、そのころの小熊秀雄の政治姿勢が偲ばれて興味深いものの、小熊秀雄が日農北連の運動に直接かかわっていたという資料は見当たらなかった。

今野大力「秩序紊乱の作家」

さて、今野大力のことになるが、彼は一九二七（昭和二）年の北村・今埜論争半ばに上京する。そしてはじめは東京・四ツ谷郵便局、次に本郷郵便局に勤務する。上京の目的はもちろん就職よりも詩を志しての念願の上京であり、今野大力は旭川郵便局の退職金をそっくり貧しい暮らしの両親に渡して、上京していた。

その今野大力上京後、初の『旭川新聞』への寄稿が「秩序紊乱《びんらん》の作家」だった。末尾には「1927・4・5　東京にて」とあり、掲載が4・12付であったことからすると、小熊秀雄は受け取ってすぐに掲載していた。文芸欄のトップだった。しかも「秩序紊乱の作家」の後半で今野大力は、小熊の「焼かれた魚」のことを嬉々として語っている。

「焼かれた魚」は三年ほど前、全国誌である『愛国婦人』に掲載されていた。ただ今野大力が旭川にいたそのころは、まだ語り合う場、機会がなかったのか、東京に来てあらためてその作品を読み、出来のすばらしさを実感していたようにとれる。

その読後感を何よりも当の小熊秀雄に知ってもらいたくて「秩序紊乱の作家」を急ぎ書き送っていたように思う。〝近代的なハイカラなユウモア〟、そして〝品格を持つ作家〟として、今野大力は小熊秀雄を、絶賛していた。

「愛すべき我々の郷土作家、憂鬱な家其他の作者、小熊秀雄と署名して発表した処の作家こそは、その大なる秩序紊乱の作家ではあるまひか」と、いかにも上京したばかりのまだ初々しい今野大力の、いささか気負った語り口の小熊秀雄賛歌だった。

そのころ小熊秀雄はすでに「無産階級は精鋭な自らを呵責する詩の銃の所持をこそ私は期待する」(「農民と詩の銃」)と、独特の高揚した口調でロシアの「新革命」を語っていた。そのような小熊秀雄を強く意識して、今野大力は「秩序紊乱の作家」を書き送っていた。

秩序紊乱の作家

秩序を乱す作家と書いたからといつて共産主義者や無政府主義者或はサンヂカリストである作家だといふのではない、僕の考へるには、共産、無政府なんかといふ主義作家には、大の保守主義的作家であり、秩序維持法を背負つて呻きわめいてゐる作家であると思ふ。
愛すべき我々の郷土作家、憂鬱な家其他の作者、小熊秀雄と署名して発表した処の作家こそは、その大なる秩序紊乱の作家ではあるまひか、
旭川文壇は去年の初冬頃からプロレタリア文芸を論じて僕なんかもその一人の中に加へられ、幼稚ながらも芸術論を吐いたものだが（注・前年の名寄新芸術家協会のメンバーとの所謂「盲唖の論争」のこと）、如何に現在までの旭川では盛んな理論が起こつてもそれでもある完成の圏内へ到

達はしてゐない。（中略）
プロレタリア意識はプロレタリア全人類にとつて正しい、正確である。だがそれをこうしろあゝしろ　それでは駄目だ、何だ彼だといふ要求の必要は先づ余程低能な人間でない場合以外に認めなくてもいゝ。
プロレタリア作家となるにはプロレタリア意識を完全に把握しなければそのプロレ文学はゼロだ。
果してプロレ作家にその修養ありや、だ。

ここまでが今野大力のプロレタリア文学序論、それに大力の小熊秀雄賛歌が続く。

此処にもつともつと、秩序紊乱の作家がゐる、この作家こそは、よい意味で雑駁な思想の持主であり、かつてプロレタリア作家が想像したであらう様なきわどい芸術家の役目を持つてゐる。故にこの作家こそは恐るべき社会の敵である。この作家に比較するとプロレ作家は純粋である、所謂田舎者である。それ丈に芸術上の仕事をどれ丈約し得たか、まゝごと以上の何であつたか。
芸術上の仕事は偉大なる作家程雑駁な思想をひれきしてゐた。ゲエテだつて、トルストイだつて、ストリンドベルグだつて決して若い頃から気持を縛してはゐなかつた。僕は小熊の作品の中前（注・意味不明）には、殴る、今度は憂鬱な家、そのずつと以前の愛国婦人に出した童話「焼かれたさんま」（注・原本の雑誌『愛国婦人』では〝さんま〟は〝魚〟。上京した今野大力の手元には原本がなく記憶で書いたため〝さんま〟となったか）なんか自由な、真の勝手気儘な飛躍だと思ふその飛躍こそは純粋な者達を瘋癲《ふうてん》院へ送つてしまふかも知れないものなのだ。

　僕のいふ秩序紊乱はこの作家こそ受持つ役割だ。プロレ作家といつてゐる連中にはもう青カビが生え初めるかも知れない。

　小熊氏は近代的なハイカラなユウモアを貯蓄してゐる、それでキザなお面なぞ冠る気もあるまいし冠つてもゐない。愛くるしい、例へば恋人の送つて呉れた芸術的面貌を持つキューピーの様な、品を持つ作家である。（1927・4・5　東京にて）

　全文を引用したが、このように今野大力の東京発第一報では、四年前の小熊秀雄の童話「焼かれた魚」を改めて評価し、嬉々として書いていた。だがどうしたことか、今野大力のこのエッセイは、その後旭川の識者たちからは〝今野大力による小熊秀雄批判〟と読まれてしまうことになる。

〝秩序紊乱〟は〝秩序維持〟の反対語、通常はあまりいい意味では使われない。が、ここでは今野大力が小熊秀雄を讃える、独特の用語だった。

　敗戦後、それもしばらく経ってからのことになるが、地元旭川で詩人小熊秀雄、今野大力をはじめて広く紹介したのは佐藤喜一であったが、この『旭川新聞』への今野大力はじめてのエッセイ「秩序紊乱の作家」を、佐藤喜一は、小熊秀雄〝賛歌〟ではなく、逆に小熊〝批判〟と読んでしまった。

　佐藤喜一は、カフェー・ジュエルでの詩の朗読会が今野と小熊を接近させ、今野の朗読のうまさが小熊をすっかり感動させ「大力ファン」に転じさせたと書いてはいるものの、今野大力が小熊秀雄に向かって〝秩序紊乱の作家〟と書いたのは、今野大力の小熊秀雄への〝ヤユ〟であり、ために二人の間の〝溝は深まる〟というのが佐藤喜一の読みだった（佐藤喜一著『評伝 小熊秀雄』「5 小熊秀雄・今野大力の接点」ありえす書房／一九七三）。

童話「焼かれたサンマ（佐藤喜一の原文のママ）」についても同様だった。今野大力が「真の勝手気儘な飛躍でありその飛躍こそは純粋な者達を瘋癲《ふうてん》院へ送つてしまうかも知れないものだ」と書いたのは小熊秀雄への今野大力の賛辞であったはずだったが、佐藤喜一は「今野は自分との違いをはっきりだした」、つまり小熊秀雄との間に一方的に今野大力は溝を作り深めたと読んでしまった。

確かに今野大力が〝秩序紊乱〟など、通常はあまり使われない用語を多用していたことにも問題はあったろう、「勝手気儘」や「恐るべき社会の敵」にしても良い意味では使われない。「瘋癲院」というのも精神病院のことである。

しかし今野大力が「瘋癲院に送ってしまふ」と書いたのは「焼かれたさんま」の出来のすばらしさに我を失うほどに驚く、というのが真意であったことは、少していねいに読むと判ることだった。佐藤喜一は、「東京にいた今野大力をして〝秩序紊乱の作家〟と小熊をきめつけた理由もわからぬことではない、今野の素朴リアリズムの視点からすれば、小熊のアバンギャルドはゆるせなかったろう」と、二人の〝違い〟を〝今野の素朴リアリズム〟〝小熊のアバンギャルド〟とに類型化し、対立させてしまった。

こうした佐藤喜一の今野大力評価は、彼が旭川ではじめての小熊秀雄、今野大力の研究者であっただけに、後々への影響は大きかった。

「秩序紊乱の作家」の四年後に書かれるのが今埜大力「小ブル詩人の彼」であったが、佐藤喜一の、今野大力〝秩序紊乱の作家〟の曲解の背景には、その一九三一（昭和六）年の、今野大力「小ブル詩人の彼」が、まず先にあったためと思われる。

『帝国大学新聞』掲載の「小ブル詩人の彼」を真っ先に読んでいた旭川時代の小熊、今野の友人は、当時は東京帝国大学生、しかも掲載紙の帝国大学新聞社の一員であった平岡敏男だった。その平岡敏男から「小ブル詩人の彼」のことを聞いていたのが鈴木政輝であり、その二人の「小ブル詩人の彼」の読後感が共に〝不快感〟であり、それが伝えられ、尾を引いて、後の研究者である佐藤喜一もまた同様にその不快感を「秩序紊乱の作家」に重ねて読んでしまったのである。

なぜそのような誤読を、地元である旭川のそれも複数の識者がしてしまったのか、そこにはやや複雑な背景があり、「第Ⅷ章　今野大力『小ブル詩人の彼』をめぐって」で改めて検証しようと思う。

「からたちの白い花咲く墓場近くから」

翌一九二八（昭和三）年、これも前年の今野大力「秩序紊乱の作家」に関連するが、文末に〝からたちの白い花咲く墓場近くから〟と添え書きした4・26付の手紙が今野大力から小熊秀雄に送られている。この手紙は小熊秀雄の手元に大切に保管されていて、その書簡を一九三五（昭和十）年、今野大力の死に際して、小熊秀雄は追悼文として雑誌『詩精神』九月号に寄稿していた。

その〝一九二八（昭和三）年〟という年は、上京後、今野大力が「文芸戦線」の黒島伝治と知り合った年だった。そして一九三一（昭和六）年に戦旗社に入社するまで、今野大力は黒島伝治と行動を共にしていた。

新進のプロレタリア作家黒島伝治に影響を受けながらも、プロレタリア文学に接近することをまだためらっている今野大力だったが、小熊秀雄宛の「からたちの白い花咲く墓場近くから」には、その頃の今野大力が目に浮かぶように描かれている。

そして六月になり、小熊秀雄の父の死があって、継母が樺太から旭川の小熊宅に来ようとしていることを察知して、継母を避けた小熊秀雄は、突然家族を連れ上京することになる。その少し前、まだ旭川にいる小熊秀雄に宛てて東京から送られていた今野大力の私信が、後に今野大力への弔辞ともなる〝からたちの白い花咲く墓場近くから〟と追記された書簡だった。兄に甘えるかのように、いちずに語りかけている今野大力がそこにいて、印象的だ。

小熊さん——、それ程案ずることはなかつた。彼は探し廻つてゐたのだ、乞食か野良犬のやうに、或は不良少年のやうに、塵箱の中ものぞく、便所の臭い処も覗かうとする。（実際、真実だった、現実に悲観した男が如何に肉的な悩みを抱くか、それはもう人間らしくもない憎い面をした奴だ）だがそれは昔の侭でかへらなかつた。
からだはもう一人前に出来上がつたのであるらしい、それを現実の生活は子供のやうにしか生かしてはくれない何もかも目茶苦茶に考へることがある。だが小熊さん僕は助かつたよ。助けられたと思ふよ。あなたの考へた如く「信頼してゐるものがあった」んだと思はれるよ。

僕はフイリップで助けられた。あの男は昔かつて僕の兄貴と宣言したことがあつたんだが、兄貴はこの僕を助けにやつて来たよ。（中略）

理論は理論だ。結局僕の行く路は文学なのだ。（それ故にこそとも思はれる）文学、それに就いてはこれからもうんと考へさせられるだらう。時代の悩みだ故意に回避しまいとする、僕は唯物史観も受け入れた。――そしてその為に苦しんだ、苦しめられてゐる。

受難の時代は僕に作品を出させなかつたとも言はれる小熊氏よ、あなたはほんとうは宗教者の様に見えるよ。（そう言ふ僕がそれであるかも知れない）カトリック的な人間、そんな気がする。（中略）

フオイエルベッハの哲学は真実だと思つた。佐野学氏の無神論をよんでなる程と思つた。（マルクス主義三十七号）（神はなくなつても、その信仰者の型はのこるだらう。）それは僕の結論だつた。神を信じねばならなかつた哀れな虐られた、貧しい人々の生活を、芸術の中に生かしてやらう、そう考へた。

世の改革者になるには実際の運動家になるより最もよい途はないだろう、文学者はその職分から世の意識にしつかりした土台を据えて、そして仕事にかかることだ。（中略）

僕は哲学的に、科学的に、社会の事情を知らうとしてゐるんだ。書くことだ。この唯一の慰めなくして、僕の世界に生きる価値がない。（弱い子よ、書けずにゐた子よ）書けることが、僕の全生命を救ふのだ。

真のマルキストには、今の処、芸術は生み得ないだらう。すくなくとも、この時代に於ては、

僕はそれを知りつつも徐々とそうした方面に努力して道を拓いてゆかうとするだらう。（中略）
フイリップが手を出したよ。僕も出さう。恋もない、春のなやましい途を、僕は手を出して彼と久し振りに手を握る、僕の面は涙でよごれてゐるだらう。彼は「まねをしたねと」皮肉るだらう。

一九二八年四月二十六日

からたちの白い花咲く墓場の近くから、（今野）

のちに『詩精神』に掲載された小熊秀雄の今野追悼文「――弱い子よ、書けずにゐた子よ――」（『文学評論』昭10・9）と同じころ、同じく小熊秀雄によって紹介されたこの〝からたちの白い花咲く墓場近くから〟とある小熊秀雄宛の今野大力の書簡には、ひたすら自分を見つめて一途に生きていこうとしている今野大力がそこにはいる。誠実な今野大力の人柄が、小熊秀雄は本当に好きだったのだ。〝二人がまだ旭川に住んでいたころ〟と、後に新居徹が誤読してしまうほどに、離れていても小熊秀雄と今野大力の交友は深かった。

「あなたの考へた如く」とか、「受難の時代は僕に作品を出させなかつたとも言はれる小熊氏よ」という言い方からは、二人の間では自分のことばで何度も手紙が交わされていたことがわかる。小熊秀雄に向かって兄のように語りかける今野大力がそこにいた。

今野大力は自分のことを「弱い子よ、書けずにゐた子よ」と責めるように書いている。「書けずに」と言うとき、今野大力にとって「書く」とは、「シルレルやユーゴーやトルストイ」のように、「哲学的に、科学的に、社会の事情を知」って「世の意識にしつかりした土台を据えて」書くことだった。「神を信じねばならなかつた哀れな虐げられた、貧しい人々の生活を、芸術の中に生かす」ために、そのような作品を書きたいと、上京して間もない今野大力は苦しんでいた。こころざしは本当に高かった。「唯物史観も受け入れた」自分は、文学者としてどう生きていくべきなのか、そのフイリップとの内なる会話をわかってもらえる相手が、小熊秀雄であった。

そしてこれは二人にとって重要なことになるが、この先、詩人であることだけに止まることにはならない今野大力が登場することになる。

今野大力、黒島伝治との出会い

小熊秀雄宛の「からたちの白い花咲く墓場の近くから」のころ、東京にいる今野大力を引きつけていたのは、繰り返すが、新進のプロレタリア作家、黒島伝治だった。

黒島伝治にも今野大力追悼文「今野大力の思ひ出」(雑誌『文学評論』/一九三五・八)があって、「私が今野大力君を知ったのは昭和三年四月であった」と、そのころにはじめて今野大力に出会っていたことを黒島伝治は書いている。

今野君を知つた頃は、同君は、まだ子供ッぽい、小心で正直な若ものだつた。詰襟の黒地の服を着て、十七、八歳の者がかむるような若い型のソフトをかむつてゐた。その年の夏、私は身体が悪いので真鶴の向ふの吉浜といふところへ行つてゐると、同君は肋膜炎になつてそこへきた。眠つてゐるときや、坂を登るとき見ると、私よりも、もつともつと苦しげな、鼻もやゝ悪いらしく息づかひをしてゐた。寝あせをかいてゐた。秋口になつて、やはり病気がよくならないので、郵便局をやめて北海道へ帰つて行つた。

〈引用者注〉旭川に帰ったのは九月。後に鈴木政輝が書いているような、小熊秀雄との喧嘩別れがあったからではなく、肋膜炎のためだったことが黒島伝治のこのエッセイからわかる。当時、脚気とか肋膜炎は、生地を離れ上京した青年が罹りやすく、長患いとなり、しばしば若い彼らの命を奪旭川アイヌ民族の天才少女、知里幸恵の命を奪ったのも東京でのそれだった。

今野大力、この時二十四歳、小柄で童顔の控え目な青年だった。黒島伝治にしてもまだ三十歳、彼には大力がまだ十代の青年のように見えていた。黒島伝治は一九二六年には「二銭銅貨」「豚群」を、そして二人が出会う二八年には代表作「渦巻ける烏の群」と、新進のプロレタリア文学の作家として高い評価を受ける作品を次々に発表していた。

黒島伝治「今野大力の思ひ出」をもう少し続けよう。

「文芸戦線」に這入つたのは、それから一年半ばかりして、丈夫になつて再度旭川から上京してからのことになる。

「文戦」社の二階に今野君は、長谷川、今村、石井の諸君と合宿してゐたが、文学運動における最も下積みの、むくひられることのすくなき、しかも絶対に必要な経営や編集の仕事にたづさわつて、それを真面目に、誠実にやりとほして、その真面目さ、誠実さのために倒れた彼の生活は、このときから始つたのである。

この黒島伝治の証言から見えてくるのは、再上京後の今野大力は自らの詩作よりも、「最も下積みの、むくひられることのすくなき、しかも絶対に必要な」「経営や編集」の実務、極めて危険な地下活動を「真面目に、誠実にやりとほして」いく生き方を選択し、そのことを自らに課していたことだった。詩人というよりも、編集者、〝地下〟活動家としての今野大力だった。それが再上京後の今野大力だった。黒島伝治もそのことを期待して、大力の上京を強く促していた。

もちろんすぐに詩作が止まったわけではなかった。ただ、翌年の「組織された力」（１９２９・９・19付『旭川新聞』）や「俺達の農民組合」（『文芸戦線』１９２９・12月号）には、前年の「待っていた一つの風景」（１９２８・１・26『旭川新聞』）（注・第Ⅶ章の冒頭に掲載）と並べてみると、違いがあった。内向きの穏やかな今野大力というより、〝文芸戦線〟の活動家としての今野大力がそこにいた。

そのころの今野大力のことを、細田民樹（『文学評論』１９３５・８月号）と戸台俊一（『文化評論』１９７３・７月号）は次のように書いていて、詩を志して上京した少し前の今野大力とは違う今野大力を見ることができる。

私は古く「文戦」時代から今野君を知つてゐるが、彼は文化運動内に於ても、かつて「英雄」

を志したことのない人物だつた。謂はば縁の下の力持ちみたいな仕事ばかり振り当てられた人だが、しかもそのことについて、私はかつて彼が不満そうな表情一つしたのを見たことがなかつた。（中略）今野君はどんな困難な仕事を与えられても、あの大きな口に微かなユーモアと手軽さを表わしながら、少しも怠けることなく、勤勉に敏捷にそのことに当たった（細田民樹）。

今野は、少年時代からよく社会の下積みの生活に耐えてきただけに、実直で綿密に仕事をした。私は当時コップ出版所で働いていたが、編集については経験がなく、今野に教えてもらうことが多かつた。彼はよく「雑誌を割付けするときに注意しなければならないのは、ページの四隅をおろそかにしないことだ。四隅がきちつとしてないと、そのページ全体がだらしなくなつてしまう」といつていた（戸台俊一）。

特に旭川の自宅での肋膜炎療養後、再上京した今野大力の政治に向きあう姿勢は、「文芸戦線」派の内部抗争があって顕著になるが、「縁の下の力持ちみたいな仕事」、雑誌編集の実務に専念する決意を今野大力はしていた。そして日本プロレタリア作家同盟に加入、今度は組織者としての実務に専念していく今野大力を見ることになる。今野大力の詩人としての才能を高く評価していた小熊秀雄は、今野大力のそのような選択には不満だった。

今野大力の詩人としての生き方を大きく転換させる——もっと言うと、詩人であることを放棄することになりかねない選択に、今野の詩人としての才能を一貫して認めていた小熊秀雄は不満だった。

今野大力には詩をもっともっと書いてほしかった。そのことが痛切に書かれているのが小熊秀雄の今野大力追悼文「北海道時代の今野大力――弱い子よ、書けずにゐた子よ」(『詩精神』1935・8)だった。

小熊秀雄上京、今野・鈴木との同居

一方、まだ旭川にいた小熊秀雄だが、樺太にいた父の死があり、その直後、急に家族を連れて上京することになった。この年の上京とその後の経緯、特に小熊秀雄一家と今野大力・鈴木政輝との同居についても、後になって地元旭川発の誤解が繰り返されることになる。ただ、「小池榮壽日記」に詳細な記録が残されていて、その冷静で沈着な小池の記述からは、この上京が小熊秀雄に何らかの見通しがあってとか、準備万端整えてといったゆとりのある上京ではなかったことがわかる。

父の死により継母が樺太から小熊秀雄を頼ってやってくることを避けての、急な上京だった。小池榮壽日記には、次のように書かれている。

昭和三年の四月二十二日、日曜なので、小熊を尋ねて行つた私は、小熊の家の近くで、ばったりと小熊に出会つた。樺太の父が危篤だと云つて来たので、じつとしておれず、ぶらつと出て来たのだという。小熊の家へ一緒に入り話していると、死去の電報がきた。(中略)

五月四日、樺太から帰つた小熊は、継母が旭川へ来て厄介になる心算でいるから、継母の来る

前に上京してしまいたいと語つた。（中略）
六月二日、小熊は家族（奥さんと焔さん）をつれて上京の途についた。（中略）夜半十二時十二分の汽車は小熊一家を東京へと旭川からつれて行つてしまつた。（『情緒』21号／1956）

一九二八（昭和三）年、急に小熊秀雄、つね子と焔が上京することになったのは、こうした経緯、父の死とその後の継母ナカの動向にあった。

上京後の就職先に今野大力のように当てがあったわけではなかった。まったく急のことだったから在京の今野大力、鈴木政輝が、家族持ちの小熊秀雄のために奔走して一軒家を用意し、また仕事が決まっているわけではない小熊秀雄の経済的な負担を軽減するために、とりあえずは鈴木、今野の二人が、小熊とその家族と同居することになったのだった。

今野・鈴木二人の同居は、このように小熊一家の急な上京と、小熊一家の経済的な負担についての、彼ら友人の配慮からであった。

ところが、どうしたことか後になって、それも鈴木政輝を抜きに、痛烈な批判が今野大力にだけ向けられてしまう（吉田美和子『小熊秀雄　夜の歌』桐々社／一九九五）。ただ、小池榮壽が次のように書き残してくれていたことは、せめてもの救いだった（「今野大力の思い出」『冬涛』28号）。

四月下旬、小熊は父君を失い、樺太から継母が来ることを嫌って急に六月二日、旭川を引き上げて東京へ向つたが、東京では鈴木政輝、今野大力と同居することに手はずがととのっていたので、二人は小熊を上野へ出迎え、駅前の「みよしの」から三人で寄書を私に寄せて来た。やがて小熊は「ジャズ芸術」を創刊することになったと便りを寄せ、今野大力は「ジャズ芸術」の為に遠慮せずに、どしどし詩稿を送れと言って来たが、「ジャズ芸術」は刊行されなかったし、三人の共同生活も長くは続かなかったようだ。その年の九月、今野大力は、体が悪く、来る十一月頃まで静養する為に帰ってきたと私に便りを寄せ、数日後、私の勤務する学校の職員室の窓に笑顔を見せた。

このように今野と鈴木は前もって小熊一家のために家を用意していたのだった。いつか通説のようになってしまう、上京してきた小熊秀雄夫妻の住宅に、独身の今野大力・鈴木政輝が勝手に転がり込んだ（前掲、吉田美和子『小熊秀雄　夜の歌』）というのは事実とは違っていて、今野・鈴木の二人に小熊秀雄一家上京の知らせが旭川からあり、住むところの〝手はず〟を、前もって在京の二人が整えていたのである。

もう一つ、佐藤比左良編『今野大力遺稿ノート上、中、下巻』（旭川中央図書館／２００１）には、今野大力の小説仕立ての草稿が収録されている。

第Ⅶ章「今野大力の旭川帰省・療養」で取り上げる「スパイ　老農夫」もそうした草稿の一つだが、「下巻」の前半には、小熊秀雄夫妻と鈴木、今野が同居していたころのことがベースになった小説仕立の数編の未発表原稿がある。そのころ今野大力は小熊秀雄と同じように小説を書こうとしていた。

草稿では〝彼〟は今野大力、〝森、森山〟はいずれも小熊秀雄、〝文坊〟は小熊秀雄の子息〝焔〟と読むことができる（以下部分引用）。

昨夕電報を二通も受取って、森さん達も愈上京して来ることを知った。兼て彼が帰郷の時から話してあった一軒を借りてと言う話もまだ思い通りの家を探し兼ねている。（中略）

上野駅で吾々は森山さん達に久し振りの握手をした。森山さんの奥さんは小さな缶に鈴蘭の束を持っていた。

森山さんが言った。――こいつは神経衰弱になるんじゃないか、小さな三つになった森山さんの二世はキャツキャツとうれしそうに元気に、ホームを歩いた。（中略）

我々の一行である同志五人は三好野へ入ってソーダ水をストローで飲んだだけだ。（中略）

森山さん達の借りた家は黄ばんだ麦畑を越え草の丘道を下って、杉の木の植込みのある、まだ新しい家であった。（後略）

「今野大力遺稿」文中の「三好野」は、小池栄寿が書いている「駅前のみよしの」、二通の電報については、小池栄寿「小熊秀雄との交友日記」には次のようにある。

六月三日　日曜。午後局へゆき次の電報を打つ。鈴木、今野君宛。

四ヒユフ三ジハンウヘノツク　オクマ

杉坂にあてたるもの次の如し
四ヒユフ三ジハンオクマウヘノツク」チヤウハツムボ　ウアクタカワニニタオトコ」コイケ
六月六日。小熊秀雄氏着京の報あり。

繰り返すが、今野大力・鈴木政輝が住宅を前もって用意し、それに合わせて小熊秀雄夫妻は上京していた。小池栄寿の冷静な日記、今野大力の日記風の草稿ではこのように理解できる。それがいつからか、今野大力の押しかけ同居により小熊・今野の間で「喧嘩」となり「同居」が終わったということになってしまうが、事実はそうではなかった。
今野大力「遺稿ノート」を、もう少し続けよう。文中の〝浅倉〟は小熊秀雄。

（注・郵便）局を一日休んでも困る一月の末になると故郷にいる父母をだまして出て来た為に僅かでも為替を送らなければならなかった。殊に、かつて上京の折旅費を出して貰った浅倉氏の為めにいく分でも奉公したいと義理立てをして無理に、遠い郊外の浅倉氏宅の二畳（注・二階の誤記か）の室に同宿していた。浅倉氏はからだが弱い方だった。上京して来ても何と言って（ママ）仕事もなし、元より金を持って来た人でもなかったし、彼はそれを考えてもいく分なり浅倉氏の為めになることをのぞんだ。

ここでも今野大力に肋膜炎の徴候が現れていることが書かれている。「喧嘩して」別居という雰囲気はまったくない。ただ、もし同居解消につながる何かがあったとすると、同じ「遺稿ノート」の次のような記述になるだろうか。

からだ中がだるくて例日よりは小早く寝に就いた宵であった。

夜中ふと目を覚ました時、彼は異様な音を聞いた。それはちゅうちゅうと繰り返し繰り返し、たしか浅倉夫妻のいる室だった。胸が苦しくてやや不確実にめざめていた彼であったが、今その音を耳にした時、おそろしい程身体中が緊張して来るのを感じた。目、耳が鋭敏にさえて来た。

続けて、今野大力には「今までに一度も感じなかった異状なる感動が起こっていた」「眼がますますさえてゆくままに再び容易に眠につけなかった」とある。はじめから彼らの同居には無理があったのは確かだった。

次の一件はその後、鈴木政輝が夏休みで旭川に帰省してからのことになるが、在京の今野大力に肋膜炎の症状が表れる。そして伊豆の黒島伝治宅の世話になったり、またより通勤に便利なところへ転居したりしたものの、九月に入りとうとう今野大力は病気療養のため、旭川に帰省することになった。

小池榮壽日記によると、九月に入り、小池榮壽は今野大力と二人で「帰旭していた鈴木政輝を訪問」していた。そして「その二日後、鈴木は上京」、その鈴木政輝を「今野大力と二人で駅に見送った」と小池榮壽は書いている（『冬濤』28号／一九六七・九）。

通説のような、鈴木政輝と今野大力が今野大力のせいで不和になった、ということではなかった。

夏休みで旭川に帰省していた鈴木政輝と、今野大力は九月に再上京する直前に旭川で二度、小池榮壽と共に会っていた。

小池榮壽の記述は、彼の日記がベースにあって、事実に即して書かれている。この場合も小池榮壽のエッセイの通りであったろう。今野大力の帰省中、三人はわだかまりなく付き合っており、後になって鈴木政輝が語る小熊秀雄と今野大力の喧嘩別れ、あるいは不和説にしても、論拠は希薄とみていいだろう。ただ、今野大力は、一九二九（昭四）年のこの再上京後に、文芸戦線社に入社、一九三一年には戦旗社に入社とプロレタリア文学運動に深く傾斜していく。一方、鈴木政輝は、思想的にはしだいに今野大力とは対極にある国粋主義的な立場に立つことになる。

鈴木政輝と今野大力とは、後の平岡敏男の記述からすると、今野大力の早すぎる死（一九三五年没）により、その後東京で逢うことなく終ってしまった。

小熊秀雄、〝池袋モンパルナス〟へ

さて小熊秀雄の急な上京で、とりあえず小熊秀雄一家と今野大力、鈴木政輝は同居（巣鴨向原）することになったものの、それほど経たずに小熊秀雄と家族は、今野・鈴木とは離れ、杉並区堀之内の菓子屋の二階に間借りをする。そして翌昭和四年春には「豊島区長崎町西向」に移り、「以後晩年まで長崎町内に転々と居を変える」ことになった（玉井五一編『小熊秀雄と池袋モンパルナス』年譜）。

この、小熊秀雄が池袋にやって来たことについて、宇佐美承『池袋モンパルナス』（集英社／一九九〇）の中ほどに、〝絵かきのなかに詩人がひとりまぎれこんでいた〟で始まる非常に印象的な一節があり、続けて宇佐美承はその頃の小熊秀雄について、何か特別の事情があって小熊秀雄がその地に住むことになったのではなかったことを書いている。

色白く、額ひろく頬はこけ、秀でた眉は横一文字、くぼんだ目は切れ長で、鼻筋とおり唇あつく、たいへんニヒルな感じがした。赤みをおびてちぢれた髪の毛はゆたかで、いつもマフラーをまいていたから、ロシア人とスペイン人の混血ではないかとか、アメリカ人の画家ジョン・マリンそっくりだとかいう人がいた。詩人自身〝どうせおれは植民地そだち、あいのこだよ〟と自嘲めいていっていた。ときどき咳をしては、まっ白いハンカチを口にあてた。ハンカチに血がにじむこともあった。詩人の名は小熊秀雄といった。年齢は絵かきたちより、ほぼひとまわりうえで、三十歳代なかばであった。

その頃の〝池袋モンパルナス〟は、宇佐美承が言う通り、〝詩人は小熊秀雄ただひとり〟あとはまだ十代の画家たちであり、「小熊の精神は、池袋モンパルナスの前衛画家たちのものであった」と、宇佐美承は次のように但し書きしている。

小熊は同時代の左翼詩人たちといささかちがって、教条から解きはなたれていた。中野重治がいったようにレーニンやスターリンの発言や党大会での決定から説きおこすことは、小熊にかぎってなかった。小熊はいつも，個の立場から人びとや社会をみていた。小熊は祖国の圧政や侵略行為を激しく攻撃したが、そのきびしい政治風刺のなかで、いちども生硬なことばを使わなかった。かれの詩はいつも皮肉たっぷりで、ときに悲しく、ときにユーモラスであった。当局が小熊を葬れなかったのは、そのためであった（一部略）表現は、ひとひねりもふたひねりもされていた。

小熊秀雄と今野大力のこの当時を考える場合、視野に入れておかなければならないのは、大正の末期から昭和の初期にかけての時代史的な背景、そして国家権力の様相であろう。

〝池袋モンパルナス〟に小熊秀雄がやってきた一九二九（昭和四）年前後に際立っていたのは、マルクス主義の思想が知識層の青年たちを惹きつけ、その関連書籍や雑誌が次々に出版される中で、プロレタリア芸術運動が急激に高揚していたことだった。が、それに対応して権力側の弾圧も激化し、一九三三（昭和八）年には小林多喜二が特高警察によって虐殺される。そして小熊秀雄もまた弔問に出向いたその場で逮捕・拘禁されてしまった。

ただ、池袋界隈の〝パリのモンパルナス〟にちなんで名づけられた〝池袋モンパルナス〟には、自立した若い画家たちの奔放な日々があり、小熊秀雄は彼らとの交友によって、息のつまりそうな時代状況の中で自分なりの世界をつくっていたのだった。

宇佐美承「池袋モンパルナス」には、画家寺田政明の小熊秀雄との出会いをはじめ、彼らのそのような日々がつぶさに描写されているが、その中から小熊秀雄が一番親しかった画家、寺田政明の語りを引用しよう。

昭和十年といえば、ぼくは二十三歳だ。（中略）小熊はぼくより十一歳上だった。かれらと語ることによって思考を高めたんだ。汗だくになったんだ。いずれセルパンかコテイで会ったんだろう。おたがいヒッピーみたいだから、ひと目でわかるんだ。そしてたちまち通じあうんだ。（中略）詩の話、絵の話、芝居の話、そんな話ばっかりするんだ。人間、嬉々としてなきゃ、発想はうまれんよ。（中略）夕方、小熊が誘いくる。女房は、また泡盛ですか、というんだ。ぼくは、勉強にいくんだ、というんだ。女房は、酔っぱらって勉強になるんですか、というんだ。ぼくは、探し求めているから勉強になる、というんだ。（中略）ぼくは、探し求めているから勉強になる、というんだ。（後略）

一九三一（昭和六）年の満州事変につづいて三三年の国際連盟からの脱退、三六年の二・二六事件、そして日中全面戦争へと突き進む軍国主義日本の都会の一画に、若い芸術家たちの〝池袋モンパルナス〟があり、そこを小熊秀雄は自分の住み処としていたのだった。

第Ⅶ章　今野大力の旭川帰省・療養

「待っていた一つの風景」

今野大力の作品中地味だがもっと高く評価されていい詩作品がある。今野大力上京の翌年、1928・1・26付『旭川新聞』に掲載された詩「待っていた一つの風景」である。末尾には「一九二七年一二月拙き心状を綴り旭川にある小熊秀雄氏に送る」とあって、真っ先に読んで欲しかったのが旭川新聞の小熊秀雄だったことがわかる。

小熊秀雄が上京する半年前のことだった。

待っていた一つの風景

痩たる土壌をかなしむなく
遠き遍土にあるをかこつなく
春となれば芽をだし
夏となれば緑を盛り花を飾る
貧しく小さくして尚たゆまず
ただ一つ
秋、凡ての秋において
ただ一つ
種を孕んだわが名知らぬ草
精一杯に伸びんとして努力空しく
夏のま中炎天のあまり枯死してしまつたものもある
草にして一年は尊い生命の凡てである
一つの種は一つの種をはらんだ
そして痩土に

初冬のころ
雪を戴き埋れ。静に待つていた一つの風景

一九二七年十二月描き心状を綴り旭川にある小熊秀雄氏に贈る

〈付記〉1928・1・26付の『旭川新聞』から引用。
津田孝編『今野大力作品集』（新日本出版社／1995）所載の「待っていた一つの風景」では、十二行目の〝草にして一年は尊い生命の凡てである〟の〝一年〟は〝一生〟、最終行の〝雪を戴き埋れ。〟は、〝埋れ、〟とある。末尾に加えられた一文の〝心状〟は、「今野大力作品集」にあるように〝心情〟であろう。

心の内深く沈潜する内省的なこの詩を、東京ではじめて正月を迎えようとしている今野大力は、ひとり北海道に思いを馳せ、書き上げていた。北海道の風物を描いたというだけではなかった。今野大力の但し書きからすると、この「待っていた一つの風景」が書き上げられた前の月、十一月十三日から突如引き起こされていたのが、名寄集産党事件であった。

稀代の悪法、後には小林多喜二が虐殺され、多くの若者が次々に犠牲者となっていく悪名高い治安維持法による事件が、驚いたことに北海道でも朔北《さくほく》に位置する名寄町で突如引き起こされたのだった。全国でも二例目の、あまりにも権力的な思想弾圧事件であった。

次々に逮捕されていった名寄新芸術協会のメンバー、とりわけ今野大力や小熊秀雄と関係の深かった北村順次郎、松崎豊作、藤田瞠《ひとみ》（永伯）たちのことが、この「待っていた一つの風景」には読み込まれている。

〝土〟をこの詩のように読み込む今野大力の詩風を、旭川時代、早くから高く評価していたのが小熊秀雄であった。小熊秀雄も、突如引き起こされた名寄集産党事件に強く反発しており、『旭川新聞』の報道記事をはじめ、逐一今野大力には知らせていたように思う。

詩には「一九二七年十二月拙き心状を綴り旭川にある小熊秀雄氏に送る」と今野大力はていねいに付記している。それは小熊秀雄への返礼の意味もあっただろう。それだけではなく小熊秀雄に積極的に応えようとして、今野大力はこの詩を書き送っていたように思う。

松崎豊作と〝山宣〟演説会

その一九二七年九月、名寄集産党事件が引き起こされ、先に書いたように今野大力は肋膜炎療養のため旭川に帰郷することになった。その際に一通の紹介状が黒島伝治から託されていた。宛先は旭川の北海日日新聞の記者・中村計一。その中村計一夫妻が、旭川でのほぼ一年間、今野大力にとってかけがえのない存在になる。

黒島伝治の人脈は中村計一に止まらなかった。再び上京し、それもわずか二年後の一九三二年、今野大力は駒込署での拷問・殴打で脳膜炎を併発し危篤状態になるが、今野大力を身近で看病し、終生、病苦の今野大力や極貧の残された家族の面倒をみていたのが、名作「二十四の瞳」の作者壺井栄と、その夫の詩人壺井繁治であった。いずれも小豆島出身だった。

さらに今野大力の没後、原資料を大切に保管し、旭川市中央図書館に寄贈されたのが壺井夫妻の甥、戎居仁平治《えびすいにへいじ》氏であった。黒島伝治からはじまってそうした方々が今野大力を現在の私たちにつないでくれる。佐藤比左良さんによってきちんと整理された「今野大力遺稿ノート」に、今野大力のルポルタージュ原稿「スパイ　老農夫」があることも知った。

特徴的なことだが、一九二八、九年旭川で療養中の今野大力の文学活動で、目立って増えるのは詩作品よりも評論、ルポルタージュ、エッセイの類であった。掲載された作品は『旭川新聞』など地元紙、それとプロレタリア文学の機関誌『文芸戦線』であったが、その他に「スパイ　老農夫」のように未発表の草稿も残されている。それらの草稿を佐藤比左良さんがていねいに活字に起して出版、それが旭川市中央図書館に保存されている佐藤比左良さんによる、次の資料群である。

「今野大力遺稿ノート」上・中・下巻　旭川市中央図書館／二〇〇一
「資料・旭川新聞の今野大力（全）」私家版／二〇〇六
「今野大力資料手控帖　Ⅰ」私家版／一九九四
「今野大力資料手控帖　Ⅱ」私家版／一九九六

「スパイ　老農夫」に関連して当時の『旭川新聞』を繰っていくと、今野大力が「スパイ　老農夫」に描いている演説会関連の記事や報道写真が次々に見つかった。その掲載紙『旭川新聞』紙面の扱いの大きさに驚いた。

今野大力が帰省して三カ月後、一九二八（昭和三）年十二月、新労農党の創立大会に先立つ新党準備会の山本宣治ら幹部による全国遊説の一行が旭川を訪れていた。その演説会に今野大力も出席、しかも名寄集産党事件の松崎豊作が一緒だった。治安維持法弾圧事件で保釈中の松崎豊作が旭川にいたことがその後の今野大力にとっていかに大きかったか、資料は限られるがその帰省中の演説会のことを記載しておきたい。

12・4付『旭川新聞』には「来る七、八日頃妹背牛《もせうし》において開催される筈である日本農民組合北海道連合会大会に出席のため旧労農党代議士山本宣治代議士等が来道」したが、「道庁特高課では旧労農一派の新党組織準備会の宣伝遊説とにらみ、□□たる警戒をなす」とある。

実際には、十二月三日が小樽、四日は札幌、そして五日が旭川となり、妹背牛村での日農北海道連合会の第四回大会が九日であったようだ。妹背牛村新富座での日農北連の大会は、前年の二三八人の四分の一の参加者にとどまったと報道されている。ただ山本宣治が妹背牛村の日農北連の大会に出席していたかどうかの記述はなかった。

山本宣治代議士は、治安維持法改悪に反対し、衆議院で反対討論を行なうはずだった一九二九年三月五日、東京・神田旅館で右翼の七生《しちしょう》義団員の手によって刺殺される。旭川など北海道の遊説のわずか三カ月後のことであった。それだけに今野大力が出かけ、しかもルポルタージュを残している山本宣治の旭川演説会は、何か特別なもののように思えてならなかった。

『旭川新聞』は、北海道に足を運んでいた山本宣治代議士の演説会を、七日付では五段抜きの大きな写真入りで、山本宣治のインタビュー記事にしても「僕の演説は　警官もよろこぶ　来旭の山本

（宣治）代議士　記者の訪問に軽妙に語る」の見出しで、ていねいに報道されている。このころも『旭川新聞』の編集長は、小熊秀雄を抜擢《ばってき》した昇季雄《のぼりすえお》であった。

『旭川新聞』12・6付によると、山本宣治の一行は五日の午後三時に旭川駅到着、すぐに鷹栖《たかす》に向かったが鷹栖では前座の五十嵐久弥が〝臨監〟の、「弁士中止！」の連発で検束され、山本宣治が話さないうちに演説会は中止になってしまった。ついで夜六時からは旭川市内三条十七丁目の旭座での演説会。三百五十人の聴衆を前に、これは終りまで続けられた。

この旭座の演説会には、名寄集産党事件で保釈中の名寄新芸術協会の松崎豊作が今野大力と同行した。『今野大力遺稿ノート』からは、松崎豊作が旭川在住であったこともあって、山本宣治の演説会に同行するほどに、今野大力とは『旭川新聞』での論争当時からすでに親しかったことがわかる。

今野大力は、松崎豊作と演説会に参加していただけではなかった。演説会の様子をルポルタージュ風に、文末に〝一二・五〟とあることからすると、その日一晩のうちに、四百字詰にして七、八枚近くを、一気に書きあげていた（注1）。そのノート原稿に、今野大力は〝山野〟、松崎豊作は〝竹崎〟の名前で登場している。

遺稿ノートの表題は「スパイ」だった。ただ、「スパイ」の少し下に〝老農夫〟とも書かれていて、文中には、臨監、サーベル、私服、スパイと、実にたくさんの〝官犬〟が登場して聴衆を見張り、終ってからは尾行と、鷹栖の場合と同じように演説会を妨害して中止に追い込み、あわよくば拘引しようとしていた。その寸前までの張りつめた様子が、今野大力によってていねいに描かれている。官憲の様子があまりにも今野大力の目には露骨であり目立っていたから、下書き原稿の表題を「スパイ」としていたのだろう。
今野大力にとっても山本宣治の演説は印象的だった。「山本氏は物事に焦燥せず、ゆっくりとしかも用意のいい老巧な話術で進めた」と書き、続けて山本宣治の演説を次のように要約し、聴衆の反応まで描いている（以下部分引用。カッコ内は引用者補足）。

我々は何故ブルジョア達にきらわれるか、それは決して二人の代議士に対してではない。それは私達を帝国議会にまで送ったところの労働者農民の絶大な支持力（に対して）なのだ。私達は又（社会）民主主義者の様に金持階級と妥協して事を済そうとするものではない。私達は議会に送られた処と、工場に農村に街頭に、日常闘争を（やっ）て闘うところの勇敢なるそれらと共にあい俟って闘うところのものである。（中略）
代議士山本氏の演説は元気だ。事なく済んで引下った。しかし寒いせいでもあるか、拍手を送るものは少ない。会場の左隅に首にタオルを巻き半はげになっている小さな顔の老百姓が拍手をもって送っていた。（中略）
山本氏の言葉は誇張せず、みしみしと操られて行く。？めない、？めない、臨監の尻はむくむくしていた。今か、此度か、今か、顔面神経は青ざめていた。官犬そして遂に臨監はうまうまと皮をひんむかれても何とも言わずに敏捷なやつを逃がしてしまった。（後略）

〝臨監〟や〝官犬〟の思うようにはならない、隙のない冷静な山本宣治の語りぶりや、演説会の様子がこのように描写されている。

一方、今野大力は演説に集中しながらも、演説会で目に入ったもうひとつのシーン、「会場の左隅に首にタオルを巻き半はげになっている小さな顔の老百姓」の「拍手をもって送って」いる姿を描いていた。その姿が今野大力には印象的であったから、表題を〝老農夫〟としようかと考えていたのだろう、表題の「スパイ」の下に〝老農夫〟と追記していた。描かれている〝老農夫〟は今野大力のその後の農民詩に登場する農夫にそっくりだ。

演説会は中断されることなく最後まで無事終了、「竹崎達はいつか一かたまりの群になって歩いて行った」とあって、はじめは一緒だった松崎豊作と今野大力だが、その先は別行動になっていたようだ。

松崎豊作は恐らく旭川合同労組の仲間たちであろう、彼らと一緒に帰り、今野大力は一人で帰るが、「やっぱりあんないい話は黙殺されるのかな、熱がない……ほんとうではあるまいに。山野には会場の隅に拍手をしていた老百姓の事を忘れることが出来なかった」と道々演説会を思い浮べながら帰っていく描写があって、「ノート原稿」は閉じられる。

〝山野〟つまり今野大力は、聴衆の一人の老農夫に何を見ようとしたのだろう。今野大力の意図を読みとることは難しいが、演説会から強い感動を受けていたから、帰ってすぐに夜通しで原稿を書き続け、聴衆の老農夫の印象も書き留めていた。

四年後の一九三二（昭和七）年、今野大力が拷問により、一時重態となった年であるが、今野大力には「〝名寄新芸術協会〟の記憶」（1932・12・13付『旭川新聞』）があって、そこに再び松崎豊作が出ている。

その団体員（注・名寄新芸術協会員）であった松崎豊作（彼は獄中で身体を悪くして以来、遂に全快することなく、数年前に死んだ秀才型の青年であり大いに将来を期待されてゐたのに三人の子供と愛妻を残して死んだのは非常に残念である）、北村順次郎（彼は士別町で精米業をしてゐる）の両君ともう一人藤田みはるといふ青年と知り合ってからその指導的理論家が石井荒村といふ当時鉄道員をしてゐた青年であることなどを知った。

松崎豊作はこの山本宣治の演説会の二年後、肺結核で亡くなってしまう（1930・4・14）。二十二歳であった。「スパイ　老農夫」にも、出だしに「物を言うのがつらい――脚がだるい――食慾がない――今朝から何も食べぬ」と、雪道を急ぎながら松崎豊作が今野大力に語りかけるシーンがあって、すでに松崎豊作は体調を崩していたのだった。

大力のこの「〝名寄新芸術協会〟の記憶」から想像すると、大力は、あれほど激しい言葉のやり取りがありながら、特に右の三人とは、論争当時から知り合っており、なかでも松崎豊作は旭川市在住であったから、一九二八（昭和三）年の帰省では間を置かず松崎宅を訪れ、腹蔵なく心を開いて語り合っていたのだった。二人が共に薄幸であっただけに、何か言い知れない思いがあれこれと浮かんでしまう。

〈付記〉「朔北の青春にかけた人びと」で宮田汎さんは、「松崎豊作は刑確定までの保釈中、旭川合同労働組合の仕事にとりくみ」「六条一七丁目左二号の松崎さんの家は活動家たちの会合の場にもなっていました。三・一五弾圧のあと釈放された木下源吾、洪仁杓、申義烈ら合同労組幹部がその場にいたはずです。全農北連の五十嵐久弥さん、日日新聞記者の中村計一らも松崎さんの家を訪ねています（松崎豊作の妹の静枝さんの記憶による）」と書いている。

この山本宣治の演説会についても、草稿「スパイ　老農夫」の出だしには「社を出た山野と竹崎は」「一刻も早く会場へ行きたかった」とあり、〝社〟とは中村計一のいる北海日日新聞社（旭川市七条通七丁目）であり、二人はそこで落ち合い、何かの都合で中村計一は同行できなかったのか、草稿では続けて、「二人は歩き出した。ばあんと凍った大地の上にさくさくと粉雪が積っていた。それを互いに靴先で蹴立てつつ、会場のある三条通へ出た。そこから会場までは一直線で十一丁ばかりあった」と、しばれの厳しい十二月の雪道を、今野・松崎の二人は歩いて会場に急いだことを書いている。ために二人が着いたときには、すでに開会しており「此日の中心にある山本氏がいたっておとなしく話を進めて」いたのだった。

二人は二階に席をとっていた。会場全体を俯瞰《ふかん》できるからそうしていたのだろう、老農夫の姿がはっきりと眼に入っていた。

〝山宣演説会〟の顛末は以上だが、中村計一は黒島伝治からすぐにでも今野大力の就職先を新聞社かどこかに見つけてくれるよう依頼されていた。今野大力が体調も回復してきた翌年三月か四月に（中村計一「大力君の片衛」『北海道文学』再建一号一九四六・八）、直接には五十嵐久弥の口利きで、中村計一の勤める北海日日新聞社ではなく、北都毎日新聞社に入社していた（注2）。

そして今野大力が黒島伝治の要請で九月急遽上京したあとには、松崎豊作がこれも五十嵐久弥の世話で、今野大力の〝あとがま〟に入ることになった（五十嵐久弥遺稿集『変革への道程』一九八六）。今野大力は上京を決めてその費用捻出のために重労働をしているから、松崎豊作の北都毎日新聞入社は少し早めだったかったかもしれない。

〈注1〉今野大力「遺稿ノート」の原本は、前述したように大力の死後久子夫人から壺井栄・繁治夫妻に託され、壺井夫妻から甥の戎居仁平治氏へ、そして子息の戎居研三氏から寄贈を受けて、旭川市立中央図書館に保存されることになった（佐藤比左良編「今野大力遺稿ノート　下巻」旭川市中央図書館」所収／二〇〇二）。

〈注2〉今野大力の北都毎日新聞入社の時期については、五十嵐久弥は「一九二九年入社」、「今野大力作品集」年譜ではその年「四月、北都毎日新聞社に入社」、中村計一は「一九二八年、四・一六事件のちょっと前に入社できていた」、とある。中村計一の言う「四・一六事件」は一九二九年であり、五十嵐久弥と中村計一の語りを総合すると、「今野大力作品集」のように一九二九年四月となる。五十嵐久弥は今野大力との初めての出会いについても、四・一六事件のあった年の一月、五十嵐久弥の非合法活動の支持者である北海日日新聞記者の中村計一宅で、と書いている。

四・一六事件と今野大力

そのころ今野大力だけではなく、五十嵐久弥もよく出入りしていたのが中村計一宅だった。その年の四月、五十嵐久弥によるとねらいは五十嵐久弥であったが、中村計一までも突然検挙拘束されてしまった。前年の三・一五事件（注・治安維持法を発動しての最初の全国的大弾圧事件。拷問の有様は小林多喜二「一九二八年三月十五日」に活写されている）に続く一九二九（昭和四）年の四・一六事件である。その緊急事態に、今野大力はごく当たり前のように、中村計一とその家族の救援活動に専念していた。中村計一は次のように書いている。

大力君は（北都毎日）勤務の合間に私らの留守宅を見舞ってくれる。検束者のたまりに使われた旧警察演武場横道へ来ては様子を見る。メーデーも近く垣根の揚（注・柳、ねこやなぎ、か）がふくらみポカポカ陽が射すと朝など窓を明けていると、きっと大力君が現れ、眼で合図して帰る。時にはキャラメルなど投込むので、それまで寛大だった監視巡査を怒らせたこともあった。大力君は細部に気がつく男、それほど同志愛に燃えてゐた青年だった。

五十嵐久弥は今野大力と年齢的にも近く（一九〇七年歌志内生れ。大力は一九〇四年生れ）四・一六事件があり、彼が共産党員であることを知った上で、今野大力が付き合った、最初の同世代の青年であった。二人の交友は事件後急速に深まっていく。

しかも五十嵐久弥、中村計一の二人は四・一六事件で同時に逮捕されるが、その五十嵐久弥は、前年までは今野大力とよく似ていて、強い〝上京志向〟を持つ文学青年であった。それが偶然のきっかけから旭川で日農北連書記になっていく。五十嵐久弥の履歴にしてもいかにもドラマチックだった。

その日（注・三・一五事件の翌日、一九二八年三月十六日）美瑛《びえい》小学校の代用教員であった五十嵐久弥は、前年の一九二七（昭和二）年四月に『旭川新聞』の文芸欄を通じて知りあった文学上の友人、日農北連の書記になっていた北村順次郎に会うために旭川の日農北連事務所を訪れていた。

五十嵐久弥は、「蔵原惟人らの前衛芸術家連盟の文学雑誌『前衛』の編集部で働く」ことを詩人上野壮夫との手紙のやりとりで決意し、いわば勇躍して代用教員から「〝展望ある辞職〟を決意」、それを旭川の日農北連事務所にいる文学仲間・北村順次郎に告げるために美瑛から旭川にやって来ていた。

ところが北村順次郎がいるはずの日農北連の事務所は、三・一五事件の検挙でガラ空き、誰もいない事務所に泊まる破目になり、それどころか翌早朝には、張り込んでいた特高刑事たちに逮捕されてしまった（五十嵐久弥『農民とともに43年』労働旬報社一九七一）。その思いもかけないハプニングが、五十嵐久弥をそのまま生涯、北海道の農民運動に専念させることになった。そして翌一九二九（昭和四）年、四・一六事件で五十嵐久弥はまたも逮捕拘禁されたのである。

その後の今野大力にとっては、こうした経緯で労働・農民運動に専念することになる五十嵐久弥が旭川にいて、さらに日本農民組合関東同盟北海道連合会（日農北連）書記の前任者である北村順次郎が士別にいたことが、農民詩、左翼の活動に繋がった。

四・一六事件で二人の救援活動を経験した今野大力は、「十八歳から二十三歳までの」「ロマンチック時代」（小熊秀雄）の彼ではなかった。まだ全治とまでは快復していなかったが、九月には苦労を承知の上で、黒島伝治の要請に積極的に応えて再上京する。中村計一は「捨石になった左翼作家——今野大力を偲ぶ」（『風土』22号一九五六）で書いている。

四・一六事件当時、大力君は特高網からうまく災厄を免かれた。そのため旭川を中心とするインテリ層や文化グループへの働きかけは容易だったらしい。名寄の集産党事件以来幾度も刈り取られ、踏み躙られた知的荒蕪地の地均らしと種蒔きが隠密の裡に進んでゐた。

〝左翼〟の運動には直接関わってはいなかった新聞記者中村計一の目にもこのように映るほど、今野大力の変わりようは早く、はっきりしていた。一九二九（昭和四）年に入り、四・一六事件のころから、二十五歳になった今野大力は急速に大きな変わりようを見せる。それとわかるのが地元紙の『旭川新聞』をはじめとした新聞社への寄稿であり、雑誌『文芸戦線』への投稿であった。いずれも別々のペン・ネームで書かれているが、それまでともその後の今野大力ともまた違う今野大力がそこにはいる。旭川最後の今野大力になるが、その時代の文筆活動をもう少し追ってみたい。

〈付記1〉この年の今野大力の、ペン・ネームによる寄稿は詩ではなくエッセイであった。傍線は引用者。

「宮本吉次君著『啄木の歌とそのモデル』」（山川力『旭川新聞』1929・3・20付）

「樺太山火の放火犯人は誰か？」（土方農夫男『文芸戦線』1929・7月号）
「啄木を問題として」入市黎仁（『旭川新聞』1929・7・2、6付）
「文芸時感」北川武夫（『北海日日新聞』1929・8月　日付不詳）
――（佐藤比左良「旭川新聞の今野大力」『今野大力資料手控帖Ⅱ』所載）

〈付記2〉佐藤比左良さんは『資料・旭川新聞の今野大力』の後記で、この時期の今野大力のペン・ネームについて次のように書いている。

当時、ほとんどの作品の筆名は今野紫藻または今埜紫藻を使っていたが、一九二八年から二九年にかけてのものには、入市黎仁、平山八郎、荒川信夫などと幾つか使いわけている。当初は官憲の眼をそらす手だてかと考えたが、当時、北都毎日新聞の記者として在籍しているので、他社に書くことが憚られ、そこで便宜的にこれらの筆名を使ったと思われる。その双方であったかもしれない。（注・今野大力が山川力名で書いている「宮本吉次君著『啄木の歌とモデル』」の書評には、このあたりの事情が見えかくれして興味深い。）

大力が作成した新聞切抜きでは、その筆名が消され、横に今埜紫藻と書き、再び消している。図書館収蔵のマイクロフイルムを調べると、ここに印刷され、消されていた名前は旭川新聞記者の山木力であった。「たのまれたもの」と大力は切り抜きの余白に書いているが、記者として高名だった山木が代筆を頼むことは考えられない。大力は他社に書くことをはばかり、平山八郎か、荒川信夫か、適当に挿入されるはずの筆名の空欄に、編集部の手違いで、依頼した山木力の名が入ってしまったのではなかったか。

佐藤比左良さんがここまで読み込んだことに、私は感心した。それは佐藤比左良さんにしかできない読みだった。

「樺太山火の放火犯人は誰か？」ほか

一九二九（昭和四）年、二年後の「小ブル詩人の彼」を予告するかのような短いが強烈な筆法のエッセイが〝土方農夫男〟名で『文芸戦線』七月号に掲載されている。それが「樺太山火の放火犯人は誰か？」だった。七月号だから、次に引用する「啄木を問題として」および小林多喜二を取り上げた「文芸時感」とほぼ同時期になる。「樺太山火の放火犯人は誰か？」は、短い文章だが『文芸戦線』のペン・ネーム土方農夫男名の上に〝樺太にて〟と頭書きがあって、今野大力が北海道から樺太に出向き、実地に見聞し、その上で書いていた文章だったことがわかる。

旭川に帰郷、療養中に一時勤めていた北都毎日新聞社は旭川でも小さい新聞社だったが、今野大力を特派員として派遣するほど一九二九（昭和四）年五月から六月にかけての樺太の山火事は桁違いに大きかった。残念だが、北都毎日新聞は現物もマイクロでも現存しておらず、他社の報道の見出しの引用になる。

〝延長四里の大山火　恵須取町を包囲す　猛威を振ふて紅蓮の焔渦まき　死者重傷者多数〟〝上恵須取町全焼〟（『北海タイムス』昭和4・5・29付）、

〝拡大せる大山火は上敷香市街に迫る〟〝恵須取では八百戸焼く　死体発見は十八個〟〝放火の疑

あり　死傷者で酸鼻の極〟（同じく5・30付）、〝樺太北部の大山火　恵須取市街に迫る　上恵須取は既に全焼し　全町猛火に包まる〟（『旭川新聞』5・30付）〝今はたゞ燃ゆるが儘に　消防も拱手傍観の態　死傷者二百五十名に上る〟（『北海タイムス』6・1付）

と、ほぼ一カ月近く報道し続けていた。それほど未曾有の山火事だった。この新聞見出しは後ほど紹介する、同じ北海道育ちの本庄陸男の小説「応援隊」とも照応していることに驚いた。土方農夫男（今野大力）「樺太山火の放火犯人は誰か？」にこう書かれている。

二十数ケ所の森林を焼き尽くした樺太の大山火についてはすでに各地の新聞に当時の報道を読まれたであらうから、その物凄い状況は言はないこととする。

ただ言ひたいのはこの山火を繞《めぐ》つて流言を捲き散らしてゐた者があるといふことだ。（中略）ブルジョアの戦術はちゃんと見えすいてゐる、宣伝方法も巧みになつた。何故なら山火の放火と思想の宣伝とを一処にして大衆に考へさせることだ。彼等は目覚め行く大衆の力が真に日一日と恐ろしくなつて来たのだ。思想善導云々に狂してゐる近頃の格巧を見よだ。放火が果たして誰か？

その証拠は未だ上つて居ない。女中某がその嫌疑者として拘留されたと言ふが、勿論それは真の犯人を隠匿—否庇護するための手段であるに違ひない。
樺太に於いてはそれは某大製紙会社の森林盗伐を隠蔽せんがための放火であるといふ噂が高い。彼等は彼等同志でお互ひを国賊、泥棒呼はりすることに依つて、自分等の盗伐事実を自認して居るではないか？（中略）
××会社は決して両岸の権利を取らない。そんな馬鹿正直をする必要がない。右岸なら右岸だけの権利を取つて置いて、ドンドン両岸の樹を切つて河に流し込むのだ一旦流出しさえすれば後の祭りだ。これ程簡単な話はない。（中略）
斯くして起つた樺太山火の被害は単に「甚大なる国家の富源」を失つただけで済んだか。否、それだけでは済まなかつた。××会社の貪慾に依つて惹起された山火に依つて無数の無産大衆はその住家を焼き払はれ野天の下に追放された。多数の労働者は失業して飢餓に襲はれて居る。恵須取町三千の罹災者のうち二千数百の鮮人労働者家族は救済の途なしとして食も与へられず樺太から追ひ出されやうとして居る。全無産大衆よ、樺太山火にからまるブルジョア共の貪欲行為を監視せよ。

この土方農夫男（今野大力）の記事は、ルポルタージュというよりも〝告発〟だった。しかもこの『文芸戦線』への投稿には、文体にも言葉遣いにもそれまでの今野大力にはなかった独特の口調があった。それは今野大力だけではなく、まだ二十代のプロレタリア文学青年がそうであったような、彼ら特有の高揚した糾弾口調であり、プロレタリア文学青年・今野大力の出発は、「樺太山火の放火犯人は誰か？」であったかもしれなかった。

黒島伝治は「今野大力の思ひ出」（『文学評論』八月号／一九三五）で書いている。

もう一つ樺太の山林労働者―それは製紙会社のパルプにする木材を伐り出す労働者だが―と山火事のことをかいたものがある筈である。書く前にそのテーマをきいて急所々々が十分にかければスバラシイものになると思はせるものがあつた。今野君はそれに取りかゝつてゐたが、……。

事実「遺稿ノート」には厖大な資料が残されていて、土方農夫男名の今野大力は樺太を舞台にして本格的に何かを書こうとしていたように思える。その二年後の「小ブル詩人の彼」にしてもこの樺太山火の取材がベースにあったかもしれない。

それにしても小熊秀雄もまだ知らない今野大力がそこにいた。

宮本吉次君著「啄木の歌とそのモデル」と「啄木を問題として」

こうした今野大力の高揚した糾弾口調は、実は〝宮本吉次君著「啄木の歌とそのモデル」〟という〝山木力〟名のエッセイ（1929・3・20付『旭川新聞』）が最初だった（注・この時はすでに小熊秀雄は旭川新聞社にいない）。そして次に『旭川新聞』1929・7・2、6付入市黎仁（今野大力）「啄木を問題として」となる（注・入市黎仁はイリイチ・レーニンの当て字）。

旭川中央図書館所蔵の今野大力のスクラップブックにはいずれも切り抜きが残されていて、筆者名が実在の旭川新聞記者の山木力名になっていることは「四・一六事件と今野大力」の〈付記2〉で書いた。その表題冒頭には「宮本吉次君」と〝君〟が付けられている。宮本吉次は「旭川にあつて詩作創作に専念してゐられた人」であったから〝君〟付きとなった。「友人宮本吉次君が先頃私宛に一冊送つて来たので、すくなからず刺戟を受けた」ともあって、同郷人の著作であることが書評の動機であることを断り書きし、

たく木は自我リズムの強い男故に、又英雄主義的な人間故に、従つて高慢チキな人間ゆゑに、彼の人生は普通の人生と変つたところがあつた。今その風采を親切に面白く、しかも芸術的に語つてゐるものは本書（注・宮本吉次著『啄木の歌とそのモデル』）である。

と、山木力名の今野大力は、宮本吉次と啄木を紹介する。後に発表する入市黎仁（今野大力）の「啄木を問題として」には、まず先にこの山木力名の今野大力の宮本吉次著『啄木の歌とそのモデル』があった。

最近では吉田孤羊とかいふ人は啄木をあちこち掻き集めて自分の生活を安定させた。旭川にもその崇拝者がゐて何とか著書を出版して啄木の朽木に一枚の薄衣をかけ、かけた彼も一躍して偉くなつた。

ともあって、旭川での〝崇拝者〟が〝宮本吉次〟であることは、少し熱心な『旭川新聞』の読者であればすぐにわかることになる。

今野大力の石川啄木批判「啄木を問題として」は、3・20付『旭川新聞』学芸欄で今野大力が山木力名で宮本吉次を持ち上げてしまったことを悔い、七月に入って、今度は入市黎仁名で啄木批判を書き、宮本吉次評価を訂正しようとしたように思えた。しかし、石川啄木について「彼はどんな意味にも貧乏階級の真実なイデオロギーを持つてはゐなかつた彼は終生貴族的に世の中を見おろしてゐた」とあって、それが今野大力の啄木観であった。それにしても思いもかけないほどの反発だった。

入市黎仁の今野大力は、「啄木を問題として」では、啄木の短歌を何首も引用している。その際の論評は直線的でゆとりがなく糾弾口調、何か突っかかるようなことばが連続する。どうして石川啄木をそこまで批判しなければならなかったのだろう。

啄木の研究家や知己（それ程でもなかつた）が旭川にゐたとかいふことがそんなに我々の関心が必要であつたらうか啄木が東京以北に北海道を舞台としてゐたからとてあまりにもあまりにも我々の関心が啄木を買ひ冠つてはゐないだらうか。啄木何ものぞ！（中略）
時代の流れはすでに彼の時代をはるかにはるかに過ぎ去り来つてゐるしかも現在日本の文学が階級的構成を暴露して以来、一方はプロレタリア文学の先鋭化となり、一方は僅かにモダニズムの中にその階級的蝸牛生活をなし少ブルジョア的に次第に萎縮をなしつゝある。（中略）
石川啄木を持出してプロレタリア文芸であるとかないとかいふに至つては全く真剣にその文芸

のために努力してゐる者にとつては迷惑極まることである。彼はどんな意味にも貧乏階級の真実なイデオロギーを持つてはゐなかつた彼は終生貴族的に世の中を見おろしてゐた

そして啄木の短歌十二首を引用し、更に啄木批判を展開する。

（「働けど　働けど／尚わが生活は楽にならざり／じつと手を見る」を引用して）

自分の手をじつと見た位がどうだといふのだといひたくなる、ゲンコツでも握りしめたのならまだ見てもいゝ。彼は有名ななまけもので勉強をすつ飛ばして城下の草原にねころび、ストライキだの何だのたゞ人の頭に立つて見たく乱暴をして見たに過ぎなく（後略）

（「友が皆われよりえらく見ゆる日よ／花を買ひ来て／妻と楽しむ」を引用して）

彼はただえらい詩人になつてチヤホヤされたかつた。そして妻をいじめる内弁慶でもあつた。（中略）啄木は少しもプロレタリア歌人ではなかつたのだ。小さな巣としての家庭を唯一のものとして働いてゐる小ブルジョアの世界は夢にも血みどろな革命の気分など生まれるべくもない。（「革命を友と語りつ／妻と子にみやげを買ひて／家に帰りぬ」「わが友の寝台の下の／鞄より／国禁の書を借りてゆくかな」「友も妻もかなしと思ふらし／病みてもなほ／革命のこと口に絶たねば」などを引用して）

こんな気分は断じて革命などと口巾たくいひうるものではない。この内容に革命的な何が密んでゐたか。何もない。（中略）彼には国禁の書を研究したこともあるまいし世の中がどうならう

とたゞ自分の詩人であることを認めさせたかったことだけであつたに過ぎまい。彼が詩人であればどうでもいいのだ。

(「函館の青柳町こそ哀しけれ／友の恋歌／矢ぐるまの花」を引用して)

何といふくだらなさであることよだ。彼は詩を書いては笑はれ、小説を書いては売れず、売文生活をして食ふことも出来ずにゐた。それで歌集を一冊でも出したら偉さに箔がつくものとでも思つてゐたことであらう。それを後において真似やうとする者のあまりにもゐることは何といふ盲目さであることよ！

これが〝入市黎仁〟の「啄木を問題として」だった。

ところがこの文章を書いた一年前、一九二八(昭和三)年三月、弟の死があって今野大力は旭川に帰ったが、その旅中のいくつかの詩が昭和3・5・31付『旭川新聞』に掲載されていて、その一つに「立待岬にいたりて」があり、詩の後半は次ぎのようになる。

東海の波濤のすさまじく寄せ打つ処／崖上の草地にマントを着四五人の少女等／寝そべりてハーモニカを吹き、微かに歌をうたふ／蟹とたはむれ　充たし得ぬ薄幸詩人の最后の願ひは／この函館の地に死ぬことを願ひしと碑銘に物語る／その碑は今この岬へ行く山腹の途辺にあり／我をしも死地の願ひを言はば／この地に久遠のあこがれを抱くであらう。

この「立待岬にいたりて」を書いた今野大力と、「啄木を問題として」の今野大力とは、どのように繋がるのだろう、まったく別人の文章であった。

北川武夫署名の「文芸時感」

「啄木を問題として」の翌月（残されている切抜きでは八月に入ってから）、その日付は明らかではないが、中村計一記者がいる『北海日日新聞』に今野大力は「文芸時感」を書いている。『旭川新聞』の「一九二九年の雑感」（今埜紫藻名）と同じ体裁だが、『北海日日新聞』では北川武夫のペン・ネームだった。

この日の『北海日日新聞』の北川武夫「文芸時感」は、冒頭から小林多喜二「一九二八年三月十五日」と「蟹工船」を俎上にあげている。北川武夫名の今野大力が、小林多喜二を取り上げることに何の不思議もないが、気になるのはその内容だった。

次は北川武夫署名「文芸時感」の、「一　小林多喜二君の作品」のほぼ全文になる。冒頭、「小林多喜二君」と、ここでも〝君〟付けであり、「啄木の歌とそのモデル」の場合の〝宮本吉次〟と同じく、同郷人であることを強調した口調だった（注・多喜二は大力より一年早い一九〇三年生まれ）。

小林多喜二君は小樽の人であり最近日本文壇に「一九二八、三、一五」及「蟹工船」の二作を送つて非常にセンセイシヨナルな評判を贏《か》ち得た事実は我々の最近に於ける見聞である。特に同

君が北海道の人である点で、北海道の多数及憧憬的な東京方面の人々に注意を向けられてゐるのは好運であると言へる、（中略）

小林多喜二君はかつて小樽新聞の文芸欄紙上に再三小品を書いた人であつたやうに記憶する、その小林君が今では日本のアプトン、シンクレアだとかまで言はれるのだから好運此上もない話である。しかし我々は今同君の作品の有名をねたむ訳ではないが、この作にして唯物主義的であり、社会主義的であると見るのは早計であるといふ確信が我々の心中にあることを告白する。

（中略）

言ふまでもなく小林君の作には異常なプロレタリアが描かれてゐる。けれどもそれは断じて正しきプロレタリア文学ではない、そこにはかくされた仕組まれた観念の唯心的な遊戯を見る「三、一五」に於ては主たるべき大衆を忘れて前衛分子それのみの活動傾向を描いてゐた、「蟹工船」に於ても集団を描写するに自己一存の即ち自分の福本イズムによつてひんまげられた悪質の傾向であるがこれに就て不幸にも日本の文壇諸家は何等の批評することなく『戦旗』派とその亜流追随者は無条件で承認しやうとしてゐる。前衛分子のみによつて運動が出来ると思ふ大衆に対する甚だしき不信（無関心）のバクロは結局唯心的な理想主義的な傾向であつて、正しきプロレタリア文学ではない、これをしも最大の賛辞をもつて売らんとする軽蔑すべきジヤナリズムの悪趣味である。

この頃の今野大力には、プロレタリア、ブルジョア、そしてプチ・ブルと区分する思考パターンができていた。先に引用した松崎豊作とは語調までもよく似ている。むしろ松崎豊作の方が先輩格であったかもしれない。友人の小池榮壽に対しても、昭4（1929）・5・25付『旭川新聞』今野紫藻「小池榮壽詩篇［微笑］読詩感」では、〝健やかであれ、微笑の寂寥の憂鬱のプチ・ブル詩人！〟とあり、〝小ブル詩人〟をやや軽口風に使っていた。それは旭川に帰省してからの今野大力の独特の口調であり、北川武夫名の「文芸時感」の場合も同じだった。

しかしその書き方は宮本吉次について書いた場合とは違っていて、小林多喜二が「戦旗」派であり自分は「文芸戦線」派であるという対立感情が今野大力には働いたのか、いっそう激越であった。

かつては自然に対しても人間に対しても繊細で鋭敏な感性を持っていた今野大力が、この頃は石川啄木の場合にも小林多喜二に対しても、どうしてこのようなささくれ立った言葉で決め付けるような読み方しかできなかったのだろう。

今野大力が黒島伝治の強い要請に応じて再上京したのは、北川武夫署名での「文芸時感」の翌月、一九二九年九月二十四日であった。その上京の十日ほど前、十一日付『旭川新聞』には、松崎豊作と思われる松崎栄作署名の「同志よ前へを読む」が掲載されている。その論調は今野大力の小林多喜二批判と驚くほどよく似ていた。

松崎栄作「同志よ前へを読む」は、小島昴《すすむ》の戯曲「同志よ前へ」を「左翼作品としての価値はおよそ皆無」として、「現時如何なる作品が要求されてゐるかといふことに対して無関心」「登場者のすべてが小ブルインテルのセンチメンタルばかりだ」と酷評する。この松崎豊作の場合にもなぜこのような決めつけかたをするのか私にはわからなかった。ただ、救われるような、ほっとした思いにさせてくれたのは、『旭川新聞』「同志よ前へを読む」と同一紙面、その隣に掲載されていた高橋ことじのエッセイ「裸社の人達に」だった（部分引用）。

石川啄木は嘘つきだと聞かされた嘘も嘘も徹底した嘘つきだと。けれど啄木の歌はいゝ。どう読んでも嘘とは思はれない。短歌を作る最初にまづ啄木の本を手にすると彼我きまつて啄木と同じやうな境地を書く。然し、どれを見てもそれこそそうとしか享けられない。それもいやな、たまらないいやな気持で。（中略）

足に硝子を刺して歩けなくなつてしまつたので、昨日も今日も子供と玩具をいじつてすごした。啄木はそんな時、悲しき玩具を詠つたが、私には何も出ない。たゞぽつかんとした気だるさばかり。

作品を一つの雑誌に形造るといふ事は実際やつて見ないものには分らないことだけど苦しいことだ旭川の人々のために尽して下さる裸社の人達、どうぞ上京されてもより以上裸誌の向上を計って下さることをお願ひ申します。

高橋ことじは、二カ月ほど前の入市黎仁（今野大力のペンネーム）の「啄木を問題として」も読んでいて、裸社に事寄せしてさりげなく書き込んでいたのかもしれない。

高橋ことじは歌人、本書で前に登場してもらった画家高橋北修の妹。今野大力はそのことを知っていて双方とも読んでいただろう。姪の画家高橋三加子さんによると、とっても頭のいい人だったと父は話していたというから、このようにうがって読んだとしてもあながち間違いではないように思えてくる。高橋ことじは、日常の生活感覚で、「啄木の歌はいゝ。どう読んでも嘘とは思はれない。短歌を作る最初にまづ啄木の本を手にすると我彼きまつて啄木と同じやうな境地を書く」と素直に語っている。

このようにごく普通の感性で、素直に自分の思いを披瀝している高橋ことじに比べ、今野大力にはいつか現実との間に深く黒い亀裂ができていた。それが一九二八（昭和三）年、肋膜炎に罹って療養のため帰郷し、再上京するまでほぼ一年間の今野大力だった。

第Ⅷ章　今野大力「小ブル詩人の彼」をめぐって

一九三〇年前後の小熊秀雄

今野大力が旭川に帰省し、「文芸戦線」派の影響をもろに受けていたそのころ、定職もないまま東京に住み着いていた小熊秀雄はどうしていただろう。

『小熊秀雄全集　第二巻』の解題によると、一九二八（昭和三）年から一九三〇（昭和五）年の間の、小熊秀雄「評論エッセイ」の掲載雑誌は『国本』が七回と目立つが、日本交通公社『旅』への掲載が昭和三、四年にそれぞれ一回あった。

実は『全集』には掲載されていない「アイヌ地視察　覚え書」が、昭和五年『旅』（七巻七号）に掲載されていることを名古屋大学の東村岳史先生に教えていただいた。日々の生活費にも事欠いていていた小熊秀雄には、年一回であっても『旅』への寄稿は貴重な収入源であったろうと思う。

「アイヌ地視察　覚え書」は、改めて「第X章　小熊秀雄『飛ぶ橇《そり》―アイヌ民族の為に―』」で読み直すことになるが、実は一九三〇（昭和五）年という年は、小熊秀雄にとって上京後、最も苛酷な貧乏のどん底にあった年だった。次の引用は『全集　第五巻』掲載の年譜からである。

> 昭和五年＝夫人が妊娠調節の失敗から腹膜炎を起し久しく病む。一子焔も疫病にかかり入院、また小熊も喘息発作に苦しみ、生活は困窮を極める。
> 昭和六年＝袂を分っていた遠地輝武とひさびさに再会。遠地に「俺も女房に永いこと病気され、惨々医者に搾取されて人生観が変ったよ」とこの間の生活苦を語る。
> 五月遠地の紹介でプロレタリア詩人会に入会。夫人によるとこの時期から『詩精神』時代にかけて、「魚が水を得たように活動的になる」。

小熊つね子夫人もまた『全集　第3巻』折込みの月報で次のように書いている。

> 私共の一子焔が、五歳の時に疫痢になって入院しました。私は焔に付き添って、病院で一ヵ月程暮しましたが、続く貧乏に見るかげもなく痩せてしまっておりました私も、久し振りに病院の満足な食事を食べることが出来て、ホッとする思いでした。ところが、十日目、十日目に払う支払が出来なくて、だんだん気まずくなりました。一ヵ月余りして、焔もどうやら恢復してきて、少

し早めに退院することになりました。退院する日が来て小熊が迎えにきましたが、小熊は一銭の金も持って来ないのです。退院してから払うからと言い、会計の人と言い合いになり会計の人は院長に報告しました。院長が出てきてまた言い合いになり、病院を出る私共の姿に、院長が浴びせました。「あんたの子供は死ぬ」と。科学者の医師に、私共の愛児焔はそのうちに死ぬ、と呪われ、宣告されました。

子息・焔の年齢からも、これが小熊秀雄の一九三〇年だった。

一方、二十七歳になった今野大力（今埜紫藻）であるが、翌一九三一（昭和六）年五月四日付『帝国大学新聞』に「小ブル詩人の彼」を書いていた。その〝彼〟とは、旭川時代の同郷の友人平岡敏男、鈴木政輝の証言を待つまでもなく、間違いなく小熊秀雄であった。

確かに「小ブル詩人の彼」の今野大力は、もはや三年前に小熊秀雄宛に書いた書簡「からたちの白い花咲く墓場近くから」の今野大力ではなかった。

この今野大力の「小ブル詩人の彼」は、二年前、旭川帰省中の「樺太山火の放火犯人は誰か」や「啄木を問題として」、また『文芸時感』の小林多喜二批評のように棘のあるエッセイともまた違っていて、描写は緻密、緊張感があり、今野大力はよほど心して書いていただろう、そのことが読むほどにわかってくる。

もうひとつ、「小ブル詩人の彼」が『帝国大学新聞』に掲載された年が一九三一（昭和六）年という、その時代背景。

二年前のニューヨーク株式市場大暴落にはじまって、日本でも空前の失業地獄を生み、農村では農作物が大暴落、東北地方の冷害による大凶作で娘を身売りさせる農家が続出するという危機的な年であった。しかもその突破口の一つとして、九月には関東軍が独走して満州事変に突入する。そうした世相にあっただけに当時のプロレタリア陣営の若者たちの言動にしても一層過激になっていた。

今野大力はそのような年であることを強く意識して、小熊秀雄が極貧の、切羽詰ったところまで追い詰められていることを知った上で、「小ブル詩人の彼」を書いていたように思えてならない。時代への危機意識から、今野大力はそれまでの小熊秀雄に、真正面から向き合おうとしていた。

実は、不遇だった今野大力には長い間ほとんど知られずにきた作品が多々あって、ようやく旭川の佐藤比左良さんによってはじめて紹介された作品も数多い。この今野大力「小ブル詩人の彼」にしても『今野大力作品集』には未収録、長い間ほんの一部の人に知られていただけだった。ともあれまずその全文を読んでみよう。

「小ブル詩人の彼」

今埜　大力

彼の眼には、まづ樺太の自然の風景、資本主義進出のあらゆる雰囲気から生れて来る小ブルジヨア的な情緒が、てんめんと脳裡を過ぎて行くのだ。

小ブルジヨア――弱気な小ブルは全く厄介である。良心の働いてゐる者ならばまだしもだが小ブルが、小ブルの環境に独自の立場を暫くも存在させやうなんてりようけんが大体ろくでなしなのだ。

彼の父は、密輸入者だ。

ダツタンの海峡を幾度も幾度も渡つて行つては、白系ロシア人のふところからくすねてくる男なのだ。林檎がよくうれたといつてゐたが、何を売り込みに行つたのかわかつたものではない、ニコライエフスクやハバロフスクの港は彼の父の知りすぎる程勝手の知りすぎた港だつた。まうけがどれだけあつたかわからない。本職の仕立職人は、新開地の樺太で、残留露人の手引で、少さな密輸入者であつた。大胆な、大口のブローカーでは決してない。

彼はかつて、めつたに右手の中指と薬指が一節づゝ失つてゐるのを見せたことがない。樺太の富士製紙工場の小僧であつた彼は、誤つて、二本の指を製紙の中にしきこんでしまつたのだ。彼は二十円で首になつた。

指一本が十円！　退職手当は絶無！

不具者の、自分を弱者と認識しての、強者に甘えて行くところ、それがある彼は、指のない自分をいつくしんでゐたのだ。

又彼は、骨のくさる病気にかゝつて、尻の肉をげつそりけづられてゐた。後から彼の歩きぶりを見ると、いくらかびつこりびつこり歩いてゐる。

×

彼は、義太夫の師匠をしてゐる姉のゐる北海道へきた。彼は姉の知つている新聞社長へ紹介してもらつて、見習ひ記者になつた。月給二十五円、係りは警察関係だ、毎日署長室へ同業者仲間と一緒にゾロゾロ押しかけて行く、そしてネタをあさつてくる。彼はアナキストに同情ある記事をのせ、署長に呼びだされ、アナキスト達のグループについて内容を打ちあけたのはその頃のことだ。彼の記事は三面のトツプをデカデカと飾る日は、鉄道自殺か心中事件、あるひは情痴の殺人沙汰、でなくんば、アナキスト共の、香具師連中の殴つた斬つたといふ事件。

樺太時代から、アラビヤンナイトの物語のやうな短歌を作つてゐた彼は、その頃、新聞の文芸欄に詩を書いた。彼は黒珊瑚と署名してつゞき三面を書けば女学生達は、クロサンゴの記事が何のかのとおしやべり初めた。

彼は詩人になつたやうな気でゐる。

彼は一巻の詩集をだしたい。思ふまゝに文字を並べ、文字の幻影に限りなくたんできする気分、それがどのやうに荒唐無稽な形而上的なイデオロギーであらうとも、文字にあらはれた、ロマンチツクな感情は、彼を詩人と自ら思はしめ、詩集を一冊だけはだしたいと思ふのだ。

彼は音楽ずきの彼女を連れて、彼女を音楽学校へいれてやるといふ口実で、東京へやつてきた。彼女は地主の娘、貯金は小学校の教員をやつてためた金と、兄からもらつた金と、約八百四五十円あつた。二人は京橋の銀座裏に間借りして、またゝく間に文なしになつた。詩人に面会して推薦してもらふこともなく、詩を雑誌に発表するつてもなく、彼女を音楽学校へいれることもなく、たつた六月で、北海道を素通りして樺太まで落ちのびた。

彼は用意してあつた詩稿を又樺太で全部書きあらためることを決心して以前の分は焼きすてた。

海辺に毛糸の赤いチヨツキがかはかしてあつたのがものがなしく眼に映じて、一篇の詩になつたり、残留露人が、雪の降る少ステーシヨンにパンを売つてゐる姿に詩が生まれたり、トド松の林が感慨無量にえりを正さしめると書いて見たり彼の眼には、樺太の海に陸に跳梁してゐる帝国主義者共の有様はちつとも見えない。

×

ロシアとの領海争ひや、そのために××の軍艦のしきりに往来することも大して問題たり得ない。森林の奥では盛んに盗伐が行はれ、そのいんぺいに放火して毎年のやうに山火事が起るといふことも彼には問題ではない、彼はあくまでも感情をたふとぶ詩人でなければならなかつた(?)「島の追憶製造人」といふ記事を北海道の新聞に送つて又しても詩集の発行が、彼の脳りにきざしてきた。彼にとつて詩集を発行することは、何と、素晴らしい仕事だらう。

×

彼は近頃、又東京で詩集のことを考へてゐる。詩人であることの誇り、結局は自分を可愛がる、自分に甘える、そのことが一冊の詩集となるまでの苦難に忍耐し得る反面だつた。

小ブルジヨアは自分達にも独立した立場が永久に崩壊せずに存在するものと、まだこの詩人は考へてゐる。この男はいつ目覚めるともわからない。又プロレタリアの解放運動に、その最後の決戦の日まで、かかずらうことなく、暮らして行きたいのが生涯の望みなのだ。

だが、その日はくるだらう、その日まで、彼はどの程度に安らかな生活に暮らして行けるだらう、ブルジヨアにこびて、ブルジヨアの走狗となれば、詩人は詩集もだせようし、どうにか食へるだろうそして、その事は、小ブルジョアがとうとうブルジョアの犬となることである。

「小ブル詩人の彼」はなぜ書かれたか――その時代背景――

一九三〇年代前半、治安維持法が発動され政治・思想弾圧が一段と厳しく迫るそのころ、プロレタリア・リアリズムを追求する芸術運動はとりわけ時代の危機的な状況に敏感に反応する若い知識人たちの間に急速に広がりはじめる。

ところが芸術運動であったにもかかわらず、思想弾圧が厳しさを増すほどに運動内部に動揺が生じ、摩擦を生み、それが更なる内部抗争となった。いかにも若者らしい潔癖さで口調もストレートで性急であったから、ことばの激しさは相手をとことん追い詰めるまでになり、しばしば運動内部の対立は決定的なまでになった。その、繰り返される同じ左翼陣営内の批判・非難の応酬の激しさ。日本の左翼運動に巣くう思想的宿痾《しゅくあ》とでもいうべき内部対立は、とりわけ今野大力が所属していた「文芸戦線」では際立っていた。黒島伝治が今野大力を旭川から緊急に呼び寄せたのもそのためであった。それは同じプロレタリア芸術運動内部のリアリズム正統論争であったが、同じくプロレタリア芸術運動を志向していながら、あたかも敵対しているかのように、「階級的情熱」「階級的観点」をもって、相手を厳しく糾弾した。性急であっただけに他者批判のことばにはトゲが目立った。

二年前、旭川に肋膜炎で帰省していたころの今野大力の語調にも、すでに糾弾に近い語気が現れている。今野大力「啄木を問題として」では、「夢にも血みどろな革命の気分など生れるべくもない」「小さな巣としての家庭を唯一のものとして働いてゐる小ブルジョアの世界」と石川啄木を批判していた。

同じプロレタリア文学を志向していた小林多喜二に対しても、今野大力は、「異常なプロレタリアが描かれ」「正しきプロレタリア文学ではない」（『文芸時感』）と決め付けていた。「小ブル詩人の彼」の下地はすでにつくられていた。

プロレタリア・リアリズム論争はエスカレートし、〝階級的〟純粋性を競うかのよう言葉の連発になる。「小ブル詩人の彼」だけがとりわけ「激しいコトバの狙撃」（注・中村義一著『日本近代美術論争史』求龍堂／一九八一）弾を発射していたわけではなかった。

今では死語となった「小ブル」ということばは、フランス語「プチ・ブルジョアジー」の略、「ブルジョアジー」とは有産階級、無産階級が「プロレタリアート」、したがって「プチ・ブル」は、ブルジョアとプロレタリアに挟まれた「中産階級」、経済的にはプロレタリア階級に属しながら、ブルジョアに近い意識で生活する人たちを指して使っていた。知識人・学生はその「小ブル」の典型、ブルジョアでもプロレタリアでもなく、その狭間にあって「階級的飛躍」に専心しない限りは思想的動揺や脆弱さから免れることはできない存在とされた。この時、今野大力二十七歳、右翼に暗殺された山本宣治の葬列を描いた油彩画「告別」の画家、北海道小樽育ちの大月源二もまた二十七歳。

著名な画家を輩出した東京美校（現東京芸大）〝花の二年組〟の一人であった北海道育ちの大月源二

は、プロレタリア画家としてもっとも活躍した一人だった。大月源二は「花王石ケン工場やモスリン工場など大小の工場が並び立ち、むんむん悪臭のただようドブ川にその影を落としている本所柳島のアパートに引っ越して、工場地帯の近くで生活することによって新しいプロレタリア的感覚を身につけようとした」（注・金倉義慧『画家　大月源二』創風社／二〇〇〇）。その真摯で、生真面目そのものの大月源二。

得てして言葉数の少ない朴訥で一途なタイプの人が思いつめて言葉を発する時、当人が考えている以上に読む人を刺戟してしまうことがままある。今野大力のようにそこにプロレタリア運動にひたすら邁進する若者の潔癖性が加わると、語気は鋭くなり拒否反応を誘発してしまう。今野大力「小ブル詩人の彼」もまたプロレタリア・リアリズムを志向する青年特有の、言葉だけが踊っているという要素が強かった。

小熊秀雄自身も後に、追悼文「北海道時代の今野大力」（『文学評論』／昭和10・8）でこう書いている。

　僕と彼とは思想的に一時期離ればなれになり、またひょっこり同じ陣営で顔を合したとき、思はず二人は苦笑したのであつた、同一戦線に加はつてからは、全く部署もちがえば、彼と逢ふ機会も失つてしまつた。
　時々ひょっこり逢ふと決まつて僕は彼に詩を書けと煽動するが、彼は「とても書けない、駄目だ――」と言ひ言ひした。僕は彼が詩を書かないことに不服な表情をしてやつた。しかし僕は今野の性格を知つてゐるから、創作のできない彼の苦しみを手にとるやうに何時も感じていた。

この小熊秀雄の言葉の意味するものは大きい。「小ブル詩人の彼」のその先のことになるが、『小熊秀雄全集　第五巻』所載の年譜、昭和六年（一九三一）欄には、「五月遠地の紹介でプロレタリア詩人会に入会」とある。つね子夫人によると、この時期から『詩精神』時代にかけて「魚が水を得たように元気に活動的になる」とあり、翌昭和七年の欄には「一月、プロレタリア詩人会が日本プロレタリア作家同盟（ナルプ）と発展的に解消することにより、小熊もそのままナルプに参加」とあって、その頃からは小熊秀雄の意識としては、今野大力と彼は「同じ陣営」「同一戦線」の同志であった。

同じ一九三一（昭和六）年、今野大力は戦旗社に入社している。五月には『婦人戦旗』創刊、その創刊に今野大力が全力を注いでいたことを宮本顕治、百合子をはじめ何人もが書き残している。

今野大力にとって、一九三一年から三二年にかけての戦旗社時代は、短かったがもっとも充実した一年となっていた。『働く婦人』『婦人戦旗』編集者として、ひたすら実務に専念している今野大力を小熊秀雄は見ることになるが、その前段に今野大力のこの痛烈なエッセイ「小ブル詩人の彼」があったことになる。

実は、今野大力が小熊秀雄を標的に据えて「小ブル詩人の彼」を書いたことについて、グループ演劇工房の演出家木内稔が興味深い指摘をしている（木内稔「詩人たちのたたかい――小熊秀雄と今野大力の場合」『社会評論』二〇〇五冬　一四〇号）。

小熊秀雄は「ぼくと彼とは思想的に一時期離ればなれになり、またひょっこり同じ陣営で顔を合したとき、思わず二人は苦笑したのであった」と書いていますが、それはどういうことだったのか？

と木内稔は問いかけ、次のように続ける。

小ブルジョアの詩人一般についての批判を大力は書いたのではありませんでした。この強烈な批判を、読めば「彼」が誰であるかすぐ分かる人物に読ませたかったのでしょう。小熊秀雄です。大力はちょっとやそっとのことでは決して考えを変えたりしない小熊をよく知っているが故に、人身攻撃すれすれの言葉を含みながら、激しく挑発的な批判を行いました。一冊の詩集を出すために、ブルジョアの犬の道を歩むつもりか、この時代を生きる詩人としてプロレタリアの解放運動に関わらないで生きていくことができるのかと、鋭く問いかけています。詩人としての小熊の行く先についての危機意識を抱き、いま小熊は重大な岐路に立っていると真剣に考えて、この挑発的なエッセイを書いたのだとぼくは考えています。

小熊秀雄にだけはっきりと判らせるために、ぎりぎりのことばで今野大力は書いていた、それが「小ブル詩人の彼」であったと木内稔は言う。確かに、「小ブル詩人の彼」は、一言一言、根を詰めて書きこんだ、厳しい文章だった。

そして木内稔は、グループ演劇工房第15回公演「土の中の馬賊の歌―小熊秀雄と今野大力―」（「20世紀を演劇化する試み」№・11）で、今野大力の問いに答えるかたちで、次のように小熊秀雄に語らせている。

秀雄　俺には失うべきなにものもないことが骨身にしみてわかった。俺は何者かの代理になって抗議する。今喋っている者ではなく、今黙っている者に代って抗議の先頭に立つ。そう決めた。歴史は井戸がえを要求している。俺はそれに素直に従うことにした。心底俺は怒っているんだ。

木内稔の脚本から、ごく一部の引用にしかならなかったが、小熊秀雄がプロレタリア詩人会に入ったそもそもの契機を「小ブル詩人の彼」に見ている木内稔の見方は貴重だ。

今野大力「小ブル詩人の彼」が書かれたその後の波紋については、現在も地元旭川にそれとなく残っている今野大力批判に通じているように思える。

友人平岡敏男、鈴木政輝はどう読んだか

この木内稔とは違った読み方をしていたのが、小熊秀雄、今野大力とは旭川時代に詩友であった平岡敏男、鈴木政輝であった。

今埜大力「小ブル詩人の彼」が『帝国大学新聞』に掲載されたのは、繰り返すが一九三一（昭和六）年のことだった。平岡、鈴木の二人は当時東京在住、二人の「小ブル詩人の彼」観はそのころか

らすでにあって、戦後になってからも同様の見解を、それぞれニュアンスはやや違うが、書いている。そしてその後の旭川在住の識者・研究者の間では、小熊秀雄、今野大力については鈴木政輝の見解が主流になっていた。やや複雑な流れになるが、そのことをもう少し追ってみよう。

「小ブル詩人の彼」は、今野大力の唯一の作品集である津田孝編『今野大力作品集』には掲載されていない。同じ津田孝の著書『宮本百合子と今野大力』でも言及されていない。私がはじめて「小ブル詩人の彼」を読んだのは、地元旭川の今野大力研究者佐藤比左良さんの厖大な収集資料集の一冊『今野大力手控帳』からであったが、『佐藤比左良・今野大力遺稿ノート上・中・下巻』をはじめとしたこれらの資料集がなかったら、私が「小ブル詩人の彼」に出逢うことはなかった。

調べていくにつれ、一九三一（昭和六）年の『帝国大学新聞』掲載の今埜大力「小ブル詩人の彼」を、旭川の出身者で最初に読んでいたのは平岡敏男であったことがわかった。そしてもう一人が鈴木政輝であった。

小熊秀雄と今野大力、平岡敏男、そして鈴木政輝、その彼らは十代から二十代にかけての旭川時代、共に詩友であった。「小ブル詩人の彼」が『帝国大学新聞』に掲載されたころには、小熊、今野、そして鈴木政輝、平岡敏男は東京在住。しかも平岡敏男は東京帝国大学の学生、それも帝国大学新聞編集部員であったから、旧知の今野大力署名のエッセイを読み落とすはずはなかった。

平岡敏男は書いている（雑誌『豊談』／一九七〇・一）。

意外であったのは、私ども東大の学生が編集している『帝国大学新聞』（昭和六年五月四日号）の文芸欄で、今野が、小熊秀雄を非難しているのを読んだことである。題は「小ブル詩人の彼」だが、「彼」が小熊であることはすぐわかった。

その当座、私は、あまりにも露骨に小熊にたいする感情的反発が表現されているのに、むしろあきれた。後味がよくなかった。

とにかく、これほどくわしく小熊のプライバシーを知っているのだから、詩を通じて一時はかなり深い交際を続けていたに違いない。これは、私の想像であるが、そのうちに今野は、思想的にぐんぐんと左へ寄って行き、小熊の考え方や生活態度との間に溝が生じ、そのしこりが何かの機会に爆発したのかもしれない。

これが、昭和六年五月四日付『帝国大学新聞』掲載の今埜大力「小ブル詩人の彼」を直接読んだ平岡敏男の読後感だった。〝思想的にぐんぐんと左へ寄って行き、小熊の考え方や生活態度との間に溝が生じ、そのしこりが何かの機会に爆発した〟、つまり今野大力が小熊秀雄を非難したというのが平岡敏男の読みだった。

もう一人は、小熊、今野とともに、四年前の旭川の〝円筒帽〟時代には、同人であった鈴木政輝。今野大力とは、旭川から東京へと平岡敏男よりも接触が多く、しかも鈴木はその後、旭川に戻っていただけに、小熊秀雄、今野大力の評価に関連して、その後の地元旭川での影響は大きかった。

鈴木政輝は、「今野は思想的にぐんぐんと左へ寄って行き」は平岡敏男と同じだったが、もう一歩踏み込んで書いていた。ただ、これも平岡同様、戦後になってからの記述になる（注・『北海道文学』再建一号「小熊秀雄・今野大力追悼号」所載「郷土の二詩人…小熊秀雄と今野大力…」／昭和二十一年）。

今野は本郷郵便局員となり、その間に急速に左翼文芸陣に入って行き、一人はなれて黒島伝治のちかくへ居をうつし、其の下に極左的暗躍をはじめ「戦旗」や「ナップ」に詩を発表し、帝大新聞に「勲章を欲しがるプチブル詩人」と題して、小熊秀雄を揶揄した一文を発表した。小熊はそれを読んで大分昂奮したやうであったが、この頃彼はアナキストであった。

平岡敏男は「今野大力追悼号」のこの鈴木政輝の文章を読んで、「今野は思想的にぐんぐんと左へ寄って行き」「そのしこりが何かの機会に爆発した」、それが「小ブル詩人の彼」だったという印象を持ったことを書いている。

ところがその後、地元旭川で流布されることになる「小ブル詩人の彼」の読後感は、『帝国大学新聞』でじかに「小ブル詩人の彼」を読んでいた平岡敏男のそれではなく、鈴木政輝の次のような記述だった。

まず表題の「小ブル詩人の彼」。鈴木政輝が書いている表題は一貫して「勲章を欲しがるプチブル詩人」だった。正しい表題である「小ブル詩人の彼」ではなかった。鈴木政輝は何度も今野大力、小熊秀雄のことを書いているが、例えば一九六七（昭和四十二）年九月号の『冬濤』所載の「今野大力

と私」にしても、

私は七月上旬、旭川へ帰省したが再び上京した時（九月）今野はすでに小熊と喧嘩して同居は終っていた。

小熊の家は玄関わき四畳半、そこに私は机を置き、小熊夫妻と焔君は茶の間六畳と押入れに住み、今野は奥の三畳に寝起きしていた。（中略）

その後、私は新学期の始まる九月に上京した。そうして、この間東京帝大新聞に「勲章を欲しがるプチブル詩人」と題し、小熊を風刺した一文を今野が書いて（注・小熊秀雄と）袂別したことを知った（傍線は引用者）。

一方平岡敏男は、じかに『帝国大学新聞』で読んだ時の「小ブル詩人の彼」の印象の悪さを、一九四六（昭和二十一）年になって鈴木政輝の文章を読んで思い出すのであるが、「小ブル詩人の彼」の『帝国大学新聞』掲載が昭和六年であったにもかかわらず、今野大力が肋膜炎で小熊秀雄との同居を解消することになった三年前の昭和三年夏の出来事として受け止めてしまっていた。（注・平岡敏男には、上京後の小熊秀雄・今野大力との交友は、最後までなかったようだ）。

しかも、どうしたことか鈴木政輝は小熊秀雄との同居解消を、今野大力と小熊秀雄が「喧嘩して「別居」としてしまった。

今野大力が亡くなった年、一九三五（昭和十）年のことになるが、鈴木政輝は今野大力追悼文「一

マルキストの死　詩人にして、異端者の、同郷の友、今野大力の死」を7・2付『旭川新聞』に書いている。これが現存する鈴木政輝の〝今野大力〟についての最初のエッセイであるが、次のような一節がある。

僕は東中野で彼と小熊秀雄と三人で同棲し劇《はげ》しく社会の矛盾苦を論じた。
僕は暑中休暇で帰省し再び上京した時には、彼はすでに肺を患い小熊と別居し帝大新聞に、プチ・ブル詩人小熊と劇しい憎悪と風刺の一文を敲《たた》きつけてゐた。

ここでも鈴木は平岡と同じく年代を混同して、一九二八（昭和三）年の小熊秀雄と今野大力・鈴木政輝の同居解消と、「小ブル詩人の彼」の発表年を同じ年のこととして書いている。二人（今野大力と鈴木政輝）の「同居解消」の原因は、今野大力の「肺を患い」にあったことは前述した。

その後の今野大力の地元旭川での評価にかかわって、私なりに知りえたことから事実をもう少し追ってみよう。

一九二八（昭和三）年の小熊秀雄と今野大力の別居は、先に書いたように鈴木政輝が旭川に帰郷中の出来事であった。彼らの友人小池榮壽によると、その年（一九二八年）の九月には、病気療養のため帰郷した今野大力と小池榮壽の二人で、夏休みで旭川に帰省中であった鈴木政輝を訪問している。その二日後に鈴木政輝は上京するが、その折にも今野・小池は旭川駅で鈴木政輝を見送っていた。当時の今野大力と小熊秀雄の間には〝喧嘩〟などはなく、鈴木と今野、小熊の三人は、いつものように普段通りの付き合いだったはずだ（注・『冬濤』28号／一九六七（昭和四二）年九月）。それなのにどうして鈴木政輝は、そのような記憶違い・誤解をしてしまったのだろう。

実は、鈴木政輝は「小ブル詩人の彼」を実際には読んでいなかった。平岡敏男から聞いただけでその後も原文を直接読んでいなかったから、「小ブル詩人の彼」という表題にしても一貫して「勲章を欲しがるプチブル詩人」と書いて、何の疑問も持たないまま過ぎてしまっていたように思えてならない。

ひとり歩きした〝伝聞〟と〝憶測〟

では、批判された当の小熊秀雄はどうだったのだろう。実は小熊も、『帝国大学新聞』掲載の今埜大力「小ブル詩人の彼」を、一九三一（昭和六）年のその年には、実際には読んでいなかったのではないか、と思われる。

平岡敏男は雑誌『豊談』（一九七〇・一）所載のエッセー「小熊秀雄と今野大力」に、一九四〇（昭和一五）年の、鈴木政輝夫人が亡くなった折のことを書いていて、その平岡のエッセイが彼らの「小ブル詩人の彼」に関する疑問を解き明かす貴重な資料になるように思える。

平岡敏男はそのエッセイで、それまで、つまり今野大力が亡くなった一九三五（昭和十年）から一九四〇（昭和十五）年まで、「今野がいつ死んだのか知ることができなかった」と書いている。平岡敏男は、今野大力と東京で会ったことはまったくなかったのだった。

そして小熊秀雄についても、同じ一九四〇年、平岡敏男は鈴木政輝夫人の訃報で東大病院に駆けつけた折に、東京ではじめて「実に十数年ぶりで小熊秀雄にあった」と書いている。つまり「小ブル詩人の彼」が『帝国大学新聞』に掲載されたころ、平岡敏男は東京帝大の学生であり『帝国大学新聞』の編集委員ではあったが、小熊秀雄とは一度も会ってはいなかった。したがって昭和六年に平岡敏男が「小ブル詩人の彼」のことを小熊秀雄に知らせるということもなかったことになる。

だとすると小熊秀雄に「小ブル詩人の彼」のことを知らせたのは、在京の友人としては鈴木政輝しかいないことになる。ところがその鈴木政輝が『帝大新聞』掲載の原文は読まずに、その内容を平岡敏男から聞いただけで、その聞いたことを直情的な表現で小熊秀雄に告げていたとなると、どうなるだろうか。鈴木政輝は原文を読んではいなかったから、いつまでたっても題名は「勲章を欲しがるプチブル詩人」だった。小熊秀雄が鈴木政輝から聞いていたことが「勲章を欲しがるプチブル詩人」レベルの中身だったとしたら、小熊秀雄が立腹するのは当然だった。

先に今埜大力「小ブル詩人の彼」から平岡敏男が受けた悪印象を紹介したが、思い返したかのように平岡敏男は、

しかし、その時から、四十年近い年月をへだてたこんにちこの一文は、単なる批判、非難のことばというよりも、別個の新しい角度から読むことができる。そういう意味で、全文を引用してみる。

と書いて、先の「小ブル詩人の彼」の全文を引用している(注)。しかし〝別個の新しい角度から〟とは、どのようなことを指しているのか、平岡は何も書いてはいない。「小ブル詩人の彼」を小熊秀雄批判としてではなく、当時の知識人批判として読むべきことを平岡敏男は付言していたようにもとれる。

ところがその後、鈴木政輝や平岡敏男の旭川中学の後輩であり、小熊秀雄研究の第一人者である佐藤喜一は、平岡敏男が危惧したような読み方、つまり鈴木政輝の読み方を踏襲してしまった。佐藤喜一は「小ブル詩人の彼」について書いている。

旭川在住時代の小熊を知っているものでなければ到底知ることのできない、プライバシーに触れる部分のかけたのは小熊との深い接触を示したことに他ならなかった。小熊がこれを読んで興奮し、今野と袂を分かった点、うなずける(佐藤喜一著『評伝 小熊秀雄』ありえす書房/一九七八年)。

佐藤喜一が旭川最初の小熊秀雄、今野大力の研究者であっただけに、小熊が「小ブル詩人の彼」を読んで興奮し、小熊・今野の二人が〝袂を分かった〟と断定して書いたことによる旭川での波紋は大きかった。以後、小熊秀雄と今野大力は訣別、その原因は今野大力にあったとなり、長い間、地元旭川では、それだけが事実として継承されていくことになってしまった。

〈注〉『焔の時灰の時』の文章は、旭川の雑誌『豊談』（一九七〇・一月号）掲載の平岡敏男「小熊秀雄と今野大力」からの再録。平岡敏男は、「これによっても、二人（引用者注・小熊と今野）の関係は完全に冷却していたように想像される」と書いているが、そのことに関連して小熊つね子は、次のように抗議調で語っている。

「（今野大力は）家へきてもよく子供をあやしてくれたし、牛乳を飲ましてくれたのを憶えている。小熊は気むずかし屋で子供をあまり抱いたりしなかったが、今野さんは子供の手をひいて花火に連れて行ってくれた。私のかいた詩や小説を小熊は賞めることはないが、今野さんが賞めてくれた」（旭川市立図書館蔵の録音。佐藤喜一著『詩人・今野大力』創映選書／一九七二所載）。

本庄陸男と今野大力

もう一度、一九三一（昭和六）年、今野大力が戦旗社に入社し、「小ブル詩人の彼」を書いたころに戻ろう。今野大力についてどうしても書き留めておきたいことがある。

唐突に聞こえるかもしれないし、私にしても断言できるほどの資料を持ち合わせているわけではないが、一九三一（昭和六）年ごろ、戦旗社に入っていた今野大力の、とりわけ近くにいたプロレタリア文学の仲間は、同じ北海道出身者では本庄陸男《むつお》だったように思えてならない。

本庄陸男は、名作「石狩川」で知られるプロレタリア文学を代表する作家の一人だが、ただ二人のつきあいは一九三一（昭和六）年からほんの一、二年、長くても三年にしか過ぎなかった。

そのように考えると「小ブル詩人の彼」をどう読むかについて、特にこの時期に今野大力がなぜ書いたかについても、別の見方が可能になる。ただ、今野と本庄二人の繋がりについてはほとんど知られてはいない。あの暗黒時代の二人の接触を示す資料にしても、今となっては探し出すことは不可能に近い。

本庄陸男が今野大力について書いたのは、今野大力〝追悼〟の文章「作家と世界観―今野大力君―」(『詩精神』六月号/一九三五)があるだけだ。もっと知りたくて探したが、二人の関係を直接示す文献は今も見つかってはいない。「作家と世界観―今野大力君―」にしても、次のようなごく短い、たった一行があるだけだった。

私は今野君とともに仕事をした時代をあまりにもよく知つてゐる。後半は部署がかはつて交渉は次第にうすれた。

この〝あまりにもよく知っている〟〝今野君とともに仕事をした時代〟とは、推測すると一九三〇年〝戦旗社〟での出会いから長くて一九三三年、今野大力が病弱をおして「部署がかはつて」非合法活動に専念するその頃までの、わずか二、三年のことだったことになる。

考えてみると、今野大力や本庄陸男だけではなく、治安維持法下のプロレタリア作家にとっては、ついうっかり少しでも仲間のことを話したり書いたりしてしまうと、それが治安維持法下の弾圧に手を貸すことになった。そのため追悼文での本庄陸男の今野大力についての記述は、互いに生死を共にしていたにもかかわらず、一行にとどめていたものと思われる。

治安維持法下の非合法活動にあっては〝あまりにもよく知つて〟はいても、具体的なことは何ひとつ書くわけにはいかなかった。だが戦旗社での最初の出会いから、今野大力、本庄陸男、二人の共通の関心事に〝樺太〟があったことは確かなことだ。

では、今野大力・本庄陸男二人にとっての樺太とはどういうことだったのか。

一九二九年、今野大力が土方農夫男名で「樺太山火の放火犯人は誰か?」を『文芸戦線』七月号に書いたことは前述した。一方、本庄陸男も同じ一九二九年、雑誌『教育時論』九月号に江頭順三というペンネームで「樺太」を書いていた。二人ともペンネームであったが、その本庄陸男の「樺太」(原題「特別加俸の土地」)にしても、冒頭「森林を喰ひ荒す資本の攻撃が、パルプ工場である」に始まる植民地然とした樺太の告発であった。(注)

もうひとつ、本庄陸男は一九三一年、『少年戦旗』五月号にはじめて童話を書いている。今野大力はそのころ『少年戦旗』の編集者でもあった。本庄陸男が戦旗社に出入りして今野に出会っていたことはほぼ確かなことに思われる。二人が北海道育ちであること、しかも本庄陸男も一年間、小熊秀雄と同じように樺太の製紙工場に勤務、しかも今野大力が一九二九(昭和四)年の樺太大山火のことを同じ時期に書いていたことを知って、二人はその思いがけない奇遇に驚いていたのではなかったか。

二人が親密になるきっかけは同じ北海道育ちであるだけではなかった。このように共に〝樺太〟を描いていたことにあった。しかも共に日本の資本主義的進出の典型として、その樺太をリアルに描いていた。

山田昭夫『本庄陸男遺稿集』（北書房／一九六四）解説には、本庄陸男の小説「応援隊」は「（一九三二年）入党直前ころの執筆と推定される」とあることからすると、先ず一九三一（昭和六）年に今野大力「小ブル詩人の彼」があり、翌三二（昭和七）年に本庄陸男「応援隊」が書かれていたことがわかる（注1）。

一方、小熊秀雄の長編叙事詩「飛ぶ橇《そり》」の執筆年が一九三三（昭和八）年と推定されていることからすると、「応援隊」の翌年に、今度は小熊秀雄が同じ樺太を舞台にした壮大な「飛ぶ橇」にとりかかったと考えることも可能になる。

そのように〝樺太〟を舞台にした北海道育ちの三人のプロレタリア文学者による連続する作品群と考えてみたいという誘惑にどうしても駆られてしまう。

いかに樺太を描いたかはそれぞれに違うが、本庄陸男は今野大力の「小ブル詩人の彼」を受けて「応援隊」を書き、その二作をベースに小熊秀雄の壮大な長編叙事詩「飛ぶ橇」が構想されていく、そのように私の想像はふくらんでいく。

しかも北海道の開拓期を描いた傑作「石狩川」の本庄陸男も、小熊秀雄、今野大力と同時代、同世代のプロレタリア作家だったことに私は惹かれる。それに加えて小林多喜二。この北海道育ちの四人は、小林多喜二、今野大力、本庄陸男、小熊秀雄の順にいずれも三十代の若さで、太平洋戦争勃発前に、亡くなってしまった。

あらためて本庄陸男「応援隊」「石狩川」を読んで、どうしてこうまでも才能のある北海道育ちの作家たちを、これからという若さで次々に死なせてしまったのか、やりきれない思いに胸がしめつけられる。かたちは違っていても、何れも非業の死であり、近代日本の犠牲者であった。

〈注〉山田昭夫『本庄陸男遺稿集』（本庄陸男遺稿集刊行会編　北書房／昭和39年）の山田昭夫の「解説」は、随所に非常に適格な指摘がされており、今野大力についても当てはまるので、その一部を次に引用させていただく。

昭和四年五月末の樺太、恵須取町の大火と国有林大火災の事実に取材され、構成の緊密な迫力ある作であると思う。作中、固有名詞を有する人物は朝鮮人李昌元ただ一人である。この李昌元への日本人妻の愛情と信頼とが主旋律であって、日本の作家によるこうした作品は同時代にほとんど類例がないのではあるまいか。（中略）戦前の日本人の民族的優越感の虚をついた作品として、また樺太開拓における朝鮮人労働者の虐げられた実態の一面を暴露している作品として、その意図の積極性は高く評価されてしかるべきであろう。

〈引用者追記〉第Ⅹ章「飛ぶ橇」で改めて書いていくが、この本庄陸男の、「応援隊」の主人公李昌元へのまなざしと、小熊秀雄の「飛ぶ橇」の主人公権太郎へのまなざしの、何と共通していることか。真の人間愛＝ヒューマニズムとは、この二人の主人公への作者の眼差しを言うのではないだろうか、と思ってしまう。

第Ⅸ章 大力・久子の結婚、その生涯

今野大力の短歌より

「第Ⅶ章　今野大力の旭川帰省・療養」と同じ一九二八、九（昭和三、四）年、旭川に帰省中の今野大力と丸本久子の出会いと、翌年の娘黎子の誕生。二人のなれ初めから結婚、そして大力の死によって閉じられるたった六年の、うち二年間はほとんど病床に臥したままの大力と、幼児の黎子を抱えての久子。三人の掛け替えのない、だがあまり知られてはいない日々のことを、可能な限り書き留めておきたいと思う。

まず、佐藤比左良編『今野大力短詩形作品集』（旭川大力祭実行委員会・二〇〇五）より。

今野大力が丸本久子と知り合ったころの短歌と思われる「恋愛時代」（注・年月日不詳の清書原稿）

三十五首から、その一部を掲載順に引用しよう。

佐藤比左良さんによる今野大力資料の発掘・考証については、これまで何度も引用させていただいたが、その精度は高く『今野大力短詩形作品集』の場合もそうだった。「恋愛時代」という表題のとおり旭川・岩橋眼科病院に勤務していた丸本久子と知り合った一九二九（昭和四）年ころの短歌になる。今野大力の短歌は、彼が療養のため旭川に帰省していた年、石川啄木をあれほどきびしく批判していたにもかかわらず、紛れもなく啄木の影響を受けており、詩型そのものがすでに啄木と同じ三行形式であった。

恋すとも／恋の一字も書かざりし／われを哀れむ弱き男よ
今日よりは／この欲望をあからさま／彼女の前に投げて見たきも
（ここまでが冒頭の二首、次は十四首目から）
くろがみの／匂ひせつなし／耳近く囁く時の胸も苦しく
名を呼びて／鏡の前に立てる時／口くごもりし若き男
うす暗き宵にぞありき／立倚りて／君のいぶきを胸にきけるは
（一首置いて）
人の世に／愛さるる身となりし時／弱き男も生き甲斐を知る
（二首置いて）
恋人よ／この一時この合間／その唇を二人し吸はん

（七首置いて）

折強く（注・ママ）／病院に行きたやな／行けば逢へると憧れ思ふ

「病日の歌」（今野大力自筆ノート断片）にも、次のような短歌がある。十四首のうち二首を引用する。今野大力が亡くなる前、一九三三（昭和八）年の歌だろうか。その前年、大力の妹の郁子（宮本百合子「小祝の一家」ではアヤ）や両親をはじめ、一家が東京の大力夫妻の元に転居してくる。ところが、その年の八月同居して間もなく妹郁子は亡くなった。

病める日は／歌を作らんつもりして／拙き文字を並べて見たり

（五首置いて）

眼を閉ぢて思へり／わが妹の／白臘のごとデスマスクかな

大力・久子の出逢いと結婚

今野大力・丸本久子の出逢いに始まる二人の急接近は非常に印象的だ。一九二九（昭和四）年、今野大力が肋膜炎療養で旭川帰省中のことであった。もっとも明るい話題が丸本久子との出逢いだった。所は久子の勤務する旭川市の岩沢眼科病院。今野大力の甥にあたる窪田浩は、当時のことを次のように回想している。

私が九歳のときに目を患い、旭川に一人で病院へ入院しました。そのときに叔父が仕事を終ってから本を抱えて、私の病室でいっしょに寝起きしてくれた記憶がございます。本にかかれて居るとおりに、あの丸本久子さんという看護婦さんがいました（『今野大力　旭川足跡マップ』大力祭運営委員会・一九九八）

今野大力・久子をモデルにした小説が宮本百合子「小祝《こいわい》の一家」であるが、「小祝の一家」には〝マルクスの資本論〟を久子（小説では乙女）が大力（同じく勉）から借りる微笑ましく、ユーモラスな回想シーンがある。マルクスの資本論とは、一九二七（昭和二）年に改造社から出版され、評判になっていた『マルクス著・高畠素之訳　資本論』であろう、まだ十代の丸本久子は、今野大力が語っていたマルクスの資本論を新聞広告か書店で、目ざとく見つけていた。

「小祝の一家」は小説でありフィクションが加わるが、「小祝の一家」の〝A市〟は旭川市、久子の実家は滝川市、久子が勤務する岩沢眼科病院の所在地がA市、旭川市だった。

今野大力・久子が知り合うきっかけについて、当時日農北連（日本農民組合関東同盟北海道連合会の略称）の書記であった五十嵐久弥は語っている（『五十嵐久弥遺稿集　変革への道程』一九八六・二）。

四・一六事件で釈放されたのち、あるあつい夏の日わたしは今野に喫茶店によばれたことがあった。

今野は眼を患ってしばらく市内の岩沢眼科病院に入院していた。わたしも一度中村計一につれられて見舞いに行ったことがあったが、その病院で彼は、看護手伝いをしていた丸本久子と親しくなった。わたしを呼びだしたのは、そのことに関してであった。

久子の姉とわたしは中学校から法政大学予科を中退するまでの数年間つきあっていた。そんな関係で彼女の家庭、人となりなどをきいて結婚について意見をもとめるのであった。彼女は文学的な教養はないだろうが、貧しい家庭に育ったのに明るく屈託のない性格であることなどをほめて、わたしは結婚に賛成した。今野は輝くような笑顔でわたしの賛成をよろこんでくれた。

これがわたしと今野大力の交友の距離をぐっと縮めた。

入院していたのは今野大力ではなく甥の窪田浩だが、この回想で私が驚いたのは、五十嵐久弥が滝川中学時代、久子の姉丸本照子と知り合いであったことだった。まったくの偶然であったが、そのことが二人の仲を一層深めるきっかけになっていたような気がする。

姉照子が今野大力と久子のことを知り、一方今野大力も五十嵐久弥を連れ出したりして、二人の間は急速に縮まることになった。五十嵐久弥と丸本照子の久しぶりの再会も大力と久子のことがあってのことだった。その思いもかけない展開を、姉の丸本照子は心から喜んでいた。丸本照子「一粒の麦」にはそのことがよく表われているが、親の反対にあいながら久子を単身東京の今野大力のもとに送り出し、黎子誕生に際しても親以上にあれこれと面倒をみ、さらに敗戦前後には、苦境にあった久子・黎子親子を東京から旭川に疎開させ、面倒を見続けていたのが姉の照子だった。

五十嵐久弥が語っている「明るく屈託のない」久子像は、宮本百合子の「小祝の一家」の乙女として描かれるが、後の壺井栄の小説「廊下」のシヅエの性格とそっくりなのには、当たり前だが驚かされる。そのような久子であったから、一貫して今野大力は後顧の憂いなく彼の活動に集中できた。

〈付記〉五十嵐久弥は空知《そらち》の歌志内《うたしない》炭鉱育ち、旧制滝川中学校の第一回生。私事だが、五十嵐久弥さんは私の父と滝川中学で同級生だった。父によると、五十嵐さんはことのほか女学生によくもてていたそうだ。父のアルバムの集合写真には視線を斜め前にして、ポーズひとつにしても私の父などとは違っていた。私が旭川市に住むようになり、五十嵐さんにお会いしてから、五十嵐さんの私への第一声は必ずと言っていいほど「父さん、元気かね」だった。私には今も懐かしい方だ。ともあれ二人の結婚には、五十嵐久弥と丸本照子が滝川時代すでに知り合っていたことが大きかった。

もう少し久子の姉・丸本照子のことを続けよう。

宮本百合子「小祝の一家」、壺井栄「廊下」でもそうだが、五十嵐久弥が語っている「明るく屈託のない」久子は、姉照子から見ても「ほがらかで勝気な妹」であった。その久子の人柄が、後に病床の大力をどれほど支えることになったことか。

一方、照子にとっては「大力さんは無口ではにかみ屋、花がとても好きな青年」(「一粒の麦」)であった。性格的には対照的な二人が、それぞれに好印象を与えていた。

姉の照子は、妹久子とともに今野大力が「たずねてくる日には、私の部屋を花いっぱいにして迎えてあげた」と書いている(『赤旗』一九七三・三・二六)。今野大力の花好きはこの先も、熾烈だった彼の闘病生活に、詩作に、清楚な潤いを与えているが、それは名寄《なよろ》・有利里《うりり》、深川・ウッカと自然がそのままの大地に育っていたからだろうか。それとも丸本照子の部屋にいつも置かれている花に無意識のうちに影響されていたのだろうか。

津田孝「詩人は時代をどう生きたか」（『前衛』一九九五・八）には、「友人たちによるささやかな結婚式をすませた今野大力は、二九年九月に単身再上京」とある。

その「友人たちによるささやかな結婚式」のことは、丸本照子「一粒の麦」に記載はなく、小池榮寿の「小熊秀雄との交友日記」にもない。中村計一の「大力君の片影」にもなかった。ただ、小池榮寿「今野大力の思い出」には、「九月喫茶アポQで開かれた例会は、上京する今野大力の送別会を兼ねたものとなった」とある。そこに久子が出席していて「友人たちによるささやかな結婚式」になっていたかもしれない。そうしたことにこだわるのは、今野大力が岩沢病院にいた丸本久子と知り合い、しだいに打ち解け、恋仲になっていくことについては、先の丸本照子「一粒の麦」の謙遜した記述とはやや違っていて、姉・照子の存在がそもそもから大きかったように思えるからである。

丸本照子も「妹を通して大力さんには何回も逢っていました」「妹と二人でわたしの下宿に訪ねて来て、詩や文学について、いろいろと語り合ったこともありました」と書いている。姉照子は二人の交際に何かと「親身なとりなし」をするまでになっていた。

小熊秀雄や今野大力の上京について、これまでも引用したのは小池榮寿《よしひさ》の交友日記であるが、丸本照子「一粒の麦」を読んでいて、その小池の一九二八（昭和三）年の四月と六月の日記に、丸本照子の名前が出ていたことに、気がついた。

六月二日。小熊秀雄氏を七時半頃、夜学が終るとすぐ訪れる。丸本照子氏来り居れり。十時頃、家を出る。ジュエルで生ビール一本、チキンライス、野菜サラダを御馳走される。夏蜜柑五十銭とキャラメル五十銭を餞別とする。梶尾《かじお》、丸本、小林、昇の諸氏に見送られて夜半十二時十二分、旭川を発つ。前途に祝福あれ。

〈付記〉ここに出てくる〝梶尾〟とは、梶尾龍子、〝小林〟は小林幸太郎（後に登場する小林葉子の実父）、〝昇〟は昇季雄、二人は旭川新聞の上司。ただ昭和三、四年の『旭川新聞』元旦号掲載の社員一同欄には、梶尾、丸本の名前はない。二人は旭川新聞社の雇員であったろうか。

これは小熊秀雄夫妻の旭川最後になる上京の折のことであった。その昭和三年には、まだ大力と久子は知り合ってはいない。が、丸本照子は小熊秀雄を深夜旭川駅に見送っていた。妹久子が今野大力と知り合う前年、姉の丸本照子には小熊秀雄の上京を見送るようなつきあいがあったのだった。また、小池栄寿も『情緒』21号に、丸本照子が旭川新聞社に勤務していたことを書いている。さらに、丸本照子が小熊秀雄と職場の同僚であっただけではないことが、小林孝虎・波多野勝『歌人酒井広治・飯田佳吉の世界』（旭川叢書九巻／昭和五十年）からわかった。

一九二六（大正十五）年十一月の「旭川歌話会記録」。その「筆跡は、旭川歌話会規約、会員住所録のすべてを含め、小熊秀雄のものである」とあって、「会員住所録」には八十五名の名が並び、後ろから五番目の丸本照子には「旭川十ノ十四左五　森岡方」とあった。小熊秀雄の住所は旭川市九ノ十五右八、小林幸太郎は八ノ十五右五である。丸本照子を含め、この旭川新聞社の三人はごく近所に住んでいて、しかも同じ旭川歌話会のメンバーであった。丸本照子は「森岡方」とあることからすると下宿生活であったろうか。

丸本照子「一粒の麦」には、「そのころ（注・久子上京の昭和五年）わたしは健康を害して旭川勤務を一時中止し、故郷（注・滝川市）に帰宅していました」とある。そのことから察すると久子が今野大力を追って「両親の留守をねらって上京して行った」のは、旭川からではなくやはり滝川町の実家からであったように思う。歌話会時代、今野大力と丸本照子との間にまだ面識はなかった。ただ小熊秀雄の『旭川新聞』文芸欄に今野大力は頻繁に登場しており、今野大力のことは小熊秀雄を通して文学好きの丸本照子は耳にしていただろう。

一九二八（昭和三）年、小熊秀雄夫妻が一子〝焔〟を連れ、上京する。そのとき上野駅に出迎えていたのは今野大力と鈴木政輝であった。二人は夫妻の住居や上野駅に出迎える手はずを前もってとっており、旭川での丸本照子や小池榮寿たちの見送りのことも今野大力は聞いていただろう。

姉の丸本照子が翌年の、大力・久子の急接近にすぐに親身になれたのは、そうした事情があったからだった。そして久子からも大力とのことを直接聞いて、二人の間では今野大力の詩やエッセイをはじめ、何かと話題になっていたに違いない。姉照子がいることで大力・久子は、いっそう親密さを増していったことだろう。

久子が今野大力の生き方や思想に共感するまでには、時間はかからなかった。「マルクスの資本論」

のエピソードにしても、不自然でも不思議なことでもなく、久子の変わりようが早かったからだった。久子のまだ十八、九歳とは思えないひたむきさ、強い決意については、丸本照子、中村計一の文章からも読み取ることができる。姉の照子は二人のことを喜びつつ、責任を人一倍感じるまでになっていた。「一粒の麦」からは、大力・久子夫妻への姉照子の思いやりがよく伝わってくる。

久子の上京

二人の婚姻届は、津田孝編『今野大力作品集』の年譜によると、一九三一（昭和六）年六月、長女黎子出生と同時の日付であった。当時としてはめずらしいことではなく、戸籍上の届けが遅れただけだった。

今野大力と丸本久子の出会い、そして交際は、大力が旭川に帰郷した一九二八（昭和三）年九月から黒島伝治の要請に応じて再び上京するまで、それも一九二九（昭和四）年春から大力上京の九月二十四日にかけての、ほぼ半年間のことだった。そして丸本久子は、翌一九三〇（昭和五）年六月には親の反対を押し切って、今野大力の後を追い単身上京する。久子の姉、丸本照子はていねいにエッセー「一粒の麦」（『冬濤』28号／1967・9）に次のように書いている。

今野大力の待つ東京に、風呂敷包みを一つ持った切りで、両親の留守をねらって上京して行った妹……それは久子でした。

「相手の生活も安定していないし、それに一度も逢ったこともない男にはやれぬ」と両親の反対は予想以上にものすごく、どうすることもできませんでした。

そのころわたくしは健康を害して旭川勤務を一時中止し、故郷に帰宅していましたので妹の一途な恋心が哀れでなりませんでした。(中略)

妹の決心は根強く、にげてでも行くときかないので、それでわたしが、あとあとのごたごたの責任を持つことにして、こっそりと家出させてやりました。

大力さんの後を追って上京したのは一九三〇年の六月でした。

たれからも祝福されない結婚……それでも十九才の若い妹は、幸福で胸が一杯であったろうと、駅までこっそりと送って別れる時は、あまりのいじらしさに、涙が流れてとめようもありませんでした。

上京後の生活は、随分と苦しかったらしいようすでした。妊娠八ヶ月だと云うのにお産の仕度も、なにひとつできていない、と便りがありましたので、わたしは自分でおむつから産着まで縫って送ってやったり、どうにもならぬ時には何度も送金してやりました。

「一粒の麦」には、久子の上京、長女黎子の出産、その二年後(一九三三)には大力の両親・妹・弟が上京、大力・久子・黎子の狭い住宅に同居することになる経緯について語られているが、ひたむきな久子を支えていたのが姉の丸本照子だった。

そして大力と久子の出逢いから東京での生活を描いた小説が、宮本百合子の「小祝《こいわい》の一家」(『文芸』一九三四・一月号)。〝小祝〟とは小説上の今野大力の姓、名は〝勉〟、そして久子は〝乙女〟となる。

次の引用は「小祝の一家」から、大力の両親、家族の上京そして同居と、その生活苦から麗人座に「女給」として働きに出た乙女が、「いつまでたってもサービスを覚えないからと」「クビ」になってしまういきさつを勉に語るシーンである。

勉が寝床の中まで本をもって入りながら、

「サービスって、みんなどんなことをやるんだ?」

と、はじめてそのときになってきいた。

「――わかんない!」

ウェーブをかけた頭をふって、乙女は悄気た。

「わかんない!」と力をこめた云いかたが勉に四年前の乙女と自分を思い起こさせた。


そして、次の回想が入る。決して久子が「思いちがい」などしていたのではないことを読みとってほしい。

硝子障子のところに「豚肉アリマス」と書いた紙を貼り出した肉屋が、A市の端れにあり、乙女はそこの娘であった。勉の従弟が重い眼病でA市の眼科に入院したとき、その病院の手伝いとして乙女が働いていた。二人は段々口をきくようになり（中略）或る時、何と思いちがいしたかマルクスの資本論をかしてくれと云った。五日ばかりすると、まだ下げ髪にしていた乙女が、小鼻に汗の粒を出してその本を患者の室に返しに来た。

「――わかった？」

勉が、つい特徴ある口元をゆるめ笑顔になって訊いた。そのとき、乙女は、額からとび抜けそうに長い眉をつり上げ、二人とも小柄ながら乙女よりは三四寸上にある勉の顔を見上げて、

「――わかんない！」

力をこめ首をふって今云ったように云ったのであった。

勉は忘れていたが、二人がいよいよ結婚する時、勉は牛や馬を貰うのではないから「のし紙」など親にやるに及ばぬと頑ばり、乙女の母親は、牛や馬ではないからこそせめて「のし紙」一枚なりと親から出して貰いたいと泣いた。乙女は、いけないと云うなら家を逃げ出すまでだと云って、もう東京に出ていた勉のところへ来たのであった。

後半に書かれている、娘久子を世間並みに嫁がせたいという母親の求めは決して法外ではなかった。その年（一九三〇年）今野大力は二十六歳、久子十九歳。黒島伝治「今野大力の思ひ出」にも、次のような場面がある。

北海道の家は赤貧洗ふが如くであつたらしい。細君の久子さんがお嫁にいつたとき、寒い冬で

どこでも石炭を焚いてゐる時分に石炭が買へなくて家族は屋内にふるへ、皆に御馳走をしたいのだが、それができないからと、ゴはんをたいて久子さんと、久子さんをつれて行つた久子さんのお母さんと今野君のお父さんの三人に食つてくれと出したさうである。今野君は家の暮しのことについてはあまり話さない方であつたが、たえず北海道に残してきた親たちや、弟妹たちを心にかけてゐた。

あまりの貧しさから息子の結婚に満足なことをしてやれないでいる大力の母いねよの誠実な、精一杯の心づくしの情が伝わってくる。冬であるから今野大力はすでに上京しており、しばれの厳しい真冬に、丸本の母娘は今野大力不在の今野家に、わざわざ滝川町から旭川市まで汽車に乗って訪れていた。

その日のことを、久子は大力に語っていただろう。

〝のし紙〟とは結納のことだろうか。だとすると、のし紙の一件は今野大力の、あるいは久子の、金銭のゆとりがまったくない大力の両親を慮《おもんばか》ってのことばであったような気がする。律儀で、口数の少ない今野大力のことばではそうなるだろう。久子の母にしても久子を連れ、わざわざ遠くから汽車で旭川までやってきて、今野家を訪れていた。

宮本百合子・壺井栄の小説から

実は、東京での今野大力・久子夫妻について、先の二作をふくめ二人とその家族をモデルにしたすぐれた小説がいくつも残されている。宮本百合子の、

「一九三二年の春」（『改造』一九三二・八）

「刻々」（『中央公論』一九五一・三。注・但し執筆は戦後ではなく戦前であったろう）

「小祝の一家」（『文芸』一九三四）

「朝の風」（『日本評論』一九四〇・十一）

そして壺井栄の、「廊下」（『文芸』一九四〇・二）がそれである。そのうち宮本百合子の「一九三二年の春」「刻々」は、登場人物のほとんどが実名であり、小説というより事実の記録に限りなく近いと言っていいだろう。

だが、同じ今野大力・久子夫妻をモデルにしているが、「小祝の一家」の久子や家族、特に久子については、宮本百合子が日常久子に接していたというより、今野大力から折にふれて聞き知っていた事柄であったように思える。そうした事情は本章の後半に記述する「宮本百合子『朝の風』の久子をめぐって」とも関連する。

今野大力が江古田の療養所に入院するころになると、宮本百合子は長期に拘束されてしまい、今野大力の死に立ち会うことも、葬儀に参列することも叶わなかった。代わって壺井栄が今野久子・黎子

親子と接する機会が多くなり、久子・黎子の日常がそのまま壺井栄「廊下」のシヅエ・英子に投影されることになる。

もう一つ、すでに幾度も引用している久子の姉丸本照子によるエッセイ「一粒の麦」があり、久子の上京、長女黎子の出産、二年後には大力の両親・妹・弟が上京するいきさつが簡潔に語られていた。

ともあれ二人の結婚生活が平穏であったのは、一九三〇（昭和五）年六月の上京から一九三二（昭和七）年三月、日本プロレタリア文化連盟が大弾圧に曝されるその月までの、たった二年にも満たない間だった。

そしてこの時期、今野大力は一九二九年九月、黒島伝治たっての要請で、第Ⅵ章の「今野大力、黒島伝治との出会い」で書いたように、詩人であることよりもプロレタリア文学運動の「最も下積みの、むくいられることのすくなき、しかも絶対に必要な」、それも「極めて危険な地下活動を」「真面目に、誠実にやりとほして」（黒島伝治）いくことになった。

「戦旗社」に入ってからの今野大力は際立っていた。「戦旗社」での編集・出版の業務にそれまでには見られなかった生きがいを見出していた。

が、それもつかの間だった。次節で詳述するが、今野大力は突然検挙、駒込署に留置されてしまう。しかもその際の拷問が直接の引き金となり、今野大力は二度にわたって生死の境をさまようことになる。久子・黎子母子の生活は一変してしまった。

「戦旗社」の今野大力

今野大力は黒島伝治の要請で上京後、労農芸術家連盟に参加する。文芸戦線社内での抗争があってその後、戦旗社に入社、戦旗社でも文芸戦線社と同じように雑誌編集の仕事が主であり、『働く婦人』の前身『婦人戦旗』の編集にも当たっている。

この戦旗社での一九三一（昭和六）年から翌年にかけてのわずかな期間が、今野大力がもっとも輝いていたときだった。そのほぼ一年間の今野大力について、宮本顕治「〝働く婦人〟の一頁」（『女性のひろば』1979年3月創刊号）」、松井圭子「「婦人戦旗」のこと」（『物語・プロレタリア文学運動』新日本新書）に簡潔に書かれているので引用しよう。今野大力には何が求められ、いかに生きいきと活躍していたか、まず「〝働く婦人〟の一頁」から引用する。

一九三二年の二月、党活動のなかで知り合っていた私（注・宮本顕治）と百合子は結婚し、本郷・動坂町に借家をみつけて新居をもった。二階二間、下二間、台所という家だった。

この家に移ってからすぐ、今野大力がふくらんだ包みをもって百合子をたずねてきた。彼はいつもの私たちと会ったときのニコニコ顔で「よかった」と簡単に私たちの結婚を祝福して、新居を珍しそうに眺めながら玄関を上って茶の間に来た。今野大力はプロレタリア作家同盟の詩人で非合法の共産青年同盟員だった。彼は闘志を秘めた朴とつな人物だったが、おだやかな人柄で、婦人のあいだにとけこめるということ、上京するまえ北海道の地方新聞の記者の経験もあることを尊重し、百合子も望み、みなも賛成して、「働く婦人」の編集実務の担当者となったのである。

（中略）

百合子はまず「おなかの具合はどう、今野さん」と聞いた。それは、当時の文化連盟出版部の活動家には、きめられた給与をまとまって渡すことができず、今野も妻と小さい子供をもっており、出先で外食費をひねり出すのがむつかしい日々だったから、挨拶がわりに、腹具合を聞くということになったのである。今野は遠慮しながらも、結局、ありあわせのものでまず腹ごしらえをした。それから二階の手前にあった百合子の部屋で、机をはさんで編集の打ち合わせが始まった。

二階の奥の間が私の仕事場で、ふすま一枚で仕切られた隣室で仕事をしている私には、編集の内容は、聞かずとも耳に入らざるをえなかったが、熱心な話のなかに、プランを出し合ったり、さし絵、表紙、カット等にわたって案が練られていた。

「働く婦人」は百頁にも満たないものだったが、社会と生活の根本にふれつつ、生活に即した記事も多く、愛情と知恵に満ちた手づくりの雑誌だった。創刊号巻末の編集ノートには「働く婦人のこの内容、この素晴しさ。今までにはこんなに充実した雑誌がわれら働く婦人のためにあったろうか」とあるが、今野大力の筆だろう。

今野はその後も週に二、三回も打ち合わせに来ていて、私たちの信頼できる同志、気のおけない友人として、わが家で歓迎された。この家には小林多喜二、壺井繁治なども訪れた。
しかし、一九三二年春の弾圧によって状況は一変した。四月七日百合子は自宅から駒込署に検挙され、私は地下活動に入った。

そしてこの一九三二（昭七）年の七月、今野大力も突然逮捕されたのだった。
続いて松井圭子「〝婦人戦旗〟のこと」より。

「婦人戦旗」はこうしたきびしい状態のなかで、発禁、押収の弾圧をうけながら五月創刊号、八月号、九・十月合併号、十二月終刊号の四冊が発行されている。
（注・「婦人戦旗」の）編集の実務は、詩人の今野大力があたっていた。創刊号は前年の十一月ソビエトから帰国し、まもなく作家同盟に加盟して、プロレタリア文学運動の戦列に加わってまだあまりまもないころの宮本百合子（当時の中条）の名も見えているのがなつかしい思いがする。
彼女はその後、「婦人戦旗」の編集の相談役になった。終刊号あたりでは実質的な編集者といえるのではないかと思う「婦人戦旗」はほとんど雑誌としての体裁もととのえることができないような弾圧にさらされながらも、編集内容は、親しみぶかい、ゆたかなものになっている。（中略）
百合子さんのことはさておき、私には今野さんのイメージが、今もなおいきいきと記憶に残っている。健康そうでない青い顔や姿、ボソボソと語ることば、猫背、いつもガリ版を切っていた

今野さんの姿。（中略）

一度こんなことがあった。百合子さんが洋装で印刷所へやってきた（といってももちろん彼女としてはできるだけ地味なものではあったが、昭和の初期にはまだ洋装はまれであった。しかも秘密を要する印刷所へ来る婦人としては）、今野さんにさっそくきびしく、といっても例のボソボソ声で、遠まわしに、しかし、いかにも迷惑そうに、目だたぬ服装で来てほしいとたしなめられた。次に会った彼女は、「母に貸してもらった」こまかい大島の絣を無造作に着て私たちの前にあらわれたことはいうまでもない。

このコンビで、「婦人戦旗」ははぐくまれていたのである。（後略）

このような戦後になってからの当時の仲間たちの回想を読んでいて気づかされたことだが、こもごもに語られる今野大力像は、詩人としてというよりも、雑誌編集者として、そしてまた非合法活動の誠実な実践者としてであった。

さて、コップ（プロレタリア文化連盟）加盟団体への大弾圧開始の二日後、一九三二（昭和七）年三月二十六日のことを、今野大力は次のように書いている（「病床断想」）。

働く婦人の四月号を出して五月号の原稿集めにかけずり廻つて、同志中野（注・詩人であり作家の中野重治）の家へ行つて私は何等の理由もなく拘留十五日を食つた。この拘留こそ私のからだを滅茶苦茶にした初まりであつた。

何の理由も示されず検束・拘引される、その際の今野大力をリアルに再現しているのが、宮本百合子の小説「一九三二年の春」（一九三二）そして「刻々」（一九三三）だった。この二作は今野大力だけではなく、登場人物すべてが本名で書かれており、それだけでも「一九三二年の春」「刻々」は、間違いなく「この時代に生きたプロレタリア作家の一つの文学的証言」（宮本顕治『宮本百合子の世界』河出書房／一九五四）であった。小説というよりノンフィクションに限りなく近い宮本百合子「一九三二年の春」。

〝わたし（宮本百合子）〟は、今野大力逮捕のほぼ二週間後の四月七日夕刻「警視庁の山口」によって、同じ駒込署に拘引される。駒込署には「警視庁の芸術運動係りとして、プロレタリア文化活動をする者にとって忘れる事の出来ない暴圧係りの中川成夫という警部」が待ち構えていた。

便所に行くために左端れの監房の前を通ったら、重なりあってこっちを見ている顔の間に一つ見慣れた顔を認め、わたしの目は大きくひろがった。文化連盟出版所の忠実な同志今野大力が来ている。角を曲がりながら小声で、

「きょう?」

と訊いたら、今野は暗い檻の中から合点をし、舌を出して笑いながら、首をすくめて見せた。

そして四月十一日朝九時頃、

便所へ行きがけに保護室の角を曲がろうとしたら、第一房の錠が開く音をききつけて、待ちかねていたらしく、今野大力がすっと金網ぎわで立ち上がり、

「蔵原がやられた」と囁いて坐った。

「いつ？」

「二三日前らしい」

このニュースから受けた印象は震撼的なものであった。帰りしなに、

「ひとりでやられたの？」

「そうらしい。しかし分らないよ」

今野の、口の大きい顔は、そういいながら名状出来ない表情である。


「一九三二年の春」では、今野大力の体調に変わった様子は、まだ見られない。ところが次の小説「刻々」になると、第一章から駒込署の留置場内の切迫した動きが描写される。今野大力に、はっきりと異常が現れていた。

保護室があいた、見ると、今野大力が洋服のまま、体を左右にふるような歩きつきで出て来、こっちへ向って色の悪い顔で頬笑み、それから流しの前へ股をひらいて立って、ウガイを始めた。風邪で喉が腫れ、熱が高いのである。（中略）その日の夕暮、今野が片手で痛む左の耳を押さえたなり蒼い顔をして高等室から監房へ帰って来た。（中略）

風邪で熱が出て扁桃腺が膨れていたところをビンタをくったので耳に来て、二日ばかりひどく苦痛を訴えた。濡れ手拭がすぐあつくなる位熱があって、もう何日か飯がとおらないのであった。

その拷問は、「中川に死んでしまへ！といわれたけど、私は死なない、生きている。一時はほんとにおだぶつと思ったけれど、私は生きています」と、今野大力が壺井繁治宛の手紙に書いたほどのひどさだった（戎居仁平治『今野大力の埋れた足跡』）。この特高警察の警部中川成夫は、翌年の小林多喜二虐殺の首謀者であった。

今野の容態は益々わるい。中耳炎ときまった。自分は、永久に日光が射し込まない奥のゴザ一枚はいつもジットリ穢れでしめっぽい監房の中を歩きながら指を折って日を数えた。こんな状態で二十七日までもつであろうか？

宮本百合子は同じ獄中にあって、「しつこく今野を出して手当をさせる」ことを要求する。

今晩が関所である。誰しもがそれを感じた。監房の真中に布団を敷き、どうやら、思いきり脚をのばして独り今野が寝かされている。こんな扱いが留置場でされることは、もう最期に近いと云うことの証拠ではないのか。枕元に、脱脂綿でこしらえた膿とりの棒が散乱し、元看護卒だった若者が二人、改った顔つきで坐っている。

今野は唸って居る。唸りながら時々充血して痛そうな眼玉をドロリと動かしては、上眼をつかい、何かをさがすようにしている。自分は、廊下の外から枕元の金網に鼻をおしつけるようにして見守った。間もなく、今野は唸るのをやめ、力いっぱい血ばしった眼で上眼をつかいハッ、ハッハと息を切りながら、

「中條さん……切ないよウ」

自分はたまらなくなった。錠をはずしてある鉄扉を押しあけ、房の内に入った。高熱で留置場の穢れた布団が何とも云えぬ臭気を放って居る。自分は、垢と病気で蒼黒く焼けるような今野の手を確かり握り、やつれ果てた頬を撫でた。

「何だか……ボーとなって来たよ」

「頭、ひどく痛い？」

「頸の……ここが（手をそろりと後へやって）痛い……体じゅう何だか……」

自分は、全く畜生！と思い、自分の体までむしられる思いがした。

「――今野――！」

夢中になりそうになる、忠実で、強固で、謙遜な同志の膏のにじみ出た顔をさしよせ、私は全身の力をこめて低く呼んだ。

「今野」

その声で薄すり目をあけ、こっちを見た。

「まだ死んじゃいけないよ。いいか？　口惜しいからね、死んじゃいけない！　いいか？」

「ああ」

「しっかりして……」

「あァ……」かわいた唇をなめて微かに「わかってるヨ」

「刻々」では、拷問によって重態に陥る今野大力の様子がこのように宮本百合子の目を通してリアルに描かれる。ひん死の今野大力は済生会病院へ行くことになり、（特高は）「フラフラの目を瞑《つむ》っている今野を小脇に引っかけて留置場から出て行った」。

続けて〝付記〟として、その済生会病院で今度は軍医の卵の不熟練者が治療・執刀し、手術後ガーゼのつめかえの方法をいい加減にしたため、退院後に悪化、極めて悪性の乳嘴《にゅうし》突起炎を起し、脳膜炎を併発、危篤状態になったことが書かれている。その折の今野大力の詩が「奪われてなるものか――施療病院にて――」（『今野大力作品集』新日本出版社／一九九五）であった。

君はおれの肩を叩いてきいてくれる／君は親しげなまなざしでおれを見る／おお君はいつもおれの同志／おれたちの力強よい同志
しかしおれには今／君の呼びかけたらしい言葉がきこえない／君はどんなにかあの懐かしい声で／留置場からここへ帰って来たおれに／久方ぶりで語ってくれたであろうに／おれには君の唇の動くのが見えるだけだ／パクパクとただパクパクと忙しげな／静けさ、全くの静けさイライラす

る静けさ／扉の外に佇っていたパイの跫音も聞こえない／何と不自由な勝手のちがった静けさか
音響の全く失われたおれの世界／自分の言葉すら聞えず忘れてゆこうとしている／（後略）

今野大力の連続する拘禁・入院中、戎居《えびすい》仁平治《にへいじ》によると、久子・黎子母子は家主に追い出され、壺井繁治が検挙・拘留されて不在となった壺井栄宅に家族共々同居させてもらうことになる。

〈付記〉戎居仁平治は壺井栄・繁治の甥で、そのころ壺井宅に寄宿、今野大力にとりわけ近い友人であり、今野大力について貴重な証言を残しており、この先もしばしば引用する。

しかし今野大力はふた月も経たずに再び病状が悪化、七月二日（一九三二年）深夜、慶応病院に入院する。宮本百合子の紹介であった。付き添ったのは妻の久子、窪川（後に佐多）稲子、井汲花子、壺井栄、戎居仁平治。戎居仁平治は書いている。今野大力は大手術の後も、

大きな口を曲げ、苦痛にさいなまれどおしだった。時に何かいいかける大力の口元に窪川稲子が耳を近づける、苦しい、とうめき、「こういうたたかいもあるんだね」とつぶやいた。（中略）
「左耳沿いに骨まで削り、拳が入る位ガーゼをつめたのよ」と久子がいう。ねむの花を有合わせの硝子瓶に挿して大力の枕元におくと、「いいね、いいね」と繰返しほめ、すぐまた目を閉じ

た。（中略）
ふと目をひらいた大力は、詩を作りたいが紙はあるか、と私に求めた。（戎居仁平治「今野大力の埋れた足跡」より）

その詩が「奪われてなるものか―施療病院にて―」（一九三二・六）に対応する「ねむの花咲く家―自らペンを取らなかった詩―」（一九三二・七・三）であった。

俺は病室にいる／暗室のような部屋だ／今俺はあの豚箱で受けた／白テロの傷がもとで／同志にまもられ／病室に送られたのだ／病室の血塗れた俺は／最後の日を覚悟している／しかし、そこへ／一人の同志の持って来た／ネムの木の花は／おお／何と俺を家へ帰らさせたがるだろう／ねむの葉は眠っている／しかし、俺は夜中になろうと／ねむれない／ネムの葉は眠っても／花は／苦痛になやむ俺のほっぺたへ／頰ずるような微笑を呼びかける／あのねむの花咲く家は／何と朗らかな／俺たち同志の住居だったことか／ねむの葉葉は眠り／俺は眠られず／あの日／プロレタリアートの敵の／憎むべき白テロ――

済世会病院の粗雑な扱いで危篤状態に陥った今野大力は、周囲の人たちの計らいで慶応病院に再入院し危機を脱するが、その入院について宮本顕治は「百合子の父親が建築の設計をしたことから縁のあった慶応病院」と書いている。蔵原惟人も詳しく入院の経緯を書いている（蔵原惟人『小林多喜二

と宮本百合子』大月書店・国民文庫／一九七五）。

（獄中にあった蔵原惟人に今野大力が）葉書をよこして、自分は耳を治療して、そしてその治療がまずくほとんど耳が聞こえなくなった。しかし自分はあなたのお母さんにいろいろと世話になった、という礼状をよこしました。

このように今野大力は感謝をこめて獄中の蔵原惟人宛に書いていた。子を思う母親の姿が感動的なのは、小林多喜二の母セキがそうであったように、今野大力が世話になったと感謝する蔵原惟人の母についても同様だった。蔵原惟人は語っている。

（運動のことに）ちょっとでもふれると面会を禁止する。これは刑務所によって厳重の度合いがいくらかちがいがありましたが、市川の刑務所などは非常に厳重だったわけです。ただその面会のとき、それとなく外部の事情を知らせるということはありました。たとえば小林多喜二が死んだときに、私のところに小林セキという名前で赤い花の差し入れがあった。

私は小林セキがどういう人であるかをそのとき知らなかった、それが小林多喜二のお母さんだったわけですが、ちょうど小林多喜二が一九三三年二月二〇日に殺されまして、そしてその葬式をやってその花を刑務所のなかにいる人達に少しずつ差し入れしたわけです。最初はその花が何の意味で入ってきたのかわからなかったわけですが、それから一週間たって私の母が面会にきましていろいろ話しているうちに、なにげない様子で、「この間あなたのところに花が差し入れになったでしょう」といったので私は、差し入れになった、小林セキという人はどういう人ですか、と聞きましたところが、「多喜二さんがなくなってね」ということを一言いった。そうしたところ、監視がついていて、「そんなこといっちゃいかん」ということで私の母は怒鳴りつけられました。しかしそれによって私は小林多喜二が死んだということを知ったわけです。

壺井栄の小説「種」にも、

村田（引用者注・小林多喜二のこと）の葬儀のあと、たくさんの花を分けて、お母さんの名で差入れをしたことを、せい子（注・壺井栄）はまた思い出した。その時にも、せい子たちの思いつきで、白いフリージャの中へ一本の赤いカーネーションをさし加えたのだった。

とある。小林多喜二の母セキ（注・壺井栄の小説「種」では〝お母さん〟）、そしてこの蔵原惟人の母しう、その息子を支えるしなやかな、しかし凛とした姿勢には、身の引き締まる思いがする。
宮本百合子「小祝の一家」で描かれている今野大力の母いねよ、小説では〝祖母《ばっ》ちゃん〟であるが、大力の母もやはりそうした一人であり、小熊秀雄が「母親は息子の手を」で描いた「（獄中の）同志佐野博の母親」もそうだった。
蔵原惟人の母〝しう〟は、医学者、細菌学者で慶応大学医学部の初代学部長北里柴三郎の妹であった。宮本百合子の父ばかりではなく、蔵原しうもまた兄北里柴三郎を通して今野大力の入院、治療に尽力していた。そのようにして今野大力の一命は取り止められた。

宮本百合子「小祝の一家」

宮本百合子の小説「小祝の一家」（一九三三年十二月七日執筆。初出一九三四年『文芸』一月号）は、「刻々」のあと、今野大力がいったん病状を持ち直し、退院してからの一九三三（昭和八）年のことになる。「刻々」とは違って、大力というよりはまだ二十一歳の妻久子（小説では〝乙女〟）を主人公にした小説だった。

「小祝の一家」では、今野大力の検挙・拘禁、そして二度の長期入院、その間一方的に家主に追い出された久子は、その間もまだ二歳になったばかりの娘黎子を抱えての看病、大力の受け持っていた活動の援助と容易ではなく、黎子をいったん旭川の祖父母に預けることになる。一九三二（昭和七）年の秋から冬にかけてのことであった。

ところが、翌三三（昭和八）年二月、退院後の今野大力、妻の久子の二間だけの狭い住宅に、黎子（作中ではミツ子）を連れ、旭川から大力の父母（本名は喜平・ミネノ）、大力の弟妹（邦男・郁子）の四人が、「どれをあけても襤褸《らんる》に似たもののつまった包み」を背負ってやって来て、突然、同居することになってしまった。小説ではそれぞれ、祖父《じっ》ちゃん（貞之助）、祖母《ばっ》ちゃん、妹はアヤ、弟は勇、それに娘黎子はミツ子となるが、勉・乙女夫婦の暮らしは一変した。

二部屋に七人の生活。弟の勇が会社の給仕に雇われるが、妹のアヤが結核性の腹膜炎を発病、入院してしまう。経済的に行き詰まった乙女は働くことを決意する。

「小祝の一家」によると、もう一つ金銭のかかる理由があった。「勉が安全に活動をつづけて行くためには、家をはなれ、よそに室を借りる必要が迫っていた」からであった。

だがそれも「女給らしくない妙な女給」とあっては、「二十日ばかり働くと乙女は麗人座を首になった」。しかも八月には、上京し同居していた大力の妹アヤの死。その不幸も重なって乙女は借金が倍にかさみ、今度は「郊外のけちなカフェー」に通いはじめることになる。

「小祝の一家」終章では、「居座ったような上京当時からの貞之助の態度が、次第に失われはじめ」、乙女はそれを「祖父ちゃんの坐り工合から何となく感じた」。しかも貞之助は子供対手の駄菓子を売りに歩くようになり、新聞の読み方も違って来た。「……駄菓子売りの組合つうはねのか」「早く勉のいうような世の中になんねば困る！」と言うまでになった、と書いている。

そして祖母もまた、巡回のおまわりに、

「それで……息子の勉っていうのが行方不明なんだな？」（中略）

「へえ」

「どうして家出なんかしたんだね、子まであるのに――」

「…………」

「放蕩かね」

「ま、そんなようなものでございます」

と受け答えするのだった。

その対話をもの陰で聞いていた乙女は、「祖母ちゃん、でかした！」と思わず笑いかけるのだが、「小祝の一家」で宮本百合子が描く乙女（久子）の思いは深い。

（乙女は）ふと「放蕩かね？」「――まあ、そんなようなものでございます」という二つの声をまざまざと思い起す。それに絡んでくる乙女の感情は複雑だった。


急な情勢の必要から、勉は乙女からあれこれ考える暇もなくよそに住むようになった。勉は放蕩から自分をすてる男ではない。今までは、そこまでしか考えのうちになかった。が、自分が運動についてゆけなければ勉は自分を妻にしては置かないであろう。今では、動かし難くはっきり乙女にそのことが会得された。万一そういうとき、それでもと勉にからみ、恥かしい目を見せることは乙女にとても出来なく思われた。プロレタリアの運動の値うちと勉の値うちがいつしか身にしみすぎている。それらのことを考え、勉が家を出てから初めて、枕の上に顔を仰向けたままミツ子を抱いて永いこと睡らなかった。

宮本百合子は、久子から直接聞いていたことをそのまま描いていたのであろう。「小祝の一家」は、乙女がカフェーに出かけるために着替えに立つシーンで終わる。

「帯を結ぶ間も、大きい雨洋傘を背広の小柄な体の上にさし、口を結び、こつこつ歩いて行く勉の姿が乙女には見えるような心地であった」と閉じられる。

この、まだ二十歳を過ぎたばかりの久子の気丈さは、今野大力が病床に臥してからも家族を支え続け、宮本百合子「小祝の一家」の〝乙女〟は、次に壺井栄「廊下」の〝シヅエ〟に連続していくことになる。

壺井栄「廊下」（初出『文芸』一九四〇・二月号）

壺井栄の小説「廊下」も今野大力とその家族がモデルであった。「廊下」では、今野大力は〝寛治〟、久子は〝シヅエ〟、そして大力の弟邦男は〝敏男〟、作者の壺井栄は〝小山ツタ〟、そして「小祝の一家」ではほとんど登場しなかった娘の黎子が〝英子〟としてていねいに描かれる。一九三一（昭和六）年生まれの娘黎子は三歳になっていた。

壺井栄は、「廊下」所収の『壺井栄作品集』（筑摩書房／昭和三十一）解説「小さな思い出の数々」で次のように書いている。


「廊下」になると、思い出もまた複雑にひろがってくる。この作品のモデルとなったのは詩人今野大力で、この作品の中の「小山さん」の役を私はしていた。武蔵境の田圃の中で半ばかくれるやうにして病みつかれていた詩人とその一家のことを切なく思ひ出すことがあるが、細君の久子さんや一人娘の黎子さんはどうしているだらうか。このころの今野一家を経済的に支へていたのも宮本百合子さんであった。

少し説明を加えようと思う。

実は、今野大力をモデルにした宮本百合子の小説は、この章の冒頭に書いたように「一九三二年の春」(1932・8)、「刻々」(1933・6執筆、発表は『中央公論』1951・3)、そして「小祝の一家」(『文芸』1934・1)の順であった。今野大力が亡くなるのは翌年の一九三五年、したがってもし今野大力の死にいたる小説、あるいはルポルタージュが書かれるとすると、宮本百合子によってであった。

ところがそうはならなかった。今野大力が亡くなる前月、一九三五年五月に宮本百合子は再び検挙・拘留され、六月十九日の今野大力の死を挟んで十月には治安維持法違反で起訴され、翌年の一九三六年三月になって心臓が弱ったため保釈されたものの、即慶応義塾大学病院に入院という事態になっていた。

『宮本百合子全集　年譜』によると、「十月二日療養のため、当時口述筆記などの仕事を手伝っていた壺井栄と長野県の上林温泉にゆき、せきや旅館に滞在」とある。

壺井栄「小さな思い出の数々」には、次のように書かれている。

この作品（引用者注・「廊下」）を書いているとき、――下書きができたころ、やはり治安維持法違反で起訴され、病気保釈で出獄した宮本さんと一しょに、私ははじめて信州の上林へいった。そこで宮本さんは仕事をするつもりだったのがいろんなことで出来なくなり、弟さんの病気をきっかけに二十日ほどで一先ず一しょに引上げた。一か月ほど後にその荷物のあと始末に出かけた私は、そこで「廊下」を書き上げて帰ったのだった。

以上は一九三六（昭和十一）年のことだった。検挙・拘束され、長期の拘留に心臓を患っていた宮本百合子には、「小祝の一家」の続編を書くことはもはや不可能だったろう。

壺井栄「廊下」で直接描かれているのは、一九三五（昭和十）年六月、今野大力が東京市江古田療養所で亡くなるまでのほぼ二カ月の日々であった。回想として小金井の住まいの一九三四（昭和九）年が加わる。題名の〝廊下〟とは江古田の療養所の、再び戻ることにはならない、長い、長い廊下を指している。

幾棟かの病舎を貫いて真つ直ぐに通つてゐる廊下は足を交す度にぎいぎい鳴つた。風雨にさらされたやうに木理《もくり》の浮出したところどころが少し古びたのや、真新しいのや幾通りもの板で繕《つくろ》つてある、そのそばに近づくと小さいシヅエのからだの重みでさえゆさゆさするやうな不安定な感じを与へた。その度に運搬車は揺れ、乗つてゐる貫治の眉根に立皺が深く刻まれるのを見ると反射的にシヅエの眉もひそむのであつた。（中略）

今蟇口《がまぐち》の中には先刻義弟の敏男から受取つて来たばかりの十円紙幣が三枚ある。（中略）貫治とちがつて別に世の中を見極めようとするやうな意識のない弟から、毎月かうして給料の半分に近い額を取り上げることは、受ける分のシヅエにとつてもたまらない気持であつた。（中略）
倒れては起き上り、又倒れては起き上がる努力の中で貫治の手足は眼に見えぬ速度で痩せ細り、眼は大きくくぼんでいつた。さうした生活の中へ訪れるものは、貫治のために月々零細な金を集めては持つて来てくれる限られた人と、時にはそれが為替に組まれてそれを持つて来る郵便屋であつた。（中略）
施療病院への入退院、小金井の閑居での細々とした生活、貫治が臥したきりになってからというもの、シヅエは看病に専念しなければならず、働きに出ることは不可能になった。大力の弟からの援助、ツタ（壺井栄）などからの不定期の支援金、そして宮本百合子からの送金が頼みのその日暮しの毎日であった。（中略）
謂はば貫治を信ずることから出発して貫治のすることを信じ、黙つてそのあとについてきたシヅエではあつたが、自分の今してゐることは余儀ないとは云へいつも他人のふところへ手を入れることであり、たまに出す母や姉への便りにさへいつでも無心の手紙である。

壺井栄は「廊下」で、このように書いている。「小金井の施療病院」をはじめ入退院を繰り返していた一九三四（昭和九）年七月ころは、入院中とはいえ今野大力にはまだ気力が漂っていた。次の引用は、中村計一「大力君の片影」（『北海道文学』／昭和二十一年八月）からである。

やがて〈ナップ〉を発展解消して〈戦旗〉と改題され、大力君も壺井繁治君等の斡旋で同陣営にあることも知った。ミリタリズムの狂暴な嵐の裡に「子供が生れた。黎子と名づけた。レーニンを偲んで下さい」と説明してあった。

「――中村さん、僕は二ヶ月前から、ここ小金井の施療病院に倒れ込んで居ます骨身に立ち込むベットが僕の安息所であり〈戦旗〉の地下編集室でもあるんです。中條百合子さんや壺井栄夫人などに大変世話になつて居ます。小金井は東京と違つて静寂で、景色のとてもよい田舎です。窓外はるか武蔵野の雑木林が展望されます。大町桂月が好いた林ださうです。もう一度黎子を抱いて久子らと散歩して見たいんですが、どうなることか。中村さん元気でやつて下さいよ」

中村計一は「今野大力君」という題名で、１９３５・６・27付『旭川新聞』に「死亡通知を受けて」と添え書きして、「……病状二年、私もこんどは再起殆ど不能らしいです。先日医者に死は単に時日の問題だと宣告されました」ではじまる今野大力からの最後の手紙を引用する。そして中村計一は、

〈今野大力は〉去年の春、病の小康を得たので中野に在る救世軍療養所から追ひ出され小金井に閑居を求めて引き越し、彼の愛妻久子さん愛児黎子さんと共に凡々一年極度の窮乏のうちにも「未来に対する確信」は喪失することなく黙々と療養をつゞけてゐた。

と書いている。〝去年〟とは今野大力の死の前年、一九三四（昭和九）年。大力の父喜平とその家族四人が上京してきたのがその前年の一九三三（昭和八）年。「小祝の一家」の「二間のトタン屋根」の住宅で、大力・久子夫婦と二歳の黎子、大力の父母と弟、妹の七人という大家族の日々であった。ところが同居していた妹の死、弟の就職・別居、大力の入退院、ために母いねよは大力の弟のもとに、父喜平は北海道・名寄の姉キクエの家にと、一家は離散状態に置かれることになった。久子には心身共に極限の日々が続いていく。

壺井栄「廊下」に描かれた次のような切ないまでの母と子のエピソードは、中村計一への手紙から想像される今野大力からは思いもよらない姿だった。妻の久子が壺井栄に語っているのは、翌一九三四（昭和九）年、死の前年の今野大力になる。黎子は三歳か四歳であったろうか。

「母ちやん、ね、御馳走食べたこと父ちやんに黙つてんだね」

シヅエは胸の中をのぞかれたやうな恥かしさで、

「云つたつていいさ、云つたつていいの。ほんと」とむきになつて云つた。

「でもゆはない方がいいよ母ちやん、ゆつたら父ちやんまた下駄買つた時みたい、怒るよ」（中略）

人の助けを受けることのほか何も出来ない貫治がたとへ一銭でもといふ気持は分り過ぎる程分つてはゐる。だが、シヅエには又別にこんな暮しの中で育つ英子を可哀さうに思ふ気持があつた。

何度も先鼻緒が切れて「煎餅のやうに薄くなつた」英子の下駄が、横緒まで切れ「その日父親の許《もと》へ坐りこんでねだつてねだつた末、どうしても駄目と分ると英子は貫治の寝床のわきに突伏して忍んで泣き出した」、(英子は)「父親への不断の心づかひから声を立ててはならないように慣らされて」、「肩をふるはせてゐるのであつた」。

そのような英子の姿に、シヅエは下駄を買う決心をする。

英子がどんなに喜ぶだらうと思ふとシヅエは子供のやうに駈けて帰つた。次の朝英子はそれをはいたまま上ずつた声で父親の枕許《もと》へかけつけた。だが貫治はぬいで見せようとしてゐた英子を険しい顔つきでにらんでゐた。

「十二銭よ、たつた、十二銭よ」

縁側の外に立つて雑布をかけてゐたシヅエがさう云つても、聞えない貫治は上半身を起して英子の手からそれを引つたくり、シヅエに向つて投げつけた。片つ方は柱に打《ぶ》つかつて畳にはねかへり、片方はシヅエの肩をかすめて雑布バケツに飛びこんだ。英子はおびえて泣きもせず、シヅエにしがみついて来た。

それ以来英子はだんだん父親をまともに見なくなり、ちよつとしたこともひがみ、強情をはるやうになつた。

ここに描かれている今野大力は、詩「泣きながら眠った子」や「幼な子チビコ」からは想像もつかない、切ない今野大力の姿だった。今野大力「短歌七首(我が妻は)」からの三首を、次に引用する。

我が妻は未だ幼し病人《やみ》の気に逆ひてそれ程思はず
働くと何を働く問ひきけば三年前の女給をすると
病人も付添も気の荒立つは不意の出費《ママ》に金なき故に

だが、寛治（大力）の病状は悪化の一途をたどり、久子は大力に付きっきりになる。

がさがさにかわいた唇をなめ、苦しさうな息づかひを見るとシヅエは気が気でない。死んだ方がいいかも知れないとやけつぱちを云ふ貫治、いらいらとシヅエや英子にあたり散らす貫治、それはまだシヅエにとつては苦でなかつた。だが、話しかけても返弁もせずふさぎこまれることは何としても辛かつた。シヅエは黙つて寝床の裾に廻り、掛蒲団の中へ手を入れた。枯木のやうに骨ばつた足、踝《くるぶし》から甲にかけてさすつてゐると、湿つた垢がぼろぼろと剥《はが》れるのが分つた。

そのころ小山ツタ（壺井栄）が訪れる。ツタは、「しばらくの間に相《そう》の変わった寛治の、たぐりよせるやうな眼に迎へられ、思はずたじろいだ」。

「この人つたらね、あんたの前でこんないい顔してるでしよ。そのくせしてあたいに電気スタンド投げつけたりするんだよ。そいであたいを追ひ出したりしたんだよ。気が強いね」（中略）

「あたいのやうな馬鹿は見るのもいやだから今すぐ出て行けつて云つたの、ほら、あの日、あたいがこの前行つた日さ」。

その日とは、

「父ちやん怒つてるね」

英子が内緒声で云ふ。話しかけると却つて悪いと思ひ、シヅエは火を掵へにかかつた。自分たちが牛肉を食べたのだからと途中の店でそれを買ひ、肉うどんを作つて食べさせようと思つたのだつた。小さい鍋のまま枕元へ運ぶと、寛治はいきなりそれを畳の上へはねかえしびつくりするやうな大きな声で、出て行けとどなりつけた。シヅエはむつとして外へ出た。だが畑の中をふらふらしてゐる中に、お互の気持は分り合つてゐながら、ついはづみで出る言葉のやりとりだけで例へ本気ではないにしろとび出して来た自分を悲しく思つた。（後略）

を指している。

次の今野大力の詩「花に送られる」は、その日からあまり遠くはないある日、小金井の住家から江古田の療養所に送られたその日の光景であったろうか。

花に送られる

小金井の桜の堤はどこまでもどこまでもつづく／もうあと三四日という蕾の巨きな桜のまわりは／きれいに掃除され、葭簀《よしず》張りののれんにぎやかな臨時の店々は／花見客を待ちこがれているよう
私の寝台自動車はその堤に添うて走る／春めく四月、花の四月／私は生死をかけて、むしろ死を覚悟して療養所へゆく／すでに重症の患者となった私は／これから先の判断を持たない／恐らく絶望であろうとは医師数人の言ったところ
農民の家がつづく／古い建物が多く／赤や桃色の椿が咲く、家も庭も埋めるごとく／今満開の美しい花々／桜の満開のところがある、八重の桜も咲いている
自動車は花あるところを選ぶ如く走る／花に送られて療養所に入る私を／療養所のどの寝台が待っているか／二度と来ぬわが春とは思われる。春はおろか／この秋までも、誰かこの生命を保証する／私は死を覚悟の眼で美しき花々の下を通ってゆく

一九三五・五・一四

そして何日かして、次の壺井栄「廊下」の描写に続いていく。

次の日静養室へ移されたのであった。この部屋へ来たことは病人にとつて最後の宣告である。貫治の蒼ざめた顔は紅潮し、感動を静めようとするかのやうに閉じたまつ毛の間から涙があふれ出た。医者に命ぜられた気休め的な言葉などいふ必要もなく、シヅエも貰ひ泣いた。此処では誰に遠慮もなく貫治の顔にわが顔をよせ、

「ね、此処の方がいいぢやないの」

手拭ひをとつてそつと貫治の涙をふいた。貫治は何か云ひさうに唇を開き、何も云はずに強く妻の手を握りしめた。そしてそれからすつかり覚悟がついたやうにだんだん落ちついて来た。広広と感じられる六畳程の部屋の片側よりに、汚れた白壁に囲まれた貫治はもう愚痴もこぼさず不平も云はなかつた。二人はうなづき合ふ気持で刻々に迫るものを覚悟した毎日を送つた。（中略）

シヅエはぢつと見守つた。目が覚めれば寸刻もそばから離したくないらしい貫治の絶望と感謝をこめた眼ざしに応へて、シヅエは家にゐた時のやうに足を撫で、手をさすり、額を近づけて暮らした。

壺井繁治は「(今野大力の)枕元を飾るカーネーションの紅い花の鮮やかさが、今でもわたしの脳裏から消え去らない。久子さんは、あんなに頼りにしていた百合子さんが捕らえられ、ここに姿を見せることが出来ぬのが残念でたまらぬと、嗚咽した」と、大力臨終の折の久子を書いている（「今野大力をめぐっての思い出」『文化評論』１９７３・７）

もうおそい

生かせたいがもうおそい／両肺が全部やられている／猛烈な腸結核で／一日の膿の排出は多量で／
ちっとも消化力ない胃腸／痔が悪くって腎臓も悪くて／耳が悪くてもう全身／あますところなく
悪化している／これは医者が言うのだ、そしてあと／一月かどうかとすら公言する／熱が四十度
をこえる／味覚は破壊されて／食慾が全くない
食慾がなく／熱を出して／毎日肉をけずっていれば／やがてけずる肉のなくなった時／お前は死
だ、
死は神秘でも神の御召でもない／死は肉体の破壊である／お前はすでに大いに破壊されている／
生かさせたいがもうおそい
ただ逢いたい人々よ／早よ鉄窓の彼方からかえってこい／庭の椿もすでに落ちた（五・二〇）

末尾の日付通りだとすると、今野大力の死の一カ月前、小熊秀雄が見舞いに行き、自著の『小熊秀雄詩集』と「将来も君の意志を継続することを誓ふ」という噛みしめるような決意のメッセージを枕元に残した一週間前のことになる。

五月十二日付壺井栄宛の今野大力の手紙から一部を引用する。

それから、私の雑費、付添の食事費が今殆んど乏しくなり、付添がかくれて病人食事の残りを食べてゐるような始末です。このことはどこでも同じやうな場合と思ひますが、若しも都合つくならば、当座の分、少しでもお借り出来ないでせうか。御めんどうでせうが、お願ひいたします。熱が高いのでこれをお願ひして打切ります。どうぞ悪しからず。

同じ五月、中野重治にも今野大力は書いている。

もう恐らくよほど気分のいい時でないとたよりはだめです、これだけ一気に書いたけれどもとても苦痛です、先輩達の消息は二人きりでしょうか他に変ったことはないでしょうか、それから私はもう殆どだめと思って、折角云う「詩精神」に詩三篇十年前の写真を渡しました、何かおいしいものが喰べたいのみたい、もうこの欲望がとても強く襲ってきています、でも金がなくて、

戎居仁平治は、「大力の末期の作品をさぐる時、私は詩のきびしさを一層痛感する」と書いている（戎居仁平治『今野大力の生き方と詩』）。

だが、絶望と痛苦、いらだち、病床ではシヅエ（久子）に見せるあるがままの寛治（大力）、すぐに後悔し落ち込むとわかってはいてもいつかそのような姿に寛治はなってしまっている。それがまた、

寛治を苦しめる。その地平に今野大力の澄みきった詩の幾編かが語られ、戎居仁平治など枕元にいる誰かによって、書き写されていった。

そして自らも色鉛筆を取り、一字、一字「息苦しい字体」で「たどたどしく」「自己の無惨な肉体を我が目で平静に見つめつつ、限られた生命をいとおしむ」ように、「無限にきびしく、美しい」ことばが書き付けられていった（戎居仁平治『今野大力の生き方と詩』より）。

今野大力の死

何よりも先に今野久子の、夫大力を追悼する詩を紹介しようと思う。久子の詩は、壺井栄の「廊下」と響きあっている。

夫の死に面して

今野　久子

骨と皮にやつれた　顔　手　足／共に働いた昔の面影はどこにもみいだせない／苦難な、五年
又楽しかつた、五年／希望に輝いたその日その日／田舎娘の私をやさしくみちびいてくれた
今　夫は冷酷な死の手に奪はれようとしてゐる／多くの同志と永遠に別れなければならない夫
可愛い何もしらない娘との別れ／療養所の夜のラジオも終つて　ねしづまつた夫のまくら／べで

私の思ひ出の数々が胸にひろがる
お互に不自由な理由から二年ぶりで逢ふなつかしい同志達に／夫の目は　歓喜にうるむ／何んと
昔にかわらない元気さ／やさしい同志達と別れる夫の苦痛／思ひやれば私にはくやしさがこみ上
げてくる／泣けてくる／だがこれは私の夫として娘の父としての悲しみばかりではなく／……
（伏せ字・革命）のために働いた一人を奪われるにくしみ故に

（『文学評論』／一九三五年十一月号）

次に、まず葬儀の際の貴重な証言を紹介しよう。今野大力を火葬場で送った時の様子を記した証言である。画家小野沢亘《わたる》の「小熊秀雄とサンチョクラブ」（『小熊秀雄童話集』「解説　小熊秀雄について」創風社二〇〇一）からの引用である。

「太鼓」の母体である「サンチョクラブ」ができたのは、それから約二年後の一九三五年の十一月であるが、その年の六月に、詩人の今野大力が警察による拷問の後遺症で死んだ。そしてその遺体が落合の火葬場で焼かれた。
今野大力については、宮本百合子が、前の年の「文芸」六月号に、彼をモデルにした小説「小祝の一家」を発表しており、みんなによく知られていたので、火葬場には知らせを受けたプロレタリア作家同盟時代の仲間が多数集まっていた。
私も、プロレタリア美術研究所に住んでいた頃、彼から救援会ニュースのカットなどを頼まれたりして親しかったので、「働く婦人」の表紙絵を描いたりして今野大力と親しかった松山文雄からの電話で、その場に駆けつけていた。宮本百合子は、再度の逮捕でそこにはいなかったが、今野大力を最後までみとった壺井繁治・栄夫妻がいたし、雑誌「詩精神」は死に先だつ六月号で「今野大力詩特集」を組み、そのなかで彼に対する精神的な慰安と支持を呼びかけていた新井徹なども居たから、今野大力の死に至る経過が、その場でつぶさに報告されたこともあって、その場に今野の「切ないよう！」という訴えが、そのままみんなの現在の切ない気持に重なり合っておるようで、それが六月のことだったのに、私の想い出のなかでは、冬のことだったように残っていた。

憶えているのは、そんな沈痛な空気を打ち破るように言った、小熊秀雄の言葉である。「我々も、やっと三十台になった。大人の仕事は、これからだよ」

小熊秀雄は、それをみんなに聞こえるような大きな声で言った。振り返った仲間たちの顔に、はじめて笑いが浮んだ。なかには「いやあ、ほんとだ」と声を立てて笑う者もいた。

大力十九歳の頃から親しかったという小熊にとって、今野の死はよほど口惜しかったことだろうし、それはまた、同じ北海道出身で、虐殺された時には、まだ三十歳にも満たなかった小林多喜二にもつながる思いであったようである。「やっと」という言葉には「生き残った我々」が含まれてもいたに違いない。

しかし、このように小野沢亘によって語られている小熊秀雄も、五年後の一九四〇年にはこの世を去る。ヨーロッパではすでに第二次大戦がはじまり、日本も中国との戦争に加え、米英との戦争に突入する、その前年の死であった。そして五年後には、日本はその戦争に敗れ、大日本帝国は崩壊した。

今野大力没後三十八周年の墓前祭（一九七三年六月十七日）の折のことになる。遺児の黎子さんから、次のような手紙が森山四郎氏宛に送られている。（今野大力没後三十八周年墓前祭実行委員会機関紙『花束』より）

この度び『文化評論』七月号に、父の特集をして戴き、ありがとうございます。それも私の四十二歳の誕生日の朝、速達でついたのです。生れてはじめて父から誕生祝をもらったような気がして、とても嬉しい誕生日でした。

私も永い間、考え悩んだのですが、やはり皆様にお会いする勇気がでませんでした。親不孝な娘とお怒りの事と思います。私も家族の者と命日に行って、父の同志の人と附合うことも出来ぬ愚かさを詫びに参ります。

私は十八歳で結婚してから、二十三年間、人前に出ることも字を書くこともできない、愚かな人間になってしまいました。

父の詩の中にある「私の母」、父の母、私の祖母、私の育ての親おばあちゃんと同じ人間になってしまいました。

遠い昔のことですが、父親恋しさに、共産党本部に行ったことがありました。あれは昭和二十二年頃だと思います。

宮本顕治さんにもお会いしたのですが、どんなお話をしたのか、思い出すことが出来ません。私にも、十五、六の時には、そんなことができる勇気があったことを、今は想像もつかないことです。

私の今迄の人生の間で一番父が恋しく、一人で父の墓の前で泣いたこともありました。其の頃に父のことを今のように色々知ることが出来たらと悔まれてなりません（一部略）。

病み臥してからの切ない父のイメージしかない黎子さんは、四十歳を超えて「生れてはじめて父から誕生祝をもらった」と書いている。

宮本百合子「朝の風」の久子をめぐって

この章の最後に、前節に関連するが宮本百合子の小説「朝の風」（『日本評論』一九四〇年二月号掲載）の中の一つの小さなエピソード、だが黙って通り過ぎることのできないエピソードについてふれておきたいと思う。

「朝の風」は宮本百合子の今野大力・久子をモデルにした最後の作品であるが、ここでも久子は「乙女」だった。ただ、「小祝の一家」のように全編に乙女が登場しているわけではなく、「朝の風」では、宮本百合子による回想の一コマとして描写されている。

「小祝の一家」では今野大力との深い同志愛が全体を通じてにじんでいて、久子に対しても宮本百合子の親愛感を感じることができた。また、「自分が運動についてゆけなければ勉は自分を妻にしては置かないであろう。今では、動かしがたくはっきりと乙女にそのことが会得された」と宮本百合子は乙女の気持ちを代弁して書いていた。

さらに「プロレタリアの運動の値打ちと勉の値打ちがいつしか身にしみすぎている」「ミツ子を抱いて永いこと眠られなかった」とあって、宮本百合子は今野久子を〝同志〟として見ていたのだった。ところがこの「朝の風」の中ほどに、次のような場面がある。「勉さんの三周忌」という言葉からすると、一九三七（昭和十二）年六月のことになる。登場する「朝の風」の主人公サヨは宮本百合子自身、友子は窪川（佐多）稲子、と読むことができる。長くなるが「朝の風」から引用する。

サヨや友子たちにとって乙女（久子）はどのような存在であったか、その乙女がどのように変わりはじめているか、そのことが述べられていることに留意してほしい。何カ所か傍線を入れたが、宮本百合子の〝乙女＝久子〟への目線が、いつか変質しだしていたように思われる。どうだろうか。

友子が、

「ああさうさう、乙女さん、あなたのところへよりましたか」

ときいた。

「いつ？」

「ゆうべ」

「来なかつたわ」

「――あのひと、田舎へ行つて来たつて、ほんとうかしら……」
サヨは不安げな表情になつた。
「何とか云つてた？」
「言はなすぎるんですよ、行つてきたにしては。勉さんの三周忌だつたのに。ひよつとしたら、うつかり忘れてしまつたんじやないかしら」

そしてサヨ（宮本百合子）によって、次のようなエピソードが書かれている（傍線は引用者）。

みんなの友達であつた勉が、真面目で辛酸な若い生涯を終つたとき、あとにのこされた乙女と小さい娘の生活に対しては、親しかつた何人かの友達が、誰からも求められてはゐないがぼんやりした責任のやうなものを感じて来てゐた。

勉の年とつた親たちは、亡くなつた息子の代りに、嫁の乙女を一家の稼ぎ手として離すまいとしてゐた。乙女はそれが重荷で、娘をつれてマージャン倶楽部へ住込みでつとめたりしてゐた。気のいいコックの男がゐて、それが乙女を散歩にさそつては、一緒になりたいと云つてゐるといふことが乙女の口から友達に話されたりした。亡くなつた勉は詩人にならうとしてゐた。だけれども、気のいい男だといふのなら、乙女にとつてコックといふ商売はそんな困つた職業だつたらうか。（引用者注・このあたり、乙女へのサヨの視線は微妙に変化してきている。）

ところがその話はそれきりになつて、サヨが今度の家をもつたとき、乙女も来て暮らしたらどうだらうかといふ案が友子から出された。そのとき乙女は、相変らず小柄な体に派手ななりをして、長い両方の眉毛をつりあげるやうにして下唇をなめる昔の癖を出しながら、そりや一緒に暮して行ければ、あたいもいいと思ふ、と云つた。そして、もう一度上唇と下唇とを丁寧になめると、けんどね、と力をこめて目を据ゑるやうに、もしあたい一人になつたりしちやつて困らないだらうか。サヨ子さんたちは、さういふときでもちやんと成長してゆけるけど、あたいはやつぱり普通の女で、さうやつてゐたつていつまでたつても、普通の女としてのこるばつかしだらう。

野兎のおどろいた時のやうな素朴な美しい感じの顔をしてゐた乙女が、いつ友達の女たちと自分の一身との間にそんな区別をおいて身をしさらすことを覚えたのだらう。さう思つてサヨはその時大変悲しかつた。

そして次のような作者宮本百合子のコメントが加わる。

その時分に、勉が生前知り合ひだつた画家との間がどうこうといふ話があつた。

「勉さんがあんまりストイックだつたから、乙女さんの気持もわかるやうなところもあるけれど……でもね」

その画家を勉がしんからすいてゐたとはいろいろな事情から考へられなかつた。勉が善意に生きて死んだ熱心さが、妻である乙女の躯でどうでもいいものとされてゐるとすれば、それは、死んだひとにとつても生きてゐる自分らにとつても一つのむごたらしいことだとサヨには思へるのであった。

このように宮本百合子たちが「（今野大力が）真面目で辛酸な若い生涯を終ったとき」からというもの、「あとにのこされた」妻の久子と幼い黎子の生活に「責任のやうなもの」を感じ続けていた」こと、しかしいつの間にか久子（乙女）は、宮本百合子（サヨ）たちと「区別をおいて身をしさらす」ようになっていたこと、それが「大変悲しかつた」と宮本百合子は書いている。

〝しさらす〟とは「意識的に退く」、つまり久子が百合子たちの気づかないうちに距離を置いていたことを指している。

今野大力が検挙された直後、同じ駒込署に宮本百合子もまた検挙・拘束されていた。それ以後〝一九三六年の春〟までの間、宮本百合子は四度検挙・拘束され、その期間は延べ「約一年七カ月」に及んでいた。その間今野大力の入院そして死が重なり、宮本百合子は今野大力の死に立ち会うことも葬儀に出ることもできなかった。

そして今野大力の死から二年。

久しぶりに宮本百合子は今野久子に出会う。その際の久子（乙女）の変貌に、サヨ（宮本百合子）はしだいに懐かしさよりも複雑な思いが深まっていく。

「朝の風」での、しばらくは会っていなかった久子（乙女）の、かつてとは違った身なりや物腰。

一歩退りぞいた、しかしきっぱりとした久子のもの言い。そのことが「大変悲しかつた」と作者宮本百合子は書いている。

それが翌一九三八（昭和十三）年になって、「もう一つ夏がめぐって来たとき」のある出来事に重なり、それが小説「朝の風」の後半の山場になる。

今野大力が亡くなって三年目の一九三八（昭和十三）年の夏のことだった。サヨ（宮本百合子）は、思いもかけない姿の乙女（久子）に出会う。

たまたまサヨは初産の妹の出産に立ち会うことになり、妊婦に連れ添っていった病院でのことだった。待合室に置かれてある「半社交娯楽の雑誌」を手にとって「暇つぶしに頁をくつてゆくうちに、その雑誌に掲載されていた一枚のカット絵」に突然目を引きつけられてしまう。

そこに描かれてゐる女は乙女であった。乙女でなくて、ほかの誰が、こんなに特徴のある弓形の眉だの、黒子があつてすこし尖つた上唇の表情だのをもつてゐよう。二字の頭文字は、昔乙女の良人が知りあひだつた例の画家の姓と名を示してゐた。絵の乙女は、その体に何一つつけてゐないはだかであった。粗い墨の線で、やせて小さくそびえた肩が描かれてゐて、その肩つきはまぎれもなく乙女の肩であった。はだかの乙女は生真面目に真正面を向いて、骨ばつた片膝を立てた姿勢で坐り、両腕はそのまんまだらりと垂して、二つの眉をつりあげて今にも唇をなめたいところをやつと堪へてゐると云ひたげな表情であつた。そのまるむきな小さい女を画家は荒い筆触で、二つの目の見開かれた大の腕のつけ根や腹の暗翳だのを誇張して表現してゐるのである。

乙女。乙女。サヨは計らず再会したこのいぢらしい昔馴染の名を心で切なく呼んだ。はだかになつたところをこの画家が描いてゐる。いかにも乙女らしく媚びることも知らず描かれてゐるがそこに語られてゐる意味が何をあらはしてゐるか、乙女は思つて見たのだらうか、画家が何を現はさうとしてゐるにしろ、乙女がそこにさうやつてゐるそのことに、切ないものがある。それを知つてゐるのだらうか。

裸体の乙女（久子）を描いているのは、「昔乙女の良人が知りあひだつた例の画家」、と作者宮本百合子は書いている。

小説「朝の風」を読みながら、今野大力が知り合いだった画家とは誰のことだろう、としばし考えた。〝昔〟とあるから、旭川にいたころからの知り合いかもしれない。だが、今野大力の旭川時代からの知り合いに、宮本百合子も知るような画家がいただろうか。思い浮かんだのは旭川の画家高橋北修だったが、北修は知名度からすると、北海道内の画家であった。

「朝の風」には、作者宮本百合子が実際に目にした「半社交娯楽の雑誌」のモデルの「カット」の印象がこと細かく書き込まれている。ただ、モノクロームなのかカラーなのか書かれてはいない。描いたのは「昔乙女の良人が知りあひだつた例の画家」とあるだけだった。

はっと思い当たったのが、小熊秀雄だった。小熊秀雄は旭川新聞記者時代から、しばしばスケッチ風の自筆のペン画を、『旭川新聞』の〝黒珊瑚〟名の特集記事に掲載していた。

小熊秀雄の詩に「池袋モンパルナス」という作品がある（初出は『サンデー毎日』昭和十三年七月三

十一日)。出だしはこうである。

〝池袋モンパルナスに夜が来た／学生、無頼漢、芸術家が街に／出る／彼女のために、神経をつかへ／あまり太くもなく、細くもない／ありあわせの神経を――。

〝池袋モンパルナス〟については先に紹介した。小熊秀雄はここに住んで、自らも絵を描き、若い芸術家たちと盛んに付き合った。そしてこの自分たちの街を多少の自負と自嘲を込めて〝池袋モンパルナス〟と名付けたのだった。

第Ⅵ章で述べたように、上京した小熊秀雄は、当初、詩や童話で生計を立てようと考え、作品を売り込むために出版社をまわるが、容易には売れない。ために旭川時代からの絵の才能、経験を生かして、カット(イラスト)のほか水彩、時には油彩画を描き、生活費としては文筆よりも絵画から収入を得ていたのだった。

「朝の風」の〝裸婦〟は、「粗い墨の線で」「荒い筆触で」、と宮本百合子は書いている。それは小熊秀雄独特の竹ペンによるデッサンの特徴だった。

描かれている女性にしても「まるむきな小さい女」と宮本百合子は書いている。久子は小柄な女性だった。百合子はそれが久子とすぐわかったから、雑誌の〝カット〟の裸婦を、「小さい女」と書くことができた。

それにしても、久子をモデルにした裸婦デッサンを、小熊秀雄はなぜ「半社交娯楽の雑誌」に掲載したのだろう。宮本百合子は「いかにも乙女らしく媚びることも知らず描かれてゐる」と書いていた。

しばらくして今度は私が思いもかけず、宮本百合子が「朝の風」で書いている小熊秀雄の「裸婦素描」は、もしかしてこの絵では……次には、いやこの絵に違いないと思ってしまった小熊秀雄の作品に、直に出会うことになった（北海道立文学館蔵　小熊秀雄「裸婦」21・0×18・05）。小熊秀雄サイン入りの、小熊独特の、淡彩のペン画であった。そのデッサンは、宮本百合子が「朝の風」で書いている「カット」にそっくりであり、そう思うと一瞬、頭のなかが真っ白になった。

私が出会った小熊秀雄の裸婦デッサンには、水色の淡彩がすばやく施されていた。竹ペンタッチは間違いなく小熊秀雄独特の線描画であり、しかも筆記体のローマ字サインで、〝おぐま〟とあった。小熊秀雄は買い手が付いた時にサインを入れたという。特徴のある〝oguma〟というその字体からも、小熊秀雄の絵に間違いなかった。

〈注〉その小熊秀雄の裸婦デッサンは、一九九五（平成七）年、市立小樽文学館の「小熊秀雄と池袋モンパルナス展」で、二〇〇一（平成十三）年には北海道立文学館「100年目の小熊秀雄展」で、同じ二〇〇一年、旭川市中央図書館の「小熊秀雄の旭川展」で、そのいずれにも展示され、それぞれの図録に掲載されている。

小熊秀雄は旭川時代から、『旭川新聞』の記者であり、小熊愁吉の詩人・作家であり、同時に〝oguma〟の画家であった。

宇佐美承『池袋モンパルナス』（集英社／一九九〇）によると、小熊秀雄上京後の池袋モンパルナス時代、そもそもは小熊秀雄の発案であったようだが、まだ若い貧乏な画家たちが一人あたり二十銭を出し合ってモデルを共同で雇い、しばしば裸婦デッサン会が開かれていたという。それは〝池袋クロッキー研究所〟と名づけられていた。

小熊秀雄には久子の窮状はわかりすぎるほどわかっていた。しかし彼女を援助する資力は自分にはない。そこで思い切って〝クロッキー研究所〟のモデルのアルバイトを久子に話してみたのではないだろうか。一人二十銭とすれば十人で二円になる。現在に換算すれば数千円になるだろう。

宮本百合子は「朝の風」で、「いかにも乙女らしく媚びることも知らず描かれてゐる」と書いている。私が実際に見たその小熊秀雄の裸婦像は、色気だとか卑猥だとか媚びだとか、そうした連想を超えていた。むしろ何かにじっと耐えているような、硬い表情のように思えた。今野久子の、恥じらい、苦渋がそのまま表現されていた。

が、宮本百合子はそのようには受け止めなかった。

宮本百合子は、久子の裸婦を描いたのが小熊秀雄と瞬時にわかり、詩人を画家に代えることで、その動揺をわずかに抑えていた。

宮本百合子が実際に目にした「半社交娯楽の雑誌」にしても、病院の待合室に置かれているほどの雑誌であるから、それなりの出版社の、売れ筋の雑誌であったはずだ。宮本百合子にとっての詩人小熊秀雄とはまた違った、画家〝オグマ〟として遇されている小熊秀雄がそこにいた。そのように宮本百合子にも受け止めてほしかった、と思ってしまう。

今野大力の妻久子の姉、丸本照子の「一粒の麦」には、大力没後の今野久子の生活苦について、次のように書かれている。


大力さんの死後は祖父、祖母に幼児の黎子をあづけて、池袋でハムやソーセージの店を出したり、喫茶店を経営したり、それでも生活はなお苦しくなるばかりで、小さなバーで女給をしたり、小料理屋で女中をしたりで、子供と両親をかかえて、言葉にも筆にもあらわすことのできない悪戦苦闘の生活が、何年か流れ去りました。


宮本百合子も同じ「朝の風」に、「勉（注・今野大力）の年とつた親たちは、亡くなつた息子の代りに、嫁の乙女を一家の稼ぎ手として離すまいとしてゐた、乙女はそれが重荷で、娘をつれてマージャン倶楽部へ住込みでつとめたりしてゐた」と書いていた。

「小祝の一家」では愛情を込めて今野久子を見つめ、書き綴ってきた宮本百合子。その宮本百合子が、ある日、偶然、画家である小熊秀雄による裸婦デッサンに出会う。それを見た百合子の動揺。この作品で、乙女（今野久子）を見つめる作家宮本百合子の〝眼差し〟は、同じ今野久子を描いてはいても、「小祝の一家」での乙女とは違っていた。

その後の今野久子のことになる。

一九七五・九・一付『三多摩　解放のいしずえ』に、「板橋区　丸本久子」名の挨拶状（礼状）が掲載されている。

「一昨年の墓前祭には、病気のため出席もいたさず、申訳ございませんでした」、（今回は）「皆様のご厚情で、戦後はじめて墓参することができ、誠に感慨無量の思いで胸がいっぱいでした。泉下の今野もよろこび、皆様に感謝しておることと思います」とあった。

ただここでは姓が〝今野〟ではなく旧姓の〝丸本〟になっていた。一九八一年五月十七日付の『花束』には、「今野大力同志没後四十六周年墓前祭と　久子夫人の納骨式」が行なわれたとある。

また1984・10・15付『救援新聞』には、「八一年三月に久子夫人が六十九歳の不遇の生涯を終えた」とあって、久子は没年のその年に、今野大力と同じ墓所に納骨されていた。

第Ｘ章　小熊秀雄「飛ぶ橇―アイヌ民族の為めに―」

「飛ぶ橇」と樺太《からふと》・泊居《とまりおろ》

1

冬が襲ってきた、
他人に不意に平手で
激しく、頬を打たれたときのように、
しばらくは呆然と
自然も人間も佇んでいた。

褐色の地肌は一晩のうちに
純白な雪をもって、掩い隠され
鳥達はあわただしく空を往復し、
屋根の上の鳥は赤い片足で雪の上に
冷たそうな身振りでとまっていた、
そして片足をせわしく
羽の間に、入れたり出したりしている。
きのうまで樹の葉はしきりに散りつづけ、
寒い風は、海から這いあがり、
二十数戸の小さな漁村の
隅から隅まで邪険な親切さで
――わしはもう明日から秋の風ではないよ
わしは明日から冬の風だよ、とふれ廻った、
村の人々は風の声を聴いた、

（引用者注・この「飛ぶ橇」以下、小熊秀雄の詩は現代かなづかいに改めた）

わずか二十数戸の小さな漁村の、冬の備えに忙殺される村人を描写することから始まる長編叙事詩「飛ぶ橇《そり》」の舞台は、北海道ではなくその当時は島の南半分が日本領だった樺太《サハリン》。寒風に曝され、冬

囲い、冬仕度に追われるのは同じだが、小熊秀雄が描く樺太の切迫した冬の襲来のきびしさは、北海道を遥かに超えていた。不意に頬を打たれたときのような、自然も人間も一瞬、呆然と佇んでしまう樺太のそれだった。

屋根の上に冷たそうな赤い片脚でとまっている鳥は何という鳥だろう、北海道にはいない樺太の野鳥だろうか。それとも小熊秀雄の少年時代の幻影であったか。寒い風が、海から這いあがる二十数戸の小さな漁村、イメージは樺太西海岸・泊居《とまりおろ》の山峡の集落。

佐藤喜一をはじめ小熊秀雄の作品に興味を持った研究者がこもごも指摘しているように、小熊秀雄が十代、とりわけ高等小学校を卒業してからのほぼ五年間は、ニシン・イカ釣りの下働き、昆布拾い、養鶏場の番人、炭焼き手伝い、農夫、伐木人夫、製紙パルプ工場職工と、泊居の職業のほとんどを転々としていたのではないかと思えるほどの職歴だった。

同じ北国であっても北海道のどこかではなく樺太の、それも泊居が「飛ぶ橇」の主舞台になっていることは、偶然でも思いつきでもなかった。小熊秀雄にとっていつかは描いてみたい追憶の大地であった。

詩集『飛ぶ橇』をめぐって

小熊秀雄は生前、二冊の詩集を、それも同じ年に続けて出版している。

一九三五（昭和十）年五月二十五日、画家寺田政明装丁の箱入り『小熊秀雄詩集』（定価一円八十銭）

が耕進社から、そしてほぼ一カ月後の六月二十日、同じく寺田政明装画で長編叙事詩集『飛ぶ橇』（定価八十銭）が前奏社から出版された。小熊秀雄が生前に出版したのはこの二冊だけであり、出版社の意向というよりは小熊秀雄の意気込みを強く反映した二冊であったに違いない。特に長編叙事詩集『飛ぶ橇』は、読むほどにそのように思ってしまう。小熊秀雄には、はっきりとした意図があって詩集『飛ぶ橇』は出版されていた。小熊秀雄三十四歳のときだった。『飛ぶ橇』の「序」で小熊秀雄は書いている（抜粋）。

僕が詩の仕事の上で、抒情詩の製作に許り、執着してゐないで、長い形式の叙事詩をも手掛け今後もそれを続けてゆこうとする気持には、色々の理由があります。

その一つの理由に挙げられることは叙事詩は、短かい詩とはまたちがつた持味があつて、将来大衆の詩に対する興味と愛着を、この叙事詩の完成によつて一層ふかめられると考へてゐるからです。（中略）

また抒事詩は、小説の面白さのもつてゐない、面白さがあり、感情の高さに於いても、詩は散文の比ではありません。（中略）

抒事詩の仕事は形式が長いだけそれだけ長さの量を質的に充実させてゆくといふ企ては一層仕事の困難さを伝へます。僕はいま日本に抒事詩が生れなければならない現実的な環境と必然性とを考へ当分この長詩の形式を追求していきたい考へです。（後略）

このように小熊秀雄は、初めから『飛ぶ橇』所収の七作品を叙事詩集として独立した一冊にまとめる構想であったこと、とりわけ長編叙事詩の「現実的な環境と必然性」を追求し、「長さの量を質的に充実させて」いきたいと、その一作一作に込めた意気込みを書いている。

もう一冊の詩のアンソロジー『小熊秀雄詩集』についても、その「序」には「私はこの一ケ年間あらゆる角度から、千差万別の批評をなげかけられてきた」が、「私の思想の小体系を一冊にまとめて、民衆の心臓への接触の機会をつくりえた」と書いている。小熊秀雄の詩の一つひとつは〝真に民衆の言葉としての詩〟であり、〝民衆〟の代弁者として、〝民衆〟に向かって発するひたむきなメッセージであった。

とりわけ詩集『飛ぶ橇』は、民衆詩であるだけではなく、長編叙事詩集としての独自のねらいのあることについて、「いま日本に抒事詩が生れなければならない現実的な環境と必然性」があると、小熊秀雄は高らかに宣言していた。

『全集』第三巻「解題」に従って、詩集『飛ぶ橇』の七作品を、初出誌掲載順に列記すると、

「綱渡りの現実」一九三四（昭九）年五月の『現実』、
「移民通信」一九三四（昭九）年八月の『文芸』、
「プランバゴ中隊」一九三四（昭九）年六月の『文学建設者』、
「空の脱走者」一九三五（昭十）年一月の『詩精神』

となる。その他の「死界から」「百姓雑兵」「飛ぶ橇」の三篇はいずれも初出誌は見当たらない。長編叙事詩集『飛ぶ橇』のための「書き下ろし」だったろう。創作年代順に機械的に並べていたわけではなかった。

雑誌掲載ではない「死界から」「百姓雑兵」そして「飛ぶ橇」がいつ書き下ろされたかはっきりしない。ただ詩集『飛ぶ橇』発行の二年前の、昭和八年と推定されている田中英士宛の十二月十一日付小熊秀雄の書簡（『小熊秀雄全集』第五巻）があって、その書簡には、

僕は八百行ほどの詩を書きあげました「飛ぶ橇」といふのです、それは勇気とは如何に直サイな路をとるものであるかを人々に示したいからです

と書かれている。ここでの〝飛ぶ橇〟とは詩集『飛ぶ橇』ではなく〝アイヌ民族の為めに〟というサブタイトルを持つ、24章・735行からなる長編叙事詩「飛ぶ橇」のことである。

〝勇気とは如何に直サイな路をとるものであるか〟という田中英士宛書簡の一節は、「飛ぶ橇」クライマックス直前、第22章の一節であった。

だとすると、一九三三（昭和八）年には、長編叙事詩「飛ぶ橇」はすでに出来上がっていたか、そうでなくとも主題とその構想は、はっきりしていたことになる。

また一九三五年『詩精神』九月号掲載の郡山弘史「詩人の自画像など――『飛ぶ橇』について』には、「小熊に聞くと他の作品よりは以前にかいたものだといふ」とあり、詩「飛ぶ橇」がまずあって、次

に七編からなる長編叙事詩集『飛ぶ橇』の全体構想がスタートしていたと理解していいだろう。「飛ぶ橇」は小熊秀雄の長編叙事詩の原点であった。また巻末の掲載であったことからすると、同時に自らの長編叙事詩の到達点と考えていたことになる。詩集『飛ぶ橇』の七つの詩のなかでも「飛ぶ橇」は、小熊秀雄にとっては特別な意味を持っていたのだった。

それにしても小熊秀雄はこの「飛ぶ橇」になぜわざわざ〝アイヌ民族の為めに〟というサブタイトルをつけたのだろう。この「飛ぶ橇」は〝アイヌ民族の為めに〟書いたとなる。そのように小熊秀雄が際立たせた動機、ねらいは何だったのだろう。そのことをすぐに解き明かすことは、私の力量をはるかに超え、かなりむつかしいことになるが、やはりどうしても挑戦してみたい課題だった。

「アイヌ人イクバシュイ、日本名四辻権太郎」

「飛ぶ橇」ではその冒頭から、〝内地〟とは違う、北海道よりもはるかに厳しい樺太の冬の到来が描写されていく。それはいかにも小熊秀雄らしく、大自然の変化から人々の冬の備え、生活の諸々《もろもろ》にいたるまで、簡潔だが大きなうねりのように見事な語り口で繰り広げられる。冒頭に引用した1章に続いて2章で、

〝数千の生き物が、手に手に／木の杖をもって、コツコツと土を突いてやってくるような／ざわざわという、ざわめきが遠くにきこえ、／近づいてきた、／この得たいの知れない主が／村を一

眼に見下ろすことのできる／山の頂に辿りつき／これらの生きもの達は、不意に叫び声をあげ／村の上にその重い大きな胸をもって倒れかかった〟

と、小熊秀雄が十代を過ごし、すでに追憶の世界になっている樺太の冬の到来が、あたかも眼前に生き物がいるかのように、独特の語り口で披瀝される。そして村人のあわただしい、だが手順よく行われる冬囲いなど、その備えの様子。3章に入り、一転して、

雪が来ると、この最初の雪は愛撫の雪、／山峡の村は一時ポッと暖くなり、／寂しい秋を放逐してくれた新しい／冬の主人を迎えたように瞬間感謝の気持になる

と、これは樺太も、私の生まれ育った北海道も同じ、初雪を迎えたその日の朝のとうとう来たかという何かを内に秘めるような、北国に住む人々特有の季節感が描写される。

だが、いたずらに感傷に止まってはいない。当時は日本最北の樺太の生活は、北海道よりもはるかに厳しかった。少青年期の小熊秀雄の職歴にしても並みのものではなかった。

漁師たちは冬がくれば杣夫《そまふ》になり／春がくれば百姓が今度は漁師にかわる／漁師はとおく牧草刈りに行つたり、／木材流しに雇われたり、／樺太に住む人々は植民地生活の／特長ある浮動性に／あるときは南端の鰊漁場から／北端のロシアとの国境の街まで生活を移してゆく、

そして4章になると、冒頭、

『偶然そこに住む事になつた土地土地の／人間の風習に苦もなく染つてゆく　露西亜人の風習』

――と／ロシアの詩人は歌つた

とあって、法橋《ほっきょう》和彦『暁の網にて天を掬ひし者よ―小熊秀雄の詩の世界』（未知谷／二〇〇七）によると、それは小熊秀雄が強い影響をうけた隣国ロシアの詩人の一人、レールモントフの「現代の英雄」の一節であった。そして次のように続いていく。

樺太の人々の風習もまたそれに似ていた、／その性質の嘘のような柔軟性／その生活への素直な順応が／良いことか、悪いことか人々は気づかない／北国庁の役人や利権屋たちは／政治的激動の中心地／東京へしつきりなしにでかけてゆく／だが村へは日刊新聞を十日分ずつ／帯封にして月に三回だけ配達される、／植民地拓植政策が／一束にして投じられる、

〈引用者注〉〝しつきりなしに〟は〝ひっきりなしに〟か。北海道では、〝ひ〟と〝し〟がしばしば判別がつかないまま用いられる。北海道方言となるだろうか。）

だが池の中心の波紋が／岸まで着かない間に消えてしまうように／中央政府の政策がどうであろ

うが、／雪に埋れた伐木小屋の／人々にはなんの興味も湧かない、（中略）しかし時代の反映は
色々の形で現れる

そしてこの4章になって初めて「北海道へ出稼ぎに行つたアイヌ人の／イクバシュイ」、日本名で「四辻権太郎」――と「飛ぶ橇」の主役が登場する。

ところがその権太郎は「村へ帰ると彼の様子が変っていた」のだった。ここからの権太郎についての語りには、旭川時代の小熊秀雄の体験・見聞がそのまま生かされている。権太郎は、

彼は人々の前に突立ち／どこかに隠していたアイヌ人の／民族的な激情性をぶちまけて、
〝シャモ（和人）たち〟と、いつもとは違った調子で叫ぶ。村人、つまりアイヌではなくシャモたちに向かって、叫ぶ。

おら社会民衆党さ入ったテ、アイヌ、アイヌて馬鹿にするな、／アイヌも団結すれば強いテ

ところが、シャモである「人々はどっと声を合して笑った」のだった。アイヌの権太郎の気負いに反してシャモたちの「軽蔑の笑い」。だが、イクバシュイ＝権太郎は「一層悲しげな声で」社会民衆党に入ったと繰り返す。その挙句、

人々が全く笑わなくなると／権太郎はフイと小屋を立ち去って行った。

続く5章。冒頭からアイヌの権太郎がていねいに描写されることから始まる。権太郎が「飛ぶ橇」の主人公であった。

人々はアイヌの後姿を見送った、／滅びゆく民族の影は一つではなく／いくつも陰影が重なりあつてみえるように、／彼等の肩や骨格がたくましいのに／妙にその後姿がしょんぼりとしてみえる

と、〝アイヌ〟が〝滅びゆく民族〟に置き換えられて描写される。当時の新聞などマスコミにアイヌ民族が登場する際には、決まって〝滅びゆく〟と、常套句が付いている。必ずと言っていいほどに〝滅びゆくアイヌ〟となった。明治から昭和になってもそう言われ続けてきた。ためにその後姿は、〝しょんぼりとしてみえる〟のだった。

小熊秀雄は続けて十数匹の樺太犬が、

走っているのか踊っているのか判らない、／それほど犬達は美しく身をくねらし、／かぎりない跳躍のさまざまな形をみせて

権太郎に近づき、

三つの生物の親密の度合が／雪の中に高まってゆく、／そしてあらゆる静かな周囲の世界の中で／もっとも動的なものとして動いている。

と、権太郎と十数匹の犬たちとの親密ぶりが生きいきと描かれる。三つの生物とは、アイヌ、シャモ、そしてこの樺太犬だろうか。権太郎とこの十数匹の樺太犬、とりわけ〝太郎〟が、7章から登場する若いシャモの山林検査官と共に、「飛ぶ橇」の主役に加わる。それぞれがそれぞれに動きの激しくもっとも感動的な19章から24章にかけての、壮絶なクライマックス・シーンに向かって、ダイナミックに展開していく。

イクバシュイ・権太郎と旭川近文《ちかぶみ》アイヌ民族

もう一度「飛ぶ橇」の第4章に戻るが、「アイヌ人の／イクバシュイ日本名で四辻権太郎」の登場に続き、驚いたことに「北海道へ出稼ぎに行った権太郎」が、出稼ぎ先で「社会民衆党」に入り、しかも「村へ帰ると彼の様子が変っていた」と、思いもかけない事実が披瀝されていた。権太郎が語っている北海道の出稼ぎ先は、名指しされてはいないが語られている内容からすると、それは紛れもなく旭川市であった。

社会民衆党とは、一九二〇年代後半の大正から昭和にかけて、小熊秀雄が旭川新聞社の記者であったころ、旭川市に一時期存在していた政党であった。小熊秀雄が樺太から北海道・旭川にやって来て、上京するまでのほぼ五年の間に旭川で出会っていたはずの出来事が、特にこの４章と10章では描かれている。

『新旭川市史　第四巻』によると、一九二六年に労働農民党が結成されるが、その年の暮れには、結成されたばかりの労働農民党は分裂、日本労農党、右派の社会民衆党と三つの政党になる。権太郎が加入したのは、党名からするとその変わり身のもっとも早かった「右派の社会民衆党」だった。

そのことを小熊秀雄は、「アイヌ地視察　覚え書」（雑誌『旅』七巻七号／一九三〇）でも北海道の友人の語りとして「旧土人地某地のアイヌの青年の殆どは無産党に関係してゐる」と書いている。

小熊秀雄は書いていないが、実はこの時期、旭川・近文《ちかぶみ》アイヌ地では注目されていいはずの、いくつかのアイヌ住民による独自の新しい動きがあった。

一九二六（大正十五）年、砂沢市太郎、門野ハウトムティ、松井国三郎、小林鹿造ら若い彼らによってアイヌ民族の結社「解平社」が結成されようとしていた。〝解平社〟の〝解〟は水平社による〝部落解放〟運動からの一字、〝平〟は同じく水平社の〝平〟だった。

ただ「飛ぶ橇」でも、また日本交通公社の全国誌『旅』掲載の小熊秀雄「アイヌ地視察　覚え書」でも、この解平社結成の事実についてはまったく触れられていない。なぜなのだろう。関心を持って少し調べるとすぐに見えてくることだが、そのころの新聞はやや入りくんでいて、小熊秀雄記者の『旭川新聞』をはじめ地元紙は、近文アイヌ住民、特に若い層の彼らの新しい行動を、記事として取り上げてはいなかった。〝アイヌ〟は以前のままの〝滅びゆくアイヌ〟であって、三面のゴシップ記事程度の取材対象だった。

この一連の〝解平社〟報道で先駆けたのは、東京本社の『報知新聞』、そして札幌本社の『北海タイムス』大正十五（一九二六）年・10・21付【東京電話】記事であった。その内容は近文アイヌ住民の「日本農民党」加盟についてであり、それに続くのが翌二十二日の『大阪朝日新聞』の「圧迫に堪へかね　アイヌの団結　水平運動起る」の見出しの記事、そしてその翌日、10・23付『東京朝日新聞』の三段抜き大見出しの長文の〝解平社〟報道となる。それは「圧迫から奮起して　アイヌ族解放の運動　安住の地さへ奪はれんとする　旭川市外チカブミ部落民主主義が中心となり　近く解平社発会式」の見出しに始まる、かなり長文の「旭川特電」の記事だった。

その後一九二九（昭和四）年になって、川村サイト（才登）が社会民衆党系の社会青年同盟旭川支部の執行委員に就任している記事があり、近文アイヌ住民、とりわけ青年たちの間では、それまでにはなかった国政への要求行動が急速に高まる。

そして一九三〇年代に入ると、近文アイヌ住民の大多数を結集する大きなうねりとなって第三次近文アイヌ地返還運動に連続していくのである。「飛ぶ橇」の権太郎の社会民衆党入りにしても、そうした近文アイヌ住民による一連の要求行動と無関係ではなかったろう。

以上の事実経過は、先に『旭川・アイヌ民族の近現代史』（金倉著・高文研／二〇〇六）をまとめた際に調べたことであるが、近文アイヌ住民の状況についてもう少しふれておこう。

旭川では、近文アイヌ給与地をめぐって、一九〇〇年代初頭から三次にわたって近文アイヌ給与地返還運動が展開されてきた。給与地とは、北海道拓殖政策として屯田兵に給与された自然林を指したことばだが、その一戸当たり四町歩の未開墾地は、本州では農民であった屯田兵にとってはそれなりの水田農業への見通しを模索できる面積ではあった。

だが、もともと狩猟民族であったアイヌ民族には、本州からの移住者と同じように土地が与えられても、その土地の利用法がわからず、山野を駆け巡る狩猟民族の伝統的な生活実態からはかけ離れた政策でしかなかった。アイヌ民族にとっては、強制的に近文地域の狭い土地に閉じ込められただけだった。それを〝集住〟と言った。しかも農耕民族ではなく狩猟民族であるアイヌ民族にとっては、閉じ込められたその土地すらも時をおかず和人に収奪されることになってしまう。

知里幸恵『アイヌ神謡集』にあるように、本来アイヌ民族たちにとって北海道はいつでも「自由の天地」であった。「美しい大自然に抱擁されて」「野辺に山辺に嬉々として暮らしていた」のだった。ところが知里幸恵の目に入ってくる近文のアイヌたちの現実は、長年の歴史的な生活が根底から破壊され、放置され、困窮の果てに民族滅亡へとたどる惨めな姿だった。

が、ここにきて一次、二次ではまだ希薄だったアイヌ住民によるアイヌ地返還運動が、独自の革新的な様相を呈して展開されていくことになる。その担い手が一九二〇年代後半から三〇年代にかけての近文アイヌ民族の若い、新しい世代の青年男女だった。せめてその頃まであの知里幸恵が存命であったらどうしていただろう、とつい思ってしまうようなアイヌ民族の若い世代の動きだった。

それにしても、解平社前後の近文アイヌ住民の動向について、地元旭川の新聞記者であり、近文アイヌ地にしばしば出入りしていた小熊秀雄が知らないはずはなかった。

だが解平社のことを「圧迫に堪へかね　アイヌの団結　水平運動起こる」の見出しで、大きく報道したのは大正15・10・22付『大阪朝日新聞』だった。地元旭川の新聞ではなかった。

小熊秀雄はそのころ『旭川新聞』の記者であり、解平社など近文のアイヌ青年たちの新しい動向について、「飛ぶ橇」の権太郎の社会民衆党入りにもかかわるような何らかの報道記事がなかったかと思い、それらしい記事を『旭川新聞』に探したが見当たらなかった。しかし小熊秀雄は「飛ぶ橇」4章で〝アイヌも団結すれば強いテ〟とイクバシュイに語らせている。小熊秀雄は〝アイヌも団結すれば強いテ〟という何らかのアイヌ民族決起の情報を得ていたように思える。

一九三一、二（昭和六、七）年から翌年にかけて、近文アイヌ住民によるアイヌ地返還運動、荒井源次郎・ミチ、砂沢市太郎・間見谷ベラモンコロ夫妻、松井国三郎、川村才登ら若い世代の近文アイヌ住民による第三次近文アイヌ地返還運動が高揚する。それは小熊秀雄の「飛ぶ橇」執筆の頃になるが、小熊秀雄はそれよりも三年前の一九二八（昭和三）年には旭川を離れて、すでに上京していた。若いアイヌたちの新しい運動のことが東京暮しの小熊秀雄の耳に達していたかどうかはわからない。知らなかった可能性の方が高いかもしれない。

もう一つ、これも旭川のことと特定できるエピソードが「飛ぶ橇」には出てくる。10章で「若い山林官とアイヌとは炉を挟んで／さまざまな世間話を」始めるが、その際の話題が、権太郎の「町の酌婦と駆落ち」をした息子のことだった。駆落ち先はこれも名指しはないが、間違いなく旭川だった。「飛ぶ橇」の権太郎の息子をめぐる二人の対話ではこうなる。

そして息子は女にすてられて／北海道の或る都市の活動写真館の／楽手になってラッパを吹いているという話／話し終ると権太郎は／――ほんとに餓鬼は、旦那、アイヌの面汚しだて、／とつけ加える／――権太郎、まあ息子は楽手になったんだから出世したと思え／と云えば彼はうんとうなずく／アイヌの父は社民党の演説を聞いて／ついフラフラと単純に加盟し、／息子は街へ出て映写幕の前の／暗いボックスの中でクラリオネットをふく、／二人にとって出世であり誇りにちがいない。／ただアイヌの仲間が死に、村を去り、／住居を孤立させられ、××××××、／同時に山にはだんだんと熊の数が／少なくなってくるということが／最大の彼等の悲しみであった、／そしてアイヌ達は××××××／山の奥へ奥へと、林の奥へ、奥へと、／撒きちらすために入ってゆく。（注・××は検閲による伏字）

小熊秀雄はこのように続けていた。

映画がまだ活動写真と言われていた大正期から昭和初期にかけて、旭川でもあちこちに当時としては立派な活動写真（無声映画）館ができていた。そこの専属楽手になって、ラッパを吹いているアイヌの若者たちのことが、旭川では評判になっていた。

川上コヌサアイヌの息子である石川幸吉が手ほどきしたと語られているアイヌの楽隊は、同族の石山長次郎によると、木彫り熊の元祖松井梅太郎はクラリネットとトランペット、梅太郎の弟で、後にアイヌ地返還運動で活躍する松井国三郎はトロンボーン、第三次アイヌ地返還運動の立役者荒井源次郎もアイヌの楽隊の一員であった。彼等は五、六人のアイヌ青年で楽隊を編成し、市内の無声映画館ばかりか地方巡業にも出かけた。それどころか小学校の運動会、年末の救世軍の慈善鍋と、その活動の範囲は広かった。

「シャモの楽隊はすぐ疲れてやめるけど、アイヌの楽隊は体格がいいだけあって音もでかいし三倍も四倍も長く吹いてくれると人気があり、そのハイカラな仕事は、映画も楽隊も珍しいものだったから、彼らはスター気取りだった」と石山長次郎は語っている。

無声映画の楽隊だけではなかった。救世軍の年末慈善鍋でも彼らは主役であった。救世軍の機関誌『ときのこえ』によると「近文分隊より砂沢兵士（注・砂沢市太郎、彫刻家砂沢ビッキの父）の率ゐるアイヌ同胞参会せられ、アイヌ語の軍歌を合唱し、多大の感動を与へたり」とあり、津下重雄『変わった履歴書』（私家版／一九七四）にも、

救世軍旭川小隊の軍人（信者）はアイヌの人達です。当時つぎつぎ何人かのアイヌの人達が信者になったと云うことですが、この人達は音楽が好きで、よく太鼓や、タンバリンを叩き、コーネットを吹いて、路傍伝道に参加したそうです（中略）毎週木曜日には、こちらから、旭川市内

近文のアイヌ部落の砂沢市太郎さんのお宅へ、家庭集会にいっていました。

とある。救世軍旭川小隊が創立されたのが一九二一（大正十）年、昭和十年代に入って国家権力による弾圧のために廃止されるまで、アイヌの楽隊は続いていたという。

明らかに近文に閉ざされたままのアイヌ民族ではもうなかった。日本の政府ともきっぱりと向き合おうとしていた。だから彼ら近文アイヌ住民の活動は、たえず特高警察の監視下におかれ、迫害をうけ、しばしば検束されていた。

〈注〉以上の旭川・近文アイヌ地問題関連については、金倉義慧『旭川・アイヌ民族の近現代史』（高文研／二〇〇六）参照。

こうしたことが小熊秀雄の旭川新聞記者時代に重なって、見えてくる。

「飛ぶ橇」からは小熊秀雄が旭川の、とりわけ若い世代のアイヌ青年たちとどの程度接触があったか、あるいはほとんどなかったのか、小熊秀雄の書き残しているものからはもう一つ明らかではない。ただ「飛ぶ橇」の主人公イクバシュイを巡るいくつかのエピソードが旭川市での出来事であることは確かだった。

若い山林検査官はなぜ無名なのか

「飛ぶ橇」の主要人物は、樺太アイヌの権太郎（イクバシュイ）であるが、権太郎と同列に描かれるのが、7章から登場する「若い山林検査官」だった。

4章では和人の村人の哄笑にさらされ、〃フイと小屋を立ち去った〃権太郎であったが、5、6章と短く区切られた二つの章では、まず権太郎に最も近い存在として十数匹の樺太犬との「親密」ぶりが生き生きと描かれる。6章はその犬達が去った後、聞えてくる海鳴り、結氷がぶつかり合う重い響きが「周囲の陰鬱さを色濃くする」と表現され、閉じられる。

そして7章になり、「飛ぶ橇」のもう一人の主人公「曾つて自分が失った何物かを／地面に探し求めて」「絶えずうつむき」あるいている、シャモの「若い山林検査官」が登場する。彼の勤務する職場は、4章では「北国庁」。

ところがその同じ役所が12章になると「山林省」となり、役職にしても山林検査官であったり、山林官となったりするが、いずれにしても彼はそのような官庁のエリート「役人」であったように見える。今は落ちこぼれ寸前の若い山林検査官であったが、その彼がイクバシュイと気脈を通じる唯一のシャモであった。その「若い山林検査官」が「飛ぶ橇」の主要人物として第7章から登場する。「飛ぶ橇」の叙事詩としての骨格がここにきて確かなものになる。

若い山林検査官が村に入る岬の／突端の細い路に現れた、／彼は人の良い微笑をもって周囲をみまわしながら／旅行者らしく前屈みに歩いてゐる、
そして〃曾つて自分が失った何物かを／地面に探し求めて／あるいているように絶えずうつむき〃

と描写されるが、20章では「しきりに山林官の／名を呼び手探りした」とあって、その極限の状況におかれた際に権太郎は、山林官をしきりに名前で呼びかけていたことが書かれ、権太郎は山林官の姓名を知っていたことになるが、しかし彼の名前は最後まで明らかにされない。

この7章から終章の24章まで、鉄砲打ち権太郎の名人芸を描く前章の補足のような16章と、雪崩の不気味な襲来を告げる19章を除いて、全ての章にこの若い山林検査官は登場している。しかし姓や名で呼ばれる場面はまったくない。何故なのだろう。

アイヌの権太郎に向かって山林官が用いる二人称は〝権太郎〟〝親父〟であった。アイヌの権太郎からは〝旦那〟あるいは〝山林の旦那〟、そしてクライマックスでは〝シャモ〟であった。検査官が名字とか名前で呼ばれる場面はひとつもなかった。

終章直前の22章では、〝シャモ〟と、大声で権太郎は呼びかける。その〝―シャモがまんしれよ〟という権太郎の絶叫に近い叫び声が、雪崩に押し潰された家屋やあたり一帯の空気をつんざくように響いてくる。その〝シャモ〟という呼びかけには名前を超える切迫感があった。

が、それにしても小熊秀雄は、権太郎が「旦那」の名前を知っていることを暗示しながら、なぜ山林検査官に、最後まで姓名を与えなかったのだろう。

確かに権太郎にしても、アイヌ名のイクバシュイ、そして四辻という名字については、第4章の紹介の時だけであり、しかもあまり聞いたことのないような命名だった。

5章では、

人々はアイヌの後姿を見送った、／滅びゆく民族の影は一つではなく／いくつもの陰影が重なりあってみえるように、／彼等の肩や骨格がたくましいのに／妙にその後姿がしょんぼりとしてみえる

とアイヌの権太郎の風貌を小熊秀雄は描写している。

一方、山林検査官についてはどうか。〝若い〟と書かれていても、絶えずうつむいている、若さからはほど遠く、それまでの彼の人生からは考えられなかった強烈な何かに遭遇し、以来、己れの人生を、絶えずうつむいたまま、その日々を送ってきたかのように、小熊秀雄は描いている。

だが、アイヌの権太郎は、そのような姓も名も喪失してしまった青年に親身になって寄り添い、他の誰よりも何よりも大事にしていた。若い山林検査官、自分を見失ってしまった若きエリート官僚を、自然体で蘇えらせるために、小熊秀雄が意図的に向き合わせたのがアイヌ民族の権太郎であったに違いなかった。

それにしてもそのような同時代の青年の人間再生の同伴者として、「〝塩っぱい河〟（津軽海峡）を渡った植民地の極北」（13章）を舞台に、アイヌ民族のイクバシュイを、小熊秀雄はなぜ長編叙事詩の主人公として選んでいたのだろう。アイヌ民族に小熊秀雄は何を見ていたのだろう。

登場人物に名前を与えるのは、そのことによって作品のリアリティ、読者の作品から受けるリアリティを一層確かなものにするためだろう。だから〝アイヌ〟で終るのではなく、きっぱりとイクバ

シュイ、日本名「四辻権太郎」としたし、樺太犬にまで〝太郎〟と名前を与えていた。しかし、「飛ぶ橇」で名前が与えられたのは権太郎と樺太犬の〝太郎〟だけだった。同じ主要人物でありながら山林官には、名前のあることの暗示はあっても、最後まで名前で登場することはなかった。作中で山林官の名を権太郎が呼ぶことはなく、年下であるにもかかわらず、日常、面と向かっているときには尊称に近い〝旦那〟であったが、もっとも高揚したシーンで強く発した言葉は、それもクライマックスの20章、22章だけであるが、〝シャモ〟であった。

山林官はアイヌの権太郎にとってそれほど身分の違う、官庁の役人、〝北国庁〟あるいは〝山林省〟の若い官僚であったことになる。

北海道・樺太の開拓期から、農商務省管轄の営林署、現在の森林管理署は、警察署、税務署と並んで〝署〟であった。とりわけ北海道・樺太では行政機構としては代表的な官庁であった。また北海道にあって北海道庁が絶対的であったように、北国庁、つまり樺太庁もそうだった。

作者は山林検査官の所属を4章では「北国庁」、12章では「山林省」としているが、いずれであっても出先機構である北国庁への中央省庁からの出向はたえずあったことであり、「山林の旦那」と呼ばれる山林官がエリートであることに変わりはなかった。彼はある期間山林官として過ごし終わると、それなりの地位が約束されていたはずだった。

山林官がどのような育ちであったかは書かれていない。しかし7章から10章にかけて描写されている彼からは、中流の、優しい家庭で素直に育ち、順調に帝国大学に進み、卒業後はお決まりのように官庁に任官したエリート官僚であったようにみえてくる。「飛ぶ橇」1～3章に描かれる内地から北海道・樺太まで流れてきた荒々しい大人たちとはまったく異質ではあったが、山林官の彼にしても明治以降の近代日本国の落伍者であることに違いはなかった。

そうしたエリート官僚の山林官が、〝若い山林官もアイヌ達と一致するものをもっている〟と山林官の日常業務に関連して書かれるのが11、12章だった。

ところがその12章になると、とりわけ伏字《ふせじ》（注・検閲によって不都合とされ削られた部分。この詩集では………とされた）が多くなる。肝心な個所の読み取りはほとんど不可能に近い。ためにその〝一致〟の理由として、どのようなことが、どのように描かれていたのか、はわからない。山林官が盗伐している百姓に出会う場面にしても、彼らを見てその山林官は〝すべてを覚ってしまう〟と書いているほどだから、小熊秀雄は検閲前の原稿にはしっかりと書いていたはずなのだが。

したがって、〝一層悪いのは公然と／手も心も泥棒している製材業者や／紙をつくる会社などであった〟と、章末にはあっても、そこもまた直前の一行が検閲による伏字のために、山林官の立場、思いを読みとることは、不可能に近い。

12章は、38行中9行が全文あるいは一部、伏字であった。山林官の業務が検閲の対象になり、ために山林官が主体的に登場する三つの章では伏字が連続し、作品の持つ社会性・時代性が隠される。山林官の生き方についても読みとりは難しくなる。検閲による削除・伏字とはそういう性質のものだった。人間、人間性をいとも簡単に抹消してしまった。だから小熊秀雄は山林官に名前を与えなかったのかもしれなかった。

山林官がなぜ自分を見失ってしまったのか、何よりも一人の若者が再び自分を取り戻していく人間回復のドラマとして大切な原因や筋道が見えてくるところまで、小熊秀雄は書き込んでいたにちがいなかった。しかしそれを読みとることができないほどに、検閲による削除は、露骨なものだった。山林官を登場させた小熊秀雄の意図は検閲によって半ば消されてしまった。

7章から13章、山林官が「自分が失った何物かを／地面に探し求めて」、行き着いたのがアイヌの権太郎のもとであった。そして〝「真実をもって語る」という以外に／この異民族と語る方法がない〟ことを山林官はじかに知っていく。イクバシュイを通して山林官は本来の自分を取り戻していったのだった。

山林官の「真実」、誠実な姿に、アイヌの権太郎は「底しれない愛情と純情を現して応え」ようとする。そして山林官は、アイヌの権太郎の姿に「かつて子供の頃父親の背に／背負われた記憶がよみがえってきた」。この言葉は印象的だ。山林官は、失いかけていた人間であることの本来の姿を、アイヌの権太郎と知り合ったことによって、再び取り戻しはじめていた。

13章では山林官とアイヌ民族との出会いの意味を、そして14章から17章には、二人の無心で心のこもった交友が、特にアイヌ民族の伝統的な生活様式の描写を通して描かれていく。「飛ぶ橇」の起承転結の〝転〟にあたるこの四つの章での、アイヌと〝和人〟との描き方は、それは見事なものだ。山林官がなぜアイヌの権太郎に対してはここまで無心になれるのか、そのことが理屈ぬきでひしひしと伝わってくる。そして18章、大雪崩《なだれ》の前兆である不安な静けさ。山林官は、

〝昼の疲労で熟睡している、／小屋の中の／人間の生活はこのようであった、そのとき自然はどのようであったろう〟

と、終章に向かって黒い樺太犬、その瀕死の山林官を乗せた橇の、矢のような走りが、権太郎の切迫した動きが、加速度的に次々に描写されていく。小熊秀雄のその力動感に溢れた描写力は際立っている。以下20章から終章まで、長くなるが全文を引用する。

20

自然の移動をこれほどはっきりと／眼にみることは壮観であり美しい／ただこの大雪崩の下に／小さな村が埋没されてしまったことは／不幸であった／――シャモ雪崩だでや、／権太郎は鋭く叫んで／立ち上がろうとして片膝をたてたとき／第二の雪崩は／権太郎の小屋をも押しつぶした、／権太郎は押し潰された暗黒の小屋の中で／しきりに山林官の／名を呼び手探りした／手にふれたものは山林官の／着衣の一部でありそこからは／にぶく瀕死のうめきが伝わってきた／――シャモ、しっかりしれや／アイヌは絶望的な声をあげ／出口を求めるために／雪明りのさす方ににじり出た、／そこに破壊された天窓を発見し／いったん彼はそこからはい出た

21

同時に小屋の破れから犬達が飛びだし／先を争って遠くに逃げて行ってしまった、／村は惨憺として自然の暴威に屈服し／人々の黒い影が右往左往していたが、／権太郎は次の瞬間／小屋の中に山林官の救いを求める声をきいた、／――フホホーイ、ホーイ、と／権太郎はアイヌ達が／危

急の場合に仲間に／知らせる奇妙な叫び声をあげ／炉火から燃え移って／小屋が燃えだしたその煙をみたとき／彼はアイヌ民族の英雄的な勇気が／勃然と心に湧いてきた／そしてふたたび小屋の煙の中に潜り込んで行った。

22

権太郎は心に第三の雪崩を予期し／けだものよりも敏捷な態度で／はげしく山林官の服をひっぱってみたが／山林官はしっかりと／何かに咬えられているように動かなかった／倒れ落ちた屋根の梁は／山林官の左の手首をしっかりと押さえこみ、／雪の重みはその梁に加勢していた／到底彼の力で梁を持ち上げるなどは／思いもよらない／そして火は仕事をいそげ／でなければ焼き殺してしまうぞ――と／威嚇的に燃えだした／武器を持っていなかったアイヌが／熊に噛みつかれた瞬間／熊の舌を掴んで手離さなかった／遂に武器なしに熊を倒した話がある。／真の勇気とは／何時も直裁な手段を選ぶものだ、／権太郎は自分の帯をほどいて／山林官の腕をかたくしばりだした／傍の鋸を見つけると／梁を伐るのではなく／山林官の二の腕に鋸をぴたりとあてた。／――シャモ、がまんしれよ、／――シャモ、がまんしれよ、／闇から聞えるのは／人間の骨を切るゴシゴシという梁の声、／山林官の苦痛の悲鳴にもまして／「我慢すれよ」の権太郎の／繰りかえしの言葉は／悲鳴を帯びていた、／そして血に塗れた鋸と／山林官の腕を梁にのこして／山林官の体は地上に運びだされた。

23

権太郎は雪の上に／山林官の体をよこたえ、／それから激しく続けさまに／口笛をふいた、／すると何処からともなくたくましい／耳のピンとたった／黒い樺太犬がとびだしてきた、／権太郎の背にとびかかった／権太郎はおおと叫んで／――太郎、みんな呼んでこい／馬鹿野郎奴、／とその犬を吐鳴りつけると／犬は人間のように彼の言葉をききわけ／矢のように去っていった、／間もなく続々と犬達は集まってきた、／集まってきたのではない、／太郎が狩り出してきたのであった、／兇暴な眼をした／この先頭犬、太郎は／十三頭の犬を力強く牽制していた、／そして巧みに激しく仲間に咆え、／雪崩の恐怖から／遠く逃げようとする卑怯な／犬の脚を背後から噛み／これらの犬達を／先頭犬は一個所に集めてしまった、／らんらんと輝く眼をした太郎は／これらの犬から数歩離れたところに身構えし／脱落者をいつでも噛み殺そうとする／気配を絶えず示し／――太郎、橇をつけるんだ／みんなならばせろテ、／と叫ぶと太郎は／犬達をいったん散らばし／咆え、叫び、噛み、威嚇して、／十二頭の犬を二列にならばした。

24

権太郎はその時倒れた犬小屋から／橇を曳きだしてきて／山林官の体をその上に横たえ、／犬たちの首輪を海豹製の／引綱にそれぞれつなぎ／すべての準備が終ったとき、／先頭犬太郎を最後に綱につけ、／己れも橇にまたがった。／皮の鞭をピューと空にふると／犬達は一斉にひきだした、／犬は矢のように／海岸に添って走りだした、／トウ、トウ、トウ、トウと絶えず叫び／アイヌは橇の上で／犬達を適宜に激励し、勇気づけ、／橇は十里の路を隣り村まで／負傷者の手当と救援を求めるためにとんでゆく、／二度三度この軽快な橇は／雪の上に転覆した、／すると犬達はピタリと停まる、／先頭犬はたえず神経を昂揚させ／驚くべき神経の緻密さを示しながら

／主人の意志を正しく／犬たちに伝える、／アイヌは犬の訓練の／技術のありったけを傾け／負傷者の苦悶の声をのせて／橇は海伝いに雪明りの路を飛んでゆく。

再度、小熊秀雄と近文アイヌ民族

先に述べた「イクバシュイ・権太郎と旭川近文《ちかぶみ》アイヌ民族」と重なるが、「飛ぶ橇」で小熊秀雄が選んだ主人公は、〝アイヌ〟はイクバシュイ、名前は与えられていないもう一人、その無名の山林官は〝シャモ〟であった。その二つの民族、〝アイヌ〟〝シャモ〟の本物の結びつきがくっきりと描写されるのが、クライマックスの22章から終章の24章にかけてであった。

小熊秀雄が旭川新聞社に入社したのは一九二二（大正十一）年半ば、その年にはすでにアイヌ伝説の収集にあたっていた近江正一という記者が旭川新聞社にはいた。

だがその近江正一は翌々年には旭川新聞社を退社、教員になる。近江正一は一九三一（昭和六）年に『伝説の旭川及其付近』を、一九五四（昭和二九）年にはその改訂版『アイヌ語から生まれた郷土の地名と伝説』を出版している。その『伝説の旭川及其付近』には小熊秀雄の『旭川新聞』黒珊瑚署名「愛奴伝説」と同一の二編が掲載されている。近江正一の「自序」には、「此著には既に新聞紙上に発表せるものをも集録附記する」とあって、「愛奴伝説」の近江正一には小熊秀雄との共同取材という認識があったように思える。

アイヌ伝説の直接取材では近江正一が先達であった。そして小熊秀雄は入社当時から近江正一に同行していた。

当時の新聞記事が〝滅びゆくアイヌ〟からはじまり、明らかに直接取材ではなく又聞きと思える記事が多く、新聞記者ですらその程度の認識でしかなかった。近江正一や小熊のように、アイヌ民族を直接取材するなどということ自体、珍しいことだった。

先輩記者の近江正一は「序」に、「この話は故ヨモサク翁も金成《かんなり》マツさんも話してくれたものである」と書いている。小熊秀雄もまたこの著名な二人と知り合っていたことは、間違いなかった。小熊秀雄が聞書きをし、親しく語り合っていたのは、アイヌの優れた古老たちであった。

小熊秀雄は後に次のように書いている。(「望郷十年」『北海道帝国大学新聞』/昭和12・10・26)

北海道から東京へ来るとき、旧土人××さんの家を訪ねた、彼は餞別の意味で一本の熊の牙を私にくれた、牙は家の後《うしろ》に立てられた塀の上に突きさしてあつた大きな熊のシヤレコウベをはづし、それを地面の上に置いて、鉞《まさかり》を持ち出してきて強く顎を一撃してとつたものだ、彼は牙を私に手渡すとき「特別に――」といふ意味をいつた、アイヌ人と熊との関係は、熊の霊の中に惨忍に鉞を加へるほど殺風景なものでないことを知つてゐる私は、彼が私のために、熊の顎を砕いてそこから牙をとつて私の餞別にした好意をいまでも最大のものだと思つてゐる。

またこのエッセイの中段には、

アイヌ人から貰つた熊の牙は、見えなくしない間に認印を彫らせてをこうと考へ、とうとう紛失してしまつた、パルチザン事件（注・一九二〇〔大正九〕年）のあつた直後に北樺太のアレキサンドルフスクまで出かけて行つた父親から貰つた金貨も、時計のメタルにしやうと思ひ乍ら紛失した、そして父親も死んでしまつた、何れも無くして惜しいものであるが、十年といふ歳月の中に起きる出来事としては、また当然であつたかもしれない。

とあり、今野大力「小ブル詩人の彼」にモデルとして描かれている小熊秀雄の父が国境を越えての密輸業者でもあったことが、さりげなく書かれていて、そのことでも興味深いが、小熊秀雄は近文アイヌ地を旭川新聞入社の直後から、そして近江正一の退社後もしばしば訪れていたことが見えてくる。小熊秀雄の、優れて原則的なアイヌ民族観は、旭川新聞記者時代にこうした経緯で形成されていったと考えていいだろう。古老たちから伝統的なアイヌ民族の長年の生活・文化そして生き方を幾度となく聞いていて、それが小熊秀雄独自のアイヌ民族像になっていた。

村山ヨモサクは近文のもっとも良く知られた語り部であった。金成マツにしても『アイヌ神謡集』の知里幸恵の叔母であり、知里幸恵は金成マツに育てられ、ローマ字表記をマツから学び、それがアイヌ語をローマ字表記した知里幸恵の名著『アイヌ神謡集』になっていったのだった。

この「望郷十年」の「旧土人××さん」にしても村山ヨモサクのように思えてくる。

ただ知里幸恵は小熊秀雄とすれ違いに、金田一京助に連れられて上京、小熊秀雄が金成マツから知里幸恵のことを聞いていたにしても、二人に面識はなかっただろう。知里幸恵の『アイヌ神謡集』が発刊されたのが一九二三（大正十二）年、その前年の一九二二（大正十一）年九月十九日には、数え年二十歳で知里幸恵は東京で亡くなっていた。小熊秀雄、旭川新聞入社のころであった。

「飛ぶ橇」に戻ろう。

それにしても小熊秀雄は、知り合ったアイヌの古老たちを通してアイヌ民族に何を見ていたのだろう。それがどのようにして、「飛ぶ橇」のイクバシュイになったのだろう。

13章の冒頭、「若い山林官」について、

彼自身その理由はよく判らなかったが、／彼自身気づかぬ間に／かれの住む環境を北へ北へと／しぜんに移して樺太まで／やって来てしまったことを知っている、／そしてそこには彼にはかぎらない、／あらゆる人々が彼と／同じような経歴をもっている、／世間では津軽海峡のことを／「塩っぱい河」という、／彼もまた人生のこの塩っぱい河を／とうとう渡って植民地の極北まで来てしまった、

と書いている。文脈に添ってよむと、「若い山林官」もまた人生の辛酸を経ていつの間にか「植民地の極北」樺太にまで来てしまった、ということになる。それが14章から17章にかけて、つまり叙事詩「飛ぶ橇」の展開部になるが、そこで小熊秀雄は独自のアイヌ民族観、生あるものの輪廻の生死観と言えばいいか、自然と一体になったアイヌ民族の生命観に出会う。そのことがかなりていねいに語

られる。

シャモの山林官は、「火薬の炸裂する快感を味わい／獣を追う本能から猟を始めた」（14章）のだったが、権太郎と猟をするようになってはじめて自分がいかに「いらいらとして無目的な射撃」（16章）をしているだけだったか、そのことにはっと気がつく。〝射撃〟のことだけではなく、それまでの自らの「無目的な」生き方に、はっと気がついたのだった。

「アイヌは和人よりはるかに科学的」（16章）であった、と作者小熊秀雄は言う。アイヌは「狙うものの、生活をよく理解し、その習性を観察している」（16章）、銃にしても「アイヌにとっては肉体の一部のように生きて使われている」（17章）と言う。

そしてその日、山林官に寄り添うアイヌの権太郎は、「眠りは最大の平和であると語っているように／全く昼の猟の疲労で熟睡してい」たのだった。その山林官の傍では、アイヌの権太郎は「鋸の一端をその両足で挟み／ヤスリで鋸の目を立てていた」（17章）のだった。

それは22、23章、火中の山林官を救い出すために、権太郎が一度は這い出し逃れた「小屋の煙の中に（再び）潜り込んで」、常識では考えられないことだが、今度は「梁を伐るのではなく」山林官の腕を鋸で、つまり「人間の骨を切る」ことによって山林官が救出される、その予兆でもあった。

サブタイトル「―アイヌ民族の為めに―」

ここで長編叙事詩「飛ぶ橇」の核心にすえられた主題の考察に入っていく前に、「飛ぶ橇」についての優れた作品論を紹介しよう。

雑誌『すばる』一九七七年十月号掲載の座談会「身にきまりのついた幸福なんて真平だ」で、詩人の大岡信さんが長編叙事詩「飛ぶ橇」の魅力について、実に的確な指摘をされている。それは「飛ぶ橇」をある高みにまで押し上げていく作品の骨格、叙述の巧みさについてであった。大岡さんは次のように語っている。


小熊の「飛ぶ橇」という長編詩は、いわば走りだして加速度がつくにしたがって、体の重心が下へぐんぐんさがって安定感が増して行くような詩ですね。たいていの場合は、走って行くにつれて、息切れがして、重心がだんだん浮いてきて、空回りするものなんですが、あれはじつに不思議で、技術的な面からいっても大変なものだという気がしますね。

長編詩「飛ぶ橇」は、そういう意味では、ぐんぐん加速度がついて走っているような詩です。

（中略）

初めに、小さな雪がコロコロと山頂から落ちてきて、地上を偵察に来たようにポンと割れるんだけれども、それが山頂にのっかっている多量の雪への合図だったように、上の雪が「応」と答えてドーッと落ちてくる。（注・ここで「飛ぶ橇」の19章が引用され、次に続く）

この落ちてくるまでの情景の描写は、みごとに段取りができていますね。行を追って行くにつれて、イメージがどんどん自己増殖して行く感じで広がって行き、しかも新鮮な意外さがあるんですね。

必然性に従って進行して行くんだけども、一行一行に新しい驚きがある。しかもじつに自然です。大したものですね。（中略）

歌いだすときの初発的な状態、その根源にあるエネルギーが非常に大きくないと、あれだけ分節的にこまかくイメージやエピソードを割りながら、同時に全体として大きなうねりをつくってゆくというようなことはできないでしょう。

そして大岡さんは、18章の、

雪の中の小屋はあくまで静かで、／アイヌの荒い呼吸と、／海の遠潮の音とが交互にきこえ、（中略）山林官の眠っている弛緩した／顔の皮膚は見るからに／眠りは最大の平和であると語っているように、／全く昼の猟の疲労で熟睡している、

という〝嵐の前〟の静けさについて、また19章の「一塊の雪が」「ふもとにむかって馳けだし」、「濛々雪けむりをあげて／村をめがけて雪崩落ちてきた」という、そこに至るまでの小熊秀雄の描写、展開の巧みさについて、大岡さんは簡潔だが見事に指摘されている。

20章になると「―シャモ雪崩だてや」「シャモ、しっかりしれや」とイクバシュイの口からは、〝シャモ〟が連発されていく。言わばドラマとしては22、23章のために全ての章が用意されていることになるが、小熊秀雄特有のぐいぐいと読者を引きつけ描いていく、勢いのある筆づかいの見事さ。

それが小熊秀雄の真骨頂であり、「飛ぶ橇」の詩というよりはドラマに近い展開は、735行、24章からなる長編詩であるにもかかわらず、息も切らさずに終章の24章の高みにまで、一気に読者を惹きつけてしまう。

大岡信さんが指摘するのは、そうした小熊秀雄の描写力の見事さについてだった。

小熊秀雄は、「飛ぶ橇」の題名にも、「副題」を付けていた。

実は、この長編叙事詩集『飛ぶ橇』は、冒頭の詩「綱渡りの現実」にも、「綱渡りは公衆の眼前に、真逆さまに墜落して横死した、この詩は彼のポケットにあったものである」と、但書きのような長いサブタイトル、副題をつけていた。これにより読者は、「墜落死」した本人のポケットにそれがあったと意外な事実を知らされて、作品に目を向けることになるだろう。

では「飛ぶ橇」の場合はどうか。〝空を飛ぶ橇〟、それはイメージとしては非現実、空想、どちらかと言うと童話の題名に近い。ただ「飛ぶ橇」の場合には、実は「綱渡りの現実」以上に〝副題〟の意味するものは大きくなる。副題に「―アイヌ民族の為めに―」とあることによって長編叙事詩「飛ぶ橇」の性格、作者の意図が浮かび上がる。土台がしっかりしたものになった。

が、なぜ詩にしてはいささか不釣合いな副題、「―アイヌ民族の為めに―」であったのか。

それまで、つまり小熊秀雄が「飛ぶ橇」を書いた一九三〇年代前半までに、「飛ぶ橇」に匹敵するようなアイヌ民族を主人公にした文学作品が、詩であれ小説であれ、あっただろうか。

小熊秀雄が「飛ぶ橇」で思いたったのは、アイヌ民族の典型的な男性像として〝イクバシュイ〟を描くことではなかったろうか。戸籍名の〝四辻権太郎〟ではなかった。

〝飛ぶ橇〟とは、確かに詩集にしては不釣合いな題名であろう。しかも〝—アイヌ民族の為めに—〟という、説明的なサブタイトル。

それにしてもストレートに〝アイヌ民族の為めに〟と書いたのは何故だったのだろう。日本人の社会では、無視されるか、軽蔑の眼差しに晒されるか、そのいずれかでしかない、今も〝滅びゆくアイヌ民族〟。だが、そのアイヌ民族を長編叙事詩の表題にきっちりと据え、典型像として〝イクバシュイ〟を、尊敬をこめて描き上げた小熊秀雄。

何人もの小熊秀雄研究者が指摘しているように、小熊秀雄は、「飛ぶ橇」を構想したとき、すでに松浦武四郎の『アイヌ人物誌』は、読んでいただろう。そして『アイヌ人物誌』から、猟師ブヤットキや酋長メンカクシのイメージをイクバシュイに託し、アイヌ民族の典型像として描き上げていったと思われる。

22章の、窮地にある「山林官の二の腕に鋸をぴたりとあて」「ゴシゴシと」権太郎が山林官の腕の「骨を切る」シーンにしても、松浦武四郎「アイヌ人物誌」のブヤットキやメンカクシのイメージと、確かに重なっている。そして「—シャモ、がまんしれよ」と繰りかえされる痛切なまでの励ましのことば。そして終章の、

アイヌは犬の訓練の／技術のありつたけを傾け／負傷者の苦悶の声をのせて／橇は海伝いに雪明りの路を飛んでゆく

という生命の限りない表現。その救出劇の前章では、「黒い樺太犬」の〝長〟にだけ、〝太郎〟という呼び名が与えられていた。〝太郎〟と繰り返し呼ばれるのが特徴的だ。前にも述べたように長編叙事詩「飛ぶ橇」で名前が与えられたのは、アイヌ民族の権太郎と樺太犬の太郎だけだった。しかもその両者が、最終場面で、物語を牽引する主役だった。

緊迫したクライマックスになると、権太郎は山林官に向かって〝旦那〟ではなく〝シャモ〟と呼びかけている。「――シャモ、がまんしれよ」と繰り返し何度も必死に叫ぶ〝アイヌ民族〟のイクバシュイ。そこにいるのは二つの民族、しっかりと結び合う二人、アイヌとシャモであった。

その刹那に小熊秀雄は、同じ大地に生きる二つの民族の真に対等・平等な一体感、人間としての真の結びつきを見出していた。小熊秀雄は、そのことをどうしても書きたいと思って、一気に書き進めていたに違いなかった。

アイヌ民族のイクバシュイに、人間のもっとも美しい姿を、小熊秀雄は見ていた。樺太、旭川とそのことを実感していたから、「飛ぶ橇」で書こうと思い立ったに違いない。近代の詩人、作家が未だ視界にすら入れていなかったアイヌ民族。小熊秀雄が見事に表出した伝統的なアイヌ民族像。「飛ぶ橇」では際立った姿を見せる主人公イクバシュイ。長編叙事詩「飛ぶ橇」は、小熊秀雄の生い立ちのあれこれを思い浮かべるにつけ、その構想は偶然にできあがったものではなかった。小熊秀雄によって書かれるべくして書かれた傑作であった。

「飛ぶ橇」補遺

閑話休題めくが、この章を書きすすめていてある時、何の理由もなくふっと思い浮かんだことがあった。そのときは気にすることもなくいつか忘れてしまっていたが、そのうちに少しばかり確かなものとなって浮かんできた。その思いつきを辿ってみる気になった。

しかしそれを証拠立てる何かを見つけるのはなかなか難しかったが、ただ、その直感めいた感覚だけは何か確かなものとして私には残ることになった。

いささかもったいぶった言い方になってしまったが、その動機は、この章の冒頭近く「詩集『飛ぶ橇』をめぐって」で「序」とあわせて引用した〃僕は八百行ほどの詩を書きあげました「飛ぶ橇」というのです、それは勇気とは如何に直サイな路をとるものであるかを人々に示したいからです〃という小熊秀雄の語りに関連する。

不意に思い浮かんだことだったからはじめはその中身も至極単純であったが、小熊秀雄が語っているこの長編叙事詩の主題、〃勇気とは如何に直サイな路をとるものであるか〃という一節に、いったん向き合ってしまうと、小熊秀雄には忽然と浮かんできたことであったにしても、それはやはり驚くべきことではなかったろうかという気がしだした。

くり返すが松浦武四郎『近世蝦夷人物誌』を、小熊秀雄は確かに読んでいた。それは間違いのないことに思えた。特に「猟人ブヤットキ」「酋長メンカクシ」のエピソードから、まったく新しいアイヌ民族の伝統的な人物像の啓示を得て、それが小熊秀雄の新しいイメージとなって忽然と浮かびあがってきた、それがイクバシュイ像ではなかったろうか。そしてサブタイトル〝アイヌ民族の為めに〟という注釈をつけるところにまでなっていったのではなかったろうか。

もっと言うと、松浦武四郎という人物があの封建制の江戸時代にすでにいたことに、小熊秀雄は驚いていたに違いなかった。

実は、この松浦武四郎とブヤットキ、メンカクシのことは何も私の発見ではない。旭川の二人の詩人、塔崎健二（『灰色に立ちあがる詩人』旭川叢書一九九八）、岡田雅勝（『小熊秀雄』清水書院一九九一）がすでに指摘していたことだった。

それにしてもアイヌ民族の間では伝説的に語り継がれてきた二人のことが、松浦武四郎を経て小熊秀雄に至り、「飛ぶ橇」のイクバシュイに結実することになっていったと考えると、それはもう小熊秀雄という詩人の途方もない読書量、想像力・構想力のなせる業、そのように思えてならなかった。

考えてみると、小熊秀雄が描いているイクバシュイほどではなかったにしても、本書第Ⅱ章の中の「今野大力と名寄・内淵のアイヌ住民」で引用した、今野大力の詩にあふれている生活者の感覚、いつの間にかアイヌ民族に素直に向き合い生活の知恵を学んでいた本州からの移住者たち。そのごく自然で素直なふれ合い、それは何も今野大力だけのことではなく、初めて北海道へ移住してきた人たち、とりわけ生活者である女性、屯田兵の家族として移住してきた屯田兵の妻たちに共通している、親近感であった。

はじめは民族風習の違いから違和感があったにしても、わずかのきっかけから、すぐに先住のアイヌ民族と同じ土地に住むもの同士の親しみ、生活の智慧が両者を近づけた。極寒の地に初めて住む、農民である屯田兵とその家族には、アイヌ民族の持つ生活の知恵は貴重だった。そのことは彼らの懐古談を読むにつけ、よくわかることだった（金倉義慧著『遥かなる屯田兵』高文研／一九九二参照）。

さて、アイヌ民族の典型的な人物像、小熊秀雄のイクバシュイ。日本民族には見つけることの難しい自然人のイクバシュイ像。松浦武四郎の彫りだしたブヤットキ、メンカクシから啓示を得て、小熊秀雄は典型的なアイヌ民族の英雄像を自分のものにしていた。今に生かしていた。それがプロレタリア作家同盟に加わったばかりの小熊秀雄「飛ぶ橇」のイクバシュイであったことを考えると、小熊秀雄のねらいがいかに周到であり、確かであったかということになる。

〝勇気とは如何に直サイな路をとるものであるか〟という田中英士宛書簡の一節は、「飛ぶ橇」クライマックスの直前、19章の一節であった。

だとすると、確かに一九三三（昭和八）年には長編叙事詩「飛ぶ橇」はすでに出来上がっていたか、そうでなくとも主題・構想はその年には、はっきりしていたことになる。その少し前に小熊秀雄はプロレタリア作家同盟、通称ナルプに加わり、敢然とプロレタリア詩を次々に発表していたことを考えると、「飛ぶ橇」はそのようなプロレタリア詩人小熊秀雄の、他の作家には例を見ない、新しい到達点なのであった。

第Ⅺ章　小熊秀雄、小林葉子宛書簡から

「馬の胴体の中で考えてゐたい」

第Ⅵ章「今野、小熊それぞれの上京」ですでに書いたが、一九二八（昭和三）年、小熊秀雄と妻つね子は、一子焔を連れ、急に上京する。その直接の動機は、父三木清次郎の死去により残された継母ナカが、樺太から旭川にやって来ることになりそうな気配に、その継母との同居を避けるためであった。従って急な上京となった。頼りにしていたのは、地元の小池榮壽、そして前年に上京し、東京に住んでいる今野大力、鈴木政輝であった。小熊秀雄一家の経済的負担を極力避けるため、友人の今野大力・鈴木政輝は比較的家賃の安い池袋界隈を選び、しかもそれだけではなく二人は小熊一家と、同居することにしたのだった。

その地が後に小熊秀雄が〝池袋モンパルナス〟と名づけることになる池袋界隈であったことは、友人今野大力・鈴木政輝が小熊秀雄のその後の活動の〝舞台〟となるのを見越してその地を選んでいたわけではなかったにしても、小熊秀雄夫妻にとってはこれ以上にない彼らの選択だった。

はじめは豊島区長崎町、その後住居は転々とするが、小熊秀雄一家は〝池袋モンパルナス〟から外に移ることは終生なかった。そのことが小熊秀雄を稀に見る個性的な詩人に育てていくことになった。

「馬の胴体の中で考へてゐたい」

おゝ私のふるさとの馬よ
お前の傍のゆりかごの中で
私は言葉を覚えた
すべての村民と同じだけの言葉を
村をでてきて、私は詩人になつた
ところで言葉が、たくさん必要となつた
人民の言ひ現はせない
言葉をたくさん、たくさん知つて
人民の意志の代弁者たらんとした

のろのろとした戦車のやうな言葉から
すばらしい稲妻のやうな言葉まで
言葉の自由は私のものだ
誰の所有《もの》でもない
突然大泥棒奴に、
——静かにしろ
声をたてるな——
と私は鼻先に短刀をつきつけられた、
かつてあのやうに強く語った私が
勇敢と力とを失って
しだいに沈黙勝にならうとしてゐる
私は生れながらの唖でなかったのを
むしろ不幸に思ひだした
もう人間の姿も嫌になった
ふるさとの馬よ
お前の胴体の中で
じっと考えこんでゐたくなったよ
「自由」といふたった二語も

満足にしゃべらして貰へない位なら
凍った夜、
馬よ、お前のやうに
鼻から白い呼吸を吐きに
わたしは寒い郷里にかへりたくなったよ

小熊秀雄の作品にはしばしば〝馬〟が登場するが、小熊が病床の今野大力のもとに持参した新刊の『小熊秀雄詩集』（耕進社／一九三五）、冒頭の詩は「蹄鉄屋の歌」だった。中野重治編でやっと戦後になって出版された次の『流民詩集』の冒頭も、「馬の糞耳」だった。詩集が「馬の糞耳」で始まっているのは、小熊の原稿がそうであったからだろう。

そのように彼の初期のエッセイにも馬は比喩的に登場する。しかしその馬は詩集の馬とは違って〝青馬〟だった。ロシアの広い大地を駆ける馬だった。どちらかと言えば「蹄鉄屋の歌」の馬はまだそれに近いかもしれないが、それでもやはり農耕馬だった。

この「馬の胴体の中で考えてゐたい」の馬は明らかにその北海道の農耕馬、「馬の糞耳」の馬もそう、どの農家でも飼われていた馬だった。

「馬の胴体の中で考へてゐたい」が掲載されたのは、雑誌『芸術科』5巻1号（1937・1）であった（小熊秀雄賞市民実行委員会　詩集編集委員会「小熊秀雄詩撰」二〇〇七）。すでに〝「自由」というふたった二語も満足にしゃべらして貰へない〟時代になっていたが、実は小熊秀雄が十年ぶりに旭川に帰って来る、その前年、一九三七（昭和十二）年の発表であった。

大日本帝国の侵略戦争が中国全土に全面展開される年だった。時代はわずか数年前の「蹄鉄屋の歌」の頃とも、決定的に違っていた。

前年の「馬車の出発の歌」が、

仮りに暗黒が／永遠に地球をとらへてゐようとも／権利はいつも／目覚めてゐるだらう／薔薇は暗の中で／まっくろにみえるだけだ、／もし陽がいっぺんに射したら／薔薇色であったことを証明するだらう／嘆きと苦しみは我々のもので／あの人々のものではない／まして喜びや感動がどうして／あの人々のものといへるだろう、／私は暗黒を知ってゐるから／その向ふに明るみの／あることも信じてゐる／君よ、拳を打ちつけて／火を求めるやうな努力にさへも／大きな意義をかんじてくれ

幾千の声は／くらがりの中で叫んでゐる／空気はふるへ／窓の在りかを知る、／そこから糸口のやうに／光りと勝利をひきだすことができる

徒らに薔薇の傍にあって／沈黙をしてゐるな／行為こそ希望の代名詞だ／君の感情は立派なムコだ／花嫁を迎へるために／馬車を仕度しろ／いますぐ出発しろ／らっぱを突撃的に／鞭を苦しそうに／わだちの歌を高く鳴らせ。

と歌っているのに比べ、「馬の胴体の中で考えてゐたい」は、悲しみの歌だった。殺伐とした暗い時代の世相、小熊秀雄の悲痛な思いがそのまま反映されていた。そのような思いを胸に、小熊秀雄は上京後はじめて旭川に帰って来ることになる。小林葉子との出会いは偶然ではなかった。

小林葉子「小熊秀雄さんとの出会い」より

翌昭和十三（一九三八）年四月、小熊秀雄は十年前の昭和三（一九二八）年の上京以来、はじめての旭川帰省だった。そのことを4・21付『旭川新聞』は、「中央文壇における新進風刺詩人として詩壇に異彩をはなってゐる小熊秀雄氏は昨二十日十年ぶりで飄然と郷土旭川に帰省」旭川新聞社「学芸課では」その「小熊秀雄氏　歓迎座談会」を「廿三日ホテルで」開催する、「出席を希望する者は会費五十銭当日持参」で申し込まれたい、と報道した。

小熊秀雄の滞在先は、記事にある「旭川市三ノ六右二津村方」。〝津村〟とは、姉ハツの姓だった。このあと旭川滞在は一カ月を超えた。

姉ハツが、小熊秀雄にとってどれほど掛け替えのない存在であったたか、第Ⅰ章ではそのことを書いたつもりだが、昭13・11・17付小林葉子宛小熊秀雄の書簡にも、「姉にあつて私を思ひだしたとのことですが、ほんとうに姉は私とよく似てゐるのです、それに性格もそつくりです」と、そのたった一人の姉、ハツのことを書いている。

十八年前のことになるが、二十歳を過ぎたばかりの小熊秀雄がハツを頼って旭川にやって来たその一、二年後、樺太にいた、小熊秀雄には義妹にあたる養女のチエが妊娠、生まれた子の父は小熊秀雄の父である三木清次郎だった。そのチエもまた旭川にいるハツを頼って身を寄せ、女子を出産（大正13・8・8生）する。その後チエは、津村広一・ハツ夫妻の籍に入り、夫妻が小樽から養子として迎えていた末次郎と結婚する。そしてチエの子どもである栄子は、津村広一・ハツ夫妻の長女として育てられていた。

昭和十三年、小熊秀雄が旭川に帰省したとき、姪にあたる津村栄子は旭川市立高等女学校の女学生になっていた。

この先、一九三八（昭和十三）年から、亡くなる一九四〇（昭和十五）年にかけて、小熊秀雄が十九歳年下の小林葉子に宛てた手紙を読んでいくことになるが、この年の四月に小熊秀雄が旭川に帰って来た直接の動機は、今は津村姓となっている複雑な生まれ育ちの姪・栄子が、戸籍簿から出生にまつわる事実を知ってしまったことにあった。それが十年ぶりに小熊秀雄が旭川に帰省することになる直接の動機であったように思われる。

小熊の旭川新聞社時代、先輩記者でとりわけ親しかったのは編集長の昇季雄《のぼりすえお》、そして小林幸太郎（歌人、ペンネームは昴）だった。その小林幸太郎の長女が小林葉子（一九二〇〜二〇〇二）。そのころ小林葉子は、子供がいなかった幸太郎の兄のもとで養女として育てられていた。そうした事情を小熊秀雄は知っていて、同じ養女という境遇にある小林葉子に津村栄子の相談相手になってほしいという思いがあったのではなかったか。そして喫茶店〝ちろる〟での二人の出会い。

小熊秀雄は小林葉子を見かけ、予期していたかのように声をかけている。小林葉子がそこにいることを事前に知っていて〝ちろる〟に出かけていたからである。それが二人の出会いだったが、その出会いが予想外の展開になっていく。

実はこのようにあれこれ推測するようになったのは、小林葉子のエッセイ「小熊秀雄さんとの出会い」（『旭川市民文芸』27号／一九八五・一〇）を読んでからであった。

そのエッセイは、小熊秀雄の没後半世紀近く経ち、一九二〇（大正九）年生まれの小林葉子も六十代半ばになって書かれていた。その「小熊秀雄さんとの出会い」には、冒頭から記憶も鮮明に、二人のことがていねいに描かれている。小林葉子の記憶の確かさと直截で無駄のない叙述に、感心した。

小林葉子は、〝ちろる〟で小熊秀雄から突然に声をかけられ、誘われるままに日を置かず津村宅を訪れる。そして津村宅では、次のような会話が二人の間で交わされている。（以下引用は小林葉子「小熊秀雄さんとの出会い」より）

栄子さんという女学生の姪御さんが席をはずすと、「貴女は自分が貰い子だとわかった時どう思ったの」と聞くので「いつとはなしに貰い子だと知ったけれど、大変養父母が可愛がってくれるし、特別に気にはしなかった」と答えると、「栄子が入学時の戸籍抄本を机に隠していてね、小林さんのように明るい人とお友達になるといいんだが」と、心配そうにしていましたが、私にはよくわかりませんでした。

後年、栄子さんは小熊さんの実父と義妹の間に生まれた人で、お姉さんが子供として育てていたことを知りました。色白の可憐な女学生でした。

小林葉子が案内された津村宅の二階の部屋には津村栄子がいた。栄子が中座した折に小熊秀雄は、葉子に気遣うように栄子のことを語りかけていた。

小熊秀雄が喫茶〝ちろる〟ではじめて小林葉子に声をかけていたのは、その何日か前であった。今も続いている喫茶〝ちろる〟はそのころ旭川市四条通九丁目にあって、喫茶店というよりは女学生も出入りできるパーラーといった雰囲気の店だった。

小熊秀雄が旭川を離れるころ住んでいたのは旭川市九条通十五丁目右八号、葉子の実父である小林幸太郎の自宅は八条通十五丁目右五号、二人はごく近所、しかも二人は旭川初の近代演劇の公演、そして旭川の文化運動の中心となる旭川歌話会の創立と、その何年かは職場だけではなく退勤後も自宅に出入りする付き合いになっていた。小熊秀雄が〝ちろる〟で、即座に葉子に語りかけていたとしても不思議ではない。人目を引く小林葉子の容姿からも、小林幸太郎の長女・葉子と直感していたのだろう。

小林葉子は、小熊秀雄との〝ちろる〟での出会いを、「親友の阿部さんと（喫茶）ちろるで話合っていると、知らない男の人が傍にきて〝貴女は小林昂さんのお嬢さんの葉子さんでしょう〟と声をかけたのが小熊さんでした」と書いている。小林葉子には思いもかけない出来事であったが、小熊秀雄は、一気に小林葉子に語りかける。

「僕は小熊秀雄と云って貴女のお父さんと旭川新聞社時代の友人で東京に居るのですが、旭川に帰省中で、この間小林さんの家で貴女の絵を見ましたが、詩も書いていらっしゃるようなので、ほかの絵や詩もみたいから、三条六丁目の津村と言う姉の所に暫く居りますので、遊びがてらに是非来て下さい」。

小林葉子によると、小熊秀雄の姪・津村栄子は、「色白の可憐な女学生」、小熊秀雄にも似て細面の清楚な美少女だった。津村栄子よりは年長の小林葉子もまた、「一種異様な、半透明な、幾分青味を帯びたその皮膚の色」「雪の反射の中で育つた皮膚の色」の、北国の女性らしい美しさであった（小熊の昭和14・1・16付書簡）。

繰り返すが小熊秀雄が旭川に帰省したのは、複雑な生まれ育ちの姪・栄子のことを姉ハツに相談されていたからであった。が、小林葉子との〝ちろる〟での出会い、津村宅への葉子の訪問があって事態は変わり始める。

小林葉子は誘われるままにごく自然に小熊秀雄のいる津村宅を訪ねていた。葉子は小熊秀雄が東京にあって詩人であり、絵も描いていることを知っていたから、中原八重子（注・彫刻家中原悌二郎の妹）と共に〝短歌と詩の交換ノート〟と自作の絵を持参していた。

ところが驚いたことに小熊秀雄は、交換ノートの詩や短歌を読んだだけではなかった。その場で、感情の高ぶりをそのままレポート用紙三枚に書き連ね、彼の特徴である竹ペンによる早書きの書体の即席の散文詩を葉子に手渡していた（旭川市中央図書館蔵）。

　　わたしは貴女の絵をみたり／詩を読んだりした／わたしはそれを貴女の才能／などとは考へた

くない／絵や詩は決して才能からは生まれない／そこに貴女の運命の／きりひらき方を発見しただけだ、／そのことが私にはわかり／そのことが私にとつては／いちばん感心させられた／そのことがまた一番貴女の美しい部分でせう／貴女の絵や詩に現はれた／偽りのないはげしい感情を／これから貴女がどういう風に／解決してゆくだらうか――、／ひととほり世間に出せるやうな／絵を書くことはそんなに難しくない／でも、心に残されたものを／どう整理できるだらうか／世間のごまかしの中に／上手に生きてゆくには／少しばかり貴女の個性も強く／はげしすぎる、／それでは貴女は／その個性の強さを殺したらいゝだらうか、／いやいや、個性の中には／殺せる個性と／どうしても殺せない個性とがある／私はあなたに後の方の個性が／あるのを知つてゐる、／それは不幸な個性ではない、／正しい個性が貴女にある／貴女の詩の中にある「赤いランプ」／いつたいこれはなんのことだらう、／貴女は自分でその詩を書きながら／ばくぜんとして／それがなんであるか知つてゐない、／だが私はちやんと知つてゐる、／やがて貴女もそれがなんだか／きつとわかる時がくるでせう、／私にこゝで予言者のやうに／言はしてほしい、／高い幸福を求めるものは／ある時期はきつと不幸な時が／あるといふことを――、／しかしそのときたつた二言の／私の贈りものをしませう、／それは「強く」といふことだけです、

葉子に一途に語りかける即席のこの詩には、〝――葉子さんの絵に――〟という表題が付けられていた。葉子が男性からこれほど真剣に語りかけられたのははじめてのことであった。しかも不意のことであったから葉子には衝撃的であったに違いない。葉子に事寄せして書いていることは、そっくり小

熊秀雄自身のことのように私には読みとれた。

この津村家での二度目の出会いから、いつか姪の津村栄子の生い立ちのことはもう後方に下がり、小熊秀雄・小林葉子二人だけの世界になっていく。

『昴―小林幸太郎の歌と思い出』（私家版／昭和54年）に小林葉子は、「幼時から本を読むのが好きで、長じてからも読書が何よりの楽しみでした」「女学校時代、修学旅行は身体が心配だからと行かせてもらえず、その代りに油絵の道具を買ってもらい」と書いている。小熊秀雄と出会ったのは、葉子がまだそのような女学生時代を引きずっている十八歳の時のことだった。葉子が持参した絵は油彩画であったろう。

葉子は小熊秀雄の「葉子さんの絵に」という、詩のような語りかけに、はじめは驚きながらもしだいに引き込まれていった。小林葉子は書いている（前出「小熊秀雄さんとの出会い」）。


七人の長女に生まれながら、父の兄の家に幼児から貰われ一人っ子として大切に育てられながら、自分の意志の弱さに悩んでいた私は、とても感激しました。
二、三日して旭橋の方に行きました。堤防に腰を下ろしてスケッチ板に、一寸色を塗っただけで、「今日はお天気が良いから絵は止めて、日向ぼっこだ」と言い、薄青い空に浮ぶ白い雲や、カッコウの声を聞いたりしました。
そのうちに「散歩しよう」と、堤防を歩きはじめましたが、小熊さんは「僕は君を好きだけれども、君は僕をどう思う」というので男の人と二人っきりで歩いたり、ましてや好きだなどと言われたのは初めてだった私は、どぎまぎしながらも、小熊さんは優しくて素敵な人だと思っていたのですが、簡単に好きだと言うのも沽券にかかわるような気がして「嫌いではない」と答えると、「うん、そう」と満足したらしく、低い声で何かの歌をうたいながら悠々と歩くのでした。

どことなくのんびりとした小熊秀雄と小林葉子のデートは、今も常磐公園に隣接する石狩川の堤防だった。二人は「間をおいてもう一度散歩に行く」。その時には、はじめて親に「阿部さんの所に遊びに行く」と嘘をついて、葉子は出掛けていた。

「鬼げしの咲いている野で憩いました。その時小熊さんの瞳が透きとおったアレキサンドリアの双粒のように、緑色に炎えたのを憶えています」と、この日のことも小林葉子はよく覚えていて、小熊秀雄の瞳の耀きまでも印象的に描写している。

そのあと「もう一回津村さんに行った時」、つまり旭川に来てから四度目の逢う瀬となるが、その数時間がまさか小熊秀雄との最後になるとは、葉子は思ってもみなかったことだろう。

その日小熊秀雄は、今野大力にもそうしていたように、『小熊秀雄詩集』の見返しに、「(尖塔と月と雲を描いて)―夜ふけて月も廻れば尖塔もぐるぐる廻る、そして朝になったら離れ離れになってしまふ」と書いて、小林葉子に贈っていた。また、短冊を栄子に買いにやらせ、「北海旅歌」(『北海タイムス』紙所載/昭13・6)の「旭川にて」七首のうちの四首を書き、葉子に贈っていた。

旭川こゝに一人の女をみいだせり不安募りきて旅立ちいそぐ

愛すれば苦しき町とかはりけり空澄める町にすみかねるなり
去りゆけど思ひはいつもとどまらぬ石狩川の白き堤防
北海に愛歌をつくるめでたさを友よ責めるな真実なれば
ぱつちりと東京行のきつぷ切られけりやうやく帰る心となりぬ
石狩の少女の胸の白さかなとをくとどろく鉄橋の汽車
動揺をあたへて去れどゆるし給まへときくれば咲く鬼げしの花
〈注〉引用は『小熊秀雄全集』所載の「北海旅歌（完）旭川にて」より。

「（ぱっちりと……は）離旭の時を想像してね、と一寸照れくさそうでした」、と葉子は書いており、後日「父の家に、北海に愛歌をつくるめでたさを友よ責めるな真実なれば　の歌が残されていました」とも書いている。小熊秀雄は、再度葉子の実父小林幸太郎と会って、葉子とのことを伝えていた。

手紙はお互いに出しあう約束で、箱入娘だった私は男名前の手紙がきては親に叱られると思い、当時在京中の友人（注・日野幸子）の名前で出してもらうことにしていました。

逗子から最初の葉書がきて、後に桜貝が送られてきました。波打ちぎわでは脆い桜貝がこわれてしまい、なかなか拾えない貝だと書いてあり、小箱に赤いリボンがかけてあり、銀紙と赤い二枚重ねの中に綿で包まれた桜貝は、叶えられなかった祈事のように、溜息の出るような美しさでした。（「小熊秀雄さんとの出会い」）

〝桜貝〟は8・8付の小林葉子宛小包のことになる。小熊の書簡は『小熊秀雄全集』第五巻に収録され、晩年、といってもまだ三十代半ばであるが、小熊秀雄を知るには欠かすことのできない貴重な資料になっている。

ただ小林葉子宛小熊秀雄の書簡は、黒子一夫『小熊秀雄論』（土曜美術社一九八二・十）の他はさほど重視されてはいない。小熊秀雄宛の小林葉子の書簡の行方は今もわからないという事情があるからかもしれない。

「全集」所載の小林葉子宛書簡の異同について

実はいたって単純なことからだったが、『全集』所載の小林葉子宛書簡の日付にふっと疑問を持ってしまった。

確かに書簡には日付が記載されている。ところが書簡の消印の日付と書かれてある内容とは必ずしも一致しない書簡があった。『全集』所載の書簡の配列にも疑問がありそうに思えてきた。

『小熊秀雄全集』第五巻所載の書簡のすべてを何度か読み返してみた。そのうちに書簡の配列、日付の異同の精査にとどまらないで、二人の心の内側に入り込むような読み方をするようになった。

「白樺通信　3号」（一九九四・四）で旭川の宮之内一平は「小林葉子宛小熊秀雄書簡はノートを除いても十三通であります」と書いている。しかし『小熊秀雄全集』に掲載されているのは十通であった。不審に思い、原本を所蔵している旭川市中央図書館に依頼し、照合してみた。一通、『全集』未掲載書簡が存在していることがわかった。封筒だけというのもあった。密封されたままの「桜貝」の小包もあった。「桜貝」の小包には短信が入っている可能性もあるが、無理に開封すると損傷する恐れがあった。それらを総合すると宮之内一平の書いている通り、確かに〝十三通〟になる。

『全集』所載の書簡は、小熊が北海道から帰京したことを葉子に知らせる六月二日付絵はがきに始まる。この六月二日付が小熊秀雄からの第一報であることはその通りだが、六月二日の日付と絵はがきの文面には符合しないことが書かれていた。また6・2付絵はがきには、「途中札幌に寄つてお祭りをみたりしたので（注・帰京が）おそくなりました」とある。この札幌のお祭りは今も昔も六月十五日であった。6・2付では文面と合わない。

小池榮壽『雑草園』所載の「思い出の小熊秀雄」には、小熊が「姉にお祭りには帰って来いとて名寄を立《ママ》って行った」とあり、このお祭りは旭川の六月四日からの「旭川の招魂祭」で、小熊秀雄の帰京が六月二日ではそぐわなかった。『雑草園』によると、名寄の小池宅滞在は六月三、四、五日であった。不思議に思って、旭川市中央図書館所蔵の原資料と照合すると、消印は確かに〝13・6・2〟であったが、しかし一部欠けている消印の末尾の〝2〟は、どう見ても一桁の数字ではなかった。切手を剥がしたためにそうなっていたが、〝2〟は、二桁の20〜29のいずれかであった。

消印が六月二十日以降七月に近いいずれかの日付であれば、疑問は解消する。『北海タイムス』の小熊秀雄「札幌詠草」連載は六月二十六日から三十日であった。札幌を小熊秀雄が発ったのは二十日を過ぎてからだった。

次に『全集』では「レポート用紙六枚　竹ペン書」の、長文では最初の、それも日野幸子名の7・

16付書簡。このほうはもっと腑に落ちなかった。日付と書簡の内容がまったくそぐわない。七月なのに、そちらは厳寒のやうですね、真白な雪の中に囲まれて、とか、あんなに遠くの雪の中に、魂のふるへてゐる女の人がゐる、とか、そちらはとても寒いのですね、東京はこの処、たいへん暖かく何か春の気配があります、など冬から春先にかけての記述があり、また「二月がどうなるか不安ですが」ともあって、それは七月のことではなく、一月か二月の封書とすると納得のいく内容だった（黒子一夫『小熊秀雄論』参照）。

この、『全集』では七月十六日付とある小熊の封書・第一報は、実は昭和十三年七月ではなく、一番近い冬、翌十四年一月の封書と考えると納得できた。いずれの封書も元号の記載がないことから、〃年度〃を動かすことでこの疑問も解消した。

次のようなこともわかってきた。『全集』の封書では二報目になる八月九日付の封筒裏の差出人の記名は〃田尻久美子〃となっていた。封書の差出人を小熊秀雄とするのではなく、小林葉子の知人の女性名にすることに二人が打ち合わせていたことは、小林葉子「小熊秀雄さんとの出会い」にも書かれている。ただ田尻久美子名はこの一通と小包だけであった。それが日野幸子名の書簡に先立って存在していた。

封書の差出人の名前が連続して日野幸子になっていくのは、今度はじめて確認できた昭和十三年九月十三日付封書からであった。また、封筒が紛失していて差出人が不明になっている昭和十三年八月十五日付にしても日野幸子である確率は高く、そうだとするとその八月十五日付が日野幸子名の初出となる。

『全集』では二報目とされている日野幸子名の昭和十三年七月十六日付封書は、昭和十三年ではなく、実は翌年の昭和十四年一月のものと考えると整合性がとれ、しかも差出人についても以後日野幸子で一貫することになった。

くり返すが、昭和十三年八月九日付の「昨日桜貝を小包で」送ったことを知らせる最初の封書と前日の小包だけが差出人は逗子の田尻久美子、その田尻久美子のことは昭和十四年一月八日付の書簡に「逗子のお友達、いつか貴女に桜貝をお送りしたりしたその名宛の女の人」として手紙に登場している。

『全集』最初の小林葉子宛絵はがきの差出人は小熊秀雄、郵便局の消印は神奈川逗子、書かれている住所は東京の小熊の住所であり、それはその通りだったが、小林葉子が「小熊秀雄さんとの出会い」で書いている「溜息の出るような美しさ」の桜貝は、逗子からの、この田尻久美子名の八月九日付の手紙であった。

したがって、小熊秀雄名の六月二日付絵はがきに続くのは、『全集』では八月九日付の、田尻久美子名の封書、次の八月十五日付封書は封筒紛失のため差出人不明であるが、恐らくは日野幸子名であろうし、以後昭和十五年六月二十三日の封書まで日野幸子名で連続していくことになる。

そして最後の手紙の昭和十五年九月二十六日付、原稿用紙一枚の封書の裏書は〝小熊秀雄〟であった。小林葉子宛の手紙の差出人名が〝小熊秀雄〟名であったのが、最初の昭和十三年の絵はがきと最後のこの封書だけであることは、印象的だ。小熊秀雄はこの頃になると、自分の死の遠くはないことを予知していたのだろうか。（注）

ただ、小熊秀雄の手紙から推測すると、小熊秀雄よりも遥かに多い数の小熊秀雄宛の小林葉子の封書が、小熊秀雄宅には届けられていたはずであった。それがあれば小熊秀雄の手紙の発送日時の疑問はもちろん、この間の二人の事情についてもはっきりするはずだが、小林葉子からの書簡はすべて不明のままだ。

改めて小林葉子に宛てた小熊秀雄書簡の配列、体裁を整理して列記すると、次のようになる。（注・以下書簡の日付については元号のまま記す）

小熊秀雄　小林葉子宛書簡十二通

（葉書3・短文封書2・長文封書6・封筒のみ1　小包1）

▼昭和十三年（葉書1通、封書4通、小包1）

4月20日＝十年ぶりに旭川帰省。「四日間のおつきあい」（1・8付）。

6月、招魂祭（4〜6日）後に旭川を離れ、札幌の大祭（15日）に寄り帰京。

（このとき小熊秀雄37歳・1901生、小林葉子18歳・1920生）

6月（20〜29日のいずれか）日付葉書＝（注・『全集』では6月2日付葉書）

（裏書）東京都豊島区長崎東町二ノ七五三　東荘　小熊秀雄

消印　神奈川逗子

このあと、小林葉子から小熊秀雄への7・28付、7・31付の二通、それもかなり痛切な心情を綴った封書があったことは小熊秀雄の8・9付書簡から推測できる。ただ小林葉子からのその二通を含め、小林葉子からの書簡は、全て現存していない。

8月8日付小包＝（注・8・9付の記述）（逗子の海岸で拾った〝優しい〟桜貝在中）

（逗子で登山中喀血）（小包には短い手紙が入っていたか）田尻久美子

8月9日付封書＝（裏書）神奈川県逗子町東小坪二二〇六　田尻久美子　消印　逗子　十面

8月15日付封書＝※封筒紛失（注・この封書から葉子の在京中の友人日野幸子名にすることで二人は打ち合せたか。）　五枚　十面

9月13日付封書＝※『全集』には未収録

（裏書）九月十三日　東京市目黒にて　日野幸子　五枚

（肺結核＝15・6・23付書簡には「一昨年秋急に胸の方が発病」とあり、肺結核の発病はこの頃であったか）

11月17日付封書＝（注・『全集』では昭和14年11月17日付封書）

（裏書）十一月十七日　東京・目黒にて　日野幸子　五枚

▼昭和十四年（葉書2通、封書2通、封筒のみ1通）

1月8日付封書＝（裏書）一月八日　東京目黒　日野幸子　四枚

1月16日付封書＝（注・差出人）日野幸子　消印　落合長崎

7月16日付封書＝（裏書）目黒区下目黒　日野幸子　※封筒のみ本文なし

9月22日付葉書＝（差出人）京都にて　日野幸子　消印　京都

▼昭和十五年（封書2通）

6月23日付封書＝（裏書）六月廿三日　東京下目黒　日野幸（ママ・字体やや大、〝子〟はない）四枚

9月26日付封書＝（裏書）九月三十日　東京都豊島区千早町一ノ三〇東荘方　小熊秀雄
（本文原稿用紙・字体大　文末日付　九月二十六日）一枚

〈注〉小熊秀雄は、東荘の自宅で、昭和十五年十一月二十日、肺結核のため逝く。三十九歳。

8・9付小林葉子宛書簡から

本題に戻り、まず小熊秀雄が北海道から帰京したその前後の事情について。
小林葉子が最初に受けとった小熊秀雄からの手紙は、葉書だった。その前出の6・20〜29付葉書は冒頭に「昨日」とあるように、帰京後すぐに投函されていた。

昨日帰京いたしました、途中札幌に寄つてお祭りをみたりしたのでおそくなりました、帰京すぐにいま逗子にきてをります、留守中に仕事がたくさんたまつてしまつたのでこゝで書いてゐます、十一年ぶりに帰つた旭川はなかなかきれいで印象ふかく北海タイムスには札幌の歌を三十首

発表しますタイムス宗谷版には七十首程御笑ひ下さい、何れまた、

このようにごくありきたりの、葉書だった。普通の関係ならこれでもよかったが、旭川での一連の成り行きを考えると、あまりにも簡潔で事務的な、それもたった一枚の葉書だった。その後も8・9付書簡まで、一カ月過ぎても小熊秀雄から葉子への便りはなかった。

旭川では、津村宅でのボルテージの高い〝葉子さんの絵に〟という即興詩があった。石狩川の堤防を散策しながら、「僕は君を好きだけれども、君は僕をどう思う」と小熊秀雄は小林葉子に問いかけていた。葉子は〝どぎまぎ〟して「嫌いではない」と答えてしまったと、「小熊秀雄さんとの出会い」に書いている。

旭川での二人は、「北海旅歌」最後の〝(完) 旭川にて〟七首の恋歌から類推してみても、6・2付の簡単な葉書が第一報、「留守中に仕事がたくさんたまつてしまつた」というたった一行の弁明では説明にもならない。もっと言うと、小林葉子に向けての小熊秀雄からの発信は短歌だったが、短歌では好きだという感情を伝えることはできても、葉子が小熊に向かって何かを発信するような、そのようなことには必ずしもならない。

ところが小熊からの便りがいつまでもないままに、小林葉子の方から先に、七月末になって7・28付、31付と、二通続けて小熊秀雄に手紙を出していた。そうであったことが、直後の小熊秀雄の8・9付書簡（レポート用紙五枚表裏十面　差出人名　田尻久美子）からわかった。

まず小林葉子からの小熊秀雄宛の二通の手紙が先にあって、次に〝田尻久美子〟という女性名の小

熊秀雄からの長文の手紙が小林葉子に届いたのだった。小林葉子の手紙がかなり切迫した内容であったことは、小熊秀雄の次の8・9付返信から想像できる。

お手紙みました、お返事のおくれた理由から申しませう、先月から逗子の海に来てゐるので、お手紙が東京の家に停滞してゐたのでした、昨日二通共見ました、二十八日付の手紙を見て私を貴女はどんなに悲しませたかを想像して下さい、ほんとうにショックをうけて暫くはぼんやりとしてゐました、そして次ぎの三十一日のお手紙の書体を見て、その文字を見た瞬間ほつとしました、後のお手紙は冷静なものがありましたし、体にもさわらないやうな状態なのがすぐわかりましたから――、

そして小熊秀雄は葉子に訴えている。

冷静になつて下さい、でなければ私も冷静になることができません、貴女の動揺してゐるときは、私もきつと動揺してゐるとお考へになつてゐて間違がありません、なぜさうゆう一致があると思ひますか、距離をもつた二人の人間の精神的な共通は、それは最初の動機から出発し、そこから割り出されてもゆくものだからです、私の言つてゐることは難しいでせうか、それでは斯う説明しませう、貴女とお逢いしたたつた「三日間」の生活（それが二人の感情の出発点です）がどんなであつたかをお考へになつて下さい、燃えるものに火が触れたとき、それが幾日目に消えて

しまふといふことが誰も保証することができません、
永遠に燃える火といふのは人間の心にめざめた愛のことでせう、それは肉体のある間つづく可能性があります、(互に信ずることができたら)そして死んでしまつたら愛することができません、互いに生きてゐて信ずることができたら、離れてゐてもお互いの感情の動きやこまやかなはたらきや、見透しができるでせう、離れてゐてもお互の心が発展し、同じ問題を、いつも考へてゐて、そのことで生活を充実することができるでせう、
死のうとすることや、自分の体の健康のことを軽蔑するといふことは、私にとつては貴女が私に対する愛を小さな形式にしようと企てゝゐることです、ほんとうにもつと大きな感情で生きぬいて下さい。

小熊が旭川で葉子に逢ったのは「三日間」ではなく「四日間」。次の手紙では四日間となる。死をも暗示するかのような小林葉子からの痛切な小熊秀雄宛の手紙(7・28付、31付)がまず先にあって、小熊秀雄は〝ほんとうにもつと大きな感情で生きぬいて下さい〟と、8・9付書簡では訴え、諄々《じゅんじゅん》と諭していた。確かに「北海旅歌」最後の〝(完)旭川にて〟七首(小林葉子「小熊秀雄さんとの出会い」所載)は、次の8・15付で小熊秀雄は葉子に告げているように、すべて〝愛歌〟であった。〝贈り物〟であった。
「小熊秀雄さんとの出会い」で小林葉子は書いている。

鬼げしの咲いている野で憩いました。その時小熊さんの瞳が透きとおったアレキサンドリアの双粒のように、緑色に炎えたのを憶えています。

こうした四日間はあったものの、「小熊さんは私と親密になるのを怖れていたらしく、それっきりで、いつ、お帰りになったのかも知りませんでした」と後の回想記「小熊秀雄さんとの出会い」にはある。だが、8・9付書簡で小熊秀雄がひたすら小林葉子を説得しようと懸命になっていることからすると、現存していない7・28付、31付の小林葉子の小熊秀雄に宛てた手紙はかなり思いつめたものであったように思われる。

確かに「北海旅歌」の七首の恋歌を残してはいたものの、その後小熊秀雄から届いたのは挨拶状のような六月の葉書だけだった。ところが小林葉子から七月末の二通の手紙が小熊秀雄の手元に届いて、小熊秀雄は帰郷後はじめてきっちりと葉子に向き合うことになる。

それにしても小林葉子の小熊秀雄に宛てた7・28付、31付二通はどのような手紙だったのだろう。

小熊の〝鬼げしの花〟の歌を小林葉子は、『北海道新聞』に「北海旅歌」が掲載されるまで知らなかったような気もする。ただ〝阿部さん〟との間では小熊秀雄とのことがたえず話題になっていて、そのことを葉子は手紙でその後も小熊秀雄に知らせていたようだ。小熊は8・15付書簡で、「阿部さんの〝鬼げしの歌〟の批評は当つてゐて思はず微笑してしまつた」と書いている。

8・8付小包で小熊秀雄から送られてきた〝桜貝〟が、「叶えられなかった祈事のように、溜息の。"鬼げしの花"にしても、"阿部さん"との間ではすでに葉子のことであった。そうした小林葉子の切迫した事態を小熊秀雄は直感していたの友人の阿部さんとの間では小熊のことが絶えず話題になっていて、そこに美しい「桜貝」と、長文の手紙が送られてくる。その手紙、「桜貝」の美しさによって、小林葉子は一気にある高みにまで押し上げられていたように思える。

次からの小林葉子宛の小熊秀雄の手紙からていねいに読み取りたいのは、小熊秀雄が小林葉子にどのように向き合い、何を訴えているかに尽きてくる。

小林葉子が恋心を爆発させたことに対して、小熊秀雄はオトナの立場からそれをたしなめ、社会との関係、芸術の意味等、もっと大きな世界に目を向けて考えるよう、ひたすら説得していた。

八月九日付封書（レポート用紙五枚表裏十面　差出人名　田尻久美子）

（注・すでに引用した書簡の冒頭部分に続く）

人間の愛され方、愛し方といふものほど難しいものがありません、そのことだけでも体も心も一杯になるのですから、従つてとかく自分の体の健康のことにまで手がとゞかないのが当たり前な位です。殊に女の人の生活にはそれが多いのです、美しく咲いて美しく散る花も美しいには違ひませんが、愛と忍苦とでながい間、かがやくやうに咲いてゐる花は一層立派です、貴女の『薔薇の花』の詩は大変できがよくて素朴で素直です、薔薇は貴女の好きな花のやうです、この花の美しさは、強い意志と冷静とで、そして燃えるやうな感情を備へた点とそしていつまでも型が崩れずに永がもちをする点です、二十《はたち》前に死にさうだなどといふ考へは不吉を通りこして甚だ甘い考へ方です、貴女は自分の美しさをよく知つてゐらつしやる、そのことの強みを最後まで生かして、磨いてゆくことです。（中略）

何時の場合でも最悪の場合には自分で勝手に行動をとらずにお手紙でも電報でも下さい。今の処私には経済的な力はありません然し其の他の精神的なことであつたら貴女を守りたいといふ本能があります、最悪の場合には飛びこんできた貴女を充分に護りつづける力が自分にあるといふことを信じてゐます、（どうぞそのことを正しく理解して下さい、―それは最悪の場合です）、小さな最悪は始終現実に起きるのです、さうした小さな最悪位には貴女はそれを処理する力をおもちでせう、私のいふのは大きな最悪です、どうぞ生活をごまかさないで下さい、正しいと思ふこと、その正義感のために、人間がときには死に、ときには生き抜くのです、かう書いてゐるうちに私は涙がこぼれさうになつてきました、可憐な弱い人間の感情を（貴女の）どうして現実は惨酷にゆすぶるだらうと――。

私はその途端には激しい社会に対する憤りが湧くのが常です、一人の女の感情の動揺も静める力もないほどに社会は、今、無力なのです、しかしその無力さが人間個人に暴力を加へてゐるのです、

貴女だけではありません、今すべての人達が悩み苦しんでゐるのです、勉強をなさい、絵や詩をお書きなさい、絵を一生おやめにならない――といふ貴女の言葉をきいて大変嬉しく思ひました、絵はお嬢さん芸ではないのです、人間の生きた魂を再現するもので、決して楽しいものでは

ありません、軽はづみに絵や詩を始めてすぐお嫁にでもいつたらやめてしまふ程度のものであつたらすぐ止めることです、なぜならその方が幸福ですから。芸術はやめられる性質のものではないのです、決して軽忽に続けるものではありませんから、貴女はそのことをよくわかつていらつしやるでせう。

芸術をやることによつて一層苦しくなるでせう、然しそれは芸術の苦しみではなくて人生の苦しみです、生きてゐるかぎり苦しみと、たたかひと、楽しみとはついてまわるのです、平和といふのはこれらの高い調和を指していふのです、芸術をすることは人生を避けたり逃げたりするためにやるのではないので、それは人生のよき友としてやるのです、貴女は十九歳といへばまだほんとうに若いのです、でも貴女はあのような絵を書いていらつしやる、私はあの絵をみてすべてを理解したのでした、貴女のいふやうに芸術をやらなくても幸福になりたいといふ考へは私も同じです、然し私にはどうしてもさうできないものがあります、

自分勝手の芸術ならすぐやめて、低い幸福（結婚）に生きてゆくこともできるでせう、でも発展する心なら、低い幸福の中などは住みきれないものがあるのです。（中略）

三十一日附のお手紙を読んで安心しました、だけれどもこれからの貴女の人生があやまりなくすごせるかどうかといふ不安はとりのぞいて下さい、また、良い意味にも、悪い意味にもこんどお目にかゝるときまでには変つてゐると貴女が言つてゐますが、良い意味に変つて下さい、絶対に悪い意味に変るやうなことのないやうに、さういふ消極的な考へを捨てるやうお願ひします、そして今度お逢するときまでにはほんとうに美しくきれいになつてゐて下さい。貴女も結婚まで

にはまだ数年は大丈夫間があるでせう、もつとも自然な形で結婚なさることです、他人から押しつけられた結婚は貴女を不幸にさせるでせう、さうしたときこそ最悪の場合です、私が貴女にいろいろの意見を述べることは、或ひは他人は貴女に私が悪い知恵をつけると見るかも知れません、しかし私は決して貴女を不幸にさせようとしてゐるのではないことを信じて下さい。

昨日小包を送りました、桜貝といふ貝です、もろい優しい貝で波打際に上るまでには大抵砕けてしまふのです、だからあまり拾へない貝です、逗子にきてそれを拾つてあなたに送りました、この手紙着いてから一週間以内なら表記の処に滞在してゐます、その後は東京の方に手紙を下さい。貴女のお父さんにもお母さんにも何の気兼ねもなく自由にお手紙を差上げたいのです、そのやうになつたらどんなに嬉しいでせう、では又お返事ください。

九日

小林葉子さん、　愉快に——そして元気を出して下さいね、

後ほど紹介する小林葉子「小熊秀雄さんとの出会い」には、小熊秀雄から送られてきた桜貝について、「その頃、身心不調で寝ていた私は蚊帳の中で起き上がり、こんな月夜の晩にふさわしい贈物を、あかず眺めて、元気が出てきたものでした」と書かれている。小林葉子の病気は単なる病気ではなく、原因が小熊秀雄にあることは周りの人たちはわかっていたようだ。

身も心も不調になったのは、小熊秀雄が強烈な印象を葉子に残しながら「親密になるのを怖れて」「不安募りきて」葉子に便りをすることもせず、「旅立ち」を急ぎ、紋切り型の葉書一枚だけで、その

後も絶えて音信がなかったからだった。

7月29、31日付の小熊秀雄宛小林葉子の書簡は、その後音信がない小熊秀雄に、恋心を爆発させた内容ではなかったか。そして8・9付小熊秀雄の書簡、8・8付桜貝の小包。桜貝について小林葉子は後の「小熊秀雄さんとの出会い」で、

〝小箱に赤いリボンがかけてあり、銀紙と赤い紙二枚重ねの中に綿で包まれ、叶えられなかった祈事のように、溜息の出るような美しさでした〟

と書き、原文ではその〝祈事〟に〝ねぎこと〟とふりがながな付けられている。この八月九日付書簡では、小熊秀雄は小林葉子が恋心を爆発させたことに対して、オトナの立場から、それをたしなめ、社会との関係、芸術の意味等について、小林葉子がもっと大きな世界に出て考えるよう、ひたすら説得していた。

9・13付〝全集未掲載〟書簡から

そして8・15付の封書。それは「お手紙いただきました。とても嬉しく思ひました、それにあなたのお手紙は正しくてとても良いお手紙でした」に始まる長文の返事だった。

8・9付、8・15付でもそうだが、小林葉子を十九歳のこれから先のある女性として、小熊秀雄は

丁寧に向きあっていた。小熊秀雄は精一杯の言葉で、小林葉子の問いかけに一歩踏みこんで答えようとしていた。8・15付書簡はとりわけ説得力をもって書かれているが、詩人であることの原点、それは人としての生き方そのものであることを伝えようと、懸命だった。

次の9・13付封書は、『全集』には収録されていない。そのこともあって全文を引用するが、小熊秀雄は小林葉子に何をひたすら伝えようとしていたか、この9月3日付封書ではその気持ちが痛切なまでに書かれている。

小林葉子宛書簡は、竹ペン書きの小熊秀雄の書体そのまま、旭川市中央図書館に保存されている。本当は書簡を自筆のまま掲載できるとよくわかるように思うが、小熊秀雄の葉子に伝えようと懸命に書き続けていていることを、誤解なく受け止めていただければと思う。

8・15付書簡（長文のため引用は省略）と次に記載する9・13付（『小熊秀雄全集』未収録）書簡はとりわけ圧巻であり、小林葉子に向きあう小熊秀雄の純粋さ、誠実さがあるがままに表れていて未収録にしなければならない手紙には思えない。全文を引用するのでていねいに読んでいただれば、と思う。

9月13日付封書　（レポート用紙五枚　表裏十面　差出人　日野幸子名）

（注・手紙本文中の（1）（2）……の数字は、手紙に使用のレポート用紙各五枚それぞれのページ数の順。小熊秀雄が各ページの冒頭に記載したもの。なお現存する他の小熊秀雄の小林葉子宛書簡は『小熊秀雄全集　第五巻』に掲載されている。）

（1）八月二十八日附のお手紙をいただきながら、すぐお返事を差上げたいと思つても、札幌にゆくやうになるらしいから、よこさないやうにとのことにどうにも、手紙を出すわけにもいかず苦しみました、それから病院にいらして退院まで差上げられないことを想像すると、怒りに似た感情がこみあげてきます、お手紙の往復ぐらいなぜ自由にならないのかと思ふのです、親達が自分の娘の心を知らず、娘が心も肉体もしだいに弱つてゆくのに助太刀をしてゐる状態にあるのを、とをくからわたしがどんなに不安と焦燥で、なんとかしてあなたのこの状態を良い方向にかへることができたらと、強く考へてゐるかといふことを、貴女は想像をして下さい。

あなたは今度札幌の病院にいらつしゃる、然し貴女の病気は果して肉体的なものであつて、心理的なもの―がないといへるでせうか、あなたの心理的なものを治療する力は、医者にも両親にもないのです、あなたの言はれるやうに、全く『桜の園』的病気の現はれです。

死を認めるといふ―宿命的なものの考へ方は、貴女にとつてはながいながいこれまでの貴女の生活環境が生み出したものです、生活環境にしだいに負けてゆくといふ状態がこれ以上つづいてはあなたは破滅でせう、しかも貴女はこの破滅（手紙上では）を肯定していらつしやる、

愛といふものが、もし一方の求めるものを、一方が満たさうとする美しい欲望のために生活するものだとしたら、わたしの貴女に対して求めるものは、貴女の生命なのです、

しかし貴女はわたしに対して死を以て答へやうとしてゐるのです、わたしは貴女の死に対する考へ方や、自分の体は自分のものではないといふ考へ方、悔だけが生活の全部であるやう（２）な考へ方、犠牲になることが最大の楽しみらしい、貴女の考へ方を認めることができません、肉体の病気を収容する病院はあるでせう、しかしあなたの心理の病気を治す病院はないやうです、

私はかう思ふのです、せめてお手紙の往復の自由だけをふたりが得たいと思ふのです、そしていつもおどおどした状態で手紙を書くことをしないで、貴女の御両親の前で読んでいただいてもすこしも恥じるところのないお手紙の往復をしたいのです、（それは不可能でせうかしら）心の病気の方をわたしがあなたのために負担したいのです。

手紙を貴女に無断で開封されたり、手渡されなかつたりしたことは、これまで一度もありませんでした、然し貴女はそれを大変恐れてゐますし、わたしもまた恐れてゐます、もしさういふことがあつて、開封されたり、手渡されなかつたりして、そのためにお互ひにちぐはぐな状態がきたら、一層悪くなるのです、そのことを恐れるだけです。あなたの御両親は、貴女を愛するが故に、たいへん厳格なことをわたしは知つてゐます、しかし親といふものは、子供の心の中を知らないので、さうゆう厳格な方法だけで、子供にあやまちのないやうに守らうとして、却つて逆なことになつてしまふのです、子供を強くきたえることをしないで、心と肉体の病気にさしてしまふのです、

あなたは我慢にはちがひありません、でも心が人一倍弱く優しいあなたがやる我慢は、どんなに精一杯我慢であつてもしれてゐるのです、心の弱さを性格の強さで守りつづけてきた貴女が、いまその性格の強さの一角が崩れたやうです、私は貴女とお逢ひしたとき、貴女といふ人のみかけの性格の強さが、心の弱さを守りきれないほど（3）極度に強くなつてゐるのをしりました。然し私はあなたの性格の表面的な強さを全部否定して、心の中の弱さを知ろうとし、またその心をほんとうの強さに置きかへ、変化させやうとしました、でもたつた四日間では無理でし

た。時間が欲しかつたのですが、それが不可能でした、然し私は手紙の往復といふものを信じてゐました、刻々のお互いの感情の変化を率直に伝へあふ、そしてそれに対して意見を述べあつて、強く生きぬいてゆくといふことを楽しみにお別れしました、（今でもその気持に変りがありません）でもこの状態でもお手紙の往復があなたと出来たら、私にとつては希望的です、もしお家で急激にやかましいやうでしたら、あなたは、はつきりした態度で、私といふものを誤解のないやうに御両親に静に諄々と説明して、さうしたときはお手紙の往復の自由を、あなたの力で得て下さい、そうしたらどんなに、明るい、そして突っ込んだお手紙を差上げれて嬉しいでせう、とにかく貴女は自分の肉体が滅んでゆくといふ自覚を自分で得たときには、人間としての強い決断がいるといふことです、肉体の滅亡と闘ふことを避ける、それをしないといふことは、道徳的な悪なのです、そのためには生きる目的のための強い決断を、最悪の場合、あなたは私のために示して下さることが、どんなに私を嬉しく思はせるでせう、もしあなたがわたしの傍にいらしたら、或る確信をもつて、貴女が全く丈夫になつていただくことができると言へるでせう、一ケ年とはかゝらないでせう、貴女の肉体の弱さ―それは幾分強くなるには時間がかゝるでせう、しかし貴女の人生に対しての宿命的な考へ方は、一ケ年とはかゝらずすぐに打砕ひてしまふでせう、どんなに薬をのんでも、考へ方が宿（４）命的では駄目です、あなたからしいて強いお手紙をいただかうとは思ひません、でも余りに死のやうな弱々しいお手紙ばかりいただいて、机の上にあなたのお手紙ををいてじつと考へこんでしまうのです、愛とはお互の力の発揮なのですから、私は私としてまだあなたに対する力の発揮が全部なされたとはいへないのです、近ければすぐにもお逢ひして直接お話して解決できることも多いのです。

もし貴女が私の傍にゐらしたら、規則正しい散歩や、明るい思索の連続や、正しい位置に、あなたの肉体の強さ弱さを置いて、それに応じて生活してゆくといふ自然な方法をとるでせう、そしたら肉体や心理的な曇りもすぐ払ひのけられると信じてゐます。

いまはどうやら、ふたりとも悪い条件や、悪い材料やに取り囲まれてゐるやうです、しかしそれを永久的には考へてはなりません、自分の力で、自分の求める方向に　漸次　現実を切りひらいてゆくのです、さうした楽しみに心をおどらせるといふ生活をしませう。

この前のあなたの手紙の中で「私は非常な過失をしました、色々の事を恐れてゐます、でも仕方がありません、過去は過去として新しく出直します、自分自身のまいた種……」といふことでしたが、あなたはどんな過失をなさいましたか、しかもその悔は貴女自身がまいた種だと言はれますが、それがどんな意味と内容をもつてゐるのかわからないのです。

貴女のいはれる言葉の中にもし貴女とわたしとの四日間のおつきあいも加へられてゐるのでせうか（私はひがんだ言ひ方をしてゐるでせうか――）さうであつたとしたら、その言葉は私を（5）たいへん　悲しく思はせます、私は貴女とのおつき合ひを、少しも悔てをりません、過去に生きやうとする人間は過去を憎み、悔ひ、その過去に一切の責任を負はせやうとするのです、私は現在と未来を愛し、過去はそれを強く肯定するだけです。

しつかりなさい、あなたの精神の中には、或る非常に強い倒れないものがかくれてゐます、それを知つてゐます、然しその強さは最後のもので、強いだけにモロイものだといふことを何時もお忘れにならぬやうに、病院行も場合によつては止むを得ないでせうが、自ら好んでゆくところではないことは、はつきりしてゐます。私からは手紙をあげられないでせうか、でもあなたからはお手紙をいただける筈ですね、退院なさつたらすぐにお知らせ下さい、なるべく早く元気になつて早く病院を出ることです、それから体がどのやうに悪いのでせうか、お医者はどういふのでせうか。容体、熱、さうしたものも報告して下さいね、なにもかにもお話し下さい。それがお友達といふものではありませんか、私のところへ何程お手紙をいただいてもそのことに就いては少しの心配もなさらずに、そんなことは解決ずみなんです、たいへんあなたのことを心配してゐる位です、ですから手紙を書くことで気の晴れることもあるでせう、そういふときは、札幌にいらしてからもお手紙を下さい。私が差上げて、あなたの手に入るかどうかよく状勢をみてそしておしらせ下さい、ソーニヤ、コヴオレスカヤ（岩波文庫）是非およみになつて下さい、きつと収穫があると思ひます、意志といふものがいかに尊いものであるかといふことをあの本から学ぶでせう。

けふから東京も防空演習です。秋ですつかり周囲が引しまりました。あなたも体もですが、心理的なものに強くなつて下さい。

十三日午前

小林葉子さま

昭和十三年11・17付書簡から翌年1・16付書簡まで

札幌の病院に入院という知らせを受けて、次の11・17付からは、ある変化が表れてくる。実は小林葉子宛11・17付書簡を、『全集』とは違って昭和十四年ではなく昭和十三年十一月十七日付書簡と判断してここに挿入したのは、小熊つね子の「最晩年―小熊回想（5）」に、「逗子から帰ってきた小熊は、―『皆で山へ登った時に喀血した』―と言いました。『金盥を持ってきて』といって、またかなりたくさんの血を吐きました」、とあることからである。病気はそこまで進行していた。八月十五日付封書には「十五日頃から八月中は逗子」とあり、喀血し、体調に翳りが現れるのが、この手紙の前後、昭和十三年九月から十月にかけてであった。

つね子の手記には「昭和十五年六月二十三日付にも「一昨年の秋急に胸の方が発病したのです、これには始めてなのでほんとうに驚きました」とあって、昭和十三年秋には喀血、肺結核の病状はすでにかなり進行していた。が、小熊秀雄は病院に入ろうとはしなかった。

昭和十三年十一月十七日付封書

お手紙ありがとう、こないだのお手紙の返事を差上げなかつたのは、病気で寝てゐたからです、ゼンソクなのです、東京はとても気候が不純で不順です、それに近ごろは敏感になつて、気候の変り目にすぐ発作が起るのです。（中略）

あなたにも感情の激しさがあつて、私とよく似た心理状態を辿ると思ふのです、それをつづけるときつと病気が、起きて、静にしろ、静にしろと脅迫するのです、そこで寝てしまひ、治るまでじつとしてゐなければならないのです、起きるとまたすぐ無理をします、そしてまた病気が起きて肉体を叱りつけるのです。

あなたにもそんな処がありませんか。理由のはつきりしない病気さうしたものが起きたときはそれです、ですから無理をしないやうに、またその調節の病気が持病――といふものにならないやうに心掛ける必要があるやうに思ふのです。

あなたのお手紙の封を切ると、内容を見ないで、私はすべてを察し知るのです、これまでのお手紙でも、なんといふ文字の乱れでせうそれは心の乱れを表現してゐます、あなたはどういふ理由で札幌の病院にいらしたのですか、こんどからさういふことのないやうに、御両親が心配なさいます、肉体の病気であればやむを得ません、もし心の病気であつたら、私にうちあけて下さいませんか、また私はあなたの心の患いの一部を負担してゐるといふ責任も感じてゐるのです、しかしそれは責任とはいひながらそれは道徳的な悪行のそれではありません、あなたのいつかのお手紙で「過失」といはれてゐましたが、それは貴女の考へ違ひでせう、あなたは何の過失もしてはいませんし、私自身も少しも過失をしてゐません、私のいふ責任とは、生きてゆくもの同志の凝視が、瞬間も離れてはならないそのことです、生長する心と肉体が、どれほどはなれてゐても、それをじつと見つめてゆくといふことです、その責任の大きさを私は感じてゐるのです、あなたの若い精神に私の与へた衝撃がどんな型のものであつたかは私はよく知つてゐます、私自身経験したことですから、その状態がどんなかを知ることに誤りがありません、あなたの心の動揺が肉体に影響することをどんなに心配したでせう、でもお元気な文字や、はつきりとした整理された文章を見て嬉しくなりました。（中略）

かうして貴女にあてゝお手紙を書いてゐる時間のなんといふ楽しいことでせう、この時間は何ものにも犯されない私とあなたとの交通の時間です、しつかりと私の心理が、あなたの顔型を私の文字の前に捉へて、そのあなたに向つて諄々と物語つてゐる時間は最大なものです、私はこの幸福を知つてゐる故に、他面には不幸な存在なのです。詩人は愛され、そして他から呪はれる理由はこゝにあるのです、（中略）

あなたのお手紙の中で、旭川の自然を描いてくだされることは、私をほんとうに喜ばしてくれます。神楽岡もあなたのお手紙で目に見えるやうな自然の美しさです。ガスのこめた旭川の街のことも、私をうっとりとして北海道の自然のことを追憶させました。北海道の自然は呼吸づく自然です。そこに住む人間は、自然と心臓の呼吸との一致に反撥しては生きてゆくことができません、自然の通りに呼吸してゐるのです、東京の人々は自然をもちません、人間の個個の呼吸をもつてゐるのです、どつちが幸福か不幸か、それは軽忽には軍配をあげられません、

私はいま自我の勝利を信じてゐます、だから都会の中でも生活しそれを堪へてゆく幾分の力をもつのです、都会の中の敵は自然ではなくて人間なのです、あなたの処では自然は愛すること以

外はしません、この深情けが人間を苦しますのです、人間を孤立させるのです、あなたが自然に対する態度は、自然をつよく凝視することです、自然に甘えない態度があなたをどんなに人間的に強く、個性的に磨かれるでせう、その場所としてはあなたの取りまく環境は決して悪いところではありません。（中略）

雪の北海道に行きたいと思ひます、体を大切にしてください、心理的なものが人間の肉体を左右する力といふものが案外大きいといふことを考へて下さい、私もそれを近頃痛感して、なるべく宿命的な考へに堕落することと闘つてゐます。本を沢山およみになることをお奨めします、ロシア物と、そして批判的にならフランス物もいゝでせう、科学的な随筆などもいいと思ひます、それから理論、哲学も好んで読むやうに小説許りよむといふやり方はとかく女の人のやり方です、評論など（外国の）も判つても判らなくても目を通すことです、後から判るといふことも人生にはあるのですから、（中略）

またお便りを下さい、あなたはほんとうにまだ若いのですから、人生を焦らないやうに、喜びは未来のものに、そして悠々と活きぬくために、苦しみそして悲しみそのことを少しでも避けないでゆきませう、もう少したつたら私からきつといゝお便りができるやうに思はれてなりません、

では又――、

東京の空より、

私の大好きな

小林さんへ、

十一月十七日

昭和十三年のこの11・17付、そして翌十四年の1・8付（引用省略）、1・16付書簡にはそれぞれに起伏があって、読み取りのむつかしい書簡になるが、一連の小熊秀雄の小林葉子宛の書簡のなかでも、とりわけていねいに読み込まれていい手紙に思える。

すでに小熊秀雄の病状は、はっきりと症状として現れていた。自分の病気が当時にあっては不治の病、肺結核であることはわかっていた。小熊秀雄は自分の病気と闘いながらも、小林葉子にきっちりと向きあって書き続けていた。小熊秀雄が小林葉子にひたすら訴えようとしていたものは何だったのだろう。

どんなに薬をのんでも、考へ方が宿命的では駄目です、とか、過去に生きやうとする人間は過去を憎み、悔ひ、その過去に一切の責任を負はせやうとするのです、私は現在と未来を愛し、過去はそれを強く肯定するだけです、というように小熊秀雄の葉子への語りかけはあくまでも前向きだった。

そして翌昭和十四（一九三九）年の一月八日付と十六日付の書簡。この二通が長文の葉子宛書簡としては最後になる。1・8付には「冬の間はほとんど健康を害ねてゐます」とあって、小熊秀雄は病苦と貧困に耐えて特に冬期間は苦しみ、それでも明るく小林葉子に書き続けていた。

昭和十四年一月十六日付封書（レポート用紙六枚　差出人　日野幸子名）

お手紙ありがとう、あなたのお手紙がどんなに、わたしを喜ばしたでせう、そちらは厳寒のやうですね、真白な雪の中に囲まれて、人間が生きてゐるなんて、なんて奇跡のやうなものでせう、そしてその美しさは、どんなに人間の心を邪悪から救ふでせうね、自然と人間の関係は、そこに住む人間を生理的にも変革してしまひます、そして思想もまた、わたしも東京に住んでゐて、つくづく自分が純粋な北海道人であることを自覚することがあります、到底人間の力ではなし遂げられないことがらを、やつてしまふ、さうした超人間力は、ながい冬の雪の生活や、夏の晴々とした自然の中で獲得した力のやうに思はれます。

東京で喫茶店で働いてゐる女の人のなかで、わたしがはつと思つて、「君は北海道の人ぢやないか――」と質ねると、きまつてさうだと答へるのです、貴女の皮膚の色と共通な白さ、一種異様な、半透明な、幾分青味を帯びたその皮膚の色は、雪の反射の中で育つた皮膚の色なのです、普通の自然の状態の中で育つた色ではないのです、いつも私は貴女を想ひ起すとき、その皮膚の色をいちばん最初に思ひ起します、それから最後には、貴女の原色的な絵のことです。あんなに遠くの雪の中に、魂のふるへてゐる女の人がゐるといふことは、私にとつては大きな魅力になつてゐます。（中略）

貴女がだんだんわたしから遠のいてゆくやうな気持がするといはれます、もし遠のくものがあるとすれば、心だけです、肉体は、貴女と私との距離がきまつてゐるのですから、遠くも近くもならないのです。

また近よつてくることが不安だといふ気持がよくわかります、心が極度に近寄つてくるとき肉体を引きずつてくるでせう、心のために肉体を引渡すといふことの幸福・不幸のきめ方が、それが人生のきめ方なのです。
あなたは私の情熱に就いていひます、もし私があなたにむかつて、貴方の情熱に就いて、かういつたらどうでせう。貴女は私の傍まで来て下さい――と、
すべての不可能と、事情を排して、あなたにわたしのために情熱を示してほしい――ともし私があなたに求めたらどうしますか、私はあなたを迎へる情熱（男性的な）をもつてゐるのです、それに就いて何か答へて下さい。
いままで一度も私の傍に来てほしいと御手紙を差上げたことがありません、そのことが、もし貴女の心を動揺させることが仮にあつたとしたら悪いと思つたからです。
だが貴女の心の中の状態が、もし私のことに就いて動揺して、そのために体を悪くするほどであつたら、私はあなたを死に手渡すより、私があなたを抱いた方がよいと思ひました、いつかのあのお手紙の動揺は、私を殊にさう考へさせました、私は愛と責任との離れることがないと信じてゐるのです、だから、今日手紙を出さうか、明日手紙を出さうか、私の傍まで来るやうに――と、そのことの決断を貴女にお伝へしやうとしました、
だが貴女の御両親の愛といふことを考へたり、もしあなたが冷静になることができ、体を害ねないやうな平静さを保つことをのぞみました。
あなたに望む、一つの情熱、それは運命を賭ける力が、あなたにおありでせうかしらと思ふことです。しかし今はそのことは問はないことにしませう、人間同志の愛、性の愛、□数の師弟の愛―それがどの種類であつてもいゝでせう、ただ区別をつける前に、純粋であることでせう。そ

のうちに抜きがたい人間の悩みと未解決なものを含んでゐるのは性の愛です、もつとも燃えるものはそれです、完全と過失とを二つのものを伴ひ勝ちなものは、それでせう、しかしもし人間が底の知れない情熱のために生きる力を示すことができるとすれば、この世界でせう、（中略）

いま私は貴女の想像以外のいろいろの仕事や、これからの仕事のプランで頭がいつぱいです。社会的な動きを小さな力でも果たしてゆこうといふ仕事です、いまは評論で、私の敵と闘つてゐます、いまは孤独は私の味方です、だがいつかは大きな味方を得るでせう、

是非あなたにお奨めしたい本、「キュリー夫人伝」といふのです、そちらにも行つてゐると思ふのですが、私の友人が大きな関心の下にみな読んでゐます、殊に女の人にすゝめたい本です、ラジウムの発見者の伝記です、

ではまたお手紙します、なるべく早く返事下さいね

葉子様

次の書簡はその半年後の七月になるが封筒のみで本文はなく、次の九月、京都からの葉書の後、一挙にとんで翌十五年六月の手紙になる。冒頭〝鈴蘭〟が着いたことを知らせているが、二年前、小熊秀雄が小林葉子に〝桜貝〟を送ったそのことと、対をなしているかのようだ。

昭和十五年六月二十三日付封書（レポート用紙四枚　差出人日野幸子名）

（注・枚数のわりには字が大きく、したがって総字数は少ない。以下全文）

鈴蘭は着きました、友人へも分けてあげましたら喜んでゐました、何時もお手紙をいただいても、さつぱり返事がないので、変だと気を悪くしてはをりませんでしたか、

実はそれには事情があつたのです、それは北海道へ行つて、そして元気に帰つて、それから逗子、鎌倉で一ヶ月半程遊んだのですが、海岸であまり、体を太陽に直射されたのが悪かつたらしく、一昨年秋急に胸の方が発病したのです、これには始めてなのでほんとうに驚きました、

あなたからお手紙をいただきながら、毎日疲労がつゞき文字もかけない有様なので、どうしても返事が書けず、お返事がはりに、美術雑誌その他を、お送りしてゐたのです、今年に入つてからも、三、四、五月はとても体が苦しく半分寝たり起きたりでした、そしておかしなことにはそのかはりにゼンソクの持病の発作がピタリとやんでしまつたのです、今年は北海道へゆく計画が駄目になりました、汽車が混んでとても殺人的なのです、寝台券を買ふにも、夜中まで待つて買はねばならないのです、それに一家族全部ででかける計画でした、友人にそちらに家を借りてもらつて、そこで二ヶ月程滞在する計画でしたが、駄目になりさうです、それでこの夏は房州の方へでもゆくつもりです、旭川は姉の所に泊まつてもいゝわけですが、わたくしの体の静養にもならず、また姉は嫌がるでせう、いまはかうしてお手紙を差上げられるほど快方に向つてゐます、しかし治つたといふよりも、現状維持でせう、ちよつとむりをすると、熱がでるので、殆ど安静生活です、

この九月末に小山書店といふ本屋から詩集がでます、それと一緒に九月頃もう一冊それは現代詩人集第五巻にわたくしの詩が収ろくされます、それは山雅房といふ本屋からです、

こないだ赤松俊子さん（注・後の「原爆の図」の画家丸木俊）にあひました、わたしが、あなたを知つてゐるといふことにはなつてゐないのです、かくしてあるのです、赤松さんは半年ほど南洋に行つてゐてたいへん画材の収穫がありまたたいへん勉強をしてをります、いろいろな展覧会や文化的なものを見るにつれてあなたがいらしたらどんなにあなたのためにいゝ勉強になるのになアとよく思ひます、わたくしも生活の過渡期です、体はたいへん悪くなりましたが、生活に対するネバリはうんとできました、そしてひどい貧乏をしなくなりいろいろ良い方に向つてゐるやうです、ただ問題は体です、自分勝手なことばかり書いて、

けふはこの位にします、そちらの消息はいかゞですか　所がかはりました

豊島区千早町一ノ三〇　東荘方

六月二十三日

小林葉子さま

小林葉子も小熊秀雄の病状の悪化を感じていて〝鈴蘭〟を送っていたのであろう、「毎日疲労がつづき文字もかけない」「ちよつとむりをすると、熱がでるので、殆ど安静生活です」というのが小熊秀雄の日々だった。レポート用紙四枚、大きな字でこれだけしか書けなかった。

そして原稿用紙一枚の九月二十六日付封書。これが最後になった。差出人の名は、はじめて小熊秀雄だった。

六月二十三日付では「鈴蘭は着きました」と、わずかではあっても近況を書き綴る気力がうかがわ

れたが、現代詩人集等を送ったことを知らせる九月二十六日付の短い封書で、小林葉子への便りは終わった。

小林葉子「小熊秀雄さんとの出会い」に関連して

以上で小林葉子宛小熊秀雄の手紙の引用を終る。

この章の冒頭で紹介したように、二人の出会いは、旭川の喫茶ちろるであった。そのシーンは非常に印象的で、何かに取り付かれたような小熊秀雄の一気の語りかけが、小林葉子によってリアルに「小熊秀雄さんとの出会い」では再現されている。

次の小林葉子の回想も小熊秀雄を知る重要な一節になる。

お手紙はいつも私を力づけ、励ましてくれ、(漠然と男の怖れ知るなかれやがては君も妻となる身を)という歌が書かれていたり、本のことも、こんな本を今、私は読んでいますが、貴女にはこういう本が良い、などと教えてくれ「よく本を読み、絵や詩を捨てないで、自分を磨き、今度お逢ひする時迄に美しく(勉強して)なってゐて下さい」と書かれていたりして、私は好きな道のことではあり、一生懸命に絵を描き、詩を作り、読書に励んだものでした。

小林葉子の日々はこうだったのだろう。小林葉子宛書簡には小熊秀雄が本を小林葉子に紹介しているところがいくつもあって、小林葉子の回想にあるようにそれはていねいであり、小林葉子もまた紹介された本を実に良く読んでいた。

小熊さんが逝ったと知った日、私はがっかりして信じられず放心したように夜の街をどこ迄も歩いて行き、暗黒の空から果てしもなく降りしきる雪に、埋れてしまいたいと思ったものでした。いつでも最悪の場合は自分で行動せず、私に手紙でも、電報でも下さったら、馳けつけてくれると言った小熊さんは、もうこの世にいないのだ、と絶望して私は翌年の春、親のすすめるままに結婚してしまったのでした。

小熊秀雄が亡くなったのは、最後の小林葉子宛9・26付封書だけが、裏書は小熊秀雄名だった。小林葉子が「小熊秀雄さんとの出会い」を書くきっかけになったのは、黒子一夫「小熊秀雄論」、とりわけ「《愛》の殉教者――『恋愛詩篇』と小熊秀雄」〃だったようだ。

「小熊秀雄さんとの出会い」に小林葉子は書いている。

昨年（注・一九八四年）のことですが長年、小熊さんの研究をしていらっしゃる佐藤喜一先生に路上でお会いし、「黒古一夫と言う人の《小熊秀雄論》と言うのが出てね、それに貴女のことがいっぱい書いてあるよ」と、教えていただき、読んでみました。黒古さんは、とてもよく小熊さんを研究・理解しておられると感心しました。前に別の雑誌で小熊さんが、女の人を家に入れていたとか書いてあり、小熊さんはそんな人だったのかと悲しくなり、病身のつね子夫人に同情したものでしたが、黒古さんの本で、何か理解できたようにも思いました。

黒子一夫「小熊秀雄論」を読んで、小林葉子ははじめて小熊秀雄のことが〝何か理解できた〟と書いている。しかも「あれだけ熱を入れて書かれて、地下で小熊さんは、もって瞑すべきしょう」と、小林葉子は「小熊秀雄論」をよく読み、納得していた。

実は、黒子一夫「小熊秀雄論」の中でも「《愛》の殉教者——『恋愛詩篇』と小熊秀雄」の章は、私には読みとりのむつかしい章だった。

一方、小林葉子の読みは、唖然とするほど明解であり、迷いはなかった。小熊秀雄とは〝人間の最も純粋な時期にめぐり逢った〟という述懐にしてもそうだが、小林葉子の黒子一夫「小熊秀雄論」の、葉子の読みのポイントは〝自己浄化〟にあったようだ。〝カタルシス〟となるだろうか。

《愛の殉教者——》の章を読み、私とのことが、晩年の生活苦、病苦からの脱出—自己浄化に少しでもお役に立っていたとしたら、〝いつも私のことで心配をかけていたと、気に病んでいたので〟ほんとうに嬉しいことだと思いました。

と小林葉子は率直に、簡潔に、書いている。

小林葉子は黒古さんの本を読み、はじめて納得できたと言う。そのことを実感していたから小林葉子は「小熊秀雄さんとの出会い」を書いていた。小林葉子には黒古一夫著『小熊秀雄論』で出会った〝自己浄化〟ということばは、それほどに深く、切実だったようだ。

小熊さんの詩に対する評価も、人によってまちまちだし、大分いろんな女の人と何かあったように聞きましたが、私の知っている小熊さんは心優しい、淋しがりやで、誠実な人間にみえました。人間の最も純粋な時期にめぐり逢ったことを幸せだったと思っています。

小林葉子にとって、小熊秀雄はいつまでも「心優しい、淋しがりやで、誠実な人」であった、他の人はどうあれ、私にとって小熊さんはそのような人であったという。

特に「人間の最も純粋な時期にめぐり逢った」、そのことが私には幸せだったと語る小林葉子の語り口はきっぱりとしていて、他の人を寄せ付けない語調があった。

二〇〇一年、このエッセイ「小熊秀雄さんとの出会い」の十六年後、小林葉子さんは亡くなった。享年八十二歳だった。

第Ⅻ章 今野大力「一疋の昆蟲」を読み解く小熊秀雄

一疋の昆蟲

今野　大力

一疋の足の細長い昆蟲《こんちゅう》が明るい南の窓から入ってきた
昆蟲の目指すは北　薄暗い北
病室のよごれたひびわれたコンクリートの分厚い壁、
この病室には北側にドアーがありいつも南よりはずっと暗い
昆蟲は北方へ出口を見出そうとする

天井と北側の壁の白堊を叩いて
あゝ幾度往復しても見出されぬ出口
もう三尺下ってドアーの開いている時だけが
昆蟲が北へぬける唯一の機会だが、

昆蟲には機会がわからず
三尺下ればということもわからぬ
一日、二日、三日まだ北へ出口を求める昆蟲は羽ばたき
日を暮らす
南の方へ帰ることを忘れたか
それともいかに寒く薄暗い北であろうと
あるのぞみをかけた方向は捨てられぬのか、

私は病室に想ふ一疋の昆蟲の
たゆまぬ努力、或は無智、

（一九三五・五・七）

「一疋の昆蟲」をどう読むか

もはや余命幾ばくもない、コンクリートの部厚い壁の病室に臥している今野大力。あるときふっと、一匹の足の細長い、か細い昆虫の姿が眼に入る。その見るからにか弱い生き物は、病室の明るい南の窓から入ってきた。

ところが〝一疋の昆蟲〟は、昨日も今日もそして恐らく明日になっても、入ってきた明るい南ではなく、ひたすら北、薄暗い北に向かって、出口を見出そうと白堊（注・白い壁）を叩いて必死に羽ばたきを繰り返している。そしていつか、その一匹の昆虫の姿に病床の大力の想いは重なっていく。

昆虫の目指すは〝北〟、寒く薄暗い〝北〟、そこは彼の育った北海道以外にはありえない。ふるさと北海道。今野大力に寄り添うように、追悼文『北海道時代の今野大力――弱い子よ、書けずにゐた子よ――』（一九三五年）で小熊秀雄は書いている。それは開墾期の、寒く薄暗い、悲惨な北海道の現実であった。

> 内地から北海道へ渡る人々位、惨めなものはない、南へ―ではなく北へ―求めてゆく人間の心理の暗さを想像すれば、その惨めさが判るだらう。今野一家は、殖民地的寂寥のさ中で、ランプさへない暗い生活を始めた。北海道では白樺のことを「雁皮《がんぴ》」と言つてゐる、その雁皮を燃やして灯のかわりにするという生活であつた。（中略）

彼が十歳の時（一九一三年）は今野自身の手記にもあるやうに「米を見ない時代」であつた。（注・『旭川市史』にはこの年「気候不順、秋作減収米は反当一四リットル程度」とある。米どころの旭川でさえこうだった。そして翌年は第一次世界大戦）

一家の食べものといへば、当時の飢饉のために、唐キビと麦と、小豆とを混ぜて煮たものを食つて飢をしのいでゐた、小学校卒業前後は、お正月がきても餅を付くことが出来なかつたから、そば粉の鏡餅をつくつて形ばかりの正月を迎へたといふ悲惨ぶりであつた。

（「折柄の澱粉暴騰の景気に乗った」時も）殖民地特有の泡沫景気にすぎなかつた、澱粉工場の乾燥場の火事やら、澱粉価格の下落やらで、今野一家は再びもとのモクアミになつてしまつた、殊に悲惨を極めたのは、今野が十六歳の時、今野大力と彼の弟達二人、当時五歳と九歳の大啓、正造と三人枕をならべてヂフテリヤに罹つたことで、今野は助かつたが弟二人を同時に死なしてしまつた。今野は未発表の小説の中に、弟二人を死なした時、激しい心理的な衝撃をうけたことが書いてある、

小熊秀雄が振り絞るように語る今野大力の幼少期。ここまで詳しく今野大力の幼少期のことを書いたのは小熊秀雄だけだった。一家の生活は極貧の、悲惨そのものだった。だが朴訥に、心優しく素直に育った今野大力。そして長じてからの大力にとって〝北〟は、「あるのぞみをかけた方向」。いかに寒く薄暗い北であろうと、それは「捨てられぬのぞみをかけた方向」。

死と向き合う江古田療養所から今野大力は、旭川時代お世話になった中村計一（香川新七）に書き

送っている。

力つきて倒れるまでの同志達の厚き友情に感謝しています。

私は党員であつたことを誇りとしています。書きたいことは万々ありますが、胸一杯です。

その三年前、「ねむの花咲く家」（一九三二年）と同じ年に、今野大力は「三十八度三十九度などの熱になやまされながら、絶対安静の床にあって、折にふれ、時にのぞんで、すべて天井を見ながら書いた」という「病床断想」に、次のようにしたためている（戎居仁平治「今野大力の生き方と詩」『詩人会議』一九七六・六月号）。

　戦旗社の仕事に参加することが私の切実な願いであった。それは戦旗社の階級的立場を知ると同時に起った私の最大の願望であった。これがいよいよ実現した時の何とも云えないよろこびは、今もこれからも永く記憶されるであろう。

　ようやくに真実を見出し、ここに最大の生命、最大の任務を感じた時、私は倒れねばならなかつた。私の苦痛この《マ》以《マ》上のことはない。あらゆる病苦、あらゆる貧困もこれ以上であることはない。これは又最大の私の苦痛である。

「あるのぞみをかけた方向」とは、戦旗社での『戦旗』『働く婦人』の編集の仕事であり、非合法紙

『赤旗』の配布、指導者の一人宮本顕治との事務連絡という、いつ逮捕され拷問を受けるかわからない危険な、地下活動であった。

そのことについて細田民樹は、「私は『文戦』時代から今野君を知つてゐるが、彼は文化運動内に於ても、かつて『英雄』を志したことのない人物だつた。謂はば椽の下の力持ちみたいな仕事ばかり振り当てられた人だが、しかもそのことについて、私はかつて彼が不満そうな表情一つしたのを見たことがなかつた」と書き、次のように続けている。

かつて小林多喜二君が私の家に来て、色んな話の末から「だつて僕など、どうせ一生、出たり入つたりですよ」（注・刑務所のこと）と微笑したことがあつたが、それが少しも気取りや気障に聞こえないところに、僕は小林という人物を始めて見たのであつた。ところが、今野君にも（注・小林多喜二と）同じやうに、さういふゆかしいところが深く包まれてゐた。

絶筆「もうおそい」の最終連で、「たゞ逢ひたい人々よ／早う鉄窓の彼方からかへってこい／庭の椿もすでに落ちた」と今野大力は病床から獄中の同志に向かって呼びかけていた。

晩年の今野大力に最も近い存在だった戎居《えびすい》仁平治《にへいじ》は、書いている。

一九三二年来、日本のプロレタリア文化運動は今野大力のような数少ない人物を組織として求めたし、また大力もそれに適応することが「最大の希望であった」と昂然といい切っている。そして、様々な苦しい闘いであったが、「私の今までの仕事で、この一年が一番なつかしい。最も活動した年であった」と悔いのない追想を披露している。

戎居仁平治は、プロレタリア詩人である壺井繁治が「私にとって近しい叔父（注・戎居仁平治の母は壺井栄の姉）」であり、そのころ「（注・獄中にある）叔父繁治の留守宅に同居」していた。しかも今野大力を東京の壺井繁治に紹介した旭川・北都毎日新聞の中村計一と、再度上京した今野大力を迎えた「文芸戦線」の作家黒島伝治、この二人もまた、壺井繁治夫妻と同じ小豆島の人であり旧知の間柄であった。

今野大力が家族も含め、壺井宅に出入りするようになった昭和六（一九三一）年からというものは、特に戎居仁平治と今野大力は年齢的に近いこともあってごく親しかった。

その戎居仁平治が、病床で「ふと目をひらいた大力」に、「詩を作りたいが紙はあるか」と求められ、「ふところから塵紙をとり出し」「あえぎあえぎ口ずさむ大力の詩句を私は息を呑むように書きついでいった」、それが「ねむの葉は眠り／俺は眠られず／あの日／プロレタリアートの敵の／憎むべきテロ」で閉じる「ねむの花咲く家」（一九三二年）であった。

その年、プロレタリア文化連盟（コップ）には大弾圧が加えられ、今野大力も三月二十六日に検挙される。戎居仁平治「今野大力の埋れた足」（『詩人会議』一九八四・八）によると、

今野大力は中野重治宅へ「働く婦人」の原稿を受取りに行ってつかまった。駒込署へ身柄を移さ

れ、そこで警視庁から来た特高の執拗な取調をうけ、こっぴどく殴られ、その拷問のひどさは、中川に死んでしまへ！といわれたけど、私は死なない、生きている。一時はほんとにおだぶつと思ったけれど、私は生きています、と、壺井繁治に書き送ったほどの残虐さだった。

戎居仁平治によるとこの「中川というのは中川成夫のことで、翌三三年の二月には小林多喜二虐殺の下手人になった男」であった。

小熊秀雄「北海道時代の今野大力」

「北海道時代の今野大力」を、もう少し続けよう。

詩を書きはじめた十代のころからの今野大力を知っている、彼でなくてはできない仕方で、小熊秀雄は「一疋の昆蟲」を読み込んでいた。

今野大力が亡くなったのは一九三五年六月十九日、「一疋の昆蟲」が書かれたのは、末尾に一九三五・五・五・七とあって、亡くなるわずか一カ月前の病室であった。小熊秀雄が、本書冒頭に掲げた自選『小熊秀雄詩集』を今野大力の病床に持参したのが、その二十日後の五月二十七日であった。

「一疋の昆蟲」の初出は、今野大力が亡くなった月の『詩精神』六月号であった。今野大力特集のこの号には、「花に送られる」「奪われてなるものか—施療病院にて—」とともに掲載されているが、三編の中から小熊秀雄は「一疋の昆蟲」を追悼文に取り上げていた。「一疋の昆虫」に〝北海道時代の今野大力〃を見ていた。

貧農の子として生ひ立つた彼は農民の宿命と苦しみ闘ひつゞけてきた。彼の性格の上での優しさは、…（伏字）…の献身となり、闘争の持続性は、農民的な粘りからだと僕は見てゐる。（中略）

二十四歳の時一度上京してゐる、再び二十六歳の秋上京「文戦」に入り、文戦、戦旗コップと漸次彼の感傷的な女性的な性格を実践の中で鍛へて行つた。そして彼が死の最後に最も悲惨な言葉を彼の口から吐かしてゐる。

（『詩精神』六月号、今野大力特輯の彼の詩、「一疋の昆蟲」で）

私は病室に想ふ一疋の昆虫の
たゆまぬ努力、或は無智

僕は思ふに、今野大力は一貧農の子として、農民的宿命とたたかふ自己と、農民の無智とを自覚してゐたであらう、無智の自覚の上に立つて闘ふ彼の農民的な苦悶を僕は察することができる。

小熊秀雄は「一疋の昆蟲」を読み、「（農民の）無智の自覚の上に立つて闘ふ彼の農民的な苦悶」を直感した。「一疋の昆虫」に農民の家に生まれ育った今野大力の生涯を見た。

小熊秀雄が追悼文に、『詩精神』六月号、今野大力特輯の彼の詩、『一疋の昆蟲』で」と注釈を加えたのは、大力の没後に雑誌『詩精神』ではじめて「一疋の昆蟲」と対面していたからであった。小熊秀雄は、「一疋の昆蟲」に出会い、咄嗟に最後の二行に今野大力の短い人生を見ていた。

それにしても、小熊秀雄はなぜ、当時の今野の仲間の誰もが思い付かなかった「一貧農の子として」という読み方をしたのだろう、できたのだろう。

佐藤比左良編『今野大力遺稿ノート　2』には、「自大正十四年七月二十三日　至大正十四年七月二十八日」と記した「山中見聞記」がある。それは今野大力が、幼少期を過ごした名寄・有利《うり》里をふたたび訪れた訪問記であったが、「農村はひさんなものだ」「あまりに過重の世界である」と今野大力は書き、

黙して牛の如く、いいとして無智なるが如く、農民の生活は、自分の行手に対して軽き失望を感ぜしむ。

と続けている。「黙して牛の如く、いいとして無智なるが如く」は、言い方に違いがあっても「一疋の昆蟲」の「たゆまぬ努力、或は無智」と同義ではなかったか。それは二十一歳になった青年今野大力に、すでに焼きついていた日本の宿命的な農民像であった。「いい」とは「唯唯諾諾」の「唯唯」、不平を言うわけでもなく牛のように黙々と働き、自分を主張せず少しも逆らうことなく生きてきた農民の姿。

「山中見聞記」と同じ年、一九二五年の一月十九、二十日付『旭川新聞』に、今埜《こんの》紫藻《しそう》署名の「農民文芸に就て」があり、今野大力の農民観がくっきりと表れている。一九二五（大正十四）年は、北海道はじめての農民組合、日農北連（日本農民組合関東同盟北海道連合会）が、旭川市に於いて結成された年であった。

土に生まれて土に還る。土こそ我等の母である。
彼等（注・農民）は、（中略）自然の前に、土の上に、純真なる人間である。
日本農民に今漸く疲れて来た。否反逆の色が表はれて来た。
（注・遺稿ノートでは「……疲れが表われて来た……」）
無識なる彼等は智識を求め、力を求めてゐる。
人生は絶えなき争闘だ。無智なる愚鈍なる農民の為に私達は生きよう
ジャン、クリストフの意気を持つて世界の戦場へ、騎士の気持で出陣しよう
私は今叫ぶ
農民よ、知識にめざめよと

『旭川新聞』の日付からすると「農民文芸に就て」の今野大力はまだ二十一歳。そのころ小熊秀雄は『旭川新聞』の文芸担当記者であったから、今野大力の「農民文芸に就て」を小熊秀雄は読んでいたろう。ひょっとすると、小熊秀雄の要請で『旭川新聞』に今野大力は書いたのかもしれない。

小熊秀雄は今野大力のこれらの文章をはっきりと記憶していて、その上で「北海道の今野大力」を書いていた。小熊秀雄が、「農民の…」「農民的…」と書いたとき、それは〝小熊秀雄の〟というより、今野大力自身の言葉であった。

かつて二十一歳の今野大力が、「いい（唯唯）として無智」「無識なる彼等」「無智なる、愚鈍なる農民」「農民よ、知識にめざめよ」と使っていた言葉は、現状肯定の言葉ではなかった。克服すべき課題であった。

だから小熊秀雄は、今野大力が「農民的宿命とたたかふ自己と、農民の無智とを自覚し」、その「（農民の）無智の自覚の上に立つて闘ふ彼の農民的苦悶」と置き換えることができた。そう読むことで小熊秀雄は、今野大力への「追悼文」で、今野大力という詩人の生涯の核心に迫っていた。

「一疋の昆蟲」の、「たゆまぬ努力、或は無智」という結語の底には「無識なる彼等」「無智なる、愚鈍なる農民」という認識があり、「黙して牛の如く、いいとして無智なるが如く」という農民の姿、父や母、農家に嫁いだ姉、その周りの人たちの姿を思い浮かべる今野大力がいた。それはまた、農民の子である大力自身の、愚直なまでの生き方に及んでいる。

「組織的人間として人並以上に忠実であった」彼であったからこそ、「私は戦旗社の仕事だけはどんな努力をしても足りない程に思つた」、「私に指導的な力があつたならば、もう少し戦旗社を強化し得たかと思ふ」（「病床断想」）と言わせる、そのような生き方であった。

戎居仁平治によると、今野大力は「五尺（一米五〇）そこそこの小柄な」「どこか控え目で、口数も少なく、ぼそっと」した、「一見農村出の青年のような野趣」のある青年であった。『戦旗』の終刊号を手がけた大力の実績は僅かの人にだけ知られ、下積みの役割のまま「世にあらわれ」ることはなかった。

「一疋の昆虫」は、病床にありながら「渾身の意力をふりしぼって」描いた今野大力の最後の自画像であった。「燻《いぶ》し銀のような人間的輝き」（壺井繁治）が期せずして滲み出てくる、「簡潔を極め」「無限にきびしく、美しい」詩篇だった（戎居仁平治『今野大力の生き方と詩』「今野大力の埋もれた足跡」より）。

それでも詩作を忘れなかった今野大力

実は追悼文「北海道時代の今野大力」で、小熊秀雄はもう一つ、今野大力の生き方にかかわって、見落としてはならない大切な指摘をしている。

戎居仁平治も、小熊秀雄は「大力の死を痛惜しているが、単なる追悼文にとどまらず、大力の詩の業績に触れつつも今も新しい課題を提出している」と書いている。そのことにかかわる。

これまで戎居仁平治が書いたものを引用してきたが、一九三一（昭和六）年戦旗社に今野大力が入社して以来、今野大力に一番近いところにいたのが戎居仁平治であった。しかも彼は今野大力に親しみを込め、大力の人柄に共感していた。そうなったのも戎居が同居していた壺井宅の二階がしばらくは、今野大力が勤務する戦旗社の事務所になっていたからだった。

また、「大力の場合、『コップ』（注・日本プロレタリア文化連盟）の中枢部の工作者として実践面の仕事についていただけに、党により密着した姿勢だったろう」と戎居仁平治は書いている。

今野大力に、同志と連絡をとる場面を描いた、未発表の詩がある。

坂　道

誰にも教えぬ道
たった二人だけが
土曜日の午後三時に
一遍だけ歩くことにきめてある道
いつまでも使えるつもりはないが
当分二人だけには重要な道

それはある屋敷街の
折れ曲り　折れ曲り
ふいに行き先をきかれても何とか言訳の出来るような場所
人通りは多くもないが
目立つ程でもない

逢えた時はうれしく
逢えなければ気苦しく
不自由な二人には
決して油断はゆるさず
明日の希望に踏みしめられるこの坂道

ここで今野大力は、ひとたび逮捕されれば間違いなく拷問が待ち構えている、極度に緊迫した場面を描いている。でありながら、短い「坂道」には今《こん》埜《の》紫《し》藻《そう》時代の、小熊秀雄に言わせると旭川での〝ロマンチック時代〟の叙情性がある。

ところが戎居仁平治は、同じ「今野大力の生き方と詩」の中で、今野大力は「組織的人間として人並以上に忠実であったけれども」「詩の業《ごう》は抑えきれなかったのではなかろうか」とやゝ遠回しな言い方ではあるが、書いている。「詩の業」とは、詩作を禁じられながらも詩を書かずにはいられない〝天性の詩人の業〟という意味である。

「詩の業は抑えきれなかった」と戎居仁平治が推測するには理由があった。

当時、戎居仁平治の「近しい叔父」である「壺井繁治は、『コップ』直属の出版所長という責務もあって、自身を組織に釘づけにし、詩作を絶っ」ていた。それどころか「戦旗社時代から、ずっと詩作の空白が続いていた」のだった。ために、同居していた戎居仁平治は「時おり会うとその叔父の苦渋をじかに感じること」があったことから、今野大力にあっても「詩の業は抑えきれなかったのではなかろうか」と推測したのである。

小熊秀雄もまた「北海道時代の今野大力」でそのことを書いている。実は、「北海道時代の今野大力」には副題が付けられていて、それは「―弱い子よ、書けずにゐた子よ―」だった。そのような副題をつけることになったのは、小熊秀雄宛の今野大力の書簡「からたちの白い花咲く墓場近くから」にあった。その中で今野大力はこう言っていた。

真のマルキストには、今の所、芸術は生み得ないだろう。すくなくとも、この時代に於いては、僕はそれを知りつつも徐々にそうした方面に努力して道を拓いてゆこうとするだろう。結局僕の行く路は文学なのだ。文学、それに就いてはこれからもうんと考へさせられるだらう。時代の悩みだ故意に廻避しまいとする、僕は唯物史観も受け入れた。――そしてその為めに苦しんだ、苦しめられてゐる。

この手紙は、一九二八年四月、今野大力が意識の上ではプロレタリア文化運動に急接近しはじめたころ、小熊秀雄に宛てたものであった。詩人今野大力の「苦衷」の選択はこの時にはじまると小熊秀雄は書いている。「今野大力の死は、僕に言はせれば、政治と文学との板挟みで苦しんで死んだものと思ふ」とまで小熊秀雄は言う（「北海道時代の今野大力」）。

文学者の生活へ、政治を適用しやうとして、理論家たちは大いに理論的に奮闘したが、結局はつきりとした解決を我々に与へてゐない、未だ――に、そのうちにこの理論的手遅れが、幾人かの文学者に文学を捨てさせ、幾人かを死なせた。

小林多喜二は政治と文学と両手にひつさげて働くことができたが、今野大力の弱い性格ではそれができなかつた。

そして小熊秀雄は、「文学にこの上もなく愛着をもつてゐながら、周囲の条件が彼に文学を捨てゝ政治に走らせた」と言った。

戎居仁平治は、小熊秀雄は〝今も新しい課題を提出している〟と言う。だがそれ以上は書くことを控えていた。

小熊秀雄の場合ははっきりしていて、「彼（今野大力）の文学的才能といふものは、何等社会的に公表されずに終つただけ、文学者として小林（注・多喜二）よりも最大の不幸を味つた」、と書き、次のように言う（「北海道時代の今野大力」）。

時々ひょつこり逢ふと決まつて僕は彼に詩を書けと煽動するが、彼は「とても書けない、駄目だ――」と言ひ言ひした。僕は彼が詩を書かないことに不服な表情をしてやつた。

「不服な表情をしてやつた」という言い方は、小熊秀雄が今野大力に向かって、意識的に「不服な表情を」見せつけていたことを言う。「創作のできない彼の苦しみを手にとるように何時も感じてゐた」から、そうした。小林多喜二のように「政治と文学と両手にひつさげて働くことが」今野大力には「性格的」にできないことを知っていて、「とても書けない、駄目だ――」と弱気になる今野大力を、小熊秀雄は精いっぱい〝煽動〟していたのだった。

「彼の文学的才能といふもの」が「何ら社会的に公表されずに終わった」のは「文学者として最大の不幸」であると小熊秀雄は痛惜する。詩を書かない今野大力は、小熊秀雄にとっては存在しなかった。詩人今野大力への小熊秀雄の思い入れはそれほどに深かった。

あらためて小熊秀雄と今野大力

この本の冒頭に掲げた小熊秀雄の今野大力への誓約、献辞をもう一度思い出してほしい。

僕は君の意志の一部分
を　この詩の仕事で果
し分擔した、将来も
君の意志を継續することを誓ふ

小熊秀雄と今野大力のつきあいは青年期の入口からずっと続いていた。単なるつきあいというより今野大力にとって小熊秀雄は兄のような存在であった。何でも相談できるということでは兄以上であったかもしれない。例えば今野大力の「からたちの白い花咲く墓場近くから」にしても、詩人仲間であるだけではない、兄への甘えにも似た感情が作為なく表れている。

それだけに小熊秀雄にとっては言い知れない悔しさが「北海道時代の今野大力」には冒頭から溢れていた。今野大力の詩人としての資質を、旭川新聞時代から一貫して認めていただけに、遺作となった「一疋の昆蟲」に向き合い、今野大力の死を追悼する小熊秀雄の感情は痛恨となってほとばしる。

一方、今野大力も「小ブル詩人の彼」において、直接名指しこそしてはいないが、低迷しているそのころの小熊秀雄を痛烈に批判していた。「小ブル詩人の彼」が、小熊秀雄がプロレタリア文化運動に加わる決定的な契機になったと私は見ている。

小熊秀雄が今野大力に「詩を書けと煽動」していたのは、その何年か後のことであった。「同一戦線に加はつて」も「全く部署もちがえば、彼とは逢ふ機会も失つてしまつた」二人は、共に日本プロレタリア文化連盟（コップ）に加盟していて、二人がその時々にどんな詩を書いているか、離れていても判っていた。小熊秀雄による、大力の「一疋の昆蟲」の読みの深さはそこにあった。

戎居仁平治は「文学者の生活」への「政治の適用」の問題、と言っている。その「今も新しい課題」を、小熊秀雄はすでに「北海道時代の今野大力」で提起していた。かといって方向性を示していたわけではなかった。「理論的手遅れが、幾人かの文学者に文学を捨てさせ、幾人かを死なせた」と小熊秀雄は言った。

「石狩川」の本庄陸男にしてもそうだった。「弱い性格」のごく普通の人間に、小林多喜二と同じことを求めることはできない、と小熊秀雄は言っているのである。

詩人として存分に生きることができなかった今野大力に、小熊秀雄が誰よりも悔しさを感じていたことは確かだ。今野大力が「ようやく真実を見出し、ここに最大の生命、最大の任務を感じた」ことに小熊秀雄は不満をもっていたわけではない。そうではなくて、一貫して詩人仲間として共に生き、「詩の業《ごう》を抑えきれなかった」今野大力を、詩人として全うさせてやりたかったという強い感情を、小熊秀雄はどうしても打ち消すことができなかったのである。

今野大力に対して「不幸な犠牲を背負った生涯」と小熊秀雄が考えていたのではない。小熊秀雄が今野大力を「不幸な犠牲を背負った生涯」と決めつけるような人間であったなら、病床の今野大力に〝僕は君の意志の一部分／をこの詩の仕事で果／し分擔した、将来も／君の意志を継續することを誓ふ〟といった献辞を書きつけるはずはない。

プロレタリア文化運動は徹底して弾圧され、プロレタリア作家同盟は解散に追い込まれる。中国への侵略が本格化し、軍国主義は日本全土を覆い、米英との太平洋戦争へと突き進む。だが、小熊秀雄は高らかに狼煙をあげた。反旗を翻した。小林多喜二が拷問によって殺され（一九三三年）、それに続いて今野大力の非業の死（三五年）。本庄陸男の死（三九年）。小熊秀雄にとって同じ北海道育ちの彼らのことが念頭から離れるはずはなかった。

昭和十五年発行の『小熊秀雄詩集』巻頭の「序」後半で、小熊秀雄は言う。

或る者が『小熊は偉大な自然人的間抜け者である』といつた言葉が私をいちばん納得させた評言であつた。私は民衆の偉大な間抜けもの丶心理を体験したと思つてゐる、民衆はいま最大の狂躁と、底知れぬ沈鬱と現実の底なる尽きることのない哄笑をもつて、生活してゐる、一見愚鈍であり、神経の鈍磨を思はせる一九三〇年代の民衆の意志を代弁したい。

そしてこの一見間抜けな日本の憂愁時代に、いかに真理の透徹性と純潔性を貫らぬかせたらよいか、私は今後共そのことに就いて民衆とともに悩むであらう。

一九三〇年代の戦争へと突っ込んでいく暗黒の時代を、「一見間抜けな日本の憂愁時代」と言い換え、そのような時代の民衆の胸に「民衆の言葉」をもって、「いかに真理の透徹性と純潔性を貫らぬかせたらよいか」、悩みながらも声を上げつづけたのが小熊秀雄だった。

最後に、『小熊秀雄詩集』冒頭の詩「蹄鉄屋の歌」を掲げよう。

蹄鉄屋の歌

泣くな、

驚ろくな、
わが馬よ。

私は蹄鉄屋。
私はお前の蹄《ひづめ》から
生々しい煙をたてる、
私の仕事は残酷だらうか、
若い馬よ。
少年よ、
私はお前の爪に
真赤にやけた鉄の靴をはかせよう。
そしてわたしは働き歌をうたひながら、
――辛抱しておくれ、
すぐその鉄は冷えて
お前の足のものになるだらう、
お前の爪の鎧になるだらう、
お前はもうどんな茨の上でも
石ころ路でも

どんどんと駆け廻れるだらうと——、
私はお前を慰めながら
トッテンカンと蹄鉄うち。
あゝ、わが馬よ、
友達よ、
私の歌をよつく耳傾けてきいてくれ。
私の歌はぞんざいだらう、
私の歌は甘くないだらう、
お前の苦痛に答へるために、
私の歌は、
苦しみの歌だ。
焼けた蹄鉄を
お前の生きた爪に
当てがつた瞬間の煙のやうにも、
私の歌は
灰色に立ちあがる歌だ。
強くなつてくれよ、
私の友よ、

青年よ、
私の赤い燄《ほのほ》を
君の四つ足は受取れ、
そして君は、けはしい岩山を
その強い足をもつて砕いてのぼれ、
トッテンカンの蹄鉄うち、
うたれるもの、うつもの、
お前と私とは兄弟だ、
共に同じ現実の苦しみにある。

トッテンカンの蹄鉄うち、それはふいごの火で熱した蹄鉄を、馬の足に合うように鉄槌《てっつい》で叩く音、幾度も幾度も馬の足に蹄鉄を合わせ、焼けた蹄鉄をさぁっと水にくぐらせ生きた爪に当てがった瞬間、音をたてて灰色に立ちあがる煙、農村育ちの私にはその光景や臭いが、この歳になってもまざまざと浮かんでくる。私たち子供はその仕事をする人を蹄鉄屋さんと呼んでいて、村には複数の獣医さんがいて何軒も蹄鉄屋さんがあったのだった。また、馬の売買をする馬喰《ばくろう》がいた。（どうしたものか子どもたちの中でも、同じ馬関連の職業でありながら馬喰には〝さん〟がなく〝バクロウ〟と呼び捨てだった。）

この詩が発表されたころは、私の少年時代よりももっと日常的な村の風物詩であったろう。読んだ人はその光景を何の抵抗もなく思い浮かべただろう。この詩のことばは軽快で押しつけがましくない、説得力のある語りと軽快なリズムがあった。

遠地輝武は、「蹄鉄屋の歌」について、次のように言う。

この詩は、恐らく小熊の登場をもっともはっきりと印象づけた作品だったと記憶している。ここでかれが《お前と私とは兄弟だ》とうたっているのは、かつて馬と共にくらした《農奴時代》の、苦しい貧農者の生活をおもい出しながら、ひそかに《共に同じ現実の苦しみ》をたたかう、労農同盟軍への統一を呼びかけているのかもしれない。

（小田切秀雄・木島始編『小熊秀雄研究』創樹社／一九八〇）

小熊秀雄は、一九三八（昭和十三）年四月、上京後初めて旭川に帰省する。それは六月まで二カ月にわたる長期の帰省だった。小林葉子との出逢いのあった帰省だった。その折に小熊秀雄は短歌を数十首読み、「北海道旅歌」としてまとめた。それは『北海タイムス』に掲載されたが、冒頭には〝十一年ぶりの旭川〞と題して、

はるばると来て清浄無垢を学びたり朝あけに見るヌクタクカムシペの山
色あせてはためき寒し応召の屋根の上なる日の丸の旗

の二首がある。ヌクタクカムシペとは大雪山連峰、応召とは兵隊として召集を受け戦地に赴くことである。この年、昭和十三年は、盧溝橋事件をきっかけに宣戦布告抜きの日中全面戦争へと突入した、その翌年であった。そのため全国各地で予備役の兵士たちが召集令状を受け、ぞくぞくと戦地に向かっていた。そうした時期の「旅歌」の中に、小熊秀雄は、

純情の同志を生みしこの街よ今野大力はいま世にあらず

の一首を「(6)旅情雑詠」に組み入れ、その傍らにはカッコ書きで、〝今野は旭川出身、旧「戦旗」編輯者〟と加えていた。〝同志〟という言葉、旧「戦旗」編輯者、という但し書き。そこには小熊秀雄の献辞「将来も君の意志を継続することを誓ふ」の意図が込められていたに違いない。

中国との戦争のただなかの国家総動員法が公布されたこの時期に、よくぞそのまま『北海道新聞』は掲載したと思う。この時の「北海道旅歌」の中で、小熊秀雄に特定の名前を挙げた歌はほかにない。ただ一人、今野大力だけであった。

あとがき

やっと「小熊秀雄と今野大力」を書き上げることができた。取りかかったのが前著『旭川・アイヌ民族の近現代史』（二〇〇六年）の後まもなくだったから、ざっと八年あまりかかったことになる。『アイヌ民族の近現代史』では資料探しにだいぶ精力を注ぎ込んだのに、それが終わってすぐにこの本にとりくんだのは、「小熊秀雄と今野大力」が、私にとって長年の〝宿題〟だったからである。

小熊秀雄と今野大力は、一九二〇年代の後半から三〇年代にかけ（年号でいえば大正末から昭和初期にかけ）この旭川の地で詩人としての足場を固め、やがて東京に出て、貧苦にあえぎながらも詩精神は衰えることなく、社会変革の意志を貫いて激しく生き、ともに短い生涯を終えた。豊かな才能に恵まれた天性の詩人といえる二人が、この北海道の旭川で出会い、互いに才能を認め合い、同時代を生きたことは、ほとんど奇跡に近いとさえ思える。

旭川では、二人は当然、郷土の生んだ詩人として、ともに詩碑を建てて記念され、心ある人たちによって顕彰されてきた。ところがどうしたことか、同時代を生き、かつ生涯親交を結んでいた小熊秀雄と今野大力を二人あわせてとらえ、語ることはほとんどなされないできた。

しかし、同じ北海道開拓の二世世代として生まれ、共通の風土、共通の時代状況の中で生きた二人である。両者を重ねあわせてとらえてこそ、より深い陰影をたたえた詩人の肖像を浮かび上がらせることができるのではないか。

　そう考えてきた私は、まだ体力の残されているうちに、この抜きんでた個性をもつ二人の詩人の名前を並列した本をどうしても書きたいと思ってきたのである。


　資料としては、前作に比べさほど苦労はしなかった。

　今野大力については文中に何度も引用させていただいたが、旭川在住の詩人佐藤比左良さんの著作の数々（いずれも私家版）があり、それは資料としてほぼ完璧に近いと言ってよかった。

　小熊秀雄についても、すでに『小熊秀雄全集』全五巻・小熊秀雄研究一巻があり、そのほかにも小熊について書かれたものは数多くあった。

　それに加え、旭川市には小熊秀雄賞市民実行委員会があり、同会主催の例会が年に何度もあり、小熊秀雄について少しでも興味を持つようになると、そこからさらに深めることのできる場が今も用意されている。

　さらに、旭川市には、市立中央図書館に資料室が設けられ、それとは別に旭川文学資料館があり、その気にさえなればすぐに夢中になれる場があった。

　本書巻頭の口絵の写真も、すべて市立中央図書館資料室から提供を受けたものである。

　このほかに資料探索に関してひとつ付け加えれば、右の中央図書館資料室に保存されている、小熊秀雄が記者として活躍した『旭川新聞』のマイクロフイルムのうち、大正末から昭和初頭にかけての分を、たんねんにたどっていった。本書にその『旭川新聞』からの引用が多いのはそのためであるが、それによって当時の時代の空気を肌で感じることができた。

時代の空気といえば、私は今野大力の死の前年（一九三四＝昭和九年）に生まれ、小熊秀雄の死の翌年（一九四一＝昭和一六年）に小学校に入った。小学校は、アジア太平洋戦争に突入したこの年から「国民学校」と改称され、私たちはその第一期生となった。入学して最初に開いた国語の読本（教科書）第一ページは「ススメ、ススメ、ヘイタイススメ」だった。

この年一二月八日の開戦の日のことは今も記憶に残っている。教室に戻ってきた担任の小笠原先生の開戦を告げる緊張した暗い表情と、隣の席の下地良子さんの動揺し、どうしたらいいのかわからないでいる困惑した表情を、いまでもくっきりと思い浮かべることができる。

その後の戦争中の学校生活はつらかった。先生にもよく叩かれた。切ないことはあっても、楽しかった思い出はあまり浮かんでこない。

今野大力、小熊秀雄の上京後の生活、暗い谷間の時代の活動のきびしさについては、戦前の日本社会の空気のにおいを感じながらたどった。

一九四五年八月、戦争が終わり、新憲法が公布される。もしも今野大力が、小熊秀雄が生きてこの日を迎えていたら、どんな詩を書いたろうか。

その新憲法が施行された一九四七年春、新制中学（今の中学）が発足する。私たちは今回もその第一期生となった。

新制中学から新制高校へと進み、大学を出て教師となった。そして赴任したのが、私の生まれた町の隣町、母校の深川高校（すぐに深川西高校と改称）だった。

高校にはいまでも処分としての停退学がある。ところが深川西高には、その停退学がなかった。では、問題が生じた時どうするか。私たち教師集団は、生徒たちに対し、徹底した話し合い——ホームルーム討議による解決を求めた。やがて深川西には生徒による独特の自治の伝統がつくられていった。

つい先日、七十歳になった彼らの同期会があった。半世紀余をへて今も高校時代と同じように心の底から楽しそうに語り合っている彼ら、彼女らの姿に、昔の彼ら、彼女らが重なり、つい涙がにじんできてしまった。

最後になったが、本書が出来上がるまでには、梅田正己さんと金子さとみさんにたいへんお世話になった。お二人との付き合いは、もう五十年以上になる。お二人が一九六〇年代、出版社・三省堂で高校生向けの月刊誌『学生通信』を編集されていて、私が民間教育団体・高校生活指導研究協議会（高生研）の常任委員となって上京する機会が多くなってからだった。

この略称『学通』は私たちの生徒にはまことに評判がよく、自治活動を創造的に維持してゆく上で活用された。しかし、やがて三省堂では刊行ができなくなり、一九七二年、お二人は新たに高文研（当初の社名は高校生文化研究会）を設立、『月刊・考える高校生』（のちに『月刊ジュ・パンス』と改題）を創刊された。この月刊誌も全国の高校で歓迎され、高校生の自主活動を進めるうえで活用された。もちろん、私も役立たせていただいた。

高文研では月刊誌の発行とあわせて単行本も出版され、そのジャンルも当初の教育書から人文社会問題へと広がり、その中の一冊として私の退職後の最初の本『遥かなる屯田兵』の発行を引き受けていただき、次いで二冊目『旭川・アイヌ民族の近現代史』をお世話になり、そして今回、三冊目の発行をお引き受けいただいた。お二人はすでに後進に社の経営を譲って引退されているが、在社中からずっと原稿を読んでもらっていたことから、今回も編集作業のいっさいを引き受けていただいた。お二人に深く感謝しつつ、八十歳にして念願を果たすことができ、幸せにひたっている。

二〇一四年　七月一日

金倉義慧

金倉　義慧（かなくら・ぎけい）
1934年、北海道雨竜郡秩父別町に生まれる。大谷大学文学部卒業。北海道立深川西高校、静内高校、旭川工業高校、秩父別高校に勤務、民主教育をすすめる運動に加わり、1995年に退職。現在、旭川市在住。
著書:『学園自治の旗』（明治図書）、『遙かなる屯田兵』（高文研）『画家 大月源二』（創風社）、『旭川・アイヌ民族の近現代史』（高文研）

北の詩人・小熊秀雄と今野大力

●二〇一四年 八 月 八 日――――初版第一刷発行

著　者／**金倉　義慧**

発行所／株式会社 **高文研**
東京都千代田区猿楽町二―一―八
三恵ビル（〒一〇一―〇〇六四）
電話03＝3295＝3415
http://www.koubunken.co.jp

印刷・製本／シナノ印刷株式会社

★万一、乱丁・落丁があったときは、送料当方負担でお取りかえいたします。

ISBN978-4-87498-550-2　C0095

◇横浜事件・言論・マスコミ問題を考える◇

468-0
横浜事件・再審裁判とは何だったのか
●権力犯罪・虚構の解明に挑んだ24年
大川隆司・佐藤博史・橋本進著　1、500円
出版史上最大の弾圧事件・横浜事件の全貌と、再審裁判の24年の軌跡を振り返り、裁判の成果と歴史的意味を明らかにする。

466-6
全記録　横浜事件・再審裁判
横浜事件・再審裁判＝記録／資料刊行会編著　7、000円
一九八六年の再審請求から24年、治安維持法下の警察・司法による「権力犯罪」の解明と歴史責任を問う裁判のドラマ！

467-3
ドキュメント　横浜事件
横浜事件・再審裁判＝記録／資料刊行会編著　4、700円
横浜事件で検挙され、凄惨な拷問を受けた人々の口述書をはじめ、様々な原資料を元に、人権暗黒時代の実相を伝える。

153-5 ★
横浜事件・三つの裁判
小野　貞・大川隆司著
1、000円
戦時下、拷問にあう夫を案じつつ、差し入れに通った著者が、巨大な権力犯罪の謎を明かすべく、調べ考え続けた労作！

073-6 ☆
日本ファシズムの言論弾圧抄史
●横浜事件・冬の時代の出版弾圧
畑中繁雄著　1、800円
『中央公論』編集長として恐怖の時代を体験した著者による古典的名著の新版。

301-0
谷間の時代・一つの青春
小野　貞著　1、200円
昭和初期、社会主義運動が徹底的に弾圧された時代、ヒューマニズムから非合法活動に飛び込んでいった清冽な魂の記録！

379-9
元戦艦武蔵乗組員の「遺書」を読んで考える
日本人と戦争責任
斎藤貴男・森　達也著　1、700円
ジャーナリストと映像作家の二人が、思考停止状態に陥った日本社会の惨状を語り、異論排除の暴力に警告を発する。

329-4
だまされることの責任
魚住　昭・佐高　信著　1、500円
一九四五年日本敗戦、日本人の多くは「だまされた」と言った。70年後の今、再び「だまされた」と人々は言うのか。

501-4
テレビはなぜおかしくなったのか
金平茂紀・水島宏明・永田浩三・五十嵐仁
1、600円
脱原発デモ、尖閣問題等、TVは真に大切なことを伝えているのか。TV報道がジャーナリズムを取り戻すための提言集。

367-6
高嶋教科書裁判が問うたもの
高嶋教科書訴訟を支援する会編
2、000円
高嶋教科書訴訟では何が争われ、何が明らかになったのか？　その重要争点を収録、13年におよぶ軌跡をたどった記録。

086-6
写真週刊誌の犯罪
亀井　淳著　1、200円
ついに極限にまで行きついた現代マスコミの病理を、事実を克明に追いながら徹底分析、人権と報道のあり方を考える。

461-1
CDブック　獄中詩集　壁のうた
冤罪・布川事件　桜井昌司著　2、000円
43年ぶりに再審無罪を勝ち取った冤罪・布川事件。29年間の獄中で綴った詩と佐藤光政の歌。主任弁護士の詳細な解説付。

◇文学・人間◇

362-1
旭川・アイヌ民族の近現代史
金倉義慧著　3、800円
近代アイヌ民族運動の最大の拠点・旭川を舞台に個性豊かなアイヌ群像をちりばめ描いた初の本格的アイヌ近現代通史！

282-4 ★
新編 春香伝
李　殷直著　1、500円
韓国・朝鮮で愛されてきた熱く激しい愛の物語を、伝来の唱劇台本をもとに、民族の心を吹き込み、現代に蘇らせた小説。

448-2
《新装版》遠野物語
勝又　進著　1、600円
「おしらさま」「雪女」「ざしきわらし」など14編、異色の漫画家が少年期の記憶を核に描き出した遠野物語のイメージ！

332-4
戦争の時代 若き一読書人の思想の遍歴
栗原克丸著　2、500円
戦争のさなか、教師を志す一青年はどんな本を読み、その思想を形成したか。召集、軍隊、終戦…。読書でたどる精神史。

063-7 ☆
日本浪曼派・その周辺
栗原克丸著　1、600円
裏切られた青春への無念さから、戦中派である自らの負の体験をバネに、著名文学者たちの戦争責任を鋭く問うた労作。

136-8 ★ ☆
日本列島にんげん巡礼
佐藤国雄著　1、800円
この列島に住んで、わが道ひとすじに生きる様々の人たちの風貌と人生を、練達のペンで刻んだ清冽な"にんげん"ルポ。

514-4
沖縄の風よ　薫れ
●「平和ガイド」ひとすじの道
糸数慶子著　1、600円
沖縄選出の参議院議員として、母として、平和バスガイド・国政の平和ガイドとして沖縄のためにいま伝えたいことを綴る！

296-9
女性県議さわやか奮戦記
石坂千穂著　1、600円
田中知事再選、脱ダムの道を選びとった長野の人々とともに、県政を市民の手に取り戻そうと闘う県議の迫真レポート。

279-2
「在日」民族教育の夜明け
●一九四五年一〇月～四八年一〇月
李　殷直著　4、700円
一九四五年秋、日本の敗戦による解放後、校舎も教科書もない中で出発した民族教育草創期のドラマを描いた初めての記録。

316-4
「在日」民族教育・苦難の道
●一九四八年一〇月～五四年四月
李　殷直著　4、700円
米占領軍による在日朝鮮人連盟の強制解散、朝鮮学校閉鎖命令に抗して民族教育を守り抜いた知恵と良心の闘いの記録。

485-7
ぼくらが愛した「カーネーション」
タンブリング・ダイス編　1、600円
コシノ三姉妹の母・小篠綾子の生涯を描いた、朝ドラ史上最高傑作と言われる「カーネーション」。最初で最後の考察本。